COLLECTION

Complette

DES

ŒUVRES

DE

Mr. DE VOLTAIRE.

TOME SIXIÉME.

THÉATRE

Complet

DE

Mr. DE VOLTAIRE.

TOME QUATRIÉME.

CONTENANT

LE TRIUMVIRAT, LES SCYTHES, L'INDISCRET, L'ENFANT PRODIGUE, NANINE, LA PRUDE, avec toutes les piéces rélatives à ces Drames.

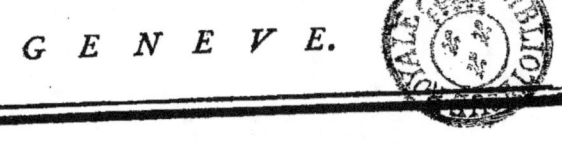

GENEVE.

M. DCC. LXVIII.

OCTAVE

ET

LE JEUNE POMPÉE,

OU

LE TRIUMVIRAT,

TRAGÉDIE.

AVERTISSEMENT.

CEtte piéce fut imprimée à Paris en 1766, & débitée au commencement de 1767. Monsieur de Voltaire ne voulut pas s'en déclarer l'auteur. Il n'avait composé cet ouvrage que pour avoir occasion de développer dans des notes les caractères des principaux Romains, au tems du Triumvirat, & pour placer convenablement l'histoire de tant d'autres proscriptions, qui effrayent & qui deshonorent la nature humaine; depuis la proscription de vingt-trois mille Hébreux en un jour à l'occasion du veau d'or, & de vingt-quatre mille en un autre jour pour une fille Madianite, jusqu'aux proscriptions des Vaudois du Piémont.

P R E F A C E

DE L'EDITEUR DE PARIS.

CETTE tragédie affez ignorée, m'étant tombée entre les mains, j'ai été étonné d'y voir l'hiftoire prefqu'entiérement falfifiée ; & cependant les mœurs des Romains du tems du Triumvirat repréfentées avec le pinceau le plus fidèle.

Ce contrafte fingulier m'a engagé à la faire imprimer avec des remarques que j'ai faites fur ces tems illuftres & funeftes d'un Empire qui, tout détruit qu'il eft, attirera toûjours les regards de vingt Royaumes élevés fur fes débris, & dont chacun fe vante aujourd'hui d'avoir été une province des Romains, & une des piéces de ce grand édifice. Il n'y a point de petite ville qui ne cherche à prouver qu'elle a eu l'honneur autrefois d'être faccagée par quelque Conful Romain ; & on va même jufqu'à fuppofer des titres de cette efpèce de vanité humiliante. Tout vieux château dont on ignore l'origine a été bâti par *Céfar*, du fond de l'Efpagne au bord du Rhin : on voit partout une tour de *Céfar*, qui ne fit élever aucune tour dans les pays qu'il fubjugua, & qui préférait fes camps retranchés à des ouvrages de pierres & de ciment, qu'il n'avait pas le tems de conftruire dans la rapidité de fes expéditions. Enfin les tems des *Scipions*, de *Sylla*, de *Céfar*, d'*Augufte* font beaucoup plus préfens à notre mémoire que les premiers événemens de nos propres monarchies. Il femble que nous foyons encor fujets des Romains.

J'ofe dire dans mes notes ce que je penfe de la plûpart de ces hommes célèbres, tels que *Céfar*, *Pompée*, *Antoine*, *Augufte*, *Caton*, *Cicéron*, en ne jugeant que par les faits, & en ne me préoccupant pour perfonne. Je ne prétens point juger la piéce. J'ai fait une étude particulière de l'hiftoire, & non pas du théâtre que je connais affez peu, & qui me femble un objet de goût plutôt que de recherches. J'avouë

A ij

que j'aime à voir dans un ouvrage dramatique les mœurs de l'antiquité , & à comparer les héros qu'on met fur le théâtre , avec la conduite & le caractère que les hiſtoriens leur attribuent. Je ne demande pas qu'ils faſſent fur la ſcène ce qu'ils ont réellement fait dans leur vie ; mais je me crois en droit d'exiger qu'ils ne faſſent rien qui ne ſoit dans leurs mœurs : c'eſt là ce qu'on appelle la vérité théatrale.

Le public ſemble n'aimer que les ſentimens tendres & touchans , les emportemens & les craintes des amantes affligées. Une femme trahie intéreſſe plus que la chûte d'un Empire. J'ai trouvé dans cette piéce des objets qui ſe rapprochent plus de ma manière de penſer & de celle de quelques lecteurs , qui ſans exclure aucun genre, aiment les peintures des grandes révolutions ou plutôt des hommes qui les ont faites. S'il n'avait été queſtion que des amours d'*Octave* & du jeune *Pompée* dans cette piéce , je ne l'aurais ni commentée, ni imprimée. Je m'en ſuis ſervi comme d'un ſujet qui m'a fourni des réflexions ſur le caractère des Romains , ſur ce qui intéreſſe l'humanité & ſur ce qu'on peut découvrir de vérités hiſtoriques.

J'aurais déſiré qu'on eût commenté ainſi les tragédies de *Pompée* , de *Sertorius* , de *Cinna* , des *Horaces* , & qu'on eût démêlé ce qui appartient à la vérité & ce qui appartient à la fable. Il eſt certain , par exemple , que *Céſar* ne tint à *Ptolémée* aucun des diſcours que lui prête le ſublime & inégal auteur de la mort de *Pompée* , & que *Cornélie* ne parla point à *Céſar* comme on l'a fait parler , puiſque *Ptolémée* était un enfant de douze à treize ans , & *Cornélie* une femme de dix - huit , qui ne vit jamais *Céſar*, qui n'aborda point en Egypte , & qui ne joua aucun rôle dans les guerres civiles. Il n'y a jamais eu d'*Emilie* qui ait conſpiré avec *Cinna* ; tout cela eſt une invention du génie du poëte. La conſpiration de *Cinna* n'eſt probablement qu'un ſujet fabuleux de déclamation , inventé par *Sénèque* , comme je le dis dans mes notes.

De toutes les tragédies que nous avons , celle qui s'écarte le moins de la vérité hiſtorique & qui peint le cœur le plus fidélement , ſerait *Britannicus* , ſi l'intrigue n'était pas uniquement fondée ſur les prétendus amours de *Britannicus* &

de *Junie* , & fur la jaloufie de *Néron*. J'efpère que les éditeurs qui ont annoncé les commentaires des ouvrages de *Racine* par foufcription , n'oublieront pas de remarquer comment
ce grand - homme a fondu & embelli *Tacite* dans fa piéce.
Je penfe que fi *Néron* n'avait pas la puérilité de fe cacher
derrière une tapifferie pour écouter l'entretien de *Britannicus*
& de *Junie* , & fi le cinquiéme aête pouvait être plus animé,
cette piéce ferait celle qui plairait le plus aux hommes d'E-
tat & aux efprits cultivés.

En un mot , on voit affez quel eft mon but dans l'édition
que je donne. Le manufcrit de cette tragédie eft intitulé
Oêtave & le jeune Pompée , j'y ai ajouté le titre du *Triumvirat*. Il m'a paru que ce titre réveille plus l'attention & préfente à l'efprit une image plus forte & plus grande. Je fais
gré à l'auteur d'avoir fupprimé *Lépide* , & de n'avoir parlé
de cet indigne Romain , que comme il le méritait.

Encor une fois je ne prétens point juger de la piéce. Il
faut toûjours attendre le jugement du public ; mais il me
femble que l'auteur écrit plus pour les leêteurs que pour les
fpeêtateurs. Sa piéce m'a paru tenir beaucoup plus du terrible
que du genre qui attendrit le cœur & qui le déchire.

On m'affure même que l'auteur n'a point prétendu faire
une tragédie pour le théâtre de Paris , & qu'il n'a voulu que
rendre odieux la plûpart des perfonnages de ces tems atro-
ces ; c'eft en quoi il m'a paru qu'il avait réuffi. La piéce eft
peut - être dans le goût Anglais. Il eft bon d'avoir des ouvrages dans tous les genres.

Il m'importe peu de connaître l'auteur. Je ne me fuis occupé que de faire fur cet ouvrage des notes qui peuvent être
utiles. Les gens de lettres qui aiment ces recherches , & pour
qui feuls j'écris , en feront les juges.

J'ai employé la nouvelle orthografe. Il m'a paru qu'on doit
écrire , autant qu'on le peut , comme on parle ; & quand il n'en
coûte qu'un *a* au lieu d'un *o* , pour diftinguer les *Français* de
St. François d'Affife , comme dit l'auteur de la *Henriade* , & pour
faire fentir qu'on prononce *Anglais* & *Danois* ; ce n'eft ni une
grande peine , ni une grande difficulté de mettre un *a* qui in-
dique la vraie prononciation à la place de cet *o* qui vous trompe.

OCTAVE, furnommé depuis AUGUSTE.

MARC-ANTOINE.

LE JEUNE POMPÉE.

JULIE, fille de Lucius Céfar.

FULVIE, femme de Marc - Antoine.

ALBINE, fuivante de Fulvie.

AUFIDE, Tribun militaire.

Tribuns , Centurions , Liêteurs , Soldats.

LE TRIUMVIRAT.

ACTE PREMIER.

SCENE PREMIERE.

(Le théâtre repréfente l'île où les Triumvirs firent les profcrip-
tions & le partage du monde. La fcène eft obfcurcie, on en-
tend le tonnerre, on voit des éclairs. La fcène découvre des
rochers, des précipices & des tentes dans l'éloignement.)

FULVIE, ALBINE.

FULVIE.

Quelle effroyable nuit ! Que le couroux célefte
Eclate avec juftice en cette île funefte (1) !

ALBINE.

Ces tremblemens foudains, ces rochers renverfés,
Ces volcans infernaux jufqu'au ciel élancés,
Ce fleuve foulevé roulant fur nous fon onde,
Ont fait craindre aux humains les derniers jours du monde.
La foudre a dévoré ce déteftable airain,
Ces tables de vengeance, où le fatal burin
Epouvantait nos yeux d'une lifte de crimes,
De l'ordre du carnage, & des noms des victimes.
Vous voyez en effet que nos profcriptions
Sont en horreur au ciel, ainfi qu'aux nations.

FULVIE.

Tombe fur nos tyrans cette foudre égarée,
Qui frappant vainement une terre abhorrée,
A détruit dans les mains de nos maîtres cruels
Les inftrumens du crime & non les criminels !
Je voudrais avoir vû cette île anéantie
Avec l'indigne affront dont on couvre Fulvie.
Que font nos trois tyrans dans ce défordre affreux ?
Quelques remords au moins ont-ils approché d'eux ?

ALBINE.

Dans cette île tremblante aux éclats du tonnerre,
Tranquilles dans leur tente ils partageaient la terre ;
Du Sénat & du peuple ils ont réglé le fort,
Et dans Rome fanglante ils envoyaient la mort.

FULVIE.

Antoine me la donne ; ô jour d'ignominie !
Il me quitte, il me chaffe, il époufe Octavie (2) ;
D'un divorce odieux j'attens l'infâme écrit ;
Je fuis répudiée, & c'eft moi qu'on profcrit.

ALBINE.

Il vous brave à ce point ! il vous fait cette injure !

FULVIE.

L'affaffin des Romains craint-il d'être parjure ?
Je l'ai trop bien fervi : tout barbare eft ingrat ;
Il prétexte envers moi l'intérêt de l'Etat ;
Mais ce grand intérêt n'eft que celui d'un traître,
Qui ménageant Octave en eft trompé peut-être.

ALBINE.

Octave vous aima (3). Se peut-il qu'aujourd'hui
Vos malheurs, vos affronts ne viennent que de lui ?

FULVIE.

F U L V I E.

Qui peut connaître Octave ? & que fon caractère
Eft différent en tout du grand cœur de fon père !
Je l'ai vû dans l'erreur de fes égaremens ,
Paffer Antoine même en fes emportemens (4).
Je l'ai vû des plaifirs chercher la folle yvreffe ;
Je l'ai vû des Catons affecter la fageffe.
Après m'avoir offert un criminel amour ,
Ce Protée à ma chaîne échappa fans retour.
Tantôt il eft affable , & tantôt fanguinaire.
Il adore Julie , il a profcrit fon père ;
Il hait , il craint Antoine , & lui donne fa fœur ;
Antoine eft forcené , mais Octave eft trompeur.
Ce font là les héros qui gouvernent la terre ;
Ils font en fe jouant & la paix & la guerre ;
Du fein des voluptés ils nous donnent des fers.
A quels maîtres , grands Dieux ! livrez - vous l'univers ?
Albine , les lions au fortir des carnages ,
Suivent en rugiffant leurs compagnes fauvages ;
Les tigres font l'amour avec férocité ;
Tels font nos Triumvirs. Antoine enfanglanté
Prépare de l'hymen la déteftable fête.
Octave a de Julie entrepris la conquête ;
Et dans ce jour de fang , de trifteffe & d'horreur ,
L'amour de tous côtés fe mêle à la fureur.
Julie abhorre Octave : elle n'eft occupée
Que de livrer fon cœur au fils du grand Pompée.
Si Pompée eft écrit fur le livre fatal ,
Octave en l'immolant frappe en lui fon rival.
Voilà donc les refforts du deftin de l'Empire ,
Ces grands fecrets d'Etat que l'ignorance admire !

Tom. VI. *& du Théâtre le quatriéme.*   B

Ils étonnent de loin les vulgaires efprits :
Ils infpirent de près l'horreur & le mépris.

ALBINE.

Que de baffeffe , ô ciel ! & que de tyrannie !
Quoi ! les maîtres du monde en font l'ignominie !
Je vous plains : je penfais que Lépide aujourd'hui
Contre ces deux ingrats vous fervirait d'appui.
Vous unites vous - même Antoine avec Lépide.

FULVIE.

A peine eft - il compté dans leur troupe homicide.
Subalterne tyran , Pontife méprifé ,
De fon faible génie ils ont trop abufé ;
Inftrument odieux de leurs fanglants caprices ,
C'eft un vil fcélerat foumis à fes complices ;
Il figne leurs décrets fans être confulté ,
Et penfe agir encor avec autorité.
Mais fi dans mes chagrins quelques douceurs me reftent ,
C'eft que mes deux tyrans en fecret fe déteftent (5).
Cet hymen d'Oftavie & fes faibles appas
Eloignent la rupture & ne l'empêchent pas.
Ils fe connaiffent trop ; ils fe rendent juftice.
Un jour je les verrai préparant leur fupplice ,
Allumer la difcorde avec plus de fureur ,
Que leur fauffe amitié n'étale ici d'horreur.

SCENE II.

FULVIE, ALBINE, AUFIDE.

FULVIE.

AUfide, qu'a-t-on fait ? Quelle eſt ma deſtinée ?
A quel abaiſſement ſuis-je enfin condamnée ?

AUFIDE.

Le divorce eſt ſigné de cette même main,
Que l'on voit à longs flots verſer le ſang Romain;
Et bientôt vos tyrans viendront ſous cette tente
Partager des proſcrits la dépouille ſanglante.

FULVIE.

Puis-je compter ſur vous ?

AUFIDE.

Né dans votre maiſon,
Si je ſers ſous Antoine & dans ſa légion,
Je ne ſuis qu'à vous ſeule. Autrefois mon épée
Aux champs Theſſaliens ſervit le grand Pompée :
Je rougis d'être ici l'eſclave des fureurs
Des vainqueurs de Pompée & de vos oppreſſeurs.
Mais que réſolvez-vous ?

FULVIE.

De me venger.

AUFIDE.

Sans doute,
Vous le devez, Fulvie.

FULVIE.

Il n'eſt rien qui me coute,
Il n'eſt rien que je craigne, & dans nos factions

B ij

On a compté Fulvie au rang des plus grands noms.
Je n'ai qu'une reſſource, Aufide, en ma diſgrace ;
Le parti de Pompée eſt celui que j'embraſſe ;
Et Lucius Céſar a des amis ſecrets (6)
Qui ſauront à ma cauſe unir ſes intérêts.
Il eſt, vous le ſavez, le père de Julie ;
Il fut proſcrit ; enfin tout me le concilie.
Julie eſt-elle à Rome ?

A U F I D E.

On n'a pû l'y trouver.
Oẻtave tout-puiſſant l'aura fait enlever :
Le bruit en a couru.

F U L V I E.

Le rapt & l'homicide,
Ce ſont là ſes exploits ! voilà nos loix, Aufide.
Mais le fils de Pompée eſt-il en ſûreté ?
Qu'en avez-vous appris ?

A U F I D E.

Son arrêt eſt porté ;
Et l'infâme avarice au pouvoir aſſervie (7)
Doit trancher à prix d'or une ſi belle vie.
Tels ſont les vils Romains.

F U L V I E.

Quoi ! tout eſpoir me fuit !
Non, je défie encor le ſort qui me pourſuit ;
Les tumultes des camps ont été mes aſyles :
Mon génie était né pour les guerres civiles (8),
Pour ce ſiécle effroyable où j'ai reçu le jour.
Je veux.... Mais j'apperçois dans ce ſanglant ſéjour
Les liẻteurs des tyrans, leurs lâches ſatellites,
Qui de ce camp barbare occupent les limites.

Vous qu'un emploi funefte attache ici près d'eux ;
Demeurez ; écoutez leurs complots ténébreux ;
Vous m'en avertirez ; & vous viendrez m'apprendre
Ce que je dois fouffrir, ce qu'il faut entreprendre.

(*Elle fort avec Albine.*)

A U F I D E.

Moi le foldat d'Antoine ! A quoi fuis-je réduit ?
De trente ans de travaux quel exécrable fruit !

(*Tandis qu'il parle, on avance la tente où Octave & Antoine
vont fe placer. Les licteurs l'entourent & forment un demi-
cercle. Aufide fe range à côté de la tente.*)

S C E N E III.

O C T A V E, A N T O I N E *debout dans la tente, une
table derrière eux.*

A N T O I N E.

OCtave, c'en eft fait, & je la répudie.
Je refferre nos nœuds par l'hymen d'Octavie.
Mais ce n'eft pas affez pour éteindre ces feux
Qu'un intérêt jaloux allume entre nous deux.
Deux chefs toûjours unis font un exemple rare ;
Pour les concilier il faut qu'on les fépare.
Vingt fois votre Agrippa, vos confidens, les miens,
Depuis que nous régnons ont rompu nos liens.
Un compagnon de plus, ou qui du moins croit l'être,
Sur le trône avec nous affectant de paraître,
Lépide, eft un fantôme aifément écarté (9),
Qui rentre de lui-même en fon obfcurité.
Qu'il demeure Pontife, & qu'il préfide aux fêtes

Que Rome en gémiffant confacre à nos conquêtes.
La terre n'eft qu'à nous & qu'à nos légions.
Il eft tems de fixer le fort des nations ;
Réglons fur-tout le nôtre ; & quand tout nous feconde,
Ceffons de différer le partage du monde.
(*Ils s'affëient à la table où ils doivent figner.*)

OCTAVE.

Mes deffeins dès longtems ont prévenu vos vœux.
J'ai voulu que l'Empire appartint à tous deux.
Songez que je prétends la Gaule & l'Illirie,
Les Efpagnes, l'Afrique, & fur-tout l'Italie :
L'Orient eft à vous (10).

ANTOINE.

Telle eft ma volonté ;
Tel eft le fort du monde entre nous arrêté.
Vous l'emportez fur moi dans ce nouveau partage ;
Je ne me cache point quel eft votre avantage ;
Rome va vous fervir : vous aurez fous vos loix
Les vainqueurs de la terre, & je n'ai que des Rois. (11)
Je veux bien vous céder. J'exige en récompenfe
Que votre autorité fecondant ma puiffance
Extermine à jamais les reftes abattus
Du parti de Pompée & du traître Brutus :
Qu'aucun n'échappe aux loix que nous avons portées.

OCTAVE.

D'affez de fang peut-être elles font cimentées.

ANTOINE.

Comment ? vous balancez ! je ne vous connais plus.
Qui peut troubler ainfi vos vœux irréfolus ?

OCTAVE.

Le ciel même a détruit ces tables fi cruelles.

ANTOINE.

Le ciel qui nous feconde en permet de nouvelles.
Craignez - vous un augure (12) ?

OCTAVE.

Et ne craignez - vous pas
De révolter la terre à force d'attentats ?
Nous voulons enchaîner la liberté Romaine,
Nous voulons gouverner ; n'excitons plus la haine.

ANTOINE.

Nommez - vous la juftice une inhumanité ?
Octave, un triumvir par Céfar adopté,
Quand je venge un ami, craint de venger un père !
Vous oublierez fon fang pour flatter le vulgaire !
A qui prétendez - vous accorder un pardon,
Quand vous m'avez vous - même immolé Cicéron ?

OCTAVE.

Rome pleure fa mort.

ANTOINE.

Elle pleure en filence.
Caffius & Brutus réduits à l'impuiffance
Infpireront peut - être aux autres nations
Une éternelle horreur de nos profcriptions.
Laiffons - les en tracer d'effroyables images,
Et contre nos deux noms révolter tous les âges.
Affaffins de leur maître & de leur bienfaiÄeur,
C'eft leur indigne nom qui doit être en horreur :
Ce font les cœurs ingrats qu'il eft tems qu'on puniffe ;
Seuls ils font criminels, & nous faifons juftice.
Ceux qui les ont fervis, qui les ont approuvés,
Aux mêmes châtimens feront tous réfervés.
De vingt mille guerriers péris dans nos batailles,

D'un œil fec & tranquille on voit les funérailles ;
Sur leurs corps étendus victimes du trépas
Nous volons fans pâlir à de nouveaux combats ;
Et de la trahifon cent malheureux complices
Seraient au grand Céfar de trop chers facrifices !

O C T A V E.

Dans Rome en ce jour même on venge encor fa mort ;
Mais fachez qu'à mon cœur il en coûte un effort.
Trop d'horreur à la fin peut fouiller fa vengeance ;
Je ferais plus fon fils fi j'avais fa clémence.

A N T O I N E.

La clémence aujourd'hui peut nous perdre tous deux.

O C T A V E.

L'excès des cruautés ferait plus dangereux.

A N T O I N E.

Redoutez - vous le peuple ?

O C T A V E.

Il faut qu'on le ménage ;
Il faut lui faire aimer le frein de l'efclavage.
D'un œil d'indifférence il voit la mort des grands ;
Mais quand il craint pour lui, malheur à fes tyrans !

A N T O I N E.

J'entens ; à mes périls vous cherchez à lui plaire,
Vous voulez devenir un tyran populaire.

O C T A V E.

Vous m'imputez toûjours quelques fecrets deffeins.
Sacrifier Pompée (13) eft - ce plaire aux Romains ?
Mes ordres aujourd'hui renverfent leur idole.
Tandis que je vous parle on le frappe, on l'immole :
Que voulez - vous de plus ?

A N T O I N E.

ANTOINE.

Vous ne m'abufez pas ;

Il vous en coûta peu d'ordonner fon trépas :
A nos vrais intérêts fa mort fut néceffaire.
Mais d'un rival fecret vous voulez vous défaire ;
Il adorait Julie , & vous étiez jaloux :
Votre amour outragé conduifait tous vos coups.
De nos engagemens rempliffez l'étenduë.
De Lucius Céfar la mort eft fufpenduë ;
Oui , Lucius Céfar contre nous conjuré.....

OCTAVE.

Arrêtez.

ANTOINE.

Ce coupable eft-il pour nous facré ?
Je veux qu'il meure...

OCTAVE (*fe levant.*)
Lui ? le père de Julie !

ANTOINE.

Oui , lui-même.

OCTAVE.

Ecoutez , notre intérêt nous lie ;
L'hymen étreint ces nœuds : mais fi vous perfiftez
A demander le fang que vous perfécutez ;
Dès ce jour entre nous je romps toute alliance.

ANTOINE.

Octave , je fais trop que notre intelligence
Produira la difcorde & trompera nos vœux.
Ne précipitons point des tems fi dangereux.
Voulez-vous m'offenfer ?

OCTAVE.

Non : mais je fuis le maître

Tom. VI. *& du Théâtre le quatriéme.* C

D'épargner un profcrit qui ne devait pas l'être.

ANTOINE.

Mais vous-même avec moi vous l'aviez condamné.
De tous nos ennemis c'eft le plus obftiné.
Qu'importe fi fa fille un moment vous fut chère ?
A notre fûreté je dois le fang du père.
Les plaifirs inconftans d'un amour paffager
A nos grands intérêts n'ont rien que d'étranger.
Vous avez jufqu'ici peu connu la tendreffe ;
Et je n'attendais pas cet excès de faibleffe.

OCTAVE.

De faibleffe !... & c'eft vous qui m'oferiez blâmer !
C'eft Antoine aujourd'hui qui me défend d'aimer !

ANTOINE.

Nous avons tous les deux mêlé dans les allarmes
Les fêtes, les plaifirs à la fureur des armes ;
Céfar en fit autant (14) ; mais par la volupté
Le cours de fes exploits ne fut point arrêté.
Je le vis dans l'Egypte amoureux & févère,
Adorer Cléopatre en immolant fon frère.

OCTAVE.

Ce fut pour la fervir. Je peux vous voir un jour
Plus aveuglé que lui, plus faible à votre tour.
Je vous connais affez : mais quoi qu'il en arrive,
J'ai rayé Lucius, & je prétens qu'il vive.

ANTOINE.

Je n'y confentirai qu'en vous voyant figner
L'arrêt de ces profcrits qu'on ne peut épargner.

OCTAVE.

Je vous l'ai déja dit, j'étais las du carnage
Où la mort de Céfar a forcé mon courage.

Mais puifqu'il faut enfin ne rien faire à demi,
Que le falut de Rome en doit être affermi,
Qu'il me faut confommer l'horreur qui nous raffemble ;
Je cède, je me rens... J'y foufcris... Ma main tremble.
(*Il s'affied & figne.*)
Allez, Tribuns, portez ces malheureux édits :
(*à Antoine qui s'affied & figne.*)
Et nous, puiffions - nous être à jamais réunis !

A N T O I N E.

Vous, Aufide, demain vous conduirez Fulvie ;
Sa retraite eft marquée aux champs de l'Appulie :
Que je n'entende plus fes cris féditieux.

O C T A V E.

Ecoutons ce Tribun qui revient en ces lieux.
Il arrive de Rome, & pourra nous apprendre
Quel refpect à nos loix le Sénat a dû rendre.

S C E N E   I V.

OCTAVE, ANTOINE, AUFIDE, un Tribun,
Licteurs.

A N T O I N E (*au Tribun.*)

A-T-on des Triumvirs accompli les deffeins ?
Le fang affure - t - il le repos des humains ?

LE T R I B U N.

Rome tremble & fe tait au milieu des fupplices.
Il nous refte à frapper quelques fecrets complices,
Quelques vils ennemis d'Antoine & des Céfars,
Reftes des conjurés de ces ides de Mars,
Qui dans les derniers rangs cachant leur haine obfcure,

C ij

Vont du peuple en secret exciter le murmure.
Paulus, Albin, Cotta, les plus grands sont tombés ;
A la proscription peu se sont dérobés.

O C T A V E.

A-t-on de l'univers affermi la conquête ?
Et du fils de Pompée apportez-vous la tête ?
Pour le bien de l'Etat j'ai dû la demander.

L E T R I B U N.

Les Dieux n'ont pas voulu, Seigneur, vous l'accorder.
Trop chéri des Romains ce jeune téméraire
Se parait à leurs yeux des vertus de son père ;
Et lorsque par mes soins des têtes des proscrits
Aux murs du capitole on affichait le prix,
Pompée à leur salut mettait des récompenses ;
Il a par des bienfaits combattu vos vengeances :
Mais quand vos légions ont marché sur nos pas,
Alors fuyant de Rome & cherchant les combats,
Il s'avance à Céséne, & vers les Pyrénées
Doit aux fils de Caton joindre ses destinées ;
Tandis qu'en Orient Cassius & Brutus,
Conjurés trop fameux par leurs fausses vertus,
A leur faible parti rendant un peu d'audace,
Osent vous défier dans les champs de la Thrace.

A N T O I N E.

Pompée est échappé !

O C T A V E.

Ne vous allarmez pas.
En quelques lieux qu'il soit la mort est sur ses pas.
Si mon père a du sien triomphé dans Pharsale,
J'attens contre le fils une fortune égale ;
Et le nom de César dont je suis honoré,

De fa perte à mon bras fait un devoir facré.

ANTOINE.

Préparons donc foudain cette grande entreprife ;
Mais que notre intérêt jamais ne nous divife.
Le fang du grand Céfar eft déja joint au mien ;
Votre fœur eft ma femme ; & ce double lien
Doit affermir le joug où nos mains triomphantes
Tiendront à nos genoux les nations tremblantes.

SCENE V.

OCTAVE, le Tribun *éloigné.*

OCTAVE.

QUe feront tous ces nœuds ? nous fommes deux tyrans !
Puiffances de la terre, avez-vous des parens ?
Dans le fang des Céfars Julie a pris naiffance,
Et loin de rechercher mon utile alliance,
Elle n'a regardé cette trifte union
Que comme un des arrêts de la profcription.
(*au Tribun.*)
Revenez.... Quoi ! Pompée échappe à ma vengeance !
Quoi ! Julie avec lui ferait d'intelligence !
On ignore en quels lieux elle a porté fes pas ?

LE TRIBUN.

Son père en eft inftruit ; & l'on n'en doute pas.
Lui-même de fa fille a préparé la fuite.

OCTAVE.

De quoi s'informe ici ma raifon trop féduite ?
Quoi ! lorfqu'il faut régir l'univers confterné,

C iij

Entouré d'ennemis, du meurtre environné,
Teint du fang des profcrits que j'immole à mon père,
Détefté des Romains, peut-être d'un beau-frère ;
Au milieu de la guerre, au fein des factions,
Mon cœur ferait ouvert à d'autres paffions !
Quel mêlange inoui ! Quelle étonnante yvreffe
D'amour, d'ambition, de crimes, de faibleffe !
Quels foucis dévorans viennent me confumer !
Deftructeur des humains t'appartient-il d'aimer ?

Fin du premier acte.

ACTE II.

SCENE PREMIERE.
FULVIE, AUFIDE.

AUFIDE.

OUi , j'ai tout entendu ; le fang & le carnage
Ne coutaient rien , Madame , à votre époux volage.
Je fuis toûjours furpris que ce cœur effréné ,
Plongé dans la licence , au vice abandonné ,
Dans les plaifirs affreux qui partagent fa vie ,
Garde une cruauté tranquille & réfléchie.
Octave même , Octave , en paraît indigné ;
Il regrettait le fang où fon bras s'eft baigné ;
Il n'était plus lui-même : il femble qu'il rougiffe
D'avoir eu fi longtems Antoine pour complice.
Peut-être aux yeux des fiens il feint un repentir ,
Pour mieux tromper la terre & mieux l'affujettir.
Ou peut-être fon ame en fecret révoltée
De fa propre furie était épouvantée.
J'ignore s'il eft né pour éprouver un jour
Vers l'humaine équité quelque faible retour (15).
Mais il a difputé fur le choix des victimes ;
Et je l'ai vû trembler en fignant tant de crimes.

FULVIE.

Qu'importe à mes affronts ce faible & vain remord ?
Chacun d'eux tour à tour me donne ici la mort.

Octave que tu crois moins dur & moins féroce,
Sous un air plus humain cache un cœur plus atroce ;
Il agit en barbare , & parle avec douceur.
Je vois de son esprit la profonde noirceur ;
Le sphinx est son emblême (16), & nous dit qu'il préfère
Ce symbole du fourbe aux aigles de son père.
A tromper l'univers il mettra tous ses soins.
De vertus incapable , il les feindra du moins ;
Et l'autre aura toûjours dans sa vertu guerrière
Les vices forcenés de son ame grossière.
Ils osent me bannir , c'est-là ce que je veux.
Je ne demandais pas à gémir auprès d'eux ,
A respirer encor un air qu'ils empoisonnent.
Remplissons sans tarder les ordres qu'ils me donnent ;
Partons. Dans quels pays , dans quels lieux ignorés
Ne les verrons-nous pas comme à Rome abhorrés ?
Je trouverai par-tout l'aliment de ma haine.

SCENE II.

FULVIE, ALBINE, AUFIDE.

ALBINE.

Madame , espérez tout ; Pompée est à Césène ;
Mille Romains en foule ont devancé ses pas ;
Son nom & ses malheurs enfantent des soldats.
On dit qu'à la valeur joignant la diligence ,
Dans cette île barbare il porte la vengeance ;
Que les trois assassins à leur tour sont proscrits ,
Que de leur sang impur on a fixé le prix.
On dit que Brutus même avance vers le Tibre ,

Que

Que la terre eſt vengée , & qu'enfin Rome eſt libre.
Déja dans tout le camp ce bruit s'eſt répandu ;
Et le ſoldat murmure , ou demeure éperdu.

F U L V I E.

On en dit trop , Albine : un bien ſi déſirable
Eſt trop prompt & trop grand pour être vraiſemblable ;
Mais ces rumeurs au moins peuvent me conſoler ,
Si mes perſécuteurs apprennent à trembler.

A U F I D E.

Il eſt des fondemens à ce bruit populaire.
Un peu de vérité fait l'erreur du vulgaire.
Pompée a ſu tromper le fer des aſſaſſins ,
C'eſt beaucoup ; tout le reſte eſt ſoumis aux deſtins.
Je ſais qu'il a marché vers les murs de Céſène ,
De ſon départ au moins la nouvelle eſt certaine ;
Et le bruit qu'on répand nous confirme aujourd'hui
Que les cœurs des Romains ſe ſont tournés vers lui.
Mais ſon danger eſt grand ; des légions entières
Marchent ſur ſon paſſage & bordent les frontières.
Pompée eſt téméraire , & ſes rivaux prudens.

F U L V I E.

La prudence eſt ſur-tout néceſſaire aux méchans.
Mais ſouvent on la trompe : un heureux téméraire
Confond en agiſſant celui qui délibère.
Enfin Pompée approche. Unis par la fureur
Nos communs intérêts m'annoncent un vengeur.
Les révolutions fatales , ou proſpères ,
Du ſort qui conduit tout ſont les jeux ordinaires :
La fortune à nos yeux fit monter ſur ſon char
Sylla , deux Marius , & Pompée & Céſar ;
Elle a précipité ces foudres de la guerre ;

Tom. VI. & du Théâtre le quatriéme. D

De leur fang tour à tour elle a rougi la terre.
Rome a changé de loix , de tyrans & de fers.
Déja nos Triumvirs éprouvent des revers.
Caffius & Brutus menacent l'Italie.
J'irai chercher Pompée aux fables de Lybie.
Après mes deux affronts indignement foufferts ,
Je me confolerais en troublant l'univers.
Rappellons & l'Efpagne & la Gaule irritée
A cette liberté que j'ai perfécutée.
Puiffai - je dans le fang de ces monftres heureux ,
Expier les forfaits que j'ai commis pour eux !
Pardonne , Cicéron , de Rome heureux génie ,
Mes deftins t'ont vengé , tes bourreaux m'ont punie :
Mais je mourrai contente en des malheurs fi grands ,
Si je meurs comme toi le fléau des tyrans !

    (*A Aufide.*)

Avant que de partir tâchez de vous inftruire
Si de quelque efpérance un rayon peut nous luire.
Profitez des momens où les foldats troublés
Dans le camp des tyrans paraiffent ébranlés.
Annoncez-leur Pompée ; à ce grand nom peut-être
Ils fe repentiront d'avoir un autre maître.
Allez.

(*Ici on voit dans l'enfoncement Julie couchée entre des rochers.*)

SCENE III.

FULVIE, ALBINE.

FULVIE.

QUe vois-je au loin dans ces rochers déferts ,

Sur ces bords efcarpés d'abîmes entr'ouverts ?
Que préfente à mes yeux la terre encor tremblante ?

ALBINE.

Je vois , ou je me trompe , une femme expirante.

FULVIE.

Eft-ce quelque victime immolée en ces lieux ?
Peut-être les tyrans l'expofent à nos yeux ;
Et par un tel fpectacle ils ont voulu m'apprendre
De leur triumvirat ce que je dois attendre.
Allez , j'entends d'ici fes fanglots & fes cris :
Dans fon cœur oppreffé rappellez fes efprits.
Conduifez-la vers moi.

SCENE IV.

FULVIE *fur le devant du théâtre*, JULIE *au fond*,
vers un des côtés , foutenue par ALBINE.

JULIE.

Dieux vengeurs que j'adore !
Ecoutez-moi, voyez pour qui je vous implore !
Secourez un héros , ou faites-moi mourir !

FULVIE.

De fes plaintifs accens je me fens attendrir.

JULIE.

Où fuis-je ? & dans quels lieux les flots m'ont-ils jettée ?
Je promène en tremblant ma vue épouvantée.
Où marcher ? ... Quelle main m'offre ici fon fecours ,
Et qui vient ranimer mes miférables jours ?

FULVIE.

Sa gémiffante voix ne m'eft point inconnuë.

D ij

Avançons.... Ciel ! que vois-je ! en croirai-je ma vuë ?
Deſtins qui vous jouez des malheureux mortels ,
Amenez-vous Julie en ces lieux criminels ?
Ne me trompai-je point ?... N'en doutons plus , c'eſt elle.

JULIE.

Quoi ! d'Antoine , grand Dieu ! c'eſt l'épouſe cruelle !
Je ſuis perdue !

FULVIE.

Hélas ! que craignez-vous de moi ?
Eſt-ce aux infortunés d'inſpirer quelque effroi ?
Voyez-moi ſans trembler ; je ſuis loin d'être à craindre ;
Vous êtes malheureuſe , & je ſuis plus à plaindre.

JULIE.

Vous !

FULVIE.

Quel événement & quels Dieux irrités
Ont amené Julie en ces lieux déteſtés ?

JULIE.

Je ne ſais où je ſuis : un déluge effroyable ,
Qui ſemblait engloutir une terre coupable ,
Des tremblemens affreux , des foudres dévorans ,
Dans les flots débordés ont plongé mes ſuivans.
Avec un ſeul guerrier de la mort échappée ,
J'ai marché quelque tems dans cette île eſcarpée :
Mes yeux ont vû de loin des tentes , des ſoldats ;
Ces rochers ont caché ma terreur & mes pas.
Celui qui me guidait a ceſſé de paraître.
A peine devant vous puis-je me reconnaître ;
Je me meurs.

FULVIE.

Ah ! Julie !

J U L I E.

Eh quoi, vous foupirez !

F U L V I E.

De vos maux & des miens mes fens font déchirés.

J U L I E.

Vous fouffrez comme moi ! quel malheur vous opprime ?
Hélas ! où fommes-nous ?

F U L V I E.

Dans le féjour du crime ;
Dans cette île exécrable où trois monftres unis
Enfanglantent le monde & reftent impunis.

J U L I E.

Quoi ! c'eft ici qu'Antoine & le barbare Octave
Ont condamné Pompée & font la terre efclave !

F U L V I E.

C'eft fous ces pavillons qu'ils réglent nôtre fort.
De Pompée ici même ils ont figné la mort.

J U L I E.

Soutenez-moi, grands Dieux !

F U L V I E.

De cet affreux repaire
Ces tigres font fortis. Leur troupe fanguinaire.
Marche en ce même inftant au rivage oppofé.
L'endroit où je vous parle eft le moins expofé ;
Mes tentes font ici ; gardez qu'on ne vous voye.
Venez, calmez ce trouble où votre ame fe noye.

J U L I E.

Et la femme d'Antoine eft ici mon appui !

F U L V I E.

Graces à fes forfaits je ne fuis plus à lui.
Je n'ai plus déformais de parti que le votre.

D iij

Le deftin par pitié nous rejoint l'une à l'autre.
Qu'eft devenù Pompée ?

J U L I E.

Ah ! que m'avez - vous dit ?
Pourquoi vous informer d'un malheureux profcrit ?

F U L V I E.

Eft - il en fûreté ? Parlez en affurance :
J'attefte ici les Dieux , & Rome & ma vengeance,
Ma haine pour Octave , & mes tranfports jaloux,
Que mes foins répondront de Pompée & de vous ;
Que je vais vous défendre au péril de ma vie.

J U L I E.

Hélas ! c'eft donc à vous qu'il faut que je me fie !
Si vous avez auffi connu l'adverfité,
Vous n'aurez pas fans doute affez de cruauté
Pour achever ma mort & trahir ma mifère.
Vous voyez où des Dieux me conduit la colère.
Vous avez dans vos mains par d'étranges hazards
Le deftin de Pompée & du fang des Céfars.
J'ai réuni ces noms. L'intérêt de la terre
A formé notre hymen au milieu de la guerre.
Rome , Pompée & moi, tout eft prêt à périr :
Aurez - vous la vertu d'ofer les fecourir ?

F U L V I E.

J'oferai plus encor : s'il eft fur ce rivage,
Qu'il daigne feulement feconder mon courage.
Oui , je crois que le ciel fi longtems inhumain,
Pour nous venger tous trois l'a conduit par la main ;
Oui , j'armerai fon bras contre la tyrannie.
Parlez.

J U L I E.

Que vous dirai - je ? Errante , pourſuivie ,
Je fuyais avec lui le fer des aſſaſſins ,
Qui de Rome ſanglante inondaient les chemins ;
Nous allions vers ſon camp : déja ſa renommée
Vers Céſène aſſemblait les débris d'une armée ;
A travers les dangers près de nous renaiſſans
Il conduiſait mes pas incertains & tremblans.
La mort était par - tout : les ſanglans ſatellites
Des plaines de Céſène occupaient les limites :
La nuit nous égarait vers ce funeſte bord
Où régnent les tyrans , où préſide la mort.
Notre fatale erreur n'était point reconnuë ,
Quand la foudre a frappé notre ſuite éperduë.
La terre en mugiſſant s'entr'ouvre ſous nos pas.
Ce ſéjour en effet eſt celui du trépas.

F U L V I E.

Eh bien , eſt - il encor en cette île terrible ?
S'il oſe ſe montrer , ſa perte eſt infaillible ,
Il eſt mort.

J U L I E.

Je le fais.

F U L V I E.

Où dois - je le chercher ?
Dans quel ſecret aſyle a - t - il pû ſe cacher ?

J U L I E.

Ah ! Madame. . . .

F U L V I E.

Achevez ; c'eſt trop de défiance ,
Je pardonne à l'amour un doute qui m'offenſe.
Parlez , je ferai tout.

JULIE.

Puis-je le croire ainfi ?

FULVIE.

Je vous le jure encor.

JULIE.

Eh bien...... Il eft ici.

FULVIE.

C'en eft affez ; allons.

JULIE.

Il cherchait un paffage ,
Pour fortir avec moi de cette île fauvage ;
Et ne le voyant plus dans ces rochers déferts ,
Des ombres du trépas mes yeux fe font couverts.
Je mourais , quand le ciel une fois favorable
M'a préfenté par vous une main fecourable.

SCÈNE V.

FULVIE, JULIE, ALBINE, un Tribun.

LE TRIBUN.

MAdame , une étrangère eft ici près de vous.
De leur autorité les Triumvirs jaloux
De l'île à tout mortel ont défendu l'entrée.

JULIE.

Ah ! j'attefte la foi que vous m'avez jurée !

LE TRIBUN.

Je la dois amener devant leur tribunal.

FULVIE (à *Julie.*)

Gardez-vous d'obéir à cet ordre fatal.

JULIE.

J U L I E.

Avilirais-je ainſi l'honneur de mes ancêtres ?
Soldats des Triumvirs, allez dire à vos maîtres,
Que Julie entraînée en ce ſéjour affreux
Attend pour en ſortir des ſecours généreux ;
Que par-tout je ſuis libre, & qu'ils peuvent connaître
Ce qu'on doit de reſpeƈt au ſang qui m'a fait naître,
A mon rang, à mon ſexe, à l'hoſpitalité,
Aux droits des nations & de l'humanité.
Conduiſez-moi chez vous, magnanime Fulvie.

F U L V I E.

Votre noble fierté ne s'eſt point démentie ;
Elle augmente la mienne ; & ce n'eſt pas en vain
Que le ſort vous conduit ſur ce bord inhumain.
Puiſſai-je en mes deſſeins ne m'être point trompée !

J U L I E.

O Dieux ! prenez ma vie, & veillez ſur Pompée !
Dieux ! ſi vous me livrez à mes perſécuteurs,
Armez-moi d'un courage égal à leurs fureurs !

Fin du ſecond aƈte.

ACTE III.

SEXTUS POMPÉE, *feul.*

JE ne la trouve plus : quoi ! mon deftin fatal
L'amène à mes tyrans, la livre à mon rival !
Les voilà, je les vois ces pavillons horribles
Où nos trois meurtriers retirés & paifibles
Ordonnent le carnage avec des yeux fereins,
Comme on donne une fête & des jeux aux Romains.
O Pompée ! ô mon père ! infortuné grand-homme !
Quel eft donc le deftin des défenfeurs de Rome !
O Dieux, qui des méchans fuivez les étendarts,
D'où vient que l'Univers eft fait pour les Céfars !
J'ai vû périr Caton (17) leur juge & votre image.
Les Scipions font morts aux déferts de Carthage (18) ;
Cicéron, tu n'es plus (19), & ta tête & tes mains
Ont fervi de trophée aux derniers des humains.
Mon fort va me rejoindre à ces grandes victimes.
Le fer des Achillas & celui des Septimes,
D'un vil Roi de l'Egypte inftrumens criminels,
Ont fait couler le fang du plus grand des mortels (20).
Ce n'eft que par fa mort que fon fils lui reffemble.
Des brigands réunis que la rapine affemble,
Un prétendu Céfar, un fils de Cépias (21),
Qui commande le meurtre & qui fuit les combats,

Dans leur tranquille rage ordonnent de ma vie :
Octave est maître enfin du monde & de Julie.
De Julie ! ah ! tyran, ce dernier coup du sort
Atterre mon esprit luttant contre la mort.
Détestable rival, usurpateur infame,
Tu ne m'assassinais que pour ravir ma femme ;
Et c'est moi qui la livre à tes indignes feux !
Tu règnes, & je meurs, & je te laisse heureux !
Et tes flatteurs tremblans sur un tas de victimes,
Déja du nom d'Auguste ont décoré tes crimes !
Quel est cet assassin qui s'avance vers moi ?

SCENE II.

POMPÉE, AUFIDE.

POMPÉE (*l'épée à la main.*)

APproche, & puisse Octave expirer avec toi !

AUFIDE.

Jugez mieux d'un soldat qui servit votre père.

POMPÉE.

Et tu sers un tyran.

AUFIDE.

Je l'abjure, & j'espère
N'être pas inutile, en ce séjour affreux,
Au fils, au digne fils d'un héros malheureux.
Seigneur, je viens à vous de la part de Fulvie.

POMPÉE.

Est-ce un piége nouveau que tend la tyrannie ?
A son barbare époux viens-tu pour me livrer ?

E ij

A U F I D E.

Du péril le plus grand je viens pour vous tirer.

P O M P É E.

L'humanité , grands Dieux ! eft - elle ici connue ?

A U F I D E.

Sur ce billet , au moins , daignez jetter la vûe.

(*Il lui donne des tablettes.*)

P O M P É E.

Julie ! ô ciel Julie ! eft - il bien vrai ?

A U F I D E.

Lifez.

P O M P É E.

O fortune ! ô mes yeux ! êtes - vous abufés ?
Retour inattendu de mes deftins profpères !
Je mouille de mes pleurs ces divins caractères.

(*Il lit.*)

» Le fort paraît changer , & Fulvie eft pour nous ;
» Ecoutez ce Romain , confervez mon époux.
Qui que tu fois , pardonne : à toi je me confie ;
Je te crois généreux fur la foi de Julie.
Quoi ! Fulvie a pris foin de fon fort & du mien !
Qui l'y peut engager ? Quel intérêt ?

A U F I D E.

Le fien.

D'Antoine abandonnée avec ignominie,
Elle eft des trois tyrans la plus grande ennemie.
Elle ne borne pas fa haine & fes deffeins
A dérober vos jours au fer des affaffins ;
Il n'eft point de péril que fon couroux ne brave ,
Elle veut vous venger.

POMPÉE.

Oui , vengeons-nous d'Octave.

Elevé dans l'Afie au milieu des combats ,
Je n'ai connu de lui que fes affaffinats ;
Et dans les champs d'honneur qu'il redoute peut-être ,
Ses yeux qu'il eut baiffés , ne m'ont point vû paraître.
Antoine d'un foldat a du moins la vertu.
Il eft vrai que mon bras ne l'a point combattu ;
Et depuis que mon père expira fous un traître ,
Nous fumes ennemis fans jamais nous connaître.
Commençons par Octave ; allons , & que ma main
Au bord de mon tombeau fe plonge dans fon fein.

AUFIDE.

Venez donc chez Fulvie , & fachez qu'elle eft prête
D'Octave , s'il le faut , à vous livrer la tête.
De quelques vétérans je tenterai la foi ;
Sous votre illuftre père ils fervaient comme moi.
On change de pàrti dans les guerres civiles.
Aux deffeins de Fulvie ils peuvent être utiles.
L'intérêt qui fait tout les pourrait engager
A vous donner retraite , & même à vous venger.

POMPÉE.

Je pourrais arracher Julie à ce perfide !
Je pourrais des Romains immoler l'homicide !
Octave périrait !

AUFIDE.

Seigneur , n'en doutez pas.

POMPÉE.

Marchons.

S C E N E   III.

POMPÉE, AUFIDE, JULIE.

J U L I E.

QUe faites-vous ? Où portez-vous vos pas ?
On vous cherche, on pourfuit tous ceux que cet orage
Put jetter comme moi fur cet affreux rivage.
Votre père, en Egypte aux affaffins livré,
D'ennemis plus fanglans n'était pas entouré.
L'amitié de Fulvie eft funefte & cruelle ;
C'eft un danger de plus qu'elle traîne après elle.
On l'obferve, on l'épie, & tout me fait trembler ;
Dans ces horribles lieux je crains de vous parler.
Regagnons ces rochers & ces cavernes fombres,
Où la nuit va porter fes favorables ombres.
Demain les trois tyrans aux premiers traits du jour,
Partent avec la mort de ce fatal féjour.
Ils vont loin de vos yeux enfanglanter le Tibre.
Ne précipitez rien ; demain vous êtes libre.

P O M P É E.

Noble & tendre moitié d'un guerrier malheureux,
O vous ! ainfi que Rome objet de tous mes vœux !
Laiffez-moi m'oppofer au deftin qui m'outrage.
Si j'étais dans des lieux dignes de mon courage,
Si je pouvais guider nos braves légions,
Dans les camps de Brutus, ou dans ceux des Catons,
Vous ne me verriez pas attendre de Fulvie
Un fecours incertain contre la tyrannie.
Les Dieux nous ont conduits dans ces fanglans déferts ;

Marchons aux feuls fentiers que ces Dieux m'ont ouverts.

JULIE.

Octave en ce moment doit entrer chez Fulvie ;
Si vous êtes connu, c'eſt fait de votre vie.

AUFIDE.

Seigneur, craignez plutôt d'être ici découvert ;
Aux tribuns, aux foldats ce paſſage eſt ouvert ;
Entre ces deux dangers que prétendez-vous faire ?

JULIE.

Pompée, au nom des Dieux, au nom de votre père ;
Dont le malheur vous fuit, & qui ne s'eſt perdu
Que par fa confiançe & fon trop de vertu ;
Ayez quelque pitié d'une époufe allarmée !
Avons-nous un parti, des amis, une armée.
Trois monſtres tout-puiſſans ont détruit les Romains ;
Vous êtes feul ici contre mille aſſaſſins....
Ils viennent, c'en eſt fait, & je les vois paraître.

AUFIDE.

Ah ! laiſſez-vous conduire : on peut vous reconnaître.
Le tems preſſe, venez, vous vous perdez fans fruit.

JULIE.

Je ne vous quitte pas.

POMPÉE.

A quoi fuis-je réduit !

S C E N E   I V.

POMPÉE, JULIE, AUFIDE, *sur le devant.*
OCTAVE, Licteurs, *au fond.*

OCTAVE.

JE prétens vous parler ; ne fuyez point , Julie.

JULIE.

Aufide me ramène aux tentes de Fulvie.

OCTAVE (*à Aufide.*)

Demeurez. Je le veux.... Vous , quel est ce Romain ?
Est-il de votre suite ?

JULIE.

Ah ! je succombe enfin.

AUFIDE.

C'est un de mes soldats dont l'utile courage
S'est distingué dans Rome en ces jours de carnage :
Et de Rome à mon ordre il arrive aujourd'hui.

OCTAVE (*à Pompée.*)

Parle , que fait Pompée ? Où Pompée a-t-il fui ?

POMPÉE.

Il ne fuit point , Octave ; il vous cherche , & peut-être
Avant la fin du jour vous le verrez paraître.

OCTAVE.

Tu sais en quel état il faut le présenter :
C'est sa tête , en un mot , qu'il me faut apporter ;
Et tu dois être instruit quelle est la récompense.

POMPÉE.

Elle est publique assez.

JULIE.

J U L I E.

O terreur !

P O M P É E.

O vengeance !

S C E N E V.

Les personnages précédens , un TRIBUN militaire.

L E T R I B U N.

Vous êtes obéi ; grace à votre heureux sort ,
Pompée en ce moment est ou captif ou mort.

O C T A V E.

Que dis-tu ?

L E T R I B U N.

Ses suivans s'avançaient dans la plaine
Qui s'étend de Pisaure aux remparts de Césène ;
Les rebelles bientôt entourés & surpris ,
De leurs témérités ont eu le digne prix.

P O M P É E.

Ah ciel !

L E T R I B U N.

A la valeur que tous ont fait paraître ,
On croit qu'ils combattaient sous les yeux de leur maître.

P O M P É E (*à part.*)

Je perds tous mes amis !

L E T R I B U N.

S'il est parmi les morts ,
Vos soldats à vos pieds vont apporter son corps.
S'il est vivant , s'il fuit , il va tomber sans doute
Aux piéges que nos mains ont tendus sur sa route.
Il ne peut échapper au trépas qui l'attend.

Tom. VI. *& du Théâtre le quatriéme.* F

OCTAVE.

Allez, continuez ce service important.
Vous, Aufide, en tout tems j'éprouvai votre zèle.
Je sais qu'Antoine en vous trouve un guerrier fidèle.
Allez : si ce soldat peut servir aujourd'hui,
Souvenez-vous sur-tout de répondre de lui.
Vous, licteurs, arrêtez le premier téméraire
Qui viendrait sans mon ordre en ce lieu solitaire.

POMPÉE (*à Aufide.*)

Vien guider mes fureurs.

JULIE.

　　　　O Dieux qui m'écoutez,
Dans quel péril nouveau vous nous précipitez !

SCENE VI.

OCTAVE, JULIE.

OCTAVE, (*arrêtant Julie.*)

JE vous ai déja dit que vous deviez m'entendre.
Votre abord en cette île a droit de me surprendre ;
Mais cessez de me craindre, & calmez votre cœur.

JULIE.

Seigneur, je ne crains rien ; mais je frémis d'horreur.

OCTAVE.

Vous changerez peut-être en connaissant Octave.

JULIE.

J'ai le fort des Romains, il me traite en esclave.
Vous pouviez respecter mon nom & mon malheur.

OCTAVE.

Sachez que de tous deux je suis le protecteur.

Les refpeﬅs des humains & Rome vous attendent.
Ce nom que vous portez & leurs vœux vous demandent ;
Je dois vous y conduire ; & le fang des Céfars
Ne doit plus qu'en triomphe entrer dans fes remparts.
Pourquoi les quittez-vous ? ne pourrai-je connaître
Qui vous dérobe à Rome où le ciel vous fit naître ?

J U L I E.

Demandez-moi plutôt, dans ces horribles tems,
Pourquoi dans Rome encor il eﬅ des habitans ?
La ruïne, la mort, de tous côtés s'annonce ;
Mon père était profcrit ; & voilà ma réponfe.

O C T A V E.

Mes foins veillent fur lui ; fes jours font aﬄurés ;
Je les ai défendus, vous les rendez facrés.

J U L I E.

Ainﬁ je dois bénir vos loix & votre empire,
Lorfque vous permettez que mon père refpire.

O C T A V E.

Il s'arma contre moi ; mais tout eﬅ oublié.
Ne lui reﬀemblez point par fon inimitié.
Mais enfin, près de moi qui vous a pû conduire ?

J U L I E.

La colère des Dieux obﬅinés à me nuire.

O C T A V E.

Ces Dieux fe calmeront. Ma févère équité
A vengé le héros qui m'avait adopté.
Il n'appartient qu'à moi d'honorer dans Julie
Le fang, l'augufte fang dont vous êtes fortie.
Je dois compte de vous à Rome, aux demi-Dieux
Que le monde à genoux révère en vos ayeux.

JULIE.

Vous !

OCTAVE.

Un fils de Céfar ne doit jamais permettre
Qu'en d'étrangères mains on ofe vous remettre.

JULIE.

Vous fon fils ! . . . . ô héros ! ô généreux vainqueur !
Quel fils as - tu choifi ? quel eft ton fucceffeur ?
Céfar vous a laiffé fon pouvoir en partage ;
Sa magnanimité n'eft pas votre héritage.
S'il verfa quelquefois le fang du citoyen,
Ce fut dans les combats en répandant le fien.
C'eft par d'autres exploits que vous briguez l'Empire.
Il favait pardonner, & vous favez profcrire.
Prodigue de bienfaits, & vous d'affaffinats,
Vous n'êtes point fon fils, je ne vous connais pas.

OCTAVE.

Il vous parle par moi : Julie, il vous pardonne
Les noms injurieux que votre erreur me donne.
Ne me reprochez plus ces arrêts rigoureux
Qu'arrache à ma juftice un devoir malheureux.
La paix va fuccéder aux jours de la vengeance.

JULIE.

Quoi ! vous me donneriez un rayon d'efpérance !

OCTAVE.

Vous pouvez tout.

JULIE.

Qui ? moi !

OCTAVE.

Vous devez préfumer
Quel eft le feul moyen qui peut me défarmer,
Et qui de ma clémence eft la caufe & le gage.

J u l i e.

Vous parlez de clémence au milieu du carnage !
Hélas ! fi tant de fang , de fupplices , de morts ,
Ont pû laiffer dans vous quelque accès aux remords ,
Si vous craignez du moins cette haine publique ,
Cette horreur attachée au pouvoir tyrannique :
Ou fi quelques vertus germent dans votre cœur ,
En les mettant à prix n'en fouillez point l'honneur ;
N'en aviliffez pas le caractère augufte.
Eft - ce à vos paffions à vous rendre plus jufte ?
Soyez grand par vous - même.

O c t a v e.

Allez , je vous entens ;
Et j'avais bien prévu vos refus infultans.
Un rival criminel , une race ennemie....

J u l i e.

Qui ?

O c t a v e.

Vous le demandez ! vous favez trop , Julie ,
Quel eft depuis longtems l'objet de mon couroux ;
Et Pompée......

J u l i e.

Ah ! cruel , quel nom prononcez - vous ?
Pompée eft loin de moi : qui vous dit que je l'aime ?

O c t a v e.

Qui me le dit ? vos pleurs ; qui me le dit ? vous - même.
Pompée eft loin de vous , & vous le regrettez !
Vous penfez m'adoucir lorfque vous m'infultez !
Lorfque de Rome enfin votre imprudente fuite
Du fein de vos parens vous entraîne à fa fuite.

F iij

JULIE.

Ainſi vous ajoutez l'opprobre à vos fureurs.
Ah ! ce n'eſt pas à vous à m'enſeigner les mœurs.
Je ne ſuis point réduite à tant d'ignominie ;
Et ce n'eſt pas pour vous que je me juſtifie.
J'ai quitté mon pays que vous enſanglantez ,
Mes parens & mes Dieux que vous perſécutez.
J'ai dû ſortir de Rome où vous alliez paraître ;
Mon père l'ordonnait ; vous le ſavez peut-être ,
C'eſt vous que je fuyais ; mes funeſtes deſtins
Quand je vous évitais m'ont remiſe en vos mains.
Commandez , s'il le faut , à la terre aſſervie ;
Mon cœur ne dépend point de votre tyrannie.
Vous pouvez tout ſur Rome , & rien ſur mon devoir.

OCTAVE.

Vous ignorez mes droits , ainſi que mon pouvoir.
Vous vous trompez , Julie , & vous pourrez apprendre
Que Lucius ſans moi ne peut choiſir un gendre ;
Que c'eſt à moi ſurtout que l'on doit obéir.
Déja Rome m'attend ; ſoyez prête à partir.

JULIE.

Voilà donc ce grand cœur , ce héros magnanime ,
Qui du monde calmé veut mériter l'eſtime !
Voilà ce règne heureux de paix & de douceur !
Il fut un meurtrier , il devient raviſſeur !

OCTAVE.

Il eſt juſte envers vous : mais , quoi qu'il en puiſſe être ,
Sachez que le mépris n'eſt pas fait pour un maître.
Que vous aimiez Pompée , ou qu'un autre rival
Encouragé par vous cherche l'honneur fatal
D'oſer un ſeul moment diſputer ma conquête ,

On fait fi je me venge ; il y va de fa tête ;
C'eft un nouveau profcrit que je dois condamner ;
Et je jure par vous de ne point pardonner.

J U L I E.

Moi, j'attefte ici Rome & fon divin génie,
Tous ces héros armés contre la tyrannie,
Le pur fang des Céfars, & dont vous n'êtes pas,
Qu'à vos profcriptions vous joindrez mon trépas,
Avant que vous forciez cette ame indépendante
A joindre une main pure à votre main fanglante.
Les meurtres que dans Rome ont commis vos fureurs
De celui que j'attens font les avant-coureurs.
Un nouvel Appius a trouvé Virginie ;
Son fang eut des vengeurs ; il fut une patrie ;
Rome fubfifte encor. Les femmes en tout tems
Ont fervi dans nos murs à punir les tyrans.
Les Rois, vous le favez, furent chaffés pour elles.
Nouveau Tarquin, tremblez !

(*Elle fort.*)

S C E N E   V I I.

O C T A V E *feul.*

Que d'injures nouvelles !
Quel reproche accablant pour mon cœur oppreffé !
Ce cœur m'en a dit plus qu'elle n'a prononcé.
Le cruel eft haï ; j'en fais l'expérience.
Je fuis puni déja de ma toute-puiffance.
A peine je gouverne, à peine j'ai goûté

Ce pouvoir qu'on m'envie & qui m'a tant coûté.
Tu veux régner, Octave, & tu chéris la gloire ;
Tu voudrais que ton nom vécût dans la mémoire ;
Il portera ta honte à la poftérité.
Etre à jamais haï ! quelle immortalité !
Mais l'être de Julie, & l'être avec juftice !
Entendre cet arrêt qui fait feul ton fupplice !
Le peux-tu fupporter ce tourment douloureux
D'un efprit emporté par de contraires vœux,
Qui fait le mal qu'il hait, & fuit le bien qu'il aime,
Qui cherche à fe tromper & qui fe hait lui-même ?
Faut-il donc que l'amour ajoute à mes fureurs ?
Ah ! l'amour était fait pour adoucir nos mœurs.
D'indignes voluptés corrompaient mon jeune âge.
L'ambition fuccède avec toute fa rage.
Par quel nouveau torrent je me laiffe emporter !
Que d'ennemis à vaincre ! & comment les dompter ?
Mânes du grand Céfar ! ô mon maître ! ô mon père !
Que Brutus immola, mais que Brutus révère ;
Héros terrible & doux à tous tes ennemis,
Tu m'as laiffé l'Empire à ta valeur foumis.
La moitié de ce faix accable ma jeuneffe ;
Je n'ai que tes défauts, je n'ai que ta faibleffe ;
Et je fens dans mon cœur de remords combattu,
Que je n'ofe avec toi difputer de vertu.

Fin du troifiéme acte.

A C T E   IV.

S C E N E   P R E M I E R E.

FULVIE, ALBINE.

ALBINE.

Quand sous vos pavillons de sa crainte occupée,
Invoquant en secret l'ombre du grand Pompée,
Les sanglots à la bouche & la mort dans les yeux,
Julie appelle en vain les enfers & les Dieux,
Vous la laissez, Fulvie, à sa douleur mortelle.

FULVIE.

Qu'elle se plaigne aux Dieux ; je vais agir pour elle.
J'attens ici Pompée.

ALBINE.

Eh ! ne pouviez-vous pas
De cette île avec eux précipiter vos pas ?

FULVIE.

Non ; de nos ennemis la fureur attentive
Couvre de meurtriers & l'une & l'autre rive.
Rien ne peut nous tirer de ce gouffre d'horreur.
J'y reste encor un jour, & c'est pour leur malheur.

ALBINE.

Qu'espérez-vous d'un jour ?

FULVIE.

La mort ; mais la vengeance.

A L B I N E.

Eh peut-on fe venger de la toute-puiffance ?

F U L V I E.

Oui , quand on ne craint rien.

A L B I N E.

Dans nos vaines douleurs.

D'un fexe infortuné les armes font les pleurs.
Le puiffant foule aux pieds le faible qui menace ,
Et rit en l'écrafant de fa débile audace.

F U L V I E.

Déformais à Fulvie ils n'infulteront plus.
Ils ne fe joueront pas de mes pleurs fuperflus.
Je fais que ces brigands affamés de rapine ,
En comblant mon opprobre ont juré ma ruïne.
Prodigues raviffeurs & bas intéreffés ,
Ils m'enlèvent les biens que mon père a laiffés.
On les donne pour dot à ma fière rivale.
Mais, Albine, croi-moi, la pompe nuptiale
Peut fe changer encor en un trop jufte deuil ;
Et tout ufurpateur eft près de fon cercueil.
J'ai pris le feul parti qui refte à ma fortune.
De Pompée & de moi la querelle eft commune.
Je l'attends ; il fuffit.

A L B I N E.

Il eft feul , fans fecours.

F U L V I E.

Il en aura dans moi.

A L B I N E.

Vous hazardez fes jours.

F U L V I E.

Je prodigue les miens. Va, retourne à Julie,

Soutien fon defefpoir & fa force affaiblie ;
Porte-lui tes confeils , fon âge en a befoin ;
Et de mon fort affreux laiffe-moi tout le foin.

ALBINE.

L'état où je vous vois m'épouvante & m'afflige.

FULVIE.

Porte ailleurs ton effroi ; va, laiffe-moi, te dis-je.
Pompée arrive enfin , je le vois. Dieux vengeurs ,
Ainfi que nos affronts uniffez nos fureurs !

SCENE II.

POMPÉE, FULVIE.

FULVIE.

ETes-vous affermi ?

POMPÉE.

J'ai confulté ma gloire ;
J'ai craint qu'elle ne vit une action trop noire
Dans le meurtre inouï qui nous tient occupés.

FULVIE.

Elle parle avec Rome , elle vous dit : frappez.
Ils partent dès demain , ces deftructeurs du monde ;
Ils partent triomphans : & cette nuit profonde
Eft le temps , le feul temps , où nous pouvons tous
Sans autre appui que nous venger Rome fur eux.
Seriez-vous en fufpens ?

POMPÉE.

Non : mes mains feront prêtes.
Je voudrais de cette hydre abattre les trois têtes.

G ij

Je ne peux immoler qu'un de mes ennemis,
Octave est le plus grand ; c'est lui que je choisis.

FULVIE.

Vous courez à la mort.

POMPÉE.

Elle annoblit ma cause.

De cet indigne sang c'est peu que je dispose ;
C'est peu de me venger ; je n'aurais qu'à rougir
De frapper sans péril, & sans savoir mourir.

FULVIE.

Vous faites encor plus, vous vengez la patrie,
Et le sang innocent qui s'élève & qui crie ;
Vous servez l'univers.

POMPÉE.

J'y suis déterminé.

L'assassin des Romains doit être assassiné.
Ainsi mourut César : il fut clément & brave,
Et nous pardonnerions à ce lâche d'Octave !
Ce que Brutus a pû, je ne le pourrais pas !
Et j'irais pour ma cause emprunter d'autres bras !
Le sort en est jetté. Faites venir Aufide.

FULVIE.

Il veille près de nous dans ce camp homicide,
Qu'on l'appelle... Déja *a*) les feux sont presque éteints,
Et le silence règne en ces lieux inhumains.

a) On voit dans l'éloignement des restes de feux faiblement allumés autour des tentes, & le théâtre représente une nuit.

S C E N E   I I I.

P O M P É E , F U L V I E , A U F I D E.

F U L V I E (*à Aufide.*)

APprochez : que fait-on dans ces tentes coupables ?

A U F I D E.

Le fommeil y répand fes pavots favorables ,
Lorfque les murs de Rome au carnage livrés
Retentiffent au loin des cris defefpérés
Que jettent vers les cieux les filles & les mères
Sur les corps étendus des enfans & des pères.
Le fang ruiffelle à Rome ; Octave dort en paix.

P O M P É E.

Vengeance , éveille-toi ! Mort , puni fes forfaits !
Dites-moi dans quels lieux fes tentes font dreffées ?

F U L V I E.

Vous avez remarqué ces roches entaffées
Qui laiffent un paffage à ces vallons fecrets
Arrofés d'un ruiffeau que bordent des cyprès.
Le pavillon d'Antoine eft auprès du rivage ;
Paffez , & dédaignez de venger mon outrage.
Vous trouverez plus loin l'enceinte & les pâlis
Où du clément Céfar eft le barbare fils.
Avancez , vengez-vous.

A U F I D E.

Une troupe fanglante
Dans la nuit , à toute heure , environne fa tente.
Des plaifirs de leurs chefs affreux imitateurs ,
Ils dorment auprès d'eux dans le fein des horreurs.

G iij

P O M P É E.

Vous avez préparé votre fidèle efclave ?

F U L V I E.

Il vous attend ; marchez jufques au lit d'Octave.

P O M P É E (*à Fulvie.*)

Je laiffe entre vos mains dans ce cruel féjour
L'objet, le feul objet pour qui j'aimais le jour ;
Le feul qui pût unir deux familles fatales,
Deux races de héros en infortune égales,
Le fang des vrais Céfars. Ayez foin de fon fort,
Enfeignez à fon cœur à fupporter ma mort.
Qu'elle envifage moins ma perte que ma gloire,
Que mort pour la venger, je vive en fa mémoire ;
C'eft tout ce que je veux. Mais en portant mes coups
Je vous laiffe expofée, & je frémis pour vous ;
Antoine eft en ces lieux maître de votre vie,
Il peut venger fur vous le frère d'Octavie.

F U L V I E.

Qui ? lui ! qui ? ce mortel fans pudeur & fans foi ?
Cet oppreffeur de Rome & du monde & de moi ?
Lui qui m'ofe exiler ? Quoi ! dans mon entreprife
Vous penfez qu'un tyran, qu'une mort me fuffife ?
Aviez - vous foupçonné que je ne faurais pas
Porter, ainfi que vous, & fouffrir le trépas ?
Que je dévorerais mes douleurs impuiffantes ?
Voyez de ces tyrans les demeures fanglantes :
C'eft l'école du meurtre, & j'ai dû m'y former.
De leur efprit de rage ils ont fû m'animer.
Leur loi devient la mienne ; il faut que je la fuive.
Il faut qu'Antoine meure, & non pas que je vive.
Il périra, vous dis - je.

P O M P É E.

Et par qui ?

F U L V I E.

Par ma main.

P O M P É E.

Ofez-vous bien remplir un fi hardi deffein ?

F U L V I E.

Ofez-vous en douter ? le deftin nous raffemble ,
Pour délivrer la terre & pour mourir enfemble.
Que le Triumvirat par nous deux aboli ,
Dans la tombe avec nous demeure enfeveli.
J'ai trop vécu comme eux : le terme de ma vie
Eft conforme aux horreurs dont les Dieux l'ont remplie ;
Et Pompée aux enfers defcendant fans effroi ,
Y va traîner Octave avec Antoine & moi.

A U F I D E.

Non , efpérez encor ; les foldats de ces traîtres
Ont changé quelquefois de drapeaux & de maîtres.
Ils ont trahi Lépide ; (23) ils pourront aujourd'hui
Vendre au fils de Pompée un mercénaire appui.
Pour gagner les Romains , pour forcer leur hommage ,
Il ne faut qu'un grand nom , de l'or , & du courage.
On a vû Marius entraîner fur fes pas (24)
Les mêmes affaffins payés pour fon trépas.
Nous féduirons les uns , nous combattrons le refte.
Ce coup defefpéré peut vous être funefte ,
Mais il peut réuffir. Brutus & Caffius
N'avaient pas après tout des projets mieux conçus (25).
Téméraires vengeurs de la caufe commune ,
Ils ont frappé Céfar & tenté la fortune.
Ils devaient mille fois périr dans le Sénat :

Ils vivent cependant , ils partagent l'Etat ;
Et dans Rome avec vous je les verrai peut-être.
Mes guerriers fur vos pas à l'inftant vont paraître.
Nous vous fuivrons de près ; il en eft tems , marchons.

POMPÉE.

Je t'invoque , Brutus ! je t'imite ; frappons !

(*Il fort avec Aufide.*)

SCENE IV.

FULVIE, JULIE, ALBINE.

JULIE.

IL m'échappe , il me fuit ; ô ciel ! m'a-t-il trompée ?
Autel ! fatal autel ! mânes du grand Pompée !
Votre fils devant vous m'a-t-il fait profterner
Pour trahir mes douleurs & pour m'abandonner ?

FULVIE.

S'il arrive un malheur , armez-vous de courage :
Il faut s'attendre à tout.

JULIE.

Quel horrible langage !
S'il arrive un malheur ! Eft-il donc arrivé ?

FULVIE.

Non , mais ayez un cœur plus grand , plus élevé.

JULIE.

Il l'eft ; mais il gémit : vous haïffez , & j'aime.
Je crains tout pour Pompée , & non pas pour moi-même.
Que fait-il ?

FULVIE.

Il vous fert.... Les flambeaux dans ces lieux

De

De leur faible clarté ne frappent plus mes yeux *b*).
Sommeil ! fommeil de mort ! favorife ma rage !

J U L I E.

Où courez - vous ?

F U L V I E.

Reftez ; j'ai pitié de votre âge,
De vos triftes amours, & de tant de douleurs.
Gémiffez, s'il le faut ; laiffez - moi mes fureurs.

S C E N E V.

J U L I E, A L B I N E.

J U L I E.

Que veut - elle me dire ? & qu'eft - ce qu'on prépare ?
Séjour de meurtriers, île affreufe & barbare,
Je l'avais bien prévu, tu feras mon tombeau.
Albine, inftruifez - moi de mon malheur nouveau :
Pompée eft - il connu ? voit - il fa dernière heure ?
N'eft - il plus d'efpérance ? eft - il tems que je meure ?
Je fuis prête, parlez.

A L B I N E.

Dans cette horrible nuit
J'ignore ainfi que vous s'il fuccombe ou s'il fuit,
Si Fulvie au trépas aura pû le fouftraire :
Elle fuit les confeils d'une aveugle colère,
Qu'en fes tranfports foudains rien ne peut captiver.
Elle expofe Pompée au lieu de le fauver.

b) Les flambeaux qui éclairent les tentes s'éteignent.

J U L I E.

Je m'y fuis attenduë ; & quand ma deftinée,
Dans cet orage affreux m'a près d'elle amenée,
Je ne me flattais pas d'y rencontrer un port.
Je fais que c'eft ici le féjour de la mort.
Je fuis perduë, Albine, & ne fuis point trompée.
La fille d'un Céfar, la veuve d'un Pompée,
Sera digne du moins, dans ces extrémités,
Du fang qu'elle a reçu, des noms qu'elle a portés.
On ne me verra point deshonorer fa cendre
Par d'inutiles cris qu'on dédaigne d'entendre,
Rougir de lui furvivre, & tromper mes douleurs
Par l'efpoir incertain de trouver des vengeurs.
Pour affronter la mort, il échappe à ma vuë ;
Il a craint ma faibleffe ; il m'a trop mal connuë ;
S'il prétend que je vive, il m'outrage en effet.
Allons.

S C E N E   V I.

J U L I E, A L B I N E, P O M P É E.

J U L I E.

O Dieux ! Pompée !

P O M P É E.

Il eft mort, c'en eft fait.

J U L I E.

Qui ?

P O M P É E.

L'univers eft libre.

JULIE.

O Rome ! ô ma patrie !
Octave eſt mort par vous !

POMPÉE.

Oui , je vous ai ſervie.
De la terre & de vous j'ai puni l'oppreſſeur.

JULIE.

O ſuccès inouï ! trop heureuſe fureur !

POMPÉE.

Ses gardes aſſoupis dans leur infâme yvreſſe,
Laiſſaient un accès libre à ma main vengereſſe.
Un de ſes favoris , un de ſes aſſaſſins ,
Un miniſtre odieux de ſes affreux deſſeins ,
Seul auprès du tyran repoſait dans ſa tente ;
J'entre ; un Dieu me conduit ; une idée effrayante
De la mort que j'apporte , un ſonge avant‑coureur ,
Dans ſon profond ſommeil excitant ſa terreur ,
De ſes proſcriptions lui préſentait l'image.
Quelques ſons mal formés de ſang & de carnage
S'échappaient de ſa bouche , & ſon perfide cœur
Juſques dans le repos déployait ſa fureur.
De funèbres accens ont prononcé *Pompée ;*
Dans ſon cœur à ce nom j'ai plongé cette épée ;
Mon rival a paſſé du ſommeil au trépas ,
Trépas encor trop doux pour tant d'aſſaſſinats.
Il aurait dû périr par un ſupplice inſigne.
Je ſais que de Pompée il eût été plus digne
D'attaquer un Céſar au milieu des combats ;
Mais un Céſar tyran ne le méritait pas.
Le ſilence & la mort ont ſervi ma retraite.

H ij

J U L I E.

Je goûte en frémiffant une joye inquiète.
L'effroi qui me faifit corrompant mon efpoir ,
Empoifonne en fecret le bonheur de vous voir.
Pourrez - vous fuir du moins de cette île exécrable ?

P O M P É E.

Moi , fuir !

J U L I E.

Il refte encor un tyran redoutable.

P O M P É E.

Si le ciel nous feconde , il n'en reftera plus.

J U L I E.

Et comment raffurer mes efprits éperdus ?
Antoine va venger la mort de fon complice.

P O M P É E.

D'Antoine en ce moment les Dieux vous font juftice ;
Et je mourrai du moins heureux dans mes malheurs
Sur les corps tout fanglans de nos deux oppreffeurs.
Venez , il n'eft plus tems d'écouter vos allarmes.

J U L I E.

Ciel ! pourquoi ces flambeaux , ces cris , ce bruit des armes ?

P O M P É E.

Je ne vois plus l'efclave à qui j'étais remis ,
Et qui me conduifant parmi mes ennemis ,
Jufques au lit d'Oétave a guidé ma furie.

S C E N E V I I.

POMPÉE, JULIE, ALBINE, AUFIDE.

A U F I D E.

Tout ferait - il perdu ? L'efclave de Fulvie
Saifi par les foldats eft déja dans les fers.
De Céfar dans le camp le nom remplit les airs.
On marche , on eft armé. Le refte je l'ignore.
J'ai des foldats. Allons.

J U L I E (*à Aufide.*)

Ah ! c'eft toi que j'implore ;
C'eft toi qui de Pompée es devenu l'appui.

A U F I D E.

Je vous réponds du moins de mourir près de lui.

P O M P É E.

Mettez votre courage à fupporter ma perte.
La tente de Fulvie à vos pas eft ouverte ;
Rentrez , attendez - y les derniers coups du fort ;
Confondez vos tyrans encor après ma mort.
Confervez pour eux tous une haine éternelle ;
C'eft ainfi qu'à Pompée il faut être fidelle.
Pour moi , digne de vivre & mourir votre époux ,
Je leur vendrai bien cher des jours qui font à vous.
Le lâche fuit en vain ; la mort vole à fa fuite ;
C'eft en la défiant que le brave l'évite.

Fin du quatriéme acte.

ACTE V.

SCENE PREMIERE.

JULIE, FULVIE, Gardes *dans le fond.*

JULIE.

Vous me l'aviez bien dit qu'il me falait tout craindre.
Voilà donc nos fuccès !

FULVIE.

Vous êtes feule à plaindre ;
Vous aviez devant vous un avenir heureux ;
Vous perdez de beaux jours , & moi des jours affreux.
Vivez , fi vous l'ofez : je détefte la vie ;
Ma main n'a pû fuffire à mon ame hardie.
Ces monftres que le ciel veut encor protéger ,
Sont plus heureux que nous dans l'art de fe venger.
Pompée en s'approchant de ce perfide Octave (26),
En croyant le punir n'a frappé qu'un efclave ,
Qu'un des vils inftrumens de fes fanglans complots ,
Indigne de mourir fous la main d'un héros.
D'un plus grand ennemi j'allais purger le monde ;
Je marchais , j'avançais dans cette nuit profonde ,
Mon bras était levé , lorfque de toutes parts
Les flambeaux rallumés ont frappé mes regards.
Octave tout fanglant a paru dans la tente.
De leurs lâches licteurs une troupe infolente
Me conduit en ces lieux captive auprès de vous.

Fléchiffez vos tyrans ; je brave ici leurs coups.
Qu'on me laiffe le jour , ou bien qu'on me puniffe ;
Ma vengeance eſt perduë , & voilà mon fupplice.
Ciel ! ſi tu veux encor prolonger mes deſtins ,
Que ce ſoit feulement pour mieux armer mes mains ,
Pour mieux ſervir ma haine & ma fureur trompée.

J U L I E.

Hélas ! avez - vous ſû ce que devient Pompée ?
Eſt - il vivant ou mort en ces déferts fanglans ?
Aufide aura - t - il pû dérober aux tyrans
Ce héros tant profcrit que la terre abandonne ?

F U L V I E.

Je n'oſe m'en flatter : mais aucun ne foupçonne
Que Pompée en effet ſoit errant fur ces bords.
Vers Céfène aujourd'hui tous ſes amis font morts ;
Le bruit de ſon trépas commence à ſe répandre.
Les tyrans ſont trompés ; & vous pouvez comprendre
Que ce bruit peut fervir encor à le fauver.
C'eſt un foin que mes mains n'ont pû ſe réferver.
Vous êtes libre au moins ; ſon falut vous regarde :
Vous me voyez captive , on m'arrête , on me garde.
Je ne puis rien pour vous , ni pour lui , ni pour moi.
J'attens la mort.

SCENE II.

JULIE, FULVIE, OCTAVE, ANTOINE,
Tribuns , Licteurs.

ANTOINE.

Tribuns , exécutez ma loi ;
Gardez cette coupable , & répondez - moi d'elle.
Suivez de ses complots la trame criminelle ;
Qu'on l'observe : & surtout que nous soyons instruits
Des complices secrets par son ordre introduits.

FULVIE.

Je n'ai point de complice ; & ces noms méprisables
Sont faits pour vos suivans , sont faits pour vos semblables,
Pour ces Romains nouveaux , qui formés pour servir
Se sont deshonorés jusqu'à vous obéir.
Traîtres , ne cherchez point la main qui vous menace ,
La voici , vous deviez connaître mon audace.
L'art des proscriptions que j'apprenais sous vous ,
M'enseignait à vous perdre & dirigeait mes coups.
Je n'ai pû sur vous deux assouvir ma vengeance ;
Je l'attens de vous seuls & de votre alliance ;
Je l'attens des forfaits qui vous ont fait amis ,
Ils vont vous diviser comme ils vous ont unis.
Il n'est point d'amitiés entre les parricides.
L'un de l'autre jaloux , l'un vers l'autre perfides,
Vous détestant tous deux , du monde détestés ,
Traînant de mers en mers vos infidélités ,
L'un par l'autre écrasés , & bourreaux & victimes ,
Puissent vos maux sans nombre être égaux à vos crimes !

Citoyens

Citoyens révoltés , prétendus fouverains ,
Qui vous faites un jeu du malheur des humains ,
Qui paffant du carnage aux bras de la molleffe ,
Du meurtre & du plaifir goûtez en paix l'yvreffe.
Mon nom deviendra cher aux fiécles à venir ,
Pour avoir feulement tenté de vous punir.

ANTOINE.

Qu'on la remène , allez.

SCENE III.

JULIE, OCTAVE, ANTOINE, Gardes.

JULIE (*à Octave.*)

AH ! fouffrez que Julie
Loin de fes oppreffeurs accompagne Fulvie.
Mon bras n'eft point armé , je n'ai contre vous trois
Que mon cœur , ma mifère , & nos Dieux & nos loix :
Vous les méprifez tous ; mais fi Céfar encore ,
Ce nom facré pour vous , ce nom que Rome honore ,
Sur vos cœurs endurcis a quelque autorité ,
Ofez-vous à fon fang ravir la liberté ?
Penfait-il qu'en ces lieux fa niéce fugitive ,
Du fils qu'il adopta deviendrait la captive ?

OCTAVE.

Penfait-il que Julie avec tant de fureur
Du fang qui la forma pourrait trahir l'honneur ?
Je ne crois point votre ame encor affez hardie
Pour ofer partager les crimes de Fulvie.

Tom. VI. *& du Théâtre le quatriéme.* I

Mais fans vous imputer fes forfaits infenfés
L'amante de Pompée eft criminelle affez.

JULIE.

Oui, je l'aime, Céfar, & vous l'avez dû croire.
Je l'aime, je le dis, j'en fais toute ma gloire.
J'ai préféré Pompée errant, abandonné,
A Céfar tout-puiffant, à Céfar couronné.
Caton contre les Dieux prit le parti du père ;
Je mourrai pour le fils : cette mort m'eft plus chère,
Que ne l'eft à vos yeux tout le fang des profcrits ;
Sa main les rachetait, mon cœur en fut le prix.
Ne lui difputez pas fa noble récompenfe ;
Céfar, contentez-vous de la toute-puiffance.
S'il honora dans Rome, & furtout aux combats,
Un nom dont il eft digne, & qu'il n'ufurpe pas,
Si vous êtes jaloux du nom qu'il fait revivre,
Songez à l'égaler, plutôt qu'à le pourfuivre.

OCTAVE.

Oui, Céfar eft jaloux comme il eft irrité.
Je crois valoir Pompée, & j'en fuis peu flatté.
Et vous..... Mais nous allons approfondir le crime.

SCENE IV.

OCTAVE, ANTOINE, JULIE, un Tribun, Gardes.

ANTOINE.

EH bien, qu'avez-vous fait ?

LE TRIBUN.

On conduit là victime.

JULIE.

Quelle victime , ô ciel !

OCTAVE.

Quel est ce malheureux ?
Où l'a - t - on retrouvé ?

LE TRIBUN.

Vers ces antres affreux ,
Au milieu des rochers qu'a frappés le tonnerre ;
Du sang de nos soldats il a rougi la terre.
Aufide , de Fulvie un secret confident ,
A côté de ce traître est mort en combattant.
Il n'a cédé qu'à peine au nombre , à ses blessures.
Nos soins multipliés dans ces roches obscures
Ont du sang qu'il perdait arrêté les torrens ,
Et rappellé la vie en ses membres sanglans.
On a besoin qu'il vive , & que dans les supplices
Il vous instruise au moins du nom de ses complices.

ANTOINE.

C'est quelqu'un des proscrits qui frappant au hazard
Nous rapportait la mort aux lieux dont elle part.
On l'aura pû choisir dans une foule obscure.
Casca fit à César la première blessure (27).
Je reconnais Fulvie & ses vaines fureurs ,
Qui toûjours contre nous armeront des vengeurs ;
Mais je la forcerai de nommer ce perfide.

LE TRIBUN.

Il n'en est pas besoin ; sa fureur intrépide
De ce grand attentat se fait encor honneur ;
Il n'en cachera pas le motif & l'auteur.

OCTAVE.

Vous pâlissez , Julie.

I ij

LE TRIBUN.

Il vient.

JULIE.

Ciel implacable ;

Vous nous abandonnez !

SCENE V.

Les Acteurs précédens, POMPÉE *bleſſé & ſoutenu.* Gardes.

OCTAVE.

Quel es - tu ? miſérable !
A ce meurtre inouï, qui pouvait t'engager ?

POMPÉE.

Eſt - ce Octave qui parle , & m'oſe interroger ?

LE TRIBUN.

Répons au Triumvir.

POMPÉE.

Eh bien, ce nom funeſte ,
Eh bien , ce titre affreux que la terre déteſte ,
Devaient t'apprendre aſſez mon devoir , mes deſſeins.

JULIE.

Je me meurs !

OCTAVE.

Qui ſont - ils ?

POMPÉE.

Ceux de tous les Romains.

ANTOINE.

Dans un ſimple ſoldat quelle étrange arrogance !

OCTAVE.

Sa fermeté m'étonne ainſi que ſa vaillance.
Qu'es-tu donc ?

POMPÉE.

Un Romain digne d'un meilleur ſort.

OCTAVE.

Qui t'amenait ici ?

POMPÉE.

Ton châtiment, ta mort ;
Tu ſais qu'elle était juſte.

JULIE.

Enfin, la notre eſt ſûre !

POMPÉE.

Du monde entier ſur toi j'ai dû venger l'injure.
Apprenez, Triumvirs, oppreſſeurs des humains,
Qu'il eſt des Scévola comme il eſt des Tarquins.
Même erreur m'a trompé... Licteurs, qu'on me préſente
Le feu qui doit punir ma main trop imprudente ;
Elle eſt prête à tomber dans le braſier vengeur,
Ainſi qu'elle fut prête à te percer le cœur.

OCTAVE.

Lui ! le ſoldat d'Aufide ! A ce nouvel outrage,
A ces diſcours hardis, & ſurtout au courage
Que ce Romain déploye à mes yeux confondus,
A ces traits de grandeur ſur ſon front répandus,
Si je n'étais inſtruit que Pompée en ſa fuite
Au pied de l'Apennin brave encor ma pourſuite,
Je croirais.... Mais déja vous me tirez d'erreur,
Vous pleurez, vous tremblez ; c'eſt Pompée.

JULIE.

Ah, Seigneur !

L iij.

POMPÉE.

Tu ne t'es pas trompé : le Romain qui te brave,
Qui vengeait sa patrie & d'Antoine & d'Octave,
Possède un nom trop beau, trop cher à l'univers,
Pour ne s'en pas vanter dans l'opprobre des fers.
De Pompée en ces lieux je t'ai promis la tête :
Frappez, Maîtres du monde, elle est votre conquête.

JULIE.

Malheureuse !

OCTAVE.

O destins !

JULIE.

O pur sang des héros !

POMPÉE.

Je n'ai pû de mon père égaler les travaux ;
Je cède à des tyrans ainsi que ce grand-homme ;
Et je meurs comme lui le défenseur de Rome.

JULIE.

Octave, es-tu content ? tu tiens entre tes mains,
Et Julie, & Pompée, & le sort des humains.
Prétens-tu qu'à tes pieds mes lâches pleurs s'épuisent ?
Le faible les répand, les tyrans les méprisent.
Je me reprocherais jusqu'au moindre soupir,
Qui serait inutile & le ferait rougir.
Je ne te parle plus du vainqueur de Pharsale.
Si ton père a du sien pleuré la mort fatale,
Celui qui des Romains n'est plus que le bourreau,
N'est pas digne de suivre un exemple si beau.
Tes édits l'ont proscrit, arrache-lui la vie ;
Mais commence par moi, commence par Julie :
Tandis que je vivrai, tes jours sont en danger.

Va , ne me laiffe point un héros à venger.
Toi qui m'ofas aimer , apprens à me connaître ;
Tyran , tu vois fa femme , elle eft digne de l'être.

O C T A V E.

Par un crime de plus fléchit - on mon couroux ?
Il n'eft que plus coupable en étant votre époux.
Antoine , vous voyez ce que nos loix demandent.

A N T O I N E.

Son fupplice : il le faut ; nos légions l'attendent.
Je ne balance point ; Céfar a pardonné ,
Mais Céfar bienfaifant eft mort affaffiné.
Les intérêts , les tems , les hommes , tout diffère.
Je combattis longtems , & j'honorai fon père :
Il s'arma noblement pour le Sénat Romain.
Je ne connais fon fils que pour un affaffin.

P O M P É E.

Lâches ! par d'autres mains vous frappez vos victimes.
J'ai fait une vertu de ce qui fait vos crimes.
Je n'ai pû vous frapper au milieu des combats.
Vous aviez vos bourreaux , je n'avais que mon bras.
J'ai fauvé cent profcrits ; & je l'étais moi - même :
Vous l'êtes par les loix. Votre grandeur fuprême
Fut votre premier crime , & méritait la mort.
Par le droit des brigands arbitres de mon fort ,
Vous croyez m'abaiffer ! vous ! dans votre infolence
Sachez qu'aucun mortel n'aura cette puiffance.
Le ciel même , le ciel , qui me laiffe périr ,
Peut accabler Pompée , & non pas l'avilir.

A N T O I N E.

Vous voyez fa fureur , elle nous juftifie ;
Affurez notre empire , affurez votre vie.

JULIE.

Barbares !

OCTAVE.

Je connais fon courage effréné ;
Et Julie en l'aimant l'a déja condamné.

ANTOINE.

Sa mort depuis longtems fut par nous préparée,
Elle eft trop légitime, elle eft trop différée.
C'eft vous qu'il attaquait, c'eft vous feul qui devez
Annoncer le deftin que vous lui réfervez.

OCTAVE.

Vous approuvez ainfi l'arrêt que je vais rendre ?

ANTOINE.

Prononcez, j'y foufcris.

POMPÉE.

Je fuis prêt à l'entendre,
A le fubir.

OCTAVE (*après un long filence.*)

Je fuis le maître de fon fort ;
Si je n'étais que juge, il irait à la mort.
Je fuis fils de Céfar, j'ai fon exemple à fuivre.
C'eft à moi d'en donner... Je pardonne, il doit vivre.
Antoine, imitez-moi : j'annonce aux nations
Que je finis le meurtre & les profcriptions ;
Elles ont trop duré ; je veux que Rome apprenne.....

ANTOINE.

Que vous voulez fur moi laiffer tomber la haine,
Ramener les efprits pour m'en mieux éloigner,
Séduire les Romains, pardonner pour régner.

OCTAVE.

Non, je veux vous apprendre à vaincre la vengeance ;

L'amour

L'amour eft plus terrible, a plus de violence.

A mon âge, peut-être, il devait m'emporter ;

Il me combat encor, & je veux le dompter.

Commençons l'un & l'autre un empire plus jufte.

Que l'on oublie Octave, & qu'on chériffe Augufte (28).

Soyez jaloux de moi : mais pour mieux effacer

Jufqu'aux traces du fang qu'il nous falut verfer,

Pardonnons à Fulvie, à ces malheureux reftes

Des profcrits échappés à nos ordres funeftes :

Par les cris des humains laiffons-nous défarmer ;

Et puiffe Rome un jour apprendre à nous aimer (29) !

(*à Julie.*)

Je vous rens à Pompée en lui rendant la vie.

Il n'aurait rien reçu s'il vivait fans Julie.

(*à Pompée.*)

Sois pour ou contre nous, brave ou fubi nos loix,

Sans te craindre ou t'aimer je t'en laiffe le choix.

Soutenons à l'envi les grands noms de nos pères,

Ou généreux amis, ou nobles adverfaires.

Si du peuple Romain tu te crois le vengeur,

Ne fois mon ennemi que dans les champs d'honneur.

Loin du Triumvirat va chercher un refuge.

Je prens entre nous deux la victoire pour juge.

Ne verfons plus de fang qu'au milieu des hazards ;

Je m'en remets aux Dieux, ils font pour les Céfars.

J U L I E.

Octave, eft-ce bien vous ? eft-il vrai ?

P O M P É E.

Tu m'étonnes !

En vain tu deviens grand, en vain tu me pardonnes,

Rome, l'Etat, mon nom nous rendent ennemis ;

La haine qu'entre nous nos pères ont tranfmis
Eft par eux commandée , & comme eux immortelle.
Rome par toi foumife à fon fecours m'appelle.
J'employerai tes bienfaits , mais pour la délivrer :
Va , je la dois fervir : mais je dois t'admirer.

Fin du cinquiéme & dernier acte.

N O T E S.

(1.)

en cette île funeſte.

CEtte île, où les Triumvirs commencèrent les proſcriptions, eſt dans la rivière Rèno, auprès de Bononia, que nous nommons Bologne. Elle n'eſt pas ſi grande qu'elle ſemble l'être dans cette tragédie ; mais je crois qu'on peut très bien ſuppoſer, ſur - tout en poëſie, que l'île & la rivière étaient plus conſidérables autrefois qu'aujourd'hui ; & ſur - tout ce tremblement de terre dont il eſt parlé dans Pline peut avoir diminué l'un & l'autre. Il y a dans l'hiſtoire pluſieurs exemples de pareils changemens produits par des volcans & par des tremblemens de terre. Ce fut dans ce tems - là même que la nouvelle ville d'Epidaure, ſur le golphe Adriatique, fut renverſée de fond en comble, & le cours de la rivière ſur laquelle elle était ſituée fut changé & très diminué.

(2.)

il épouſe Octavie.

Il eſt bon d'obſerver qu'Antoine n'épouſa Octavie que longtems après ; mais c'eſt aſſez qu'il ait été beau-frère d'Octave. Il ne répudia point Octavie, mais il fut ſur le point de la répudier quand il fut amoureux de Cléopatre, & elle mourut de chagrin & de colere.

(3.)

Octave vous aima.

Les hiſtoriens diſent que Fulvie fit les avances à Octave, & qu'il ne la trouva pas aſſez belle ; ce qui paraît en effet par les vers licencieux qu'il fit contre Fulvie.

Quod f.... Glaphyram Antonius, hanc mihi pœnam
Fulvia conſtituit, ſe quoque uti f....
Aut f...., aut pugnemus, ait ! quid quod mihi vitâ
Charior eſt ipſâ mentula, ſigna canant.

K ij

Cette abominable épigramme est un des plus forts témoignages de l'infamie des mœurs d'Augufte. Peut-être l'auteur de la piéce en a-t-il inféré qu'Octave s'était dégoûté de Fulvie, ce qui arrive toûjours dans ces commerces fcandaleux. Octave & Fulvie étaient également ennemis des mœurs, & prouvent l'un & l'autre la dépravation de ces tems exécrables; & cependant Augufte affecta depuis des mœurs févères.

(4.)

Paffer Antoine même en fes emportemens.

Il eft très vrai qu'Augufte fut longtems livré à des débauches de toute efpèce. Suétone nous en apprend quelques-unes. Ce même Sextus Pompée dont nous parlerons, lui reprocha des faibleffes infames, *effeminatum infectatus eft.* Antoine avant le Triumvirat déclara que Céfar, grand oncle d'Augufte, ne l'avait adopté pour fon fils, que parce qu'il avait fervi à fes plaifirs; *adoptionem avunculi ftupro meritum.* Lucius lui fit le même reproche, & prétendit même qu'il avait pouffé la baffeffe jufques à vendre fon corps à Hirtius pour une fomme très-confidérable. Son imprudence alla depuis jufqu'à arracher une femme confulaire à fon mari au milieu d'un fouper; il paffa quelque tems avec elle dans un cabinet voifin, & la ramena enfuite à table, fans que lui, ni elle, ni fon mari en rougiffent.

Nous avons encore une lettre d'Antoine à Augufte conçue en ces mots: *Ita valeas ut hanc Epiftolam cùm leges non inieris Teftullam, aut Terentillam, aut Ruffilam, aut Salviam, aut omnes. Anne refert ubi, & in quam arrigas.* On n'ofe traduire cette lettre licencieufe.

Rien n'eft plus connu que ce fcandaleux feftin de cinq compagnons de fes plaifirs, avec fix principales femmes de Rome. Ils étaient habillés en Dieux & en Déeffes, & ils en imitaient toutes les impudicités inventées dans les fables:

Dum nova divorum cœnat adulteria.

Enfin, on le défigna publiquement fur le théâtre par ce fameux vers:

Videfne ut cinædus orbem digito temperet?

Prefque tous les auteurs Latins qui ont parlé d'Ovide prétendent qu'Augufte n'eut l'infolence d'exiler ce Chevalier Romain, qui était beaucoup plus honnète homme que lui, que parce qu'il avait été furpris par lui dans un incefte avec fa propre fille Julia, & qu'il ne rélégua même fa fille que par jaloufie. Cela eft d'autant plus vraifemblable, que Caligula publiait hautement que fa mère était née de l'incefte d'Augufte & de Julie ; c'eft ce que dit Suétone dans la vie de Caligula. On fait qu'Augufte avait répudié la mère de Julie le jour même qu'elle accoucha d'elle , & il enleva le mê- me jour Livie à fon mari, groffe de Tibère , autre monftre qui lui fuccéda. Voilà l'homme à qui Horace difait :

Res Italas armis tuteris , moribus ornes ,
Legibus emendes , &c.

Antoine n'était pas moins connu par fes débordemens effrénés. On le vit parcourir toute l'Appulie dans un char fuperbe traîné par des lions , avec la courtifane Citheris qu'il careffait publiquement en infultant au peuple Romain. Cicéron lui reproche encor un pareil voyage fait aux dépens des peuples , avec une baladine nommée Hyppias & des farceurs. C'était un foldat groffier, qui jamais dans fes débauches n'avait eu de refpect pour les bienféances. Il s'abandonnait à la plus honteufe yvrognerie & aux plus infames excès. Le détail de toutes ces horreurs paffera à la dernière poftérité dans les Philippiques de Cicéron. *Sed jam ftupra & flagitia omittam , funt quædam quæ honeftè non poffum dicere , &c.* Phil. 2. Voilà Cicéron qui n'ofe dire devant le Sénat ce qu'Antoine a ofé faire ; preuve bien évidente que la dépravation des mœurs n'était point autorifée à Rome comme on l'a prétendu. Il y avait même des loix contre les Gitons , qui ne furent jamais abrogées. Il eft vrai que ces loix ne puniffaient point par le feu un vice qu'il faut tâcher de prévenir , & qu'il faut fouvent ignorer. Antoine & Octave , le grand Céfar & Sylla , furent atteints de ce vice : mais on ne le reprocha jamais aux Scipions , aux Metellus , aux Catons , aux Brutus , aux Cicérons ; tous étaient des gens de bien , tous périrent cruellement.

Leurs vainqueurs furent des brigands plongés dans la débauche. On ne peut pardonner aux hiftoriens flatteurs ou féduits , qui ont mis de pareils monftres au rang des grands hommes ; & il faut avouer que Virgile & Horace ont montré plus de baffeffe dans les éloges prodigués à Augufte , qu'ils n'ont déployé de goût & de génie dans ces triftes monumens de la plus lâche fervitude.

Il eft difficile de n'être pas faifi d'indignation en lifant à la tête des Géorgiques , qu'Augufte eft un des plus grands Dieux , & qu'on ne fait quelle place il daignera occuper un jour dans le ciel ; s'il régnera dans les airs , ou s'il fera le protecteur des villes , ou bien s'il acceptera l'empire des mers ?

An Deus immenfi venias maris , ac tua nautæ
Numina fola colant , tibi ferviat ultima Thule.

L'Ariofte parle bien plus fenfément , comme auffi avec plus de grace , quand il dit dans fon admirable trente-cinquième chant :

Non fu si santo ne benigno Augusto ,
Come la tromba di Virgilio suona ;
L'aver avuto in poësia buon gusto ,
La proscriptione iniqua gli perdona &c.

Tacite fait aisément comprendre comment le peuple Romain s'accoutuma enfin au joug de ce tyran habile & heureux , & comme les lâches fils des plus dignes républicains crurent ètre nés pour l'esclavage. Nul d'eux , dit-il , n'avait vû la République.

(5.)

mes deux tyrans en secret se détestent.

Non-seulement Octave & Antoine se haïssaient & se craignaient l'un & l'autre , non-seulement ils s'étaient deja fait la guerre auprès de Modène , mais Octave avait voulu assassiner Antoine ; & quand ils conférèrent ensemble dans l'île du Réno , ils commencèrent par se fouiler réciproquement ; se soupçonnant également l'un & l'autre d'ètre des assassins. Il est bien évident que la vengeance du meurtre de Céfar ne fut jamais que le prétexte de leur ambition. Ils n'agirent que pour eux-mèmes , soit quand ils furent ennemis , soit quand ils furent alliés. Il me semble que l'auteur de la tragédie a bien raison de dire :

A quels mortels , grands Dieux , livrez-vous l'univers !

Le monde fut ravagé depuis l'Euphrate jusqu'au fond de l'Espagne par deux scélérats sans pudeur , sans loi , sans honneur , sans probité , fourbes , ingrats , sanguinaires , qui dans une République bien policée auraient péri par le dernier supplice. Nous sommes encore éblouis de leur splendeur , & ne devrions ètre étonnés que de l'atrocité de leur conduite. Si on nous racontait de pareilles actions de deux citoyens d'une petite ville , elles nous dégouteraient ; mais l'éclat de la grandeur de Rome se répand sur eux : elle nous en impose , & nous fait presque respecter ce que nous haïssons dans le fond du cœur.

Les derniers tems de l'empire d'Augufte font encore cités avec admiration , parce que Rome goûta sous lui l'abondance , les plaifirs & la paix. Il régna avec gloire , mais enfin il ne fut jamais cité comme un bon Prince. Quand le Sénat complimentait les Empereurs à leur avénement , que leur souhaitait-il ? d'ètre plus heureux qu'Augufte , meilleurs que Trajan , *felicior Augufto , melior Trajano.* L'opinion de l'Empire Romain fut donc qu'Augufte n'avait été qu'heureux , mais que Trajan avait été bon. En effet , comment peut-on tenir compte à un brigand enrichi , d'avoir joui en paix du fruit de ses rapines & de ses cruautés ? *Clementiam non voco ,* dit Séneque , *lassam crudelitatem.*

(6.)

Lucius Céfar a des amis fecrets.

Ce Lucius Céfar avait époufé une tante d'Antoine, & Antoine le profcrivit. Il fut fauvé par les foins de fa femme qui s'appellait Julie. Je n'ai trouvé dans aucun hiftorien qu'il ait eu une fille du même nom ; je laiffe à ceux qui connaiffent mieux que moi les règles du théâtre & les privilèges de la poëfie, à décider s'il eft permis d'introduire fur la fcène un perfonnage important qui n'a pas réellement exifté. Je crois que fi cette Julie était auffi connue qu'Antoine & Octave, elle ferait un plus grand effet. Je propofe cette idée moins comme une critique que comme un doute.

(7.)

l'infame avarice, &c.

Le prix de chaque tête était de cent mille fefterces, qui font aujourd'hui environ vingt - deux mille livres de notre monnoie. Mais il eft très probable que le fang de Sextus Pompée, de Cicéron & des principaux profcrits, fut mis à un prix plus haut, puifque Popilius Lænas, affaffin de Cicéron, reçut la valeur de deux cent mille francs pour fa récompenfe.

Au refte, le prix ordinaire de cent mille fefterces pour les hommes libres qui affaffineraient des citoyens, fut réduit à quarante mille pour les efclaves. L'ordonnance en fut affichée dans toutes les places publiques de Rome. Il y eut trois cent Sénateurs de profcrits, deux mille Chevaliers, plus de cent négociants, tous pères de famille. Mais les vengeances particulières, & la fureur de la déprédation firent périr beaucoup plus de citoyens que les Triumvirs n'en avaient condamnés. Tous ces meurtres horribles furent colorés des apparences de la juftice.

On affaffina en vertu d'un édit : & qui ofait donner cet édit ? trois citoyens qui alors n'avaient aucune prérogative que celle de la force.

L'avarice eut tant de part dans ces profcriptions, de la part même des Triumvirs, qu'ils impoférent une taxe exorbitante fur les femmes, & fur les filles des profcrits, afin qu'il n'y eût aucun genre d'atrocité dont ces prétendus vengeurs de la mort de Céfar ne fouillaffent leur ufurpation.

Il y eut encore une autre efpèce d'avarice dans Antoine & dans Octave, ce fut la rapine & la déprédation qu'ils exercèrent l'un & l'autre dans la guerre civile qui furvint bientôt après entr'eux.

Antoine dépouilla l'Orient, & Augufte força les Romains & tous les peuples d'Occident foumis à Rome, de donner le quart de leurs revenus, indépendamment des impôts fur le commerce. Les affranchis payèrent le huitième de leurs fonds. Les citoyens Romains, de-

puis le triomphe de Paul Emile jufqu'à la mort de Céfar n'avaient été
foumis à aucun tribut. Ils furent
vexés & pillés lorfqu'ils combatti-
rent pour favoir de qui ils feraient
efclaves, ou d'Octave ou d'Antoine.

Ces déprédateurs ne s'en tinrent
pas là. Octave, immédiatement
avant la guerre de Péroufe, donna
à fes vétérans toutes les terres du
territoire de Mantoüe & de Crémone. Il chaffa de leurs foyers un nombre prodigieux de familles innocentes, pour enrichir les meurtriers
qui étaient à fes gages. Céfar, fon
père, n'en avait point ufé ainfi; &
même quoique dans les Gaules il
eût exercé tous les brigandages qui
font les fuites de la guerre, on ne
voit pas qu'il ait dépouillé une feule
famille Gauloife de fon héritage.
Nous ne favons pas fi lorfque les
Bourguignons, & après eux les
Francs, vinrent dans la Gaule, ils
s'approprièrent les terres des vaincus. Il eft bien prouvé que Clovis
& les fiens pillèrent tout ce qu'ils
trouvèrent de précieux, & qu'ils
mirent les anciens colons dans une
dépendance qui approchait de la fervitude; mais enfin, ils ne les chaf-

fèrent pas des terres que leurs pères
avaient cultivées. Ils le pouvaient
en qualité d'étrangers, de barbares
& de vainqueurs; mais Octave dépouillait fes compatriotes.

Remarquons encor que toutes ces
abominations Romaines font du tems
où les arts étaient perfectionnés en
Italie, & que les brigandages des
Francs & des Bourguignons font
d'un tems où les Arts étaient abfolument ignorés dans cette partie du
monde, alors prefque fauvage.

La philofophie morale qui avait
fait tant de progrès dans Cicéron,
dans Atticus, dans Lucrèce, dans
Memmius, & dans les efprits de
tant d'autres dignes Romains, ne
put rien contre les fureurs des guerres civiles. Il eft abfurde & abominable de dire que les belles-lettres
avaient corrompu les mœurs. Antoine, Octave & leurs fuivans ne
furent pas méchans à caufe de l'é-
tude des lettres, mais malgré cette
étude. C'eft ainfi que du tems de
la ligue les Montagne, les Char-
ron, les de Thou, les l'Hôpital, ne
purent s'oppofer au torrent de crimes dont la France fut inondée.

(8.)

Mon génie était né pour les guerres civiles.

Fulvie fe rend ici une exacte juftice. Elle précipita le frère d'Antoine dans fa ruine; elle cabala avec
Augufte & contre Augufte. Elle fut

l'ennemie mortelle de Cicéron; elle
était digne de ces tems funeftes. Je
ne connais aucune guerre civile où
quelque femme n'ait joué un rôle.

(9.)

(9.)

Lépide ; est un fantôme. . . .

Il était en effet tel que l'auteur le dépeint ici. Le lâche profcrivit jufqu'à fon propre frère , pour s'attirer l'affection de fes deux collègues , qu'il ne put jamais obtenir. Il fut obligé de fe démettre de fa place de Triumvir après la bataille de Philippes : il demeura Pontife comme l'auteur le dit , mais fans crédit & fans honneurs. Octave & lui moururent paifibles , l'un tout-puiffant , l'autre oublié.

(10.)

L'Orient eſt à vous.

Ce ne fut point ainfi que fut fait le partage dans l'île du Réno. Ce ne fut qu'après la bataille de Philippes , qu'Octave fe réferva l'Italie ; & ce nouveau partage même fut la fource de tous les malheurs d'Antoine & de la profpérité d'Augufte. Mais n'eft-on pas étonné de voir deux citoyens débauchés ,. dont l'un même n'était pas guerrier , partager tranquillement tout ce que poffé- dent aujourd'hui le Sultan des Turcs, l'Empereur de Maroc , la Maifon d'Autriche , les Rois de France , d'Angleterre , d'Efpagne , de Naples, de Sardaigne , les Républiques de Venife , de Suiffe & de Hollande ? & ce qui eft encor plus fingulier , c'eft que cette vafte Domination fut le fruit de fept cent ans de victoires confécutives , depuis Romulus jufqu'à Céfar.

(11.)

& je n'ai que des Rois.

On remarque en effet qu'avant la bataille d'Actium , il y eut un jour quatorze Rois dans l'anti-chambre d'Antoine ; mais ces Rois ne valaient ni les légions Romaines , ni même le feul Agrippa qui gagna la bataille , & qui fit triompher le peu courageux Augufte de la valeur d'Antoine. Ce maître de l'Afie faifait peu de. cas des Rois qui le fervaient ; il fit. fouetter le Roi de Judée Antigone ; après quoi ce petit Monarque fut mis en croix. Le prétendu Royaume d'Antigone fe bornait au ter-ritoire pierreux de Jérufalem & à la Galilée. Antoine avait donné le pays de Jéricho à Cléopâtre , qui jouïffait de la terre promife. Il dépouillait fouvent un Roi d'une province pour en gratifier un favori. Il eft bon de faire attention à tant d'infolence d'un côté , & à tant d'a-brutiffement de l'autre.

(12.)

Craignez - vous un augure ?

Augufte feignit toûjours d'être fuperftitieux ; & peut-être le fut-il quelquefois. Il eut, au rapport de Suétone, la faibleffe de croire qu'un poiffon qui fautait hors de la mer fur le rivage d'Actium, lui préfageait le gain de la bataille. Ayant enfuite rencontré un ânier, il lui demanda le nom de fon âne ; l'ânier lui répondit qu'il s'appellait *Vainqueur*. Octave ne douta plus qu'il ne dût remporter la victoire. Il fit faire des ftatues d'airain de l'ânier, de l'âne & du poiffon ; il les plaça dans le Capitole. On rapporte de lui beaucoup d'autres petiteffes, qui en contraftant avec tant de cruautés, forment le portrait d'un méchant méprifable, mais qui devint habile : & c'eft à lui qu'on a dreffé des autels de fon vivant !

A quels mortels, grands Dieux, livrez - vous l'univers !

(13.)

Sacrifier Pompée.

Ce Sextus Pompeius dont nous avons déja parlé, était fils du grand Pompée. Son caractère était noble, violent & téméraire. Il fe fit une réputation immortelle dans le tems des profcriptions ; il eut le courage de faire afficher dans Rome qu'il donnerait à ceux qui fauveraient les profcrits, le double de ce que les Triumvirs promettaient aux affaf- fins. Il finit par être tué en Phrygie par ordre d'Antoine. Son frère Cneius avait été tué en Efpagne à la bataille de Munda. Ainfi toute cette famille fi chère aux Romains, & qui combattait pour les loix, périt malheureufement ; & Augufte fi longtems l'ennemi de toutes les loix, mourut dans la vieilleffe la plus honorée.

(14.)

Céfar en fit autant.

Cela eft incontestable, & je crois qu'on peut remarquer que prefque tous les chefs de parti dans les guerres civiles, ont été des voluptueux, fi l'on en excepte peut-être quelques guerres fanatiques, comme celles dans laquelle Cromwel fe fignala. Les chefs de la fronde, ceux de la ligue, ceux des maifons de Bourgogne & d'Orléans, ceux de la rofe blanche & ceux de la rofe rouge, s'abandonnèrent aux plaifirs au milieu des horreurs de la guerre. Ils infultèrent toûjours aux miferes publiques, en fe livrant à la plus énorme licence ; & les rapines les plus odieufes fervirent toûjours à payer leurs plaifirs. On en voit de grands exemples dans les mémoires du Cardinal de Retz. Lui-même s'abandonnait quelquefois à la plus baffe débauche, & bravait les mœurs en donnant des bénédictions. Le Duc de Borgia, fils du Pape Alé- xandre VI. en ufait ainfi dans le tems qu'il affaffinait tous les Sei- gneurs de la Romagne; & le peuple ftupide ofait à peine murmurer. Tout cela n'eft pas étonnant. La guerre civile eft le théâtre de la licence, & les mœurs y font immolées avec les citoyens.

(15.)

Vers l'humaine équité quelque faible retour.

Il faut avouer qu'Augufte eut de ces retours heureux, quand le crime ne lui fut plus néceffaire, & qu'il vit qu'étant maître abfolu, il n'avait plus d'autre intérêt que celui de paraître jufte. Mais il me femble qu'il fut toûjours plus impitoyable que clément ; car après la bataille d'Actium il fit égorger le fils d'Antoine au pied de la ftatue de Céfar, & il eut la barbarie de faire trancher la tète au jeune Céfarion, fils de Céfar & de Cléopâtre, que lui-même avait reconnu pour Roi d'Egypte.

Ayant un jour foupçonné le préteur Gallius Quintus d'être venu à l'audience avec un poignard fous fa robe, il le fit appliquer en fa préfence à la torture ; & dans l'indignation où il fut de s'entendre appeller tyran par ce Sénateur, il lui arracha lui-mème les yeux, fi on en croit Suétone.

On fait que Céfar, fon père adoptif, fut affez grand pour pardonner à prefque tous fes ennemis; mais je ne vois pas qu'Augufte ait pardonné à un feul. Je doute fort de fa prétendue clémence envers Cinna. Tacite ni Suétone ne difent rien de cette avanture. Suétone qui parle de toutes les confpirations faites contre Augufte,

n'aurait pas manqué de parler de la plus célèbre. La fingularité d'un Confulat donné à Cinna pour prix de la plus noire perfidie, n'aurait pas échappé à tous les hiftoriens contemporains. Dion Caffius n'en parle qu'après Sénèque, & ce morceau de Sénèque reffemble plus à une déclamation qu'à une vérité hiftorique. De plus, Sénèque met la fcène en Gaule, & Dion à Rome. Il y a là une contradiction qui achève d'ôter toute vraifemblance à cette avanture. Aucune de nos hiftoires Romaines compilées à la hâte & fans choix, n'a difcuté ce fait intéreffant. L'hiftoire de Laurent Echard eft auffi fautive que tronquée. L'efprit d'examen a rarement conduit les écrivains.

Il fe peut que Cinna ait été foupçonné ou convaincu par Augufte de quelque infidélité, & qu'après l'éclairciffement, Augufte lui eût accordé le vain honneur du Confulat: mais il n'eft nullement probable que Cinna eût voulu par une confpiration s'emparer de la puiffance fuprème, lui qui n'avait jamais commandé d'armée, qui n'était appuyé d'aucun parti, qui n'était pas enfin un homme confidérable dans l'Empire. Il n'y a pas d'apparence qu'un fimple courtifan ait eu la fo-

L 2

lie de vouloir fuccéder à un Souverain affermi par un régne de vingt années, qui avait des héritiers ; & il n'eft nullement probable qu'Augufte l'eût fait Conful immédiatement après la confpiration.

Si l'avanture de Cinna eft vraie, Augufte ne pardonna que malgré lui, vaincu par les raifons ou par les importunités de Livie, qui avait pris fur lui un grand afcendant, & qui lui perfuada que le pardon lui ferait plus utile que le châtiment. Ce ne fut donc que par politique qu'on le vit une fois exercer la clémence ; ce ne fut certainement point par générofité.

Je fais que le public n'a pu fouffrir dans le Cinna de Corneille, que Livie lui infpirât la clémence qu'on a vantée. Je n'examine ici que la vérité des faits ; *une tragédie n'eft pas une hiftoire.* On reprochait à Corneille d'avoir avili fon héros., en

donnant à Livie tout l'honneur du pardon. Je ne déciderai point fi on a eu raifon ou tort de fupprimer cette partie de la piéce qui eft aujourd'hui regardée comme une vérité fur la foi de la déclamation de Sénèque.

Je crois bien qu'Augufte a pu pardonner quelquefois par politique, & affeéter de la grandeur d'ame : mais je fuis perfuadé qu'il n'en avait pas ; & fous quelques traits héroïques qu'on puiffe le repréfenter fur le théâtre., je ne peux avoir d'autre idée de lui que celle d'un homme uniquement occupé de fon intérêt pendant toute fa vie. Heureux quand cet intérêt s'accordait avec la gloire. Après tout, un trait de clémence eft toûjours grand au théâtre, & fur-tout quand cette clémence expofe à quelque danger. Il faut, dit-on, fur la fcène être plus grand que nature.

(16.)

Le fphynx eft fon emblême , &c.

Il eft vrai, qu'Augufte porta longtems au doigt un anneau fur lequel un fphynx était gravé. On dit qu'il voulait marquer par là qu'il était impénétrable. Pline le naturalifte rapporte que lorfqu'il fut feul maître de la République, les applications odieufes trop fouvent faites par les Romains à l'occafion du Sphynx., le déterminèrent à ne plus fe fervir de ce cachet ; & il y fubftitua la tête d'Alexandre : mais il me femble que cette tête d'Alexandre devait lui at-

tirer des railleries encor plus fortes, & que la comparaifon qu'on devait faire continuellement d'Aléxandre & de lui, n'était pas à fon avantage. Celui qui par fon courage héroïque vengea la Grèce de la tyrannie du plus puiffant Roi de la terre, n'avait rien de commun avec le petit-fils d'un fimple Chevalier, qui fe fervit de fes concitoyens pour affervir fa patrie. *Voyez* les remarques fuivantes.

(17.)

J'ai vû périr Caton.

Je propose ici quelques réflexions fur la vie & fur la mort de Caton. Il ne commanda jamais d'armée, il ne fut que fimple Préteur, & cependant nous prononçons fon nom avec plus de vénération que celui des Céfars, des Pompées, des Brutus, des Cicérons, & des Scipions mêmes. C'eft que tous ont eu beaucoup d'ambition ou de grandes faibleffes. C'eft comme citoyen vertueux, c'eft comme Stoïcien rigide, qu'on révère Caton malgré foi, tant l'amour de la patrie eft refpecté par ceux mêmes à qui les vertus patriotiques font inconnues, tant la philofophie Stoïcienne force à l'admiration ceux mêmes qui en font le plus éloignés. Il eft certain que Caton fit tout pour le devoir, tout pour la patrie, & jamais rien pour lui. Il eft prefque le feul Romain de fon tems qui mérite cet éloge. Lui feul, quand il fut Quefteur, eut le courage, non-feulement de refufer aux exécuteurs des profcrip-

tions de Sylla l'argent qu'ils redemandaient encor en vertu des refcriptions que Sylla leur avait laiffées fur le tréfor public; mais il les accufa de concuffion. & d'homicide, & les fit condamner à mort; donnant ainfi un terrible exemple aux Triumvirs, qui dédaignèrent d'en profiter. Il fut ennemi de quiconque afpirait à la tyrannie. Retiré dans Utique après la bataille de Tapfa que Céfar avait gagnée, il exhorte les Sénateurs d'Utique à imiter fon courage, à fe défendre contre l'ufurpateur; il les trouve intimidés; il a l'humanité de pourvoir à leur fûreté dans leur fuite. Quand il voit qu'il ne lui refte plus aucune efpérance de fauver fa patrie, & que fa vie eft inutile, il fort de la vie fans écouter un moment l'inftinct qui nous attache à elle; il fe rejoint à l'être des êtres loin de la tyrannie.

On trouve dans les odes de La-Mothe un couplet contre Caton:

Caton d'une ame plus égale
Sous l'heureux vainqueur de Pharfale
Eût fouffert que l'homme pliât,
Mais incapable de fe rendre
Il n'eut pas la force d'attendre
Un pardon qui l'humiliât.

On voit dans ces vers quelle eft l'énorme différence d'un bourgeois de nos jours & d'un héros de Rome. Caton n'aurait pas eu une ame égale, mais très inégale, fi ayant toute fa vie foutenu la caufe di-

vine de la liberté, il l'eût enfin abandonnée. On lui reproche ici d'être incapable de fe rendre, c'eft-à-dire d'être incapable de lâcheté. On prétend qu'il devait attendre fon pardon; on le traite comme s'il eût été un rebelle révolté contre son Souverain légitime & absolu, auquel il aurait fait volontairement serment de fidélité.

Les vers de La Mothe sont d'un cœur esclave qui cherche de l'esprit. Je rougis quand je vois quels grands hommes de l'antiquité nous nous efforçons tous les jours de dégrader, & quels hommes communs nous célébrons dans notre petite sphère.

D'autres plus méprisables ont jugé Caton par les principes d'une religion qui ne pouvait être la sienne, puisqu'elle n'existait pas encore. Rien n'est plus injuste ni plus extravagant. Il faut le juger par les principes de Rome, de l'héroïsme & du Stoïcisme, puisqu'il était Romain, héros & Stoïcien.

(18.)

Les Scipions sont morts aux déserts de Carthage.

Je ne sais pas ce que l'auteur entend par ce vers. Je ne connais que Métellus Scipion qui fit la guerre contre César en Afrique, conjointement avec le Roi Juba. Il perdit la grande bataille de Tapsa, & voulant ensuite traverser la mer d'Afrique, la flotte de César coula son vaisseau à fond. Scipion périt dans les flots & non dans les déserts. J'aimerais mieux que l'auteur eût mis, *les Scipions sont morts aux Syrtes de Carthage.* Il faut de la vérité autant qu'on le peut.

(19.)

Cicéron tu n'es plus, &c.

Je remarquerai sur le meurtre de Cicéron, qu'il fut assassiné par un tribun militaire nommé Popilius Lænas, pour lequel il avait daigné plaider, & auquel il avait sauvé la vie. Ce meurtrier reçut d'Antoine deux cent mille livres de notre monnoie, pour la tète & les deux mains de Cicéron qu'il lui apporta dans le Forum. Antoine les fit clouer à la tribune aux harangues. Les siècles suivants ont vu des assassinats, mais aucun qui fût marqué par une si horrible ingratitude, ni qui ait été payé si chérement. Les assassins de Valstein, du Maréchal d'Ancre, du Duc de Guise le Balafré, du Duc de Parme Farnèse bâtard du Pape Paul III, & de tant d'autres, étaient à la vérité des gentilshommes, ce qui rend leur attentat encor plus infame; mais du moins ils n'avaient pas reçu de bienfaits des Princes qu'ils massacrèrent; ils furent les indignes instrumens de leurs maîtres; & cela ne prouve que trop que quiconque est armé du pouvoir, & peut donner de l'argent, trouve toujours des bourreaux mercenaires quand il le veut : mais des bourreaux gentilshommes, c'est-là ce qui est le comble de l'infamie.

Remarquons que cette horreur & cette bassesse ne fut jamais connue dans les tems de la Chevalerie; je ne vois aucun Chevalier assassin pour de l'argent.

Si l'auteur de l'*Esprit des loix* avait

dit que l'honneur était autrefois le reffort & le mobile de la Chevalerie, il aurait eu raifon : mais prétendre que l'honneur eſt le mobile de la Monarchie, après les affaffinats à prix fait du Maréchal d'Ancre & du Duc de Guife , & après que tant de gentilshommes fe font faits bourreaux & archers, après tant d'autres infamies de tous les genres, cela eſt auffi peu convenable que de dire que la vertu eſt le mobile des Républiques. Rome était encor République du tems des profcriptions de Sylla, de Marius & des Triumvirs. Les maffacres d'Irlande , la Saint Barthelemi, les Vèpres Siciliennes, les affaffinats des Ducs d'Orléans & de Bourgogne, le faux monnoyage, tout cela fut commis dans des Monarchies.

Revenons à Cicéron. Quoique nous ayons fes ouvrages, St. Evremont eſt le prémier qui nous ait avertis qu'il falait confidérer en lui l'homme d'Etat & le bon citoyen. Il n'eſt bien connu que par l'hiſtoire excellente que Midleton nous a donnée de ce grand homme. Il était le meilleur orateur de fon tems , & le meilleur philofophe. Ses Tufculanes & fon Traité de la nature des Dieux, fi bien traduits par l'Abbé d'Olivet, & enrichis de notes favantes, font fi fupérieurs dans leur genre, que rien ne les a égalés depuis , foit que nos bons auteurs n'aient pas ofé prendre un tel effor , foit qu'ils n'aient pas eu les aîles affez fortes. Cicéron difait tout ce qu'il voulait ; il n'en eſt pas ainfi parmi nous. Ajoutons encore que nous n'avons aucun traité de morale qui approche de fes Offices ; & ce n'eſt pas faute de liberté que nos auteurs modernes ont été fi au-deſſous de lui en ce genre , car de Rome à Madrid on eſt fûr d'obtenir la permiffion d'ennuyer en moralités.

Je doute que Cicéron ait été un auffi grand homme en politique. Il fe laiffa tromper à l'âge de foixante & trois ans par le jeune Octave, qui le facrifia bientôt au reffentiment de Marc Antoine. On ne vit en lui ni la fermeté de Brutus , ni la circonfpection d'Atticus. Il n'eut d'autre fonction dans l'armée du grand Pompée que celle de dire des bons mots. Il courtifa enfuite Céfar ; il devait , après avoir prononcé les Philippiques , les foutenir les armes à la main. Mais je m'arrète, je ne veux pas faire la fatyre de Cicéron.

(20.)

Ont fait couler le fang du plus grand des mortels.

Je propofe ici une conjecture. Il me femble que l'intérèt des miniſtres du jeune Ptolomée âgé de treize ans , n'était point du tout d'affaffiner Pompée , mais de le garder en ôtage, comme un gage des faveurs qu'ils pouvaient obtenir du vainqueur , & comme un homme qu'ils pouvaient lui oppofer s'il voulait les opprimer.

Après la victoire de Pharfale, Céfar dépêcha des émiffaires fecrets à Rhodes , pour empêcher qu'on ne reçût Pompée. Il dût, ce me femble, prendre les mêmes précautions avec l'Egypte ; il n'y a perfonne qui en pareil cas négligeât un intérêt fi important. On peut croire que Céfar prit cette précaution néceffaire , & que les Egyptiens allèrent plus loin qu'il ne voulait ; ils crurent s'affurer de fa bienveillance en lui préfentant la tète de Pompée. On a dit qu'il verfa des larmes en la voyant : mais ce qui eft bien plus fûr, c'eft qu'il ne vengea point fa mort ; il ne punit point Septime , Tribun Romain , qui était le plus coupable de cet affaffinat. Et lorfqu'enfuite il fit tuer Achillas , ce fut dans la guerre d'Alexandrie , & pour un fujet tout

différent. Il eft donc très vrai-femblable que fi Céfar n'ordonna pas la mort de Pompée , il fut au moins la caufe très prochaine de cette mort. L'impunité accordée à Septime eft une preuve bien forte contre Céfar. Il aurait pardonné à Pompée , je le crois, s'il l'avait eu entre fes mains ; mais je crois auffi qu'il ne le regretta pas. Et une preuve indubitable , c'eft que la première chofe qu'il fit , ce fut de confifquer tous fes biens à Rome. On vendit à l'encan la belle maifon de Pompée ; Antoine l'acheta , & les enfans de Pompée n'eurent aucun héritage.

(21.)

un fils de Cépias.

Dion Caffius nous apprend que le furnom du père d'Augufte était *Cépias.* Cet Octavianus Cépias fut le premier Sénateur de fa branche. Le grand - père d'Augufte n'était qu'un riche Chevalier qui négociait dans la petite ville de Veletri , & qui époufa la fœur aînée de Céfar, foit qu'alors la famille des Céfars fût pauvre , foit qu'elle voulût plaire au peuple par cette alliance difproportionnée. J'ai déja dit qu'on reprochait à Augufte que fon bifaïeul avait été un petit marchand , un changeur à Veletri. Ce changeur paffait même pour le fils d'un affranchi. Antoine ofa appeler Octave du nom de Spartacus dans un de fes édits , en faifant allufion à fa famille qu'on prétendait defcendre d'un efclave. Vous trouverez cette

anecdote dans la huitiéme Philippique de Cicéron , *quem Spartacum in edictis appellat* , &c.

Il y a mille exemples de grandes fortunes qui ont eu une baffe origine , ou que l'orgueil appelle baffe : il n'y a rien de bas aux yeux du philofophe ; & quiconque s'eft élevé doit avoir eu cette efpèce de mérite qui contribue à l'élévation. Mais on eft toûjours furpris de voir Augufte , né d'une famille fi mince , un provincial fans nom , devenir le maître abfolu de l'Empire Romain , & fe placer au rang des Dieux.

On lui donne des remords dans cette piéce , on lui attribue des fentimens magnanimes ; je fuis perfuadé qu'il n'en eut point ; mais je fuis perfuadé qu'il en faut au théâtre.

(22.)

(22.)

Par ma main.

Ce trait n'eſt pas hiſtorique , mais il ne m'étonne point dans Fulvie ; c'était une femme extrème en ſes fureurs , & digne , comme elle le dit , du tems funeſte où elle était née. Elle fut preſque auſſi ſangui-naire qu'Antoine. Ciceron rapporte dans ſa troiſiéme Philippique , que Fulvie étant à Brindes avec ſon mari , quelques centurions mèlés à des citoyens voulurent faire paſſer trois légions dans le parti oppoſé ; qu'il les fit venir chez lui l'un après l'autre ſous divers prétextes , & les fit tous égorger. Fulvie y était préſente ; ſon viſage était tout couvert de leur ſang ; *Os uxoris ſanguine reſper-ſum conſtabat.* Elle fut accuſée d'avoir arraché la langue à Ciceron après ſa mort , & de l'avoir percée de ſon aiguille de tète.

(23.)

Ils ont trahi Lépide.

Cette réflexion de Fulvie eſt très convenable , puiſqu'elle eſt fondée ſur la vérité. Car après la bataille de Modène qu'Antoine avait perdue , il eut la confiance de ſe préſenter preſque ſeul devant le camp de Lépide ; plus de la moitié des légions paſſa de ſon côté. Lépide fut obligé de s'unir avec lui , & cette avanture mème fut l'origine du Triumvirat.

(24.)

On a vu Marius entrainer ſur ſes pas
Les mèmes aſſaſſins payés pour ſon trépas.

Non-ſeulement ceux de Minturne qui avaient ordre de tuer Marius , ſe déclarèrent en ſa faveur ; mais étant encor proſcrit en Afri-que , il alla droit à Rome avec quelques Africains , & leva des troupes dès qu'il y fut arrivé.

(25.)

. . . . *Brutus & Caſſius*
N'avaient pas , après tout , des projets mieux conçus.

Il eſt conſtant que Brutus & Caſ-ſius n'avaient pris aucunes meſures pour ſe maintenir contre la faction de Céſar. Ils ne s'étaient pas aſſurés d'une ſeule cohorte ; & mème après avoir commis le meurtre , ils furent obligés de fe réfugier au Capitole. Brutus harangua le peuple du haut de cette forterefse, & on ne lui répondit que par des injures & des outrages ; on fut prêt de l'affiéger. Les conjurés eurent beaucoup de peine à ramener les efprits ; & lorfqu'Antoine eut montré aux Romains le corps de Céfar fanglant, le peuple animé par ce fpectacle, & furieux de douleur & de colère, courut le fer & la flamme à la main vers les maifons de Brutus & de Caffius. Ils furent obligés de fortir de Rome. Le peuple déchira un citoyen nommé Cinna, qu'il crut être un des meurtriers. Ainfi il eft clair que l'entreprife de Brutus, de Caf-

fius & de leurs affociés, fut foudaine & téméraire. Ils réfolurent de tuer le tyran à quelque prix que ce fût, quoi qu'il en pût arriver.

Il y a vingt exemples d'affaffinats produits par la vengeance ou par l'entoufiafme de la liberté, qui furent l'effet d'un mouvement violent plutôt que d'une confpiration bien réfléchie, & prudemment méditée. Tel fut l'affaffinat du Duc de Parme Farnèfe, bâtard du Pape Paûl III. Telle fut la même confpiration des Pazzi, qui n'étaient point fûrs des Florentins en affaffinant les Médicis, & qui fe confièrent à la fortune.

(26.)

Pompée en s'approchant de ce perfide Octave,
En croyant le punir n'a frappé qu'un efclave.

Il y eut quelques exemples de pareille méprife dans les guerres civiles de Rome. L'efprit de vertige qui animait alors les Romains eft prefque inconcevable. Lucius Terentius voulant tuer le père du grand Pompée, pénétra feul jufques dans fa tente, & crut long-tems l'avoir percé de coups ; il ne reconnut fon erreur que lorfqu'il voulut faire fou-

lever les troupes, & qu'il vit paraitre à leur tète celui qu'il croyait avoir égorgé. On dit que la même chofe arriva depuis à Maximien Hercule, quand il voulut fe venger de Conftantin fon gendre. Vous voyez auffi dans la tragédie de Vencefias, que Ladiflas affaffine fon propre frère, quand il croit affaffiner le Duc fon rival.

(27.)

Cafca fit à Céfar la première bleffure.

L'auteur fe trompe ici. Cafca n'était point un homme du peuple. Il eft vrai qu'il n'y eut en lui rien de recommandable ; mais enfin, c'était un Sénateur, & on ne devait pas

le traiter d'homme obfcur, à moins qu'on n'entende par ce mot un homme fans gloire, ce qui me femble un peu forcé.

(28.)

. . . . *& qu'on chériffe Augufte.*

C'eft de bonne heure qu'Octave prend ici le nom d'Augufte. Suétone nous dit qu'Octave ne fut furnommé Augufte, par un décret du Sénat, qu'après la bataille d'Actium. On balança fi on lui donnerait le titre d'Auguftus ou de Romulus. Celui d'Auguftus fut préféré ; il fignifie vénérable, & même quelque chofe de plus, qui répond au grec *febaftos.* Il eft bien plaifant de voir aujourd'hui quelles gens prennent le titre de vénérables.

Il paraît pourtant qu'Octave avait déja ofé s'arroger le furnom d'Augufte à fon premier Confulat qu'il fe fit donner à l'âge de vingt ans contre toutes les loix, ou plutôt qu'Agrippa & les légions lui firent donner. Ce fut cet Agrippa qui fit fa fortune, mais Octave fut enfuite la conferver & l'accroître.

(29.)

Et que Rome elle-même apprenne à nous aimer.

Il eft conftant que ce fut à la fin le but d'Octave après tant de crimes. Il vécut affez longtems pour que la génération qu'il vit naître oubliât prefque les malheurs de fes pères. Il y eut toûjours des cœurs Romains qui détestèrent la tyrannie, non-feulement fous lui, mais fous fes fucceffeurs : on regretta la République, mais on ne put la rétablir ; les Empereurs avaient l'argent & les troupes. Ces troupes enfin furent les maîtreffes de l'Etat ; car les tyrans ne peuvent fe maintenir que par les foldats ; tôt ou tard les foldats connaiffent leurs forces, ils affaffinent le maître qui les paye, & vendent l'Empire à d'autres. Cette Rome fi fuperbe, fi amoureufe de la liberté, fut gouvernée comme Alger ; elle n'eut pas même l'honneur de l'être comme Conftantinople, où du moins la race des Ottomans eft refpectée. L'Empire Romain eut très rarement trois Empereurs de fuite de la même famille depuis Néron. Rome n'eut jamais d'autre confolation que celle de voir fes Empereurs égorgés par les foldats. Saccagée enfin plufieurs fois par les barbares, elle eft réduite à l'état où nous la voyons aujourd'hui.

Je finirai par remarquer ici que l'entreprife defefpérée que le poëte attribue à Sextus Pompée & à Fulvie, eft un trait de furieux qui veulent fe venger à quelque prix que ce foit, fûrs de perdre la vie en fe vengeant ; car fi l'auteur leur donne quelque efpérance de pouvoir faire déclarer les foldats en leur faveur, c'eft plutôt une illufion qu'une efpérance. Mais enfin, ce n'eft pas un trait d'ingratitude lâche comme la confpiration de Cinna. Fulvie eft criminelle, mais le jeune Pompée ne l'eft pas. Il eft profcrit, on lui enlève fa femme, il fe réfout à mourir pourvu qu'il puniffe le tyran & le raviffeur. Augufte fait ici une belle action en le laiffant aller comme un brave ennemi qu'il veut combattre les armes à la main. Cette générofité mème eft préparée dans la piéce par les remords qu'Octave éprouve dès le premier acte. Mais affurément cette magnanimité n'était pas alors dans le caractère d'Octave; le poëte lui fait ici un honneur qu'il ne méritait pas.

Le rôle qu'on fait jouer à Antoine eft peu de chofe, quoiqu'affez conforme à fon caractère : il n'agit point dans la piéce ; il y eft fans paffion : c'eft une figure dans l'ombre qui ne fert, à mon avis, qu'à faire fortir le perfonnage d'Octave. Je penfe que c'eft pour cette raifon que le manufcrit porte feulement pour titre : *Octave & le jeune Pompée*, & non pas *le Triumvirat* ; mais j'y ai ajouté ce nouveau titre, comme je le dis dans ma préface, parce que les Triumvirs étaient dans l'île, & que les profcriptions furent ordonnées par eux.

J'aurais beaucoup de chofes à dire fur le caractère barbare des Romains, depuis Sylla jufqu'à la bataille d'Actium, & fur leur baffeffe après qu'Augufte les eut affujettis. Ce contrafte eft bien frappant ; on vit des tigres changés en chiens de chaffe qui léchent les pieds de leurs maîtres.

On prétend que Caligula défigna Conful un cheval de fon écurie ; que Domitien confulta les Sénateurs fur la fauce d'un turbot ; & il eft certain que le Sénat Romain rendit en faveur de Pallas, affranchi de Claude, un décret qu'à peine on eût porté du tems de la République en faveur des Paul Emile & des Scipions.

Fin des Notes.

DU GOUVERNEMENT ET DE LA DIVINITÉ

D'*AUGUSTE*.

CEux qui aiment l'hiftoire font bien aifes de favoir à quel titre un bourgeois de Veletri gouverna un Empire qui s'étendait du Mont Taurus au Mont Atlas , & de l'Euphrate à l'Océan Occidental. Ce ne fut point comme Dictateur perpétuel , ce titre avait été trop funefte à *Jules-Céfar.* *Augufte* ne le porta que onze jours. La crainte de périr comme fon prédéceffeur , & les confeils d'*Agrippa* lui firent prendre d'autres mefures. Il accumula infenfiblement fur fa tête toutes les dignités de la République. Treize Confulats , le Tribunat renouvellé en fa faveur de dix ans en dix ans , le nom de Prince du Sénat , celui d'Empereur qui d'abord ne fignifiait que Général d'armée , mais auquel il fut donner une dénomination plus étendue ; ce font là les titres qui femblèrent légitimer fa puiffance. Le Sénat ne perdit rien de fes honneurs ; il conferva même toûjours de très grands droits. *Augufte* partagea avec lui toutes les provinces de l'Empire ; mais il retint pour lui les principales : enfin , maître de l'argent & des troupes , il fut en effet Souverain.

Ce qu'il y eut de plus étrange , c'eft que *Jules-Céfar* ayant été mis au rang des Dieux après fa mort , *Augufte* fut Dieu de fon vivant. Il eft vrai qu'il n'était pas tout-à-fait Dieu à Rome , mais il l'était dans les provinces. Il y avait des temples & des prêtres. L'abbaye d'Eney à Lyon était un beau temple d'*Augufte*. *Horace* lui dit :

Jurandafque tuum per nomen ponimus aras.

Cela veut dire qu'il y avait chez les Romains même d'affez bons courtifans pour avoir dans leurs maifons de petits autels qu'ils dédiaient à *Augufte*. Il fut donc en effet canonifé de fon vivant ; & le nom de Dieu devint le titre , ou le fobri-

M iij

quet de tous les Empereurs fuivans. *Caligula* fe fit Dieu fans difficulté ; il fe fit adorer dans le temple de *Caftor* & de *Pollux*. Sa ftatue était pofée entre ces deux gemeaux ; on lui immolait des paons, des faifans, des poules de Numidie, jufqu'à-ce qu'enfin on l'immola lui - même. *Néron* eut le nom de Dieu avant qu'il fût condamné par le Sénat à mourir par le fupplice des efclaves.

Ne nous imaginons pas que ce nom de Dieu fignifiât chez ces monftres, ce qu'il fignifie parmi nous ; le blafphême ne pouvait être porté jufques - là. *Divus* voulait dire précifément *Sanctus*. De la lifte des profcriptions, & de l'épigramme ordurière contre *Fulvie*, il y a loin jufqu'à la divinité. Il y eut onze confpirations contre ce Dieu, fi l'on compte la prétendue conjuration de *Cinna :* mais aucune ne réuffit ; & de tous ces miférables qui ufurpèrent les honneurs divins, *Augufte* fut fans doute le plus fortuné. Il fut véritablement celui par lequel la République Romaine périt ; car *Céfar* n'avait été Dictateur que dix mois, & *Augufte* régna plus de quarante années. Ce fut dans cet efpace de tems que les mœurs changèrent avec le gouvernement. Les armées compofées autrefois de légions Romaines & des peuples d'Italie, furent dans la fuite formées de tous les peuples barbares. Elles mirent fur le trône, des Empereurs de leurs pays.

Dès le troifiéme fiécle il s'éleva trente tyrans prefqu'à la fois, dont les uns étaient de la Tranfilvanie, les autres des Gaules, d'Angleterre ou d'Allemagne. *Dioclétien* était le fils d'un efclave de Dalmatie. *Maximien - Hercule* était un villageois de Sirmik. *Théodofe* était d'Efpagne qui n'était pas alors un pays fort policé.

On fait affez comment l'Empire Romain fut enfin détruit, comment les Turcs en ont fubjugué la moitié, & comment le nom de l'autre moitié fubfifte encor fur les rives du Danube chez les Marcomans. Mais la plus fingulière de toutes les révolutions, & le plus étonnant de tous les fpectacles, c'eft de voir par qui le Capitole eft habité aujourd'hui.

DES CONSPIRATIONS

CONTRE LES PEUPLES,

O U

DES PROSCRIPTIONS.

CELLES DES JUIFS.

SI l'on remonte à la plus haute antiquité reçue parmi nous, fi l'on ose chercher les premiers exemples des proscriptions dans l'histoire des Juifs, fi nous féparons ce qui peut appartenir aux passions humaines, de ce que nous devons révérer dans les décrets éternels, fi nous ne confidérons que l'effet terrible d'une caufe divine, nous trouverons d'abord une profcription de vingt-trois mille Juifs après l'idolatrie d'un veau d'or ; une de vingt-quatre mille pour punir l'Ifraëlite qu'on avait furpris dans les bras d'une Madianite ; une de quarante-deux mille hommes de la tribu d'*Ephraïm*, égorgés à un gué du Jourdain. C'était une vraie profcription ; car ceux de Galaad qui exerçaient la vengeance de *Jephté* contre les Ephraïmites, voulaient connaître & démêler leurs victimes en leur faifant prononcer l'un après l'autre le mot *fhibolet* au paffage de la rivière ; & ceux qui difaient *fibolet*, felon la prononciation Ephraïmite, étaient reconnus & tués fur le champ. Mais il faut confidérer que cette tribu d'*Ephraïm* ayant ofé s'oppofer à *Jephté*, choifi par Dieu même pour être le chef de fon peuple, méritait fans doute un tel châtiment.

C'est pour cette raifon que nous ne regardons point comme une injuftice l'extermination entière des peuples du Canaan ; ils s'étaient attiré cette punition par leurs crimes ; ce fut le Dieu vengeur des crimes qui les profcrivit.

C*ELLE DE* M*ITHRIDATE.*

De telles profcriptions commandées par la Divinité même, ne doivent pas fans doute être imitées par les hommes ; auffi le genre humain ne vit point de pareils maffacres jufqu'à *Mithridate.* Rome ne lui avait pas encor déclaré la guerre , lorfqu'il ordonna qu'on affaffinat tous les Romains qui fe trouvaient dans l'Afie mineure. *Plutarque* fait monter le nombre des victimes à cent cinquante mille ; *Appien* le réduit à quatre-vingt mille.

Plutarque n'eft pas croyable , & *Appien* même exagère. Il n'eft pas vrai-femblable que tant de citoyens Romains demeuraffent dans l'Afie mineure , où ils avaient alors très peu d'établiffements. Mais quand ce nombre ferait réduit à la moitié , *Mithridate* n'en ferait pas moins abominable. Tous les hiftoriens conviennent que le maffacre fut général , & que ni les femmes ni les enfans ne furent épargnés.

C*ELLES DE* S*YLLA* , *DE* M*ARIUS ET DES* T*RIUMVIRS.*

Mais environ dans ce tems-là même *Sylla* & *Marius* exercèrent fur leurs compatriotes la même fureur qu'ils éprouvaient en Afie. *Marius* commença les profcriptions , & *Sylla* les furpaffa. La raifon humaine eft confondue quand elle veut juger des Romains. On ne conçoit pas comment un peuple chez qui tout était à l'enchère , & dont la moitié égorgeait l'autre , pût être dans ce tems-là même le vainqueur de tous les Rois. Il y eut une horrible anarchie depuis les profcriptions de *Sylla* jufqu'à la bataille d'Actium , & ce fut pourtant alors que Rome conquit les Gaules , l'Efpagne , l'Egypte , la Syrie , toute l'Afie mineure & la Grèce.

Comment expliquerons-nous ce nombre prodigieux de déclamations qui nous reftent fur la décadence de Rome , dans ces tems fanguinaires & illuftres ? *Tout eft perdu* , difent vingt auteurs latins , *Rome tombe par fes propres forces* , *le luxe a vengé l'univers.* Tout cela ne veut dire autre chofe , finon que la liberté publique n'exiftait plus : mais la puiffance fubfiftait ;

fiftait ; elle était entre les mains de cinq ou fix Généraux d'armée , & le citoyen Romain qui avait jufques-là vaincu pour lui-même , ne combattait plus que pour quelques ufurpateurs.

La dernière profcription fut celle d'*Antoine* , d'*Octave* & de *Lépide* ; elle ne fut pas plus fanguinaire que celle de *Sylla*.

Quelque horrible que fût le règne des *Caligula* & des *Nérons* , on ne voit point de profcriptions fous leur empire ; il n'y en eut point dans les guerres des *Galba* , des *Othons* , des *Vitellius*.

CELLE DES JUIFS SOUS TRAJAN.

Les Juifs feuls renouvellèrent ce crime fous *Trajan*. Ce Prince humain les traitait avec bonté. Il y en avait un très-grand nombre dans l'Egypte & dans la province de Cyrène. La moitié de l'île de Chypre était peuplée de Juifs. Un nommé *André* qui fe donna pour un Meffie , pour un libérateur des Juifs , ranima leur exécrable enthoufiafme qui paraiffait affoupi. Il leur perfuada qu'ils feraient agréables au Seigneur, & qu'ils rentreraient enfin victorieux dans Jérufalem , s'ils exterminaient tous les infidéles dans les lieux où ils avaient le plus de fynagogues. Les Juifs féduits par cet homme maffacrèrent, dit-on, plus de deux cent vingt mille perfonnes dans la Cyrénaïque & dans Chypre. *Dion* & *Eufèbe* difent que non contens de les tuer , ils mangeaient leur chair, fe faifaient une ceinture de leurs inteftins , & fe frottaient le vifage de leur fang. Si cela eft ainfi , ce fut , de toutes les confpirations contre le genre humain dans notre continent , la plus inhumaine & la plus épouvantable ; & elle dut l'être , puifque la fuperftition en était le principe. Ils furent punis , mais moins qu'ils ne le méritaient , puifqu'ils fubfiftent encore.

CELLE DE THÉODOSE, &c.

Je ne vois aucune confpiration pareille dans l'hiftoire du monde , jufqu'au tems de *Théodofe* , qui profcrivit les habitans de Theffalonique , non pas dans un mouvement de colère , comme on l'écrit fi indignement , mais après fix mois

Tom. VI. & du Théâtre le quatriéme. N

des plus mûres réflexions. Il mit dans cette fureur méditée
un artifice & une lâcheté qui la rendaient encor plus horrible. Les jeux publics furent annoncés par son ordre , les habitans invités ; les courses commencèrent au milieu de ces ré-
jouissances ; ses soldats égorgèrent sept à huit mille habitans ;
quelques auteurs disent quinze mille. Cette proscription fut
incomparablement plus sanguinaire & plus inhumaine que
celle des Triumvirs ; ils n'avaient compris que leurs ennemis
dans leurs listes , mais *Théodose* ordonna que tout pérît sans
distinction. Les Triumvirs se contentèrent de taxer les veuves
& les filles des proscrits , *Théodose* fit massacrer les femmes
& les enfans , & cela dans la plus profonde paix , & lors-
qu'il était au comble de sa puissance.

Celle de l'Impératrice Théodora.

Une proscription beaucoup plus sanglante encore que toutes les précédentes , fut celle d'une Impératrice *Théodora*, au
milieu du neuviéme siécle. Cette femme superstitieuse & cruelle , veuve du cruel *Théophile* , & tutrice de l'infâme *Michel*,
gouverna quelques années Constantinople. Elle donna ordre
qu'on tuât tous les Manichéens dans ses Etats. *Fleury* dans
son histoire ecclésiastique , avouë qu'il en périt environ cent
mille. Il s'en sauva quarante mille qui se réfugièrent dans les
Etats du Calife , & qui devenus les plus implacables comme
les plus justes ennemis de l'Empire Grec , contribuèrent à sa
ruine. Rien ne fut plus semblable à notre St. Barthelemi, dans
laquelle on voulut détruire les Protestans , & qui les rendit
furieux.

Cette rage des conspirations contre un peuple entier sem-
bla s'assoupir jusqu'au tems des Croisades. Une horde de croi-
sés dans la première expédition de *Pierre l'Hermite* , ayant
pris son chemin par l'Allemagne , fit vœu d'égorger tous les
Juifs qu'ils rencontreraient sur leur route. Ils allèrent à Spire ,
à Worms , à Cologne , à Mayence , à Francfort ; ils fendi-
rent le ventre aux hommes , aux femmes , aux enfans de la
nation Juive qui tombèrent entre leurs mains , & cherchèrent
dans leurs entrailles l'or qu'on supposait que ces malheureux
avaient avalé.

Cette action des croifés reffemblait parfaitement à celle des Juifs de Chypre & de Cyrène, & fut peut-être encore plus affreufe, parce que l'avarice fe joignait au fanatifme. Les Juifs alors furent traités comme ils fe vantent d'avoir traité autrefois des nations entières : mais felon la remarque de Suarez, *ils avaient égorgé leurs voifins par une piété bien entenduë, & les croifés les maffacrèrent par une piété mal entenduë.* Il y a au moins de la piété dans ces meurtres, & cela eft bien confolant.

Celle de la Croisade contre les Albigeois.

La confpiration contre les Albigeois fut de la même efpèce, & eut une atrocité de plus ; c'eft qu'elle fut contre des compatriotes, & qu'elle dura long-tems. *Suarez* aurait dû regarder cette profcription comme la plus édifiante de toutes, puifque de faints Inquifiteurs condamnèrent aux flammes tous les habitans de Béfiers, de Carcaffonne, de Lavaur, & de cent bourgs confidérables ; prefque tous les citoyens furent brûlés en effet, ou pendus, ou égorgés.

Les Vêpres Siciliennes.

S'il eft quelque nuance entre les grands crimes, peut-être la journée des Vêpres Siciliennes eft la moins exécrable de toutes, quoiqu'elle le foit exceffivement. L'opinion la plus probable eft que ce maffacre ne fut point prémédité. Il eft vrai que *Jean de Procida*, émiffaire du Roi d'Aragon, préparait dès-lors une révolution à Naples & en Sicile ; mais il paraît que ce fut un mouvement fubit dans le peuple animé contre les Provençaux, qui le déchaîna tout d'un coup, & qui fit couler tant de fang. Le Roi *Charles* s'était rendu odieux par le meurtre de *Conradin* & du Duc d'Autriche, deux jeunes héros & deux grands Princes dignes de fon eftime, qu'il fit condamner à mort comme des voleurs. Les Provençaux qui vexaient la Sicile étaient déteftés. L'un d'eux fit violence à une femme le lendemain de Pâques ; on s'attroupa, on s'émut, on fonna le tocfin, on cria *meurent les ty-*

rans ; tout ce qu'on rencontra de Provençaux fut maffacré ; les innocens périrent avec les coupables.

LES TEMPLIERS.

Je mets fans difficulté au rang des profcriptions le fupplice des Templiers. Cette barbarie fut d'autant plus atroce qu'elle fut commife avec l'appareil de la juftice. Ce n'était point une de ces fureurs que la vengeance foudaine ou la néceflité de fe défendre femble juftifier ; c'était un projet réfléchi d'exterminer tout un Ordre trop fier & trop riche. Je penfe bien que dans cet Ordre il y avait de jeunes débauchés qui méritaient quelque correction ; mais je ne croirai jamais qu'un grand - Maître , & tant de Chevaliers parmi lefquels on comptait des Princes , tous vénérables par leur âge & par leurs fervices , fuffent coupables des baffeffes abfurdes & inutiles dont on les accufait. Je ne croirai jamais qu'un Ordre entier de religieux ait renoncé en Europe à la Religion Chrétienne , pour laquelle il combattait en Afie , en Afrique ; & pour laquelle même encor plufieurs d'entr'eux gémiffaient dans les fers des Turcs & des Arabes , aimant mieux mourir dans les cachots que de renier leur religion.

Enfin , je crois fans difficulté à plus de quatre - vingt Chevaliers qui , en mourant , prennent Dieu à témoin de leur innocence. N'héfitons point à mettre leur profcription au rang des funeftes effets d'un tems d'ignorance & de barbarie.

MASSACRE DANS LE NOUVEAU MONDE.

Dans ce récenfement de tant d'horreurs , mettons fur - tout les douze millions d'hommes détruits dans le vafte continent du nouveau monde. Cette profcription eft à l'égard de toutes les autres ce que ferait l'incendie de la moitié de la terre à celui de quelques villages.

Jamais ce malheureux globe n'éprouva une dévaftation plus horrible & plus générale , & jamais crime ne fut mieux prouvé. *Las Cafas*, évêque de Chiappa dans la nouvelle Efpagne , ayant parcouru pendant plus de trente années les îles & la terre ferme découvertes, avant qu'il fût évêque, & depuis qu'il eut cette dignité, témoin oculaire de ces trente années de destruction, vint enfin en Espagne dans sa vieillesse, se jetter aux pieds de *Charles-Quint* & du Prince *Philippe* son fils, & fit entendre ses plaintes qu'on n'avait pas écoutées jusqu'alors. Il présenta sa requête au nom d'un hémisphère entier : elle fut imprimée à Valladolid. La cause de plus de cinquante nations proscrites dont il ne subsistait que de faibles restes, fut solemnellement plaidée devant l'Empereur. *Las Casas* dit que ces peuples, détruits étaient d'une espèce douce, faible & innocente, incapable de nuire & de résister, & que la plûpart ne connaissaient pas plus les vêtemens & les armes que nos animaux domestiques. J'ai parcouru, dit-il, toutes les petites îles Lucaies, & je n'y ai trouvé que onze habitans, reste de plus de cinq cent mille.

Il compte ensuite plus de deux millions d'hommes détruits dans Cuba & dans Hispaniola, & enfin plus de dix millions dans le Continent. Il ne dit pas, j'ai ouï dire qu'on a exercé ces énormités incroyables, il dit : *je les ai vûes : j'ai vû cinq Caciques brûlés pour s'être enfuis avec leurs sujets ; j'ai vû ces créatures innocentes massacrées par milliers ; enfin, de mon tems, on a détruit plus de douze millions d'hommes dans l'Amérique.*

On ne lui contesta pas cette étrange dépopulation, quelque incroyable qu'elle paraisse. Le docteur *Sepulvéda* qui plaidait contre lui, s'attacha seulement à prouver que tous ces Indiens méritaient la mort, parce qu'ils étaient coupables du péché contre nature, & qu'ils étaient antropophages.

Je prens Dieu à témoin, répond le digne évêque *Las Casas*, que vous calomniez ces innocens après les avoir égorgés. Non, ce n'était pas parmi eux que régnait la pédérastie, & que l'horreur de manger de la chair humaine s'était introduite ; il se peut que dans quelques contrées de l'Amérique que je ne connais pas, comme au Bresil ou dans quelques îles, on ait pratiqué ces abominations de l'Europe ; mais ni à Cuba, ni à la Jamaïque, ni dans l'Hispaniola, ni dans aucune île que j'ai parcourues, ni au Pérou, ni au Mexique où est mon évêché, je n'ai entendu jamais parler de ces crimes ; & j'en ai fait les enquêtes les plus exactes. C'est vous,

N iij

qui êtes plus cruels que les antropophages ; car je vous ai vu dreffer des chiens énormes pour aller à la chaffe des hommes , comme on va à celle des bêtes fauves. Je vous ai vû donner vos femblables à dévorer à vos chiens. J'ai entendu des Efpagnols dire à leurs camarades , prête-moi une longe d'Indien pour le déjeuner de mes dogues , je t'en rendrai demain un quartier. C'eft enfin chez vous feuls que j'ai vû de la chair humaine étalée dans vos boucheries , foit pour vos dogues , foit pour vous-mêmes. Tout cela , continue-t-il , eft prouvé au procès , & je jure par le grand Dieu qui m'écoute , que rien n'eft plus véritable.

Enfin , *Las Cafas* obtint de *Charles - Quint* des loix qui arrêtèrent le carnage réputé jufqu'alors légitime , attendu que c'était des Chrétiens qui maffacraient des infidèles.

PROSCRIPTION A MÉRINDOL.

La profcription juridique des habitans de Mérindol & de Cabrière , fous *François I* , en 1546 , n'eft à la vérité qu'une étincelle en comparaifon de cet incendie univerfel de la moitié de l'Amérique. Il périt dans ce petit pays environ cinq à fix mille perfonnes des deux fexes & de tout âge. Mais cinq mille citoyens furpaffent en proportion dans un canton fi petit , le nombre de douze millions dans la vafte étendue des îles de l'Amérique , dans le Mexique , & dans le Pérou. Ajoutez fur-tout que les défaftres de notre patrie nous touchent plus que ceux d'un autre hémifphère.

Ce fut la feule profcription revêtue des formes de la juftice ordinaire ; car les Templiers furent condamnés par des commiffaires que le Pape avait nommés , & c'eft en cela que le maffacre de Mérindol porte un caractère plus affreux que les autres. Le crime eft plus grand quand il eft commis par ceux qui font établis pour réprimer les crimes & pour protéger l'innocence.

Un Avocat - Général du Parlement d'Aix nommé *Guérin*, fut le premier auteur de cette boucherie. *C'était* , dit l'hiftorien Céfar Noftradamus , *un homme noir ainfi de corps que d'ame , autant froid orateur que perfécuteur ardent & calomnia-*

teur effronté. Il commença par dénoncer en 1540 dix-neuf personnes au hazard comme hérétiques. Il y avait alors un violent parti dans le Parlement d'Aix, qu'on appellait les *brûleurs.* Le Préfident *d'Oppède* était à la tête de ce parti. Les dix-neuf accufés furent condamnés à la mort fans être entendus, & dans ce nombre il fe trouva quatre femmes & cinq enfans qui s'enfuirent dans des cavernes.

Il y avait alors, à la honte de la nation, un Inquifiteur de la foi en Provence, il fe nommait frère *Jean de Rome.* Ce malheureux accompagné de fatellites allait fouvent dans Mérindol & dans les villages d'alentour ; il entrait inopinément & de nuit dans les maifons où il était averti qu'il y avait un peu d'argent ; il déclarait le père, la mère & les enfans hérétiques, leur donnait la queftion, prenait l'argent, & violait les filles. Vous trouverez une partie des crimes de ce fcélérat dans le fameux plaidoyer *d'Aubri*, & vous remarquerez qu'il ne fut puni que par la prifon.

Ce fut cet Inquifiteur qui, n'ayant pû entrer chez les dix-neuf accufés, les avait fait dénoncer au Parlement par l'A-vocat-Général *Guérin*, quoiqu'il prétendit être le feul juge du crime d'héréfie. *Guérin* & lui foutinrent que dix-huit villages étaient infeftés de cette pefte. Les dix-neuf citoyens échappés devaient felon eux faire révolter tout le canton. Le Préfident *d'Oppède*, trompé par une information fraudu-leufe de *Guérin*, demanda au Roi des troupes pour appuyer la recherche & la punition des dix-neuf prétendus coupables. *François I*, trompé à fon tour, accorda enfin les troupes. Le Vice-Légat d'Avignon y joignit quelques foldats. Enfin en 1544 *d'Oppède* & *Guérin* à leur tête mirent le feu à tous les villages ; tout fut tué, & *Aubri* rapporte dans fon plaidoyer que plufieurs foldats affouvirent leur brutalité fur les femmes & fur les filles expirantes qui palpitaient encore. C'eft ainfi qu'on fervait la Religion.

Quiconque a lû l'hiftoire, fait affez qu'on fit juftice ; que le Parlement de Paris fit pendre l'Avocat-Général, & que le Préfident *d'Oppède* échappa au fupplice qu'il avait mérité. Cette grande caufe fut plaidée pendant cinquante audiences. On a encor les plaidoyers, ils font curieux. *D'Oppède* &

Guérin alléguaient pour leur juftification tous les paffages de l'Ecriture , où il eft dit :

Frappez les habitans par le glaive , détruifez tout jufqu'aux animaux *a*).

Tuez le vieillard , l'homme , la femme , & l'enfant à la mammelle *b*).

Tuez l'homme , la femme , l'enfant fevré , l'enfant qui tette, le bœuf , la brebis , le chameau & l'âne *c*).

Ils alléguaient encor les ordres & les exemples donnés par l'Eglife contre les hérétiques. Ces exemples & ces ordres n'empêchèrent pas que *Guérin* ne fût pendu. C'eft la feule profcription de cette efpèce qui ait été punie par les loix , après avoir été faite à l'abri de ces loix mêmes.

PROSCRIPTION DE LA ST. BARTHELEMI.

Il n'y eut que vingt-huit ans d'intervalle entre les maffacres de Mérindol & la journée de la St. Barthelemi. Cette journée fait encor dreffer les cheveux à la tête de tous les Français , excepté ceux d'un abbé qui a ofé imprimer en 1758 une efpèce d'apologie de cet événement exécrable. C'eft ainfi que quelques efprits bizarres ont eu le caprice de faire l'apologie du Diable. *Ce ne fut* , dit-il , *qu'une affaire de profcription.* Voilà une étrange excufe ! Il femble qu'une affaire de profcription foit une chofe d'ufage comme on dit , une affaire de barreau , une affaire d'intérêt , une affaire de calcul , une affaire d'Eglife.

Il faut que l'efprit humain foit bien fufceptible de tous les travers , pour qu'il fe trouve au bout de près de deux cent ans un homme qui de fang froid entreprend de juftifier ce que l'Europe entière abhorre. L'Archevêque *Péréfixe* prétend qu'il périt cent mille Français dans cette confpiration religieufe. Le Duc de *Sully* n'en compte que foixante & dix mille. M. l'Abbé abufe du martyrologe des Calviniftes , lequel n'a pû tout compter , pour affirmer qu'il n'y eut que

quinze

a) Deut. chap. 13. *b*) Jofué , chap. 16.
c) Premier Livre des Rois , chap. 15.

quinze mille victimes. Eh ! Monfieur l'Abbé ! ne ferait-ce rien que quinze mille perfonnes égorgées , en pleine paix , par leurs concitoyens !

Le nombre des morts ajoute fans doute beaucoup à la calamité d'une nation , mais rien à l'atrocité du crime. Vous prétendez , homme charitable , que la Religion n'eut aucune part à ce petit mouvement populaire. Oubliez - vous le tableau que le Pape *Grégoire XIII.* fit placer dans le Vatican, & au bas duquel était écrit , *Pontifex Colignii necem probat.* Oubliez - vous fa proceffion folemnelle de l'Eglife St. Pierre à l'Eglife St. Louis , le *Te Deum* qu'il fit chanter , les médailles qu'il fit frapper pour perpétuer la mémoire de l'heureux carnage de la St. Barthelemi ? Vous n'avez peut-être pas vû ces médailles ; j'en ai vû entre les mains de M. l'Abbé de *Rothelin.* Le Pape *Grégoire* y eft repréfenté d'un côté , & de l'autre c'eft un ange qui tient une croix dans la main gauche & une épée dans la droite. En voilà - t - il affez , je ne dis pas pour vous convaincre , mais pour vous confondre ?

La conjuration des Irlandais Catholiques contre les Proteftans , fous *Charles I* , en 1641 , eft une fidèle imitation de la St. Barthelemi. Des hiftoriens Anglais contemporains , tels que le Chancelier *Clarendon* & un Chevalier *Jean Temple* , affurent qu'il y eut cent cinquante mille hommes de maffacrés. Le Parlement d'Angleterre dans fa déclaration du 25 Juillet 1643 , en compte quatre - vingt mille : mais M. *Brooke* qui paraît très inftruit , crie à l'injuftice dans un petit livre que j'ai entre les mains. Il dit qu'on fe plaint à tort , & il femble prouver affez bien qu'il n'y eut que quarante mille citoyens d'immolés à la Religion , en y comprenant les femmes & les enfans.

PROSCRIPTION DANS LES *VALLÉES DU PIÉMONT.*

J'omets ici un grand nombre de profcriptions particulières. Les petits défaftres ne fe comptent point dans les calamités générales ; mais je ne dois point paffer fous filence la profcription des habitans des Vallées du Piémont en 1655.

C'eft une chofe affez remarquable dans l'hiftoire , que ces

Tom. VI. *& du Théâtre le quatriéme.*   O

hommes prefque inconnus au refte du monde ayent perfévéré conftamment de tems immémorial dans des ufages qui avaient changé partout ailleurs. Il en eft de ces ufages comme de la langue : une infinité de termes antiques fe confervent dans des cantons éloignés , tandis que les capitales & les grandes villes varient dans leur langage de fiécle en fiécle.

Voilà pourquoi l'ancien Roman que l'on parlait du tems de *Charlemagne* fubfifte encor dans le jargon du pays de Vaud , qui a confervé le nom de pays Roman. On retrouve des veftiges de ce langage dans toutes les Vallées des Alpes & des Pyrénées. Les peuples voifins de Turin qui habitaient les cavernes Vaudoifes , gardèrent l'habillement , la langue , & prefque tous les rites du tems de *Charlemagne.*

On fait affez que dans le huitiéme & dans le neuviéme fiécle , la partie feptentrionale de l'Occident ne connaiffait point le culte des images ; & une bonne raifon, c'eft qu'il n'y avait ni peintre ni fculpteur : rien même n'était décidé encor fur certaines queftions délicates , que l'ignorance ne permettait pas d'approfondir. Quand ces points de contro-verfe furent arrêtés & réglés ailleurs , les habitans des Vallées l'ignorèrent , & étant ignorés eux - mêmes des autres hom-mes , ils reftèrent dans leur ancienne croyance ; mais enfin, . ils furent mis au rang des hérétiques & pourfuivis comme tels.

Dès l'année 1487 , le Pape *Innocent VIII.* envoya dans le Piémont un Légat nommé *Albertus de Capitoneis ,* Archi-diacre de Crémone , prêcher une croifade contr'eux. La te-neur de la bulle du Pape eft fingulière. Il recommande aux Inquifitéurs , à tous les eccléfiaftiques , & à tous les moines, » de prendre unanimément les armes contre les Vaudois , » de les écrafer comme des afpics , & de les exterminer » faintement. « *In hæreticos armis infurgant , eofque velut af-pides venenofos conculcent , & ad tam fanctam exterminationem adhibeant omnes conatus.*

La même bulle octroye à chaque fidèle le droit de » s'em-» parer de tous les meubles & immeubles des hérétiques , » fans forme de procès. « *Bona quæcumque mobilia , & immo-bilia quibufcumque licitè occupandis , &c.*

Et par la même autorité elle déclara que tous les Magiftrats qui ne prêteront pas main - forte feront privés de leurs dignités : *Seculares honoribus , titulis , feudis , privilegiis privandi.*

Les Vaudois ayant été vivement perfécutés , en vertu de cette bulle , fe crurent des martyrs. Ainfi leur nombre augmenta prodigieufement. Enfin la bulle d'*Innocent VIII.* fut mife en exécution à la lettre , en 1655. Le Marquis de *Pianeffe* entra le 15 d'Avril dans ces Vallées avec deux régimens , ayant des capucins à leur tête. On marcha de caverne en caverne , & tout ce qu'on rencontra fut maffacré. On pendait les femmes nuës à des arbres , on les arrofait du fang de leurs enfans , & on empliffait leur matrice de poudre à laquelle on mettait le feu.

Il faut faire entrer fans doute dans ce trifte catalogue les maffacres des Cévennes & du Vivarès , qui durèrent pendant dix ans , au commencement de ce fiécle. Ce fut en effet un mélange continuel de profcriptions & de guerres civiles. Les combats , les affaffinats , & les mains des bourreaux ont fait périr plus de cent mille de nos compatriotes , dont dix mille ont expiré fur la rouë , ou par la corde , ou dans les flammes , fi on en croit tous les hiftoriens contemporains des deux partis.

Eft - ce l'hiftoire des ferpens & des tigres que je viens de faire ? non , c'eft celle des hommes. Les tigres & les ferpens ne traitent point ainfi leur efpèce. C'eft pourtant dans le fiécle de *Cicéron* , de *Pollion* , d'*Atticus* , de *Varius* , de *Tibulle* , de *Virgile* , d'*Horace* , qu'*Augufte* fit fes profcriptions. Les philofophes *de Thou* & *Montagne* , le Chancelier de l'*Hôpital* vivaient du tems de la St. Barthelemi , & les maffacres des Cévennes font du fiécle le plus floriffant de la Monarchie Françaife. Jamais les efprits ne furent plus cultivés , les talens en plus grand nombre , la politeffe plus générale. Quel contrafte , quel cahos , quelles horribles inconféquences compofent ce malheureux monde ! On parle des peftes , des tremblemens de terre , des embrafemens , des déluges , qui ont défolé le globe ; heureux , dit - on , ceux qui n'ont pas vécu dans le tems de ces bouleverfemens ! Difons plutôt heureux ceux qui n'ont pas vû les crimes que je retrace. Comment s'eſt-il trouvé des barbares pour les ordonner, & tant d'autres barbares pour les exécuter ? Comment y a-t-il encor des Inquiſiteurs & des familiers de l'Inquiſition ?

Un homme modéré, humain, né avec un caractère doux, ne conçoit pas plus qu'il y ait eu parmi les hommes des bêtes féroces ainſi altérées de carnage, qu'il ne conçoit des métamorphoſes de tourterelles en vautours ; mais il comprend encor moins que ces monſtres ayent trouvé à point nommé une multitude d'exécuteurs. Si des officiers & des ſoldats courent au combat ſur un ordre de leurs maitres, cela eſt dans l'ordre de la nature ; mais que ſans aucun examen ils aillent aſſaſſiner de ſang froid un peuple ſans défenſe, c'eſt ce qu'on n'oſerait pas imaginer des Furies mêmes de l'enfer. Ce tableau ſoulève tellement le cœur de ceux qui ſe pénètrent de ce qu'ils liſent, que pour peu qu'on ſoit enclin à la triſteſſe, on eſt fâché d'être né, on eſt indigné d'être homme.

La ſeule choſe qui puiſſe conſoler, c'eſt que de telles abominations n'ont été commiſes que de loin à loin ; n'en voilà qu'environ vingt exemples principaux dans l'eſpace de près de quatre mille années. Je ſais que les guerres continuelles qui ont déſolé la terre ſont des fléaux encore plus deſtructeurs par leur nombre & par leur durée ; mais enfin, comme je l'ai déja dit, le péril étant égal des deux côtés dans la guerre, ce tableau révolte bien moins que celui des proſcriptions, qui ont toutes été faites avec lâcheté, puiſqu'elles ont été faites ſans danger, & que les *Sylla* & les *Auguſtes* n'ont été au fond que des aſſaſſins qui ont attendu des paſſans au coin d'un bois, & qui ont profité des dépouilles.

La guerre paraît l'état naturel de l'homme. Toutes les ſociétés connuës ont été en guerre, excepté les Brames & les Primitifs que nous appellons *Quakres.* Mais il faut avouer que très peu de ſociétés ſe ſont renduës coupables de ces aſſaſſinats publics appellés *proſcriptions.* Il n'y en a aucun exemple excepté chez les Juifs. Le ſeul Roi de l'Orient qui ſe ſoit livré à ce crime eſt *Mithridate ;* & depuis *Auguſte* il n'y a eu de proſcriptions dans notre hémiſphère que chez les

Chrétiens qui occupent une très petite partie du globe. Si cette rage avait faifi fouvent le genre humain, il n'y aurait plus d'hommes fur la terre, elle ne ferait habitée que par les animaux qui font fans contredit beaucoup moins méchans que nous. C'eft à la philofophie, qui fait aujourd'hui tant de progrès, d'adoucir les mœurs des hommes ; c'eft à notre fiécle de réparer les crimes des fiécles paffés. Il eft certain que quand l'efprit de tolérance fera établi, on ne pourra plus dire :

> *Ætas parentum pejor avis tulit*
> *Nos nequiores , mox daturos*
> *Progeniem vitiofiorem.*

On dira plutôt, mais en meilleurs vers que ceux-ci :

> Nos ayeux ont été des monftres exécrables,
> Nos pères ont été méchans,
> On voit aujourd'hui leurs enfans
> Etant plus éclairés devenir plus traitables.

Mais pour ofer dire que nous fommes meilleurs que nos ancêtres, il faudrait que nous trouvant dans les mêmes circonftances qu'eux, nous nous abftinffions avec horreur des cruautés dont ils ont été coupables, & il n'eft pas démontré que nous fuffions plus humains en pareil cas. La philofophie ne pénètre pas toûjours chez les grands qui ordonnent, & encore moins chez les hordes des petits qui exécutent. Elle n'eft le partage que des hommes placés dans la médiocrité, également éloignés de l'ambition qui opprime, & de la baffe férocité qui eft à fes gages.

Il eft vrai qu'il n'eft plus de nos jours de perfécutions générales ; mais on voit quelquefois de cruelles atrocités. La fociété, la politeffe, la raifon infpirent des mœurs douces ; cependant quelques hommes ont cru que la barbarie était un de leurs devoirs. On les a vû abufer de leur état jufqu'à fe jouer de la vie de leurs femblables, en colorant leur inhumanité du nom de juftice ; ils ont été fanguinaires fans né-

cessité : ce qui n'est pas même le caractère des animaux car-
nassiers. Toute dureté qui n'est pas nécessaire est un outrage
au genre humain.

Puissent ces réflexions satisfaire les ames sensibles & adoucir les autres !

LES
SCYTHES,
TRAGÉDIE.

EPITRE DEDICATOIRE.

IL y avait autrefois en Perfe un bon vieillard *qui cultivait fon jardin* , car il faut finir par là ; & ce jardin était accompagné de vignes & de champs ; *& paulum filvæ fuper his erat ;* & ce jardin n'était pas auprès de Perfépolis , mais dans une vallée immenfe entourée des montagnes du Caucafe couvertes de neiges éternelles ; & ce vieillard n'écrivait ni fur la population , ni fur l'agriculture , comme on faifait par paffe-tems à Babilone , ville qui tire fon nom de *Babil ;* mais il avait défriché des terres incultes , & triplé le nombre des habitans autour de fa cabane.

Ce bon homme vivait fous *Artaxerxes* , plufieurs années après l'avanture d'*Obéïde* & d'*Indatire* , & il fit une tragédie en vers Perfans , qu'il fit repréfenter par fa famille & par quelques bergers du mont Caucafe , car il s'amufait à faire des vers Perfans affez paffablement , ce qui lui avait attiré de violens ennemis dans Babilone , c'eft-à-dire , une demi-douzaine de gredins qui aboyaient fans ceffe après lui , & qui lui imputaient les plus grandes platitudes , & les plus impertinens livres qui euffent jamais deshonoré la Perfe , & il les laiffait aboyer , & grifonner , & calomnier ; & c'était pour être loin de cette racaille , qu'il s'était retiré avec fa famille auprès du Caucafe , *où il cultivait fon jardin.*

Mais , comme dit le poëte Perfan *Horace* , *principibus placuiffe viris , non ultima laus eft.* Il y avait à la cour d'*Artaxerxes* un principal Satrape , & fon nom était *Elochivis* , comme qui dirait habile , généreux & plein d'efprit , tant la langue Perfane a d'énergie. Non-feulement le grand Satrape *Elochivis* verfa fur le jardin de ce bon homme les douces influences de la cour , mais il fit rendre à ce territoire les libertés & franchifes dont il avait joui du tems de *Cyrus ;* & de plus il favorifa une famille adoptive du vieillard. La nation fur-tout lui avait une très grande obligation de ce qu'ayant le département des meurtres , il avait travaillé avec le même

zèle

zèle & la même ardeur que *Nalrifp* , Miniftre de paix , à donner à la Perfe cette paix tant defirée ; ce qui n'était jamais arrivé qu'à lui.

Ce Satrape avait l'ame auffi grande que *Giafar* le Barmécide , & *Aboulcafem ;* car il eft dit dans les annales de Babilone , recueillies par *Mir Kond ,* que lorfque l'argent manquait dans le tréfor du Roi , appellé l'*oreiller , Elochivis* en donnait fouvent du fien , & qu'en une année , il diftribua ainfi dix mille dariques , que *Dom Calmet* évalue à une piftole la piéce. Il payait quelquefois trois cent dariques , ce qui ne valait pas trois afpres , & Babilone craignait qu'il ne fe ruinât en bienfaits.

Le grand Satrape *Nalrifp* joignait auffi au goût le plus fûr , & à l'efprit le plus naturel , l'équité & la bienfaifance. Il faifait les délices de fes amis , & fon commerce était enchanteur ; de forte que les Babiloniens , tout malins qu'ils étaient , refpeftaient & aimaient ces deux Satrapes , ce qui était affez rare en Perfe.

Il ne falait pas les louer en face ; *recalcitrabant undique tuti :* c'était la coutume autrefois , mais c'était une mauvaife coutume qui expofait l'encenfeur & l'encenfé aux méchantes langues.

Le bon vieillard fut affez heureux pour que ces deux illuftres Babiloniens daignaffent lire fa tragédie Perfanne , intitulée *les Scythes.* Ils en furent affez contens. Ils dirent qu'avec le tems ce campagnard pourrait fe former ; qu'il y avait dans fa rapfodie du naturel & de l'extraordinaire , & même de l'intérêt ; & que pour peu qu'on corrigeât feulement trois cent vers à chaque afte , la piéce pourrait être à l'abri de la cenfure des mal - intentionnés ; mais les mal - intentionnés prirent la chofe à la lettre.

Cette indulgence regaillardit le bon homme , qui leur était bien refpeftueufement dévoué , & qui avait le cœur bon , quoiqu'il fe permît de rire quelquefois aux dépens des méchans & des orgueilleux. Il prit la liberté de faire une épître dédicatoire à fes deux patrons en grand ftyle , qui endormit toute la cour & toutes les académies de Babilone , & que je n'ai jamais pû retrouver dans les annales de la Perfe.

Tom. VI. & du Théâtre le quatriéme. P

PREFACE

de l'édition de Paris.

ON fait que chez des nations polies & ingénieufes, dans de grandes villes comme Paris & Londres, il faut abfolument des fpeétacles dramatiques : on a peu befoin d'élégies, d'odes, d'églogues ; mais les fpeétacles étant devenus néceffaires, toute tragédie, quoique médiocre, porte fon excufe avec elle, parce qu'on en peut donner quelques repréfentations au public, qui fe délaffe par des nouveautés paffagères, chefs - d'œuvres immortels dont il eft raffafié.

La piéce qu'on préfente ici aux amateurs, peut du moins avoir un caraétère de nouveauté, en ce qu'elle peint des mœurs qu'on n'avait point encore expofées fur le théâtre tragique. *Brumoy* s'imaginait, comme on l'a déja remarqué ailleurs, qu'on ne pouvait traiter que des fujets hiftoriques. Il cherchait les raifons pour lefquelles les fujets d'invention n'avaient point réuffi ; mais la véritable raifon eft que les piéces de *Scudéri* & de *Bois - Robert*, qui font dans ce goût, manquent en effet d'invention, & ne font que des fables infipides, fans mœurs & fans caraétères. *Brumoy* ne pouvait deviner le génie.

Ce n'eft pas affez, nous l'avouons, d'inventer un fujet dans lequel fous des noms nouveaux, on traite des paffions ufées & des événemens communs. *Omnia jam vulgata.* Il eft vrai que les fpeétateurs s'intéreffent toûjours pour une amante abandonnée, pour une mère dont on immole le fils, pour un héros aimable en danger, pour une grande paffion malheureufe ; mais s'il n'eft rien de neuf dans ces peintures, les auteurs alors ont le malheur de n'être regardés que comme des imitateurs. La place de *Campiftron* eft trifte ; le leéteur dit : Je connaiffais tout cela, & je l'avais vû bien mieux exprimé.

Pour donner au public un peu de ce neuf qu'il demande toûjours , & que bientôt il fera impoffible de trouver , un amateur du théâtre a été forcé de mettre fur la fcène l'ancienne Chevalerie , le contrafte des Mahométans & des Chrétiens , celui des Américains & des Efpagnols , celui des Chinois & des Tartares. Il a été forcé de joindre à des paffions fi fouvent traitées , des mœurs que nous ne connaiffions pas fur la fcène.

On hazarde aujourd'hui le tableau contrafté des anciens Scythes & des anciens Perfans , qui , peut-être , eft la peinture de quelques nations modernes. C'eft une entreprife un peu téméraire d'introduire des pafteurs , des laboureurs avec des Princes , & de mêler les mœurs champêtres avec celles des cours.

Mais enfin cette invention théatrale (heureufe ou non) eft puifée entiérement dans la nature. On peut même rendre héroïque cette nature fi fimple : on peut faire parler des pâtres guerriers & libres , avec une fierté qui s'élève au-deffus de la baffeffe que nous attribuons très-injuftement à leur état , pourvu que cette fierté ne foit jamais bourfouflée ; car qui doit l'être ? Le bourfouflé , l'ampoulé ne convient pas même à *Céfar*. Toute grandeur doit être fimple.

C'eft ici en quelque forte l'état de nature , mis en oppofition avec l'état de l'homme artificiel , tel qu'il eft dans les grandes villes. On peut enfin étaler , dans des cabanes, , des fentimens auffi touchans que dans des palais.

On avait fouvent traité en burlefque cette oppofition fi frappante , des citoyens des grandes villes avec les habitans des campagnes , tant le burlefque eft aifé , tant les chofes fe préfentent en ridicule à certaines nations.

On trouve beaucoup de peintres qui réuffiffent dans le grotefque , & peu dans le grand. Un homme de beaucoup d'efprit , & qui a un nom dans la littérature , s'étant fait expliquer le fujet d'*Alzire* , qui n'avait pas encor été repréfentée , dit à celui qui lui expofait ce plan : *J'entens , c'eft Arlequin Sauvage.*

Il eft certain qu'*Alzire* n'aurait pas réuffi , fi l'effet théatral n'avait convaincu les fpeſtateurs que ces fujets peuvent être

auſſi propres à la tragédie que les avantures des héros les
plus connus & les plus impoſans.

La tragédie des *Scythes* eſt un plan beaucoup plus hazardé.
Qui voit - on paraître d'abord ſur la ſcène ? Deux vieillards
auprès de leurs cabanes , des bergers , des laboureurs. De
qui parle - t - on ? D'une fille qui prend ſoin de la vieilleſſe
de ſon père , & qui fait le ſervice le plus pénible. Qui
épouſe - t - elle ? Un pâtre , qui n'eſt jamais ſorti des champs
paternels. Les deux vieillards s'aſſéient ſur un banc de gazon.
Mais que des acteurs habiles pourraient faire valoir cette
ſimplicité !

Ceux qui ſe connaiſſent en déclamation & en expreſſion
de la nature , ſentiront ſurtout quel effet pourraient faire deux
vieillards dont l'un tremble pour ſon fils , & l'autre pour
ſon gendre , dans le tems que le jeune paſteur eſt aux priſes
avec la mort , un père affaibli par l'âge & par la crainte ,
qui chancelle , qui tombe ſur un ſiége de mouſſe , qui ſe re-
lève avec peine , qui crie d'une voix entrecoupée qu'on coure
aux armes , qu'on vole au ſecours de ſon fils ; un ami éperdu
qui partage ſes douleurs & ſa faibleſſe , qui l'aide d'une main
tremblante à ſe relever : ce même père qui , dans ces momens de ſaiſiſſement & d'angoiſſe , apprend que ſon fils eſt
tué , & qui , le moment d'après , apprend que ſon fils eſt
vengé : ce ſont là , ſi je ne me trompe , de ces peintures vi-
vantes & animées qu'on ne connaiſſait pas autrefois , & dont
M. *le Kain* a donné des leçons terribles qu'on doit imiter
déſormais.

C'eſt là le véritable art de l'acteur. On ne ſavait guère
auparavant que réciter proprement des couplets , comme nos
maîtres de muſique apprenaient à chanter proprement. Qui
aurait oſé avant Mademoiſelle *Clairon* jouer dans *Oreſte* la
ſcène de l'urne comme elle l'a jouée ? qui aurait imaginé de
peindre ainſi la nature , de tomber évanouïe tenant l'urne
d'une main , en laiſſant l'autre deſcendre immobile & ſans
vie ? qui aurait oſé , comme M. *Kain* , ſortir les bras en-
ſanglantés du tombeau de *Ninus* , tandis que l'admirable ac-
trice qui repréſentait *Sémiramis* , ſe traînait mourante ſur les
marches du tombeau même ? Voilà ce que les petits-maîtres

& les petites maîtreſſes appellèrent d'abord *des poſtures* , & ce que les connaiſſeurs étonnés de la perfeⱦion inattenduë de l'art , ont appellé des tableaux de *Michel Ange*. C'eſt là en effet la véritable aⱦion théatrale. Le reſte était une converſation quelquefois paſſionnée.

C'eſt dans ce grand art de parler aux yeux qu'excelle le plus grand aⱦeur qu'ait jamais eu l'Angleterre , M. *Garrik*, qui a effrayé & attendri parmi nous ceux même qui ne ſavaient pas ſa langue.

Cette magie a été fortement recommandée il y a quelques années par un philoſophe , qui , à l'exemple d'*Ariſtote* , a ſû joindre aux ſciences abſtraites , l'éloquence , la connaiſſance du cœur humain , & l'intelligence du théâtre. Il a été en tout de l'avis de l'auteur de *Sémiramis* , qui a toûjours voulu qu'on animât la ſcène par un plus grand appareil , par plus de pittoreſque , par des mouvemens plus paſſionnés qu'elle ne ſemblait en comporter auparavant. Ce philoſophe ſenſible a même propoſé des choſes que l'auteur de *Sémiramis* , d'*Oreſte* & de *Tancrède* , n'oſerait jamais hazarder. C'eſt bien aſſez qu'il ait fait entendre les cris & les paroles de *Clytemneſtre* qu'on égorge derrière la ſcène : paroles qu'une aⱦrice doit prononcer d'une voix auſſi terrible que douloureuſe , ſans quoi tout eſt manqué. Ces paroles faiſaient dans Athènes un effet prodigieux ; tout le monde frémiſſait , quand il entendait , *o teknon ! teknon ! Oikteiré ten tékouſan*. Ce n'eſt que par degrés qu'on peut accoutumer notre théâtre à ce grand pathétique.

> Mais il eſt des objets que l'art judicieux
> Doit offrir à l'oreille , & reculer des yeux.

Souvenons-nous toûjours qu'il ne faut pas pouſſer le terrible juſqu'à l'horrible. On peut effrayer la nature , mais non pas la révolter & la dégoûter.

Gardons-nous ſurtout de chercher dans un grand appareil , & dans un vain jeu de théâtre , un ſupplément à l'intérêt & à l'éloquence. Il vaut cent fois mieux , ſans doute , ſavoir faire parler ſes aⱦeurs , que de ſe borner à les faire

P iij

agir. Nous ne pouvons trop répéter que quatre beaux vers de fentiment valent mieux que quarante belles attitudes. Malheur à qui croirait plaire par des pantomimes, avec des folécifmes ou avec des vers froids & durs, pires que toutes les fautes contre la langue. Il n'eft rien de beau en aucun genre que ce qui foutient l'examen attentif de l'homme de goût.

L'appareil, l'aftion, le pittorefque font un grand effet fans doute : mais ne mettons jamais le bizarre & le gigantefque à la place de la nature, & le forcé à la place du fimple ; que le décorateur ne l'emporte point fur l'auteur : car alors au lieu de tragédies, on aurait la *rareté*, la *curiofité*.

La piéce qu'on foumet ici aux lumières des connaiffeurs eft fimple, mais très difficile à bien jouer ; on ne la donne point au théâtre, parce qu'on ne la croit point affez bonne. D'ailleurs prefque tous les rôles étant principaux, il faudrait un concert, & un jeu de théâtre parfait, pour faire fupporter la piéce à la repréfentation. Il y a plufieurs tragédies dans ce cas, telles que *Brutus*, *Rome fauvée*, *la Mort de Céfar*, qu'il eft impoffible de bien jouer dans l'état de médiocrité où on laiffe tomber le théâtre, faute d'avoir des écoles de déclamation, comme il y en eut chez les Grecs, & chez les Romains leurs imitateurs.

Le concert unanime des afteurs eft très rare dans la tragédie. Ceux qui font chargés des feconds rôles ne prennent jamais de part à l'aftion, ils craignent de contribuer à former un grand tableau, ils redoutent le parterre trop enclin à donner du ridicule à tout ce qui n'eft pas d'ufage. Très peu favent diftinguer le familier du naturel. D'ailleurs, la miférable habitude de débiter des vers comme de la profe, de méconnaître le rhythme & l'harmonie, a prefque anéanti l'art de la déclamation.

L'auteur n'ofant donc pas donner *les Scythes* au théâtre, ne préfente cet ouvrage que comme une très faible efquiffe, que quelqu'un des jeunes gens qui s'élèvent aujourd'hui pourra finir un jour.

On verra alors que tous les états de la vie humaine peuvent être repréfentés fur la fcène tragique, en obfervant toû-

jours toutefois les bienféances fans lefquelles il n'y a point
de vraies beautés chez les nations policées, & furtout aux
yeux des cours éclairées.

Enfin, l'auteur des *Scythes* s'eft occupé pendant quarante
ans du foin d'étendre la carrière de l'art. S'il n'y a pas réuffi,
il aura du moins dans fa vieilleffe la confolation de voir fon
objet rempli par de jeunes gens qui marcheront d'un pas plus
ferme que lui dans une route qu'il ne peut plus parcourir.

PREFACE

des Editeurs qui nous ont précédé immédiatement.

L'Edition que nous donnons de la tragédie des *Scythes*, est la plus ample & la plus correcte qu'on ait faite jufqu'à préfent. Nous pouvons affurer qu'elle eft entiérement conforme au manufcrit d'après lequel la piéce a été jouée fur le théâtre de Ferney, & fur celui de Monfieur le Marquis de *Langalerie*. Car nous favons qu'elle n'avait été compofée que comme un amufement de fociété pour exercer les talens de quelques perfonnes de mérite qui ont du goût pour le théâtre.

L'édition de Paris ne pouvait être auffi fidelle que la notre, puifqu'elle ne fut entreprife que fur la première édition de Genève, à laquelle l'auteur changea plus de cent vers, que le théâtre de Paris ni celui de Lyon n'eurent pas le tems de fe procurer. *Pierre Pellet* imprima depuis la piéce à Genève, mais il y manque quelques morceaux qui, jufqu'à préfent, n'ont été qu'entre nos mains. D'ailleurs, il a omis l'épître dédicatoire qui eft dans un goût auffi nouveau que la piéce ; & la préface, que les amateurs ne veulent pas perdre.

Pour l'édition de Hollande, on croira fans peine qu'elle n'approche pas de la notre, les éditeurs Hollandais n'étant pas à portée de confulter l'auteur.

Ceux qui ont fait l'édition de Bordeaux font dans le même cas ; enfin de huit éditions qui ont paru, la notre eft la plus complette.

Il faut de plus confidérer que dans prefque toutes les piéces nouvelles, il y a des vers qu'on ne récite point d'abord fur la fcène, foit par des convenances qui n'ont qu'un tems, foit par la crainte de fournir un prétexte à des allufions malignes. Nous trouvons, par exemple, dans notre exemplaire ces vers de *Sozame* à la troifiéme fcène du premier acte :

Ah !

Ah ! croi - moi , tous ces exploits affreux ,
Ce grand art d'opprimer , trop indigne du brave ,
D'être esclave d'un Roi pour faire un peuple esclave ,
De ramper par fierté pour se faire obéir ,
M'ont égaré longtems , & font mon repentir.

Il y a dans l'édition de Paris :

Ah ! croi - moi , tous ces lauriers affreux ,
Les exploits des tyrans , des peuples les misères ,
Ces Etats dévastés par des mains mercenaires ,
Ces honneurs , cet éclat par le meurtre achetés ,
Dans le fond de mon cœur je les ai détestés.

Ce n'est pas à nous à décider lesquels font les meilleurs ;
nous préfentons feulement ces deux leçons différentes aux
amateurs qui font en état d'en juger ; mais fûrement il n'y
a perfonne qui puiffe avec raifon faire la moindre applica-
tion des conquêtes des Perfes & du defpotifme de leurs
Rois , avec les Monarchies & les mœurs de l'Europe telle
qu'elle eft aujourd'hui.

L'auteur des *Scythes* nous apprend qu'on retrancha à Paris , dans l'*Orphelin de la Chine* , des vers de *Gengis - Kan* ,
que l'on récite aujourd'hui fur tous les théâtres.

On fait que ce fut bien pis à *Mahomet* , & ce qu'il falut
de peines , de tems & de foins pour rétablir fur la fcène
Françaife cette tragédie unique en fon genre , dédiée à un
des plus vertueux Papes que l'Eglife ait eus jamais.

Ce qui occafionne quelquefois des variantes que les Editeurs ont peine à démêler , c'eft la mauvaife humeur des critiques de profeffion qui s'attachent à des mots , furtout dans
des pièces fimples , lefquelles exigent un ftile naturel , & ban-
niffent cette pompe majeftueufe dont les efprits font fubju-
gués aux premières repréfentations dans des fujets plus importans.

C'eft ainfi que la *Bérénice* de l'illuftre *Racine* effuya tant
de reproches fur mille expreffions familières que fon fujet
femblait permettre :

Belle Reine , & pourquoi vous offenferiez - vous ?

Arzace , entrerons - nous ? ... Et pourquoi donc partir ?

A - t - on vû de ma part le Roi de Comagène ?

Il fuffit. Et que fait la Reine Bérénice ?

On fait qu'elle eft charmante , & de fi belles mains...

Cet amour eft ardent, il le faut confeffer.

Encor un coup , allons , il n'y faut plus penfer.

Comme vous je m'y perds d'autant plus que j'y penfe.

Si Titus eft jaloux , Titus eft amoureux.

Adieu , ne quittez point ma Princeffe , ma Reine.

    Eh quoi , Seigneur , vous n'ètes point parti ! *a*)

Remettez - vous , Madame , & rentrez en vous - même.

Car enfin , ma Princeffe , il faut nous féparer.

Dites , parlez. ... Hélas que vous me déchirez !

Pourquoi fuis - je Empereur, pourquoi fuis - je amoureux **?**

Allons , Rome en dira ce qu'elle en voudra dire.

Quoi ! Seigneur. ... Je ne fais , Paulin , ce que je dis.

Environ cinquante vers dans ce goût , furent les armes que les ennemis de *Racine* tournèrent contre lui. On les parodia à la farce Italienne. Des gens qui n'avaient pû faire quatre vers fupportables dans leur vie , ne manquèrent pas de décider dans vingt brochures , que le plus éloquent , le plus exact , le plus harmonieux de nos poëtes , ne favait pas faire des vers tragiques. On ne voulait pas voir que ces petites négligences , ou plutôt ces naïvetés qu'on appellait négligences , étaient liées à des beautés réelles , à des fentimens vrais & délicats , que ce grand homme favait feul exprimer. Auffi , quand il s'eft trouvé des actrices capables de jouer *Bérénice* , elle a toûjours été repréfentée avec de grands applaudiffemens ; elle a fait verfer des larmes ; mais la nature accorde prefque auffi rarement les talens néceffaires pour bien déclamer , qu'elle accorde le don de faire des tragédies dignes d'être repréfentées. Les efprits juftes & défintéreffés les

_____

a) C'eft *Bérénice* qui dit ce vers à *Antiochus : Vifé* , qui était dans le parterre , cria : *Qu'il parte.*

jugent dans le cabinet , mais les acteurs feuls les font réuffir au théâtre.

Racine eut le courage de ne céder à aucune des critiques que l'on fit de *Bérénice ;* il s'envelopa dans la gloire d'avoir fait une piéce touchante d'un fujet dont aucun de fes rivaux , quel qu'il pût être , n'aurait pu tirer deux ou trois fcènes ; que dis - je ? une feule qui eût pû contenter la délicateffe de la cour de *Louïs XIV.*

Ce qui fait bien connaître le cœur humain , c'eft que perfonne n'écrivit contre la *Bérénice* de *Corneille* qu'on jouait en même tems , & que cent critiques fe déchaînaient contre la *Bérénice* de *Racine.* Quelle en était la raifon ? C'eft qu'on fentait dans le fond de fon cœur la fupériorité de ce ftile naturel auquel perfonne ne pouvait atteindre. On fentait que rien n'eft plus aifé que de coudre enfemble des fcènes ampoulées , & rien de plus difficile que de bien parler le langage du cœur.

Racine tant critiqué , tant pourfuivi par la médiocrité & par l'envie , a gagné à la longue tous les fuffrages. Le tems feul a vengé fa mémoire.

Nous avons vu des exemples non moins frappans , de ce que peuvent la malignité & le préjugé. *Adélaïde du Guefclin* fut rebutée dès le premier acte jufqu'au dernier. On s'eft avifé , après plus de trente années , de la remettre au théâtre , fans y changer un feul mot , & elle y a eu le fuccès le plus conftant.

Dans toutes les actions publiques , la réuffite dépend beaucoup plus des acceffoires que de la chofe même. Ce qui entraîne tous les fuffrages dans un tems , aliéne tous les efprits dans un autre. Il n'eft qu'un feul genre pour lequel le jugement du public ne varie jamais , c'eft celui de la fatyre groffière qu'on méprife , même en s'en amufant quelques momens ; c'eft cette critique acharnée & mercenaire d'ignorans qui infultent à prix fait aux arts qu'ils n'ont jamais pratiqués ; qui dénigrent les tableaux du falon , fans avoir fû deffiner ; qui s'élèvent contre la mufique de *Rameau* fans favoir folfier. Miférables bourdons qui vont de ruche en ruche fe faire chaffer par les abeilles laborieufes.

NB. *Les points.... qu'on trouvera dans les vers , indiquent les paufes , les filences , les tons ou radoucis , ou élevés , ou douloureux , que l'acteur doit employer , en cas que cette faible tragédie foit jamais repréfentée.*

P E R S O N N A G E S.

H E R M O D A N , père d'Indatire , habitant d'un canton Scythe.

I N D A T I R E.

A T H A M A R E , Prince d'Ecbatane.

S O Z A M E , ancien Général Perfan , retiré en Scythie.

O B É I D E , fille de Sozame.

S U L M A , compagne d'Obéïde.

H I R C A N , Officier d'Athamare.

Scythes & Perfans.

LES SCYTHES,
TRAGÉDIE.

ACTE PREMIER.

SCENE PREMIERE.

(*Le théâtre repréfente un bocage & un berceau , avec un banc de gazon : on voit , dans le lointain , des campagnes & des cabanes.*)

HERMODAN , INDATIRE , & deux Scythes *couverts de peaux de tigres , ou de lions.*

HERMODAN.

INdatire , mon fils , quelle eft donc cette audace ?
Qui font ces étrangers ? quelle infolente race
A franchi les fommets des rochers d'Immaüs ?
Apportent‑ils la guerre aux rives de l'Oxus ?
Que viennent‑ils chercher dans nos forêts tranquiles ?

INDATIRE.

Mes braves compagnons fortis de leurs aziles ,
Avec rapidité fe font rejoints à moi ,
Ainfi qu'on les voit tous s'attrouper fans effroi
Contre les fiers affauts des tigres d'Hircanie.

Q iij

Notre troupe affemblée eft faible , mais unie ,
Inftruite à défier le péril & la mort.
Elle marche aux Perfans , elle avance ; & d'abord,
Sur un courfier fuperbe à nos yeux fe préfente
Un jeune homme entouré d'une pompe éclatante ;
L'or & les diamans brillent fur fes habits ;
Son turban difparait fous les feux des rubis ;
Il voudrait , nous dit - il , parler à notre maître.
Nous le faluons tous , en lui faifant connaître
Que ce titre de maître aux Perfans fi facré
Dans l'antique Scythie eft un titre ignoré.
Nous fommes tous égaux fur ces rives fi chères ,
Sans Rois & fans fujets , tous libres & tous frères.
Que veux - tu dans ces lieux ? viens - tu pour nous traiter
En hommes , en amis , ou pour nous infulter ?
Alors il me répond , d'une voix douce & fière ,
Que des Etats Perfans vifitant la frontière ,
Il veut voir à loifir ce peuple fi vanté
Pour fes antiques mœurs & pour fa liberté.
Nous avons avec joie entendu ce langage.
Mais j'obfervais pourtant je ne fais quel nuage ,
L'empreinte des ennuis ou d'un deffein profond ,
Et les fombres chagrins répandus fur fon front.
Nous offrons cependant à fa troupe brillante ,
Des hôtes de nos bois la dépouille fanglante ,
Nos utiles toifons , tout ce qu'en nos climats
La nature indulgente a femé fous nos pas ;
Mais furtout des carquois , des fléches , des armures ,
Ornemens des guerriers & nos feules parures.
Ils préfentent alors , à nos regards furpris ,
Des chefs - d'œuvre d'orgueil fans mefure & fans prix,

Inftrumens de molleffe , où fous l'or & la foie
Des inutiles arts tout l'effort fe déploie.
Nous avons rejetté ces préfens corrupteurs ,
Trop étrangers pour nous , trop peu faits pour nos mœurs ,
Superbes ennemis de la fimple nature :
L'appareil des grandeurs au pauvre eft une injure ;
Et recevant enfin des dons moins dangereux ,
Dans notre pauvreté nous fommes plus grands qu'eux.
Nous leur donnons le droit de pourfuivre en nos plaines ,
Sur nos lacs , en nos bois , au bord de nos fontaines ,
Les habitans des airs , de la terre & des eaux.
Contens de notre accueil , ils nous traitent d'égaux.
Enfin , nous nous jurons une amitié fincère.
Ce jour , n'en doutez point , nous eft un jour profpère.
Ils pourront voir nos jeux & nos folemnités ,
Les charmes d'Obéïde & mes félicités.

H E R M O D A N.

Ainfi donc , mon cher fils , jufqu'en notre contrée ,
La Perfe eft triomphante ; Obéïde adorée ,
Par un charme invincible a fubjugué tes fens !
Cet objet , tu le fais , nâquit chez les Perfans.

I N D A T I R E.

On le dit ; mais qu'importe où le ciel la fit naître ?

H E R M O D A N.

Son père jufqu'ici ne s'eft point fait connaître ;
Depuis quatre ans entiers qu'il goûte dans ces lieux
La liberté , la paix que nous donnent les Dieux ,
Malgré notre amitié , j'ignore quel orage
Tranfplanta fa famille en ce défert fauvage.
Mais dans fes entretiens j'ai fouvent démêlé
Que d'une cour ingrate il était exilé.

Il eſt perſécuté : la vertu malheureuſe
Devient plus reſpeˆctable , & m'eſt plus précieuſe.
Je vois avec plaiſir que du ſein des honneurs ,
Il s'eſt ſoumis ſans peine à nos loix , à nos mœurs ,
Quoiqu'il ſoit dans un âge où l'ame la plus pure
Peut rarement changer le pli de la nature.

INDATIRE.

Son adorable fille eſt encore au deſſus.
De ſon ſexe & du notre elle unit les vertus.
Courageuſe & modeſte , elle eſt belle & l'ignore.
Sans doute elle eſt d'un rang que chez elle on honore.
Son ame eſt noble au moins ; car elle eſt ſans orgueil ,
Simple dans ſes diſcours , affable en ſon accueil.
Sans aviliſſement à tout elle s'abaiſſe ;
D'un père infortuné ſoulage la vieilleſſe ,
Le conſole , le ſert , & craint d'appercevoir
Qu'elle va quelquefois par - delà ſon devoir.
On la voit ſupporter la fatigue obſtinée ,
Pour laquelle on ſent trop qu'elle n'était point née.
Elle brille ſurtout dans nos champêtres jeux ,
Nobles amuſemens d'un peuple belliqueux.
Elle eſt de nos beautés l'amour & le modelle ;
Le ciel la récompenſe en la rendant plus belle.

HERMODAN.

Oui , je la crois , mon fils , digne de tant d'amour.
Mais d'où vient que ſon père admis dans ce ſéjour ,
Plus formé qu'elle encor aux uſages des Scythes ,
Adorateur des loix que nos mœurs ont preſcrites ,
Notre ami , notre frère en nos cœurs adopté ,
Jamais de ſon deſtin n'a rien manifeſté ?
Sur ſon rang , ſur les ſiens pourquoi ſe taire encore ?

Rou-

Rougit-on de parler de ce qui nous honore ?
Et puis-je abandonner ton cœur trop prévenu
Au fang d'un étranger qui craint d'être connu ?

INDATIRE.

Quel qu'il foit, il eft libre, il eft jufte, intrépide ;
Il m'aime, il eft enfin le père d'Obéïde.

HERMODAN.

Que je lui parle au moins.

SCENE II.

HERMODAN, INDATIRE, SOZAME.

INDATIRE *allant à Soʒame.*

O Vieillard généreux !
O cher concitoyen de nos pâtres heureux !
Les Perfans en ce jour venus dans la Scythie,
Seront donc les témoins du faint nœud qui nous lie !
Je tiendrai de tes mains un don plus précieux
Que le trône où Cyrus fe crut égal aux Dieux.
J'en attefte les miens, & le jour qui m'éclaire ;
Mon cœur fe donne à toi, comme il eft à mon père ;
Je te fers comme lui. Quoi, tu verfes des pleurs !

SOZAME.

J'en verfe de tendreffe ; & fi dans mes malheurs
Cette heureufe alliance, où mon bonheur fe fonde,
Guérit d'un cœur flétri la bleffure profonde,
La cicatrice en refte ; & les biens les plus chers
Rappellent quelquefois les maux qu'on a foufferts.

I N D A T I R E.

J'ignore tes chagrins, ta vertu m'eſt connuë ;
Qui peut donc t'affliger ? ma candeur ingénuë
Mérite que ton cœur au mien daigne s'ouvrir.

H E R M O D A N.

A la tendre amitié tu peux tout découvrir,
Tu le dois.

S O Z A M E.

O mon fils ! ô mon cher Indatire !
Ma fille eſt, je le ſais, ſoumiſe à mon empire ;
Elle eſt l'unique bien que les Dieux m'ont laiſſé.
J'ai voulu cet hymen, je l'ai déja preſſé ;
Je ne la gêne point ſous la loi paternelle ;
Son choix ou ſon refus, tout doit dépendre d'elle.
Que ton père aujourd'hui pour former ce lien,
Traite ſon digne ſang comme je fais le mien ;
Et que la liberté de ta ſage contrée,
Préſide à l'union que j'ai tant deſirée.
Aveć ce digne ami laiſſe-moi m'expliquer :
Va, ma bouche jamais ne pourra révoquer
L'arrêt qu'en ta faveur aura porté ma fille.
Va, cher & noble eſpoir de ma triſte famille ;
Mon fils, obtien ſes vœux ; je te répons des miens.

I N D A T I R E.

J'embraſſe tes genoux, & je revole aux ſiens.

S C E N E III.

H E R M O D A N , S O Z A M E.

S O Z A M E.

AMi, repofons - nous fur ce fiége fauvage,
Sous ce dais qu'ont formé la mouffe & le feuillage ;
La nature nous l'offre : & je hais dès longtems
Ceux que l'art a tiffus dans les palais des grands.

H E R M O D A N.

Tu fus donc grand en Perfe ?

S O Z A M E.

Il eft vrai.

H E R M O D A N.

Ton filence
M'a privé trop longtems de cette confidence.
Je ne hais point les grands. J'en ai vû quelquefois
Qu'un defir curieux attira dans nos bois :
J'aimai de ces Perfans les mœurs nobles & fières.
Je fais que les humains font nés égaux & frères ;
Mais je n'ignore pas que l'on doit refpecter
Ceux qu'en exemple au peuple un Roi veut préfenter ;
Et la fimplicité de notre République
N'eft point une leçon pour l'état monarchique.
Craignais - tu qu'un ami te fût moins attaché ?
Croi - moi, tu t'abufais.

S O Z A M E.

Si je t'ai tant caché
Mes honneurs, mes chagrins, ma chûte, ma mifère,
La fource de mes maux, pardonne au cœur d'un père.

R ij

J'ai tout perdu ; ma fille eſt ici ſans appui ;
Et j'ai craint que le crime , & la honte d'autrui
Ne réjaillit ſur elle & ne flétrit ſa gloire.
Appren d'elle & de moi la malheureuſe hiſtoire.

　　　　HERMODAN. (*Ils s'aſſeyent tous deux.*)
Sèche tes pleurs , & parle.

　　　　　　　　SOZAME.

　　　　　　　　Appren que ſous Cyrus
Je portai la terreur aux peuples éperdus.
Yvre de cette gloire , à qui l'on ſacrifie ,
Ce fut moi dont la main ſubjugua l'Hircanie ,
Pays libre autrefois.

　　　　　　HERMODAN.
　　　　　　Il eſt bien malheureux ;
Il fut libre.

　　　　　　　　SOZAME.

　　　　Ah ! croi-moi , tous ces exploits affreux ,
Ce grand art d'opprimer , trop indigne du brave ,
D'être eſclave d'un Roi pour faire un peuple eſclave ,
De ramper par fierté , pour ſe faire obéir ,
M'ont égaré longtems , & font mon repentir....
Enfin , Cyrus ſur moi répandant ſes largeſſes ,
M'orna de dignités , me combla de richeſſes.
A ſes conſeils ſecrets je fus aſſocié.
Mon protecteur mourut , & je fus oublié.
J'abandonnai Cambyſe , illuſtre téméraire ,
Indigne ſucceſſeur de ſon auguſte père.
Ecbatane , du Mède autrefois le ſéjour ,
Cacha mes cheveux blancs à ſa nouvelle cour.
Mais ſon frère Smerdis gouvernant la Médie ,
Smerdis de la vertu perſécuteur impie ,

De mes jours honorés empoifonna la fin.
Un enfant de fa fœur, un jeune homme fans frein;
Généreux, il eft vrai, vaillant, peut-être aimable,
Mais dans fes paffions caractère indomptable,
Méprifant fon époufe en poffédant fon cœur,
Pour la jeune Obéïde épris avec fureur,
Prétendit m'arracher, en maître defpotique,
Ce foutien de mon âge & mon efpoir unique.
Athamare eft fon nom; fa criminelle ardeur
M'entraînait au tombeau couvert de deshonneur.

HERMODAN.

As-tu par fon trépas repouffé cet outrage?

SOZAME.

J'ofai l'en menacer. Ma fille eut le courage
De me forcer à fuir les tranfports violens
D'un efprit indomptable en fes emportemens.
De fa mère en ce tems les Dieux l'avaient privée.
Par moi feul à ce Prince elle fut enlevée.
Les dignes courtifans de l'infâme Smerdis,
Monftres, par ma retraite à parler enhardis,
Employèrent bientôt leurs armes ordinaires,
L'art de calomnier en paraiffant fincères;
Ils feignaient de me plaindre en ofant m'accufer,
Et me cachaient la main qui favait m'écrafer.
C'eft un crime en Médie, ainfi qu'à Babilone,
D'ofer parler en homme à l'héritier du trône....

HERMODAN.

O de la fervitude effets aviliffans!
Quoi! la plainte eft un crime à la cour des Perfans!

SOZAME.

Le premier de l'Etat, quand il a pû déplaire,

R iij

S'il eſt perſécuté, doit ſouffrir & ſe taire.

HERMODAN.

Comment recherchas-tu cette baſſe grandeur ?

SOZAME. (*Les deux vieillards ſe lèvent.*)

Ce ſouvenir honteux ſoulève encor mon cœur.
Ami, tout ce que peut l'adroite calomnie,
Pour m'arracher l'honneur, la fortune & la vie,
Tout fut tenté par eux, & tout leur réuſſit.
Smerdis proſcrit ma tête ; on partage, on ravit
Mes emplois & mes biens, le prix de mon ſervice.
Ma fille en fait ſans peine un noble ſacrifice,
Ne voit plus que ſon père, & ſubiſſant ſon ſort
Accompagne ma fuite & s'expoſe à la mort.
Nous partons, nous marchons de montagne en abîme ;
Du Taurus eſcarpé nous franchiſſons la cime.
Bientôt dans vos forêts, grace au ciel, parvenu,
J'y trouvai le repos qui m'était inconnu.
J'y voudrais être né. Tout mon regret, mon frère,
Eſt d'avoir parcouru ma fatale carrière
Dans les camps, dans les cours, à la ſuite des Rois,
Loin des ſeuls citoyens gouvernés par les loix.
Mais je ſens que ma fille aux déſerts enterrée,
Du faſte des grandeurs autrefois entourée,
Dans le ſecret du cœur pourrait entretenir
De ſes honneurs paſſés l'importun ſouvenir.
J'ai peur que la raiſon, l'amitié filiale,
Combattent faiblement l'illuſion fatale
Dont le charme trompeur a faſciné toûjours
Des yeux accoutumés à la pompe des cours.
Voilà ce qui tantôt rappellant mes allarmes,
A rouvert un moment la ſource de mes larmes.

H E R M O D A N.

Que peux - tu craindre ici ? qu'a - t - elle à regretter ?
Nous valons pour le moins ce qu'elle a fu quitter ;
Elle eft libre avec nous , applaudie , honorée ;
D'aucuns foins dangereux fa paix n'eft altérée.
La franchife qui règne en notre heureux féjour ,
Fait méprifer les fers & l'orgueil de ta cour.

S O Z A M E.

Je mourrais trop content fi ma chère Obéide
Haïffait comme moi cette cour fi perfide.
Pourra - t - elle en effet penfer dans fes beaux ans ,
Ainfi qu'un vieux foldat détrompé par le tems ?
Tu connais , cher ami , mes grandeurs éclipfées ,
Et mes foupçons préfens , & més douleurs paffées ;
Cache - les à ton fils ; & que de fes amours
Mes chagrins inquiets n'altèrent point le cours.

H E R M O D A N.

Va , je te le promets ; mais appren qu'on devine
Dans ces ruftiques lieux ton illuftre origine.
Tu n'en es pas moins cher à nos fimples efprits.
Je tairai tout le refte , & furtout à mon fils.
Il s'en allarmerait.

S C E N E   I V.

HERMODAN , SOZAME , INDATIRE.

I N D A T I R E.

OBéide fe donne ,

Obéide est à moi, si ta bonté l'ordonne,
Si mon père y souscrit.

SOZAME.

Nous l'approuvons tous deux.
Notre bonheur, mon fils, est de te voir heureux.
Cher ami, ce grand jour renouvelle ma vie,
Il me fait citoyen de ta noble patrie.

SCENE V.

SOZAME, HERMODAN, INDATIRE, un Scythe.

LE SCYTHE.

REspectables vieillards, sachez que nos hameaux
Seront bientôt remplis de nos hôtes nouveaux.
Leur chef est empressé de voir dans la Scythie
Un guerrier qu'il connut aux champs de la Médie.
Il nous demande à tous en quels lieux est caché
Ce vieillard malheureux qu'il a longtems cherché.

HERMODAN à *Sozame.*

O ciel ! jusqu'en mes bras il viendrait te poursuivre !

INDATIRE.

Lui poursuivre Sozame ! il cesserait de vivre.

LE SCYTHE.

Ce généreux Persan ne vient point défier
Un peuple de pasteurs innocent & guerrier.
Il paraît accablé d'une douleur profonde :
Peut-être est-ce un banni qui se dérobe au monde,
Un illustre exilé, qui dans nos régions
Fuit une cour féconde en révolutions.

Nos

Nos pères en ont vû , qui loin de ces naufrages ,
Raffafiés de trouble , & fatigués d'orages ,
Préféraient de nos mœurs la groffière âpreté
Aux attentats commis avec urbanité.
Celui-ci paraît fier , mais fenfible , mais tendre ;
Il veut cacher les pleurs que je l'ai vû répandre.

H E R M O D A N *à Soʒame.*

Ces pleurs me font fufpeêts , ainfi que fes préfens.
Pardonne à mes foupçons , mais je crains les Perfans.
Ces efclaves brillans veulent au moins féduire.
Peut-être c'eft à toi qu'on cherche encor à nuire ;
Peut-être ton tyran , par ta fuite trompé ,
Demande ici ton fang à fa rage échappé.
D'un Prince quelquefois le malheureux miniftre
Pleure en obéiffant à fon ordre finiftre.

S O Z A M E.

Oubliant tous les Rois dans ces heureux climats ,
Je fuis oublié d'eux , & je ne les crains pas.

I N D A T I R E *à Soʒame.*

Nous mourrions à tes pieds , avant qu'un téméraire
Pût manquer feulement de refpeêt à mon père.

L E S C Y T H E.

S'il vient pour te trahir , va , nous l'en punirons.
Si c'eft un exilé , nous le protégerons.

I N D A T I R E.

Ouvrons en paix nos cœurs à la pure allégreffe.
Que nous fait d'un Perfan la joie ou la trifteffe ?
Et qui peut chez le Scythe envoyer la terreur ?
Ce mot honteux de crainte a révolté mon cœur.
Mon père , mes amis , daignez de vos mains pures

Préparer cet autel redouté des parjures ,
Ces feſtons , ces flambeaux , ces gages de ma foi.

　　　(*à Soȝame.*)

Vien préſenter la main qui combattra pour toi ,
Cette main trop heureuſe à ta fille promiſe ,
Terrible aux ennemis , à toi toûjours ſoumiſe.

Fin du premier aĉte.

A C T E II.

S C E N E P R E M I E R E.

O B É I D E , S U L M A.

S U L M A.

Vous y réfolvez - vous ?

O B É Ï D E.

Oui , j'aurai le courage
D'enfevelir mes jours en ce défert fauvage.
On ne me verra point , laffe d'un long effort,
D'un père inébranlable attendre ici la mort,
Pour aller dans les murs de l'ingrate Ecbatane,
Effayer d'adoucir la loi qui le condamne,
Pour aller recueillir des débris difperfés
Que tant d'avides mains ont en foule amaffés.
Quand fa fuite en ces lieux fut par lui méditée,
Ma jeuneffe peut-être en fut épouvantée ;
Mais j'eus honte bientôt de ce fecret retour,
Qui rappellait mon cœur à mon premier féjour.
J'ai fans doute à ce cœur fait trop de violence,
Pour démentir jamais tant de perfévérance.
Je me fuis fait enfin dans ces groffiers climats,
Un efprit & des mœurs que je n'efpérais pas.
Ce n'eft plus Obéide à la cour adorée ,
D'efclaves couronnés à toute heure entourée ;
Tous ces grands de la Perfe à ma porte rampans ,

S ij

Ne viennent plus flatter l'orgueil de mes beaux ans.
D'un peuple industrieux les talens mercenaires
De mon goût dédaigneux ne font plus tributaires.
J'ai pris un nouvel être ; & s'il m'en a coûté
Pour subir le travail avec la pauvreté ,
La gloire de me vaincre & d'imiter mon père,
En m'en donnant la force est mon noble salaire.

S U L M A.

Votre rare vertu passe votre malheur ;
Dans votre abaissement je vois votre grandeur.
Je vous admire en tout ; mais le cœur est-il maître
De renoncer aux lieux où le ciel nous fit naître ?
La nature a ses droits ; ses bienfaisantes mains
Ont mis ce sentiment dans les faibles humains.
On souffre en sa patrie ; elle peut nous déplaire ;
Mais quand on l'a perdue , alors elle est bien chère.

O B É Ï D E.

Le ciel m'en donne une autre , & je la dois chérir ;
La supporter du moins , y languir , y mourir ;
Telle est ma destinée.... Hélas ! tu l'as suivie !
Tu quittas tout pour moi, tu consoles ma vie ;
Mais je serais barbare en t'osant proposer
De porter ce fardeau qui commence à peser.
Dans les lâches parens qui m'ont abandonnée ,
Tu trouveras peut-être une ame assez bien née ,
Compatissante assez pour acquitter vers toi
Ce que le sort m'enlève , & ce que je te doi.
D'une pitié bien juste elle sera frappée,
En voyant de mes pleurs une lettre trempée.
Pars , ma chère Sulma ; revoi , si tu le veux ,
La superbe Ecbatane & ses peuples heureux :

Laiffe dans ces déferts ta fidelle Obéide.
S U L M A.

Ah ! que la mort plutôt frappe cette perfide,
Si jamais je conçois le criminel deffein
De chercher loin de vous un bonheur incertain !
J'ai vécu pour vous feule ; & votre deftinée
Jufques à mon tombeau tient la mienne enchaînée.
Mais je vous l'avouerai, ce n'eft pas fans horreur
Que je vois tant d'appas, de gloire, de grandeur,
D'un foldat de Scythie être ici le partage.
O B É I D E.

Après mon infortune, après l'indigne outrage
Qu'a fait à ma famille, à mon âge, à mon nom,
De l'immortel Cyrus un fatal rejetton ;
De la cour à jamais lorfque tout me fépare,
Quand je dois tant haïr ce funefte Athamare,
Sans état, fans patrie, inconnue en ces lieux,
Tous les humains, Sulma, font égaux à mes yeux ;
Tout m'eft indifférent.
S U L M A.
Ah ! contrainte inutile !

Eft-ce avec des fanglots qu'on montre un cœur tranquille ?
O B É I D E.

Ceffe de m'arracher, en croyant m'éblouïr,
Ce malheureux repos dont je cherche à jouïr.
Au parti que je prens je me fuis condamnée.
Va, fi mon cœur m'appelle aux lieux où je fuis née,
Ce cœur doit s'en punir : il fe doit impofer
Un frein qui le retienne & qu'il n'ofe brifer.
S U L M A.

D'un père infortuné, victime volontaire,
S iij

Quels reproches, hélas ! auriez-vous à vous faire ?

O B É Ï D E.

Je ne m'en ferai plus. Dieux ! je vous le promets.
Obéïde à vos yeux ne rougira jamais.

S U L M A.

Qui, vous ?

O B É Ï D E.

Tout est fini. Mon père veut un gendre,
Il désigne Indatire, & je sais trop l'entendre ;
Le fils de son ami doit être préféré.

S U L M A.

Votre choix est donc fait ?

O B É Ï D E.

Tu vois l'autel sacré *a*)
Que préparent déja mes compagnes heureuses,
Ignorant de l'hymen les chaînes dangereuses,
Tranquilles, sans regrets, sans cruel souvenir.

S U L M A.

D'où vient qu'à cet aspect vous paraissez frémir ?

_____

S C E N E II.

OBÉIDE, SULMA, INDATIRE.

I N D A T I R E.

Cet autel me rappelle en ces forêts si chères ;
Tu conduis tous mes pas, je devance nos pères.
Je veux lire en tes yeux, entendre de ta voix,
Que ton heureux époux est nommé par ton choix :

_____

a) De jeunes filles apportent l'au- | fleurs, & attachent des festons aux
tel, elles l'ornent de guirlandes de | arbres qui l'entourent.

L'hymen eft parmi nous le nœud que la nature
Forme entre deux amans de fa main libre & pure.
Chez les Perfans, dit-on, l'intérêt odieux,
Les folles vanités, l'orgueil ambitieux,
De cent bizarres loix la contrainte importune,
Soumettent triftement l'amour à la fortune.
Ici le cœur fait tout, ici l'on vit pour foi ;
D'un mercenaire hymen on ignore la loi,
On fait fa deftinée. Une fille guerrière
De fon guerrier chéri court la noble carrière ;
Elle aime à partager fes travaux & fon fort,
L'accompagne aux combats, & fait venger fa mort.
Préfères-tu nos mœurs aux mœurs de ton Empire ?
La fincère Obéide aime-t-elle Indatire ?

O B É Ï D E.

Je connais tes vertus, j'eftime ta valeur,
Et de ton cœur ouvert la naïve candeur ;
Je te l'ai déja dit, je l'ai dit à mon père ;
Et fon choix & le mien doivent te fatisfaire.

I N D A T I R E.

Non, tu fembles parler un langage étranger ;
Et même en m'approuvant, tu viens de m'affliger.
Dans les murs d'Ecbatane eft-ce ainfi qu'on s'explique ?
Obéide, eft-il vrai qu'un aftre tyrannique,
Dans cette ville immenfe a pû te mettre au jour ?
Eft-il vrai que tes yeux brillèrent à la cour,
Et que l'on t'éleva dans ce riche efclavage,
Dont à peine en ces lieux nous concevons l'image ?
Di-moi, chère Obéide, aurais-je le malheur
Que le ciel t'eût fait naître au fein de la grandeur ?

O B é ï D E.

Ce n'eft point ton malheur, c'eft le mien... Ma mémoire
Ne me retrace plus cette trompeufe gloire.
Je l'oublie à jamais.

I N D A T I R E.

Plus ton cœur adoré
En perd le fouvenir, plus je m'en fouviendrai.
Vois-tu d'un œil content cet appareil ruftique,
Le monument heureux de notre culte antique,
Où nos pères bientôt recevront les fermens
Dont nos cœurs & nos Dieux font les facrés garans ?
Obéïde, il n'a rien de la pompe inutile,
Qui fatigue ces Dieux dans ta fuperbe ville :
Il n'a pour ornement que des tiffus de fleurs,
Préfens de la nature, images de nos cœurs.

O B é ï D E.

Va, je crois que des cieux le grand & jufte Maître
Préfère ce faint culte, & cet autel champêtre,
A nos temples fameux que l'orgueil a bâtis.
Les Dieux qu'on y fait d'or y font bien mal fervis.

I N D A T I R E.

Sais-tu que ces Perfans venus fur ces rivages
Veulent voir notre fête & nos rians bocages ?
Par la main des vertus ils nous verront unis.

O B é ï D E.

Les Perfans !... que dis-tu ?... les Perfans !

I N D A T I R E.

Tu frémis.
Quelle pâleur, ô ciel ! fur ton front répandue !
Des efclaves d'un Roi peux-tu craindre la vue ?

O B é ï D E.

O B É Ï D E.

Ah ! ma chère Sulma !

S U L M A.

Votre père & le fien
Viennent former ici votre éternel lien.

I N D A T I R E.

Nos parens, nos amis, tes compagnes fidelles,
Viennent tous confacrer nos fêtes folemnelles.

O B É Ï D E *à Sulma.*

Allons ; . . . . je l'ai voulu.

S C E N E   I I I.

OBÉIDE, SULMA, INDATIRE, SOZAME, HERMODAN. (*Des filles couronnées de fleurs, & des Scythes fans armes, font un demi-cercle autour de l'autel.*)

H E R M O D A N.

VOici l'autel facré,
L'autel de la nature à l'amour préparé,
Où je fis mes fermens, où jurèrent nos pères.
    (*à Obéide.*)
Nous n'avons point ici de plus pompeux myftères :
Notre culte, Obéïde, eft fimple comme nous.

S O Z A M E *à Obéide.*

De la main de ton père accepte ton époux.
    (*Obéïde & Indatire mettent la main fur l'autel.*)

I N D A T I R E.

Je jure à ma patrie, à mon père, à moi-même,
A nos Dieux éternels, à cet objet que j'aime,

    Tom. VI. *& du Théâtre le quatriéme.*   T

De l'aimer encor plus quand cet heureux moment
Aura mis Obéïde aux mains de son amant ;
Et toûjours plus épris, & toûjours plus fidelle,
De vivre, de combattre, & de mourir pour elle.

O B É ï D E.

Je me soumets, grands Dieux, à vos augustes loix ;
Je jure d'être à lui.... Ciel ! qu'est-ce que je vois ?
(*Ici Athamare & des Persans paraissent.*)

S U L M A.

Ah ! Madame.

O B É ï D E.

Je meurs, qu'on m'emporte.

I N D A T I R E.

Ah ! Sozame,
Quelle terreur subite a donc frappé son ame ?
Compagnes d'Obéïde, allons à son secours.

(*Les femmes Scythes sortent avec Indatire.*)

S C E N E   I V.

S O Z A M E, H E R M O D A N, A T H A M A R E,
H I R C A N, Scythes.

A T H A M A R E.
SCythes, demeurez tous....

S O Z A M E.

Voici donc de mes jours
Le jour le plus étrange & le plus effroyable.

A T H A M A R E.

Me reconnais-tu bien ?

SOZAME.

Quel fort impitoyable
T'a conduit dans des lieux de retraite & de paix ?
Tu dois être content des maux que tu m'as faits.
Ton indigne Monarque avait profcrit ma tête ;
Viens-tu la demander ? malheureux, elle eft prête ;
Mais tremble pour la tienne. Appren que tu te vois
Chez un peuple équitable & redouté des Rois.
Je demeure étonné de l'audace inouïe
Qui t'amène fi loin pour hazarder ta vie.

ATHAMARE.

Peuple jufte, écoutez ; je m'en remets à vous.
Le neveu de Cyrus vous fait juge entre nous.

HERMODAN.

Toi neveu de Cyrus ! & tu viens chez les Scythes !

ATHAMARE.

L'équité m'y conduit.... Vainement tu t'irrites,
Infortuné Sozame, à l'afpeét imprévu
Du fatal ennemi par qui tu fus perdu.
Je te perfécutai ; ma fougueufe jeuneffe
Offenfa ton honneur, accabla ta vieilleffe ;
Un Roi t'a dépouillé de tes biens, de ton rang ;
Un jugement inique a pourfuivi ton fang.
Scythes, ce Roi n'eft plus, & la première idée
Dont après fon trépas mon ame eft poffédée,
Eft de rendre juftice à cet infortuné.
Oui, Sozame, à tes pieds les Dieux m'ont amené,
Pour expier ma faute, hélas ! trop pardonnable ;
La fuite en fut terrible, inhumaine, exécrable ;
Elle accabla mon cœur ; il la faut réparer ;
Dans tes honneurs paffés daigne à la fin rentrer.

T ij

Je partage avec toi mes tréfors, ma puiſſance ;
Ecbatane eſt du moins ſous mon obéiſſance ;
C'eſt tout ce qui demeure aux enfans de Cyrus ;
Tout le reſte a ſubi les loix de Darius.
Mais je ſuis aſſez grand, ſi ton cœur me pardonne.
Ton amitié, Sozame, ajoute à ma couronne.
Nul Monarque avant moi ſur le trône affermi,
N'a quitté ſes Etats pour chercher un ami.
Je donne cet exemple, & ton maître te prie ;
Enten ſa voix, enten la voix de ta patrie,
Cède aux vœux de ton Roi, qui vient te rappeller,
Cède aux pleurs qu'à tes yeux mes remords font couler.

HERMODAN.

Je me ſens attendri d'un ſpectacle ſi rare.

SOZAME.

Tu ne me ſéduis point, généreux Athamare.
Si le repentir ſeul avait pû t'amener,
Malgré tous mes affronts je ſaurais pardonner.
Tu ſais quel eſt mon cœur ; il n'eſt point inflexible ;
Mais je lis dans le tien ; je le connais ſenſible.
Je vois trop les chagrins dont il eſt defolé ;
Et ce n'eſt pas pour moi que tes pleurs ont coulé.
Il n'eſt plus tems ; adieu. Les champs de la Scythie
Me verront achever ma languiſſante vie.
Inſtruit bien chérement, trop fier & trop bleſſé,
Pour vivre dans ta cour où tu m'as offenſé,
Je mourrai libre ici.... Je me tais ; ren-moi grace
De ne pas révéler ta dangereuſe audace.
Ami, courons chercher & ma fille & ton fils.

HERMODAN.

Vien, redoublons les nœuds qui nous ont tous unis.

S C E N E V.

A T H A M A R E , H I R C A N.

A T H A M A R E.

JE demeure immobile. O ciel ! ô deſtinée !
O paſſion fatale à me perdre obſtinée !
Il n'eſt plus tems, dit-il : il a pû ſans pitié,
Voir ſon Roi repentant, ſon maître humilié.
Ami, quand nous percions cette horde aſſemblée,
J'ai vû près de l'autel une femme voilée,
Qu'on a ſoudain ſouſtraite à mon œil égaré.
Quel eſt donc cet autel de guirlandes paré ?
Quelle était cette fête en ces lieux ordonnée ?
Pour qui brulaient ici les flambeaux d'hymenée ?
Ciel ! quel tems je prenais ! à cet aſpeɕt d'horreur
Mes remords douloureux ſe changent en fureur.
Grands Dieux, s'il était vrai !

H I R C A N.

Dans les lieux où vous êtes,
Gardez-vous d'écouter ces fureurs indiſcrètes :
Reſpeɕtez, croyez-moi, les modeſtes foyers
D'agreſtes habitans, mais de vaillans guerriers ;
Qui ſans ambition, comme ſans avarice,
Obſervateurs zélés de l'exaɕte juſtice,
Ont mis leur ſeule gloire en leur égalité,
De qui vos grandeurs même irritent la fierté.
N'allez point allarmer leur noble indépendance ;
Ils ſavent la défendre ; ils aiment la vengeance ;
Ils ne pardonnent point quand ils ſont offenſés.

T iij

ATHAMARE.

Tu t'abufes, ami ; je les connais affez ;
J'en ai vû dans nos camps, j'en ai vû dans nos villes,
De ces Scythes altiers, à nos ordres dociles,
Qui briguaient, en vantant leurs ftériles climats,
L'honneur d'être comptés aux rangs de nos foldats.

HIRCAN.

Mais, fouverains chez eux.....

ATHAMARE.

Ah ! c'eft trop contredire
Le dépit qui me ronge & l'amour qui m'infpire.
Ma paffion m'emporte & ne raifonne pas.
Si j'euffe été prudent, ferais-je en leurs Etats ?
Au bout de l'univers Obéïde m'entraîne ;
Son efclave échappé lui rapporte fa chaîne,
Pour l'enchaîner moi-même au fort qui me pourfuit,
Pour l'arracher des lieux où fa douleur me fuit,
Pour la fauver enfin de l'indigne efclavage
Qu'un malheureux vieillard impofe à fon jeune âge ;
Pour mourir à fes pieds d'amour & de fureur,
Si ce cœur déchiré ne peut fléchir fon cœur.

HIRCAN.

Mais fi vous écoutiez.....

ATHAMARE.

Non....je n'écoute qu'elle.

HIRCAN.

Attendez.

ATHAMARE.

Que j'attende ? & que de la cruelle
Quelque rival indigne, à mes yeux poffeffeur,
Infulte mon amour, outrage mon honneur !

Que du bien qu'il m'arrache il foit en paix le maître !
Mais trop tôt, cher ami, je m'allarme peut-être.
Son père à ce vil choix pourra-t-il la forcer ?
Entre un Scythe & fon maître a-t-elle à balancer ?
Dans fon cœur autrefois j'ai vû trop de nobleffe,
Pour croire qu'à ce point fon orgueil fe rabaiffe.

H I R C A N.

Mais fi dans ce choix même elle eût mis fa fierté !

A T H A M A R E.

De ce doute offenfant je fuis trop irrité.
Allons : fi mes remords n'ont pû fléchir fon père,
S'il méprife mes pleurs .... qu'il craigne ma colère.
Je fais qu'un Prince eft homme, & qu'il peut s'égarer :
Mais lorfqu'au repentir facile à fe livrer,
Reconnaiffant fa faute & s'oubliant foi-même,
Il va jufqu'à bleffer l'honneur du rang fuprême,
Quand il répare tout, il faut fe fouvenir
Que s'il demande grace, il la doit obtenir.

Fin du fecond acte.

A C T E   I I I.

S C E N E   P R E M I E R E.

A T H A M A R E , H I R C A N.

ATHAMARE.

Quoi ! c'était Obéide ! ah ! j'ai tout preffenti :
Mon cœur defefpéré m'avait trop averti,
C'était elle , grands Dieux !

HIRCAN.

　　　　　　　　Ses compagnes tremblantes
Rappellaient fes efprits fur fes lévres mourantes....

ATHAMARE.

Elle était en danger ? Obéide !

HIRCAN.

　　　　　　　　Oui , Seigneur ;
Et ranimant à peine un refte de chaleur ,
Dans ces cruels momens , d'une voix affaiblie ,
Sa bouche a prononcé le nom de la Médie.
Un Scythe me l'a dit , un Scythe qu'autrefois
La Médie avait vû combattre fous nos loix.
Son père & fon époux font encor auprès d'elle.

ATHAMARE.

Qui ? fon époux , un Scythe !

HIRCAN.

　　　　　　　　Et quoi , cette nouvelle
A votre oreille encor , Seigneur , n'a pû voler !

ATHA-

ATHAMARE.

Eh ! qui des miens , hors toi , m'ofe jamais parler ?
De mes honteux fecrets quel autre a pû s'inftruire ?
Son époux , me dis-tu ?

HIRCAN.

　　　　　Le vaillant Indatire ,
Jeune , & de ces cantons l'efpérance & l'honneur ,
Lui jurait ici même une éternelle ardeur ,
Sous ces mêmes cyprès , à cet autel champêtre ,
Aux clartés des flambeaux que j'ai vû difparaître.
Vous n'étiez pas encor arrivé vers l'autel ,
Qu'un long treffaillement , fuivi d'un froid mortel ,
A fermé les beaux yeux d'Obéïde oppreffée.
Des filles de Scythie une foule empreffée ,
La portait en pleurant fous ces ruftiques toits ,
Afyle malheureux dont fon père a fait choix.
Ce vieillard la fuivait d'une démarche lente ,
Sous le fardeau des ans affaiblie & pefante ,
Quand vous avez fur vous attiré fes regards.

ATHAMARE.

Mon cœur à ce récit , ouvert de toutes parts ,
De tant d'impreffions fent l'atteinte fubite.
Dans fes derniers replis un tel combat s'excite ,
Que fur aucun parti je ne puis me fixer ;
Et je démêle mal ce que je puis penfer.
Mais d'où vient qu'en ce temple Obéïde rendue ,
En touchant cet autel eft tombée éperdue ?
Parmi tous ces pafteurs elle aura d'un coup d'œil ,
Reconnu des Perfans le faftueux orgueil.
Ma préfence à fes yeux a montré tous mes crimes ,
Mes amours emportés , mes feux illégitimes ;

A l'affreufe indigence un père abandonné ,
Par un Monarque injufte à la mort condamné ,
Sa fuite , fon féjour en ce pays fauvage ,
Cette foule de maux qui font tous mon ouvrage.
Elle aura raffemblé ces objets de terreur ;
Elle imite fon père , & je lui fais horreur.

HIRCAN.

Un tel faififfement , ce trouble involontaire ,
Pourraient-ils annoncer la haine & la colère ?
Les foupirs , croyez-moi , font la voix des douleurs ;
Et les yeux irrités ne verfent point de pleurs.

ATHAMARE.

Ah ! lorfqu'elle m'a vu , fi fon ame furprife ,
D'une ombre de pitié s'était au moins éprife ;
Si lifant dans mon cœur , fon cœur eût éprouvé
Un tumulte fecret faiblement élevé ! . . . .
Si l'on me pardonnait ! tu me flattes peut-être.
Ami , tu prens pitié des erreurs de ton maître.
Qu'ai-je fait , que ferai-je , & quel fera mon fort ?
Mon afpeét en tout tems lui porta donc la mort !
Mais , dis-tu , dans le mal qui menaçait fa vie ,
Sa bouche a prononcé le nom de fa patrie !

HIRCAN.

Elle l'aime , fans doute.

ATHAMARE.

Ah ! pour me fecourir

C'eft une arme du moins qu'elle daigne m'offrir.
Elle aime fa patrie , ... elle époufe Indatire ! . . . .
Va , l'honneur dangereux où le barbare afpire ,
Lui coûtera bientôt un fanglant repentir.
C'eft un crime trop grand pour ne le pas punir.

HIRCAN.

Penſez-vous être encor dans les murs d'Ecbatane ?
Là votre voix décide, elle abſout ou condamne.
Ici vous péririez. Vous êtes dans des lieux
Que jadis arroſa le ſang de vos ayeux.

ATHAMARE.

Eh bien ! j'y périrai.

HIRCAN.

Quelle fatale yvreſſe !
Age des paſſions ! trop aveugle jeuneſſe !
Où conduis-tu les cœurs à leurs penchans livrés ?

ATHAMARE.

Qui vois-je donc paraître en ces champs abhorrés ?
(*Indatire paſſe dans le fond du théâtre à la tête d'une troupe
de guerriers.*)
Que veut le fer en main cette troupe ruſtique ?

HIRCAN.

On m'a dit qu'en ces lieux c'eſt un uſage antique.
Ce ſont de ſimples jeux par le tems conſacrés,
Dans les jours de l'hymen noblement célébrés.
Tous leurs jeux ſont guerriers ; la valeur les apprête.
Indatire y préſide, il s'avance à leur tête.
Tout le ſexe eſt exclus de ces ſolemnités,
Et les mœurs de ce peuple ont des ſévérités
Qui pourraient des Perſans condamner la licence.

ATHAMARE.

Grands Dieux ! vous me voulez conduire en ſa préſence.
Cette fête du moins m'apprend que vos ſecours
Ont diſſipé l'orage élevé ſur ſes jours.
Oui, mes yeux la verront.

V ij

HIRCAN.

Oui , Seigneur , Obéïde.
Marche vers la cabane où fon père réfide.

ATHAMARE.

C'eft elle ; je la vois. Tâche de défarmer
Ce père malheureux que je n'ai pû calmer....
Des chaumes ! des rofeaux ! voilà donc fa retraite !
Ah ! peut-être elle y vit tranquille & fatisfaite.
Et moi....

SCENE II.

OBÉÏDE, SULMA, ATHAMARE.

ATHAMARE.

Non, demeurez , ne vous détournez pas.
De vos regards du moins honorez mon trépas.
Qu'à vos genoux tremblans un malheureux périffe.

OBÉÏDE.

Ah ! Sulma , qu'en tes bras mon defefpoir finiffe ,
C'en eft trop.... Laiffe-moi , fatal perfécuteur ;
Va , c'eft toi qui reviens pour m'arracher le cœur.

ATHAMARE.

Ecoute un feul moment.

OBÉÏDE.

Et le dois-je , barbare ?
Dans l'état où je fuis que peut dire Athamare ?

ATHAMARE.

Que l'amour m'a conduit du trône en tes forêts ,
Qu'épris de tes vertus , honteux de mes forfaits ,
Defefpéré , foumis , mais furieux encore ,

J'idolâtre Obéïde autant que je m'abhorre.
Ah ! ne détourne point tes regards effrayés :
Il me faut ou mourir, ou régner à tes pieds.
Frappe, mais enten-moi. Tu fais déja peut-être,
Que de mon fort enfin les Dieux m'ont rendu maître ;
Que Smerdis & ma femme en un même tombeau,
De mon fatal hymen ont éteint le flambeau,
Qu'Ecbatane eft à moi.... Non, pardonne, Obéïde ;
Ecbatane eft à toi : l'Euphrate, la Perfide,
Et la fuperbe Egypte, & les bords Indiens,
Seraient à tes genoux, s'ils pouvaient être aux miens.
Mais mon trône, & ma vie, & toute la nature
Sont d'un trop faible prix pour payer ton injure.
Ton grand cœur, Obéïde, ainfi que ta beauté,
Eft au-deffus d'un rang dont il n'eft point flatté ;
Que la pitié du moins le défarme & le touche.
Les climats où tu vis l'ont-ils rendu farouche ?
O cœur né pour aimer, ne peux-tu que haïr ?
Image de nos Dieux, ne fais-tu que punir ?
Ils favent pardonner. Va, ta bonté doit plaindre
Ton criminel amant que tu vois fans le craindre.

O B É Ï D E.

Que m'as-tu dit, cruel ? & pourquoi de fi loin
Viens-tu de me troubler prendre le trifte foin,
Tenter dans ces forêts ma mifère tranquile,
Et chercher un pardon.... qui ferait inutile ?
Quand tu m'ofas aimer pour la première fois,
Ton Roi d'un autre hymen t'avait prefcrit les loix.
Sans un crime à mon cœur tu ne pouvais prétendre ;
Sans un crime plus grand je ne faurais t'entendre.
Ne fai point fur mes fens d'inutiles efforts :

V iij

Je me vois aujourd'hui ce que tu fus alors.
Sous la loi de l'hymen Obéïde refpire ;
Pren pitié de mon fort.... & refpecte Indatire.

ATHAMARE.

Un Scythe ! un vil mortel !

OBÉÏDE.

Pourquoi méprifes-tu
Un homme, un citoyen.... qui te paffe en vertu ?

ATHAMARE.

Nul ne m'eût égalé fi j'avais pû te plaire.
Tu m'aurais des vertus applani la carrière ;
Ton amant deviendrait le premier des humains.
Mon fort dépend de toi ; mon ame eft dans tes mains.
Un mot peut la changer : l'amour la fit coupable,
L'amour au monde entier la rendrait refpectable.

OBÉÏDE.

Ah ! que n'eus-tu plutôt ces nobles fentimens ?
Athamare !

ATHAMARE.

Obéïde ! il en eft encore tems.
De moi, de mes Etats, augufte Souveraine,
Viens embellir cette ame efclave de la tienne,
Vien régner.

OBÉÏDE.

Puiffes-tu loin de mes triftes yeux
Voir ton règne honoré de la faveur des Dieux !

ATHAMARE.

Je n'en veux point fans toi.

OBÉÏDE.

Ne voi plus que ta gloire.

ATHAMARE.

Elle était de t'aimer.

OBÉÏDE.

Périffe la mémoire
De mes malheurs paffés, de tes cruels amours.

ATHAMARE.

Obéïde à la haine a confacré fes jours !

OBÉÏDE.

Mes jours étaient affreux : fi l'hymen en difpofe,
Si tout finit pour moi, toi feul en es la caufe.
Toi feul as préparé ma mort dans ces déferts.

ATHAMARE.

Je t'en viens arracher.

OBÉÏDE.

Rien ne rompra mes fers ;
Je me les fuis donnés.

ATHAMARE.

Tes mains n'ont point encore
Formé l'indigne nœud dont un Scythe s'honore.

OBÉÏDE.

J'ai fait ferment au ciel.

ATHAMARE.

Il ne le reçoit pas ;
C'eft pour l'anéantir qu'il a guidé mes pas.

OBÉÏDE.

Ah !... c'eft pour mon malheur....

ATHAMARE.

Obtiendrais-tu d'un père
Qu'il laiffât libre au moins une fille fi chère,
Que fon cœur envers moi ne fût point endurci,
Et qu'il ceffât enfin de s'exiler ici ?

Di - lui. . . .

OBÉÏDE.

N'y compte pas. Le choix que j'ai dû faire
Devenait un parti conforme à ma misère,
Il est fait ; mon honneur ne peut le démentir,
Et Sozame jamais n'y pourrait consentir.
Sa vertu t'est connue ; elle est inébranlable.

ATHAMARE.

Elle l'est dans la haine ; & lui seul est coupable.

OBÉÏDE.

Tu ne le fus que trop ; tu l'es de me revoir,
De m'aimer, d'attendrir un cœur au desespoir.
Destructeur malheureux d'une triste famille,
Laisse pleurer en paix & le père & la fille.
Il vient, fors.

ATHAMARE.

Je ne puis.

OBÉÏDE.

Sors, ne l'irrite pas.

ATHAMARE.

Non, tous deux à l'envi donnez-moi le trépas.

OBÉÏDE.

Au nom de mes malheurs & de l'amour funeste
Qui des jours d'Obéïde empoisonne le reste,
Fui ; ne l'outrage plus par ton fatal aspect.

ATHAMARE.

Juge de mon amour ; il me force au respect.
J'obéis. . . . Dieux puissans qui voyez mon offense,
Secondez mon amour & guidez ma vengeance.

SCENE

SCENE III.

SOZAME, OBÉIDE, SULMA.

SOZAME.

EH ! quoi, notre ennemi nous pourſuivra toûjours !
Il vient flétrir ici les derniers de mes jours.
Qu'il ne ſe flatte pas que le déclin de l'âge
Rende un père inſenſible à ce nouvel outrage.

OBÉIDE.

Mon père .... il vous reſpecte .... il ne me verra plus ;
Pour jamais à le fuir mes vœux ſont réſolus.

SOZAME.

Indatire eſt à toi.

OBÉIDE.

Je le fais.

SOZAME.

Ton ſuffrage ,
Dépendant de toi ſeule , a reçu ſon hommage.

OBÉIDE.

J'ai cru vous plaire au moins ; ... j'ai cru que ſans fierté
Le fils de votre ami devoit être accepté.

SOZAME.

Sais-tu ce qu'Athamare à ma honte propoſe ,
Par un de ces Perſans dont ſon pouvoir diſpoſe ?

OBÉIDE.

Qu'a-t-il pû demander ?

SOZAME.

De violer ma foi ;
De briſer tes liens , de le ſuivre avec toi,

Tom. VI. *& du Théâtre le quatriéme.* X

D'arracher ma vieilleſſe à ma retraite obſcure,
De mendier chez lui le prix de ton parjure,
D'acheter par la honte une ombre de grandeur.

O B É ï D E.

Comment recevez-vous cette offre ?

S O Z A M E.

Avec horreur.

Ma fille, au repentir il n'eſt aucune voie.
Triomphant dans nos jeux, plein d'amour & de joie,
Indatire en tes bras par ſon père conduit,
De l'amour le plus pur attend le digne fruit ;
Rien n'en doit altérer l'innocente allégreſſe.
Les Scythes ſont humains & ſimples ſans baſſeſſe ;
Mais leurs naïves mœurs ont de la dureté ;
On ne les trompe point avec impunité ;
Et ſurtout de leurs loix vengeurs impitoyables,
Ils n'ont jamais, ma fille, épargné des coupables.

O B É ï D E.

Seigneur, vous vous borniez à me perſuader ;
Pour la première fois pourquoi m'intimider ?
Vous ſavez ſi du ſort bravant les injuſtices,
J'ai fait depuis quatre ans d'aſſez grands ſacrifices.
S'il en falait encor, je les ferais pour vous.
Je ne craindrai jamais mon père ou mon époux.
Je vois tout mon devoir .... ainſi que ma miſère.
Allez .... vous n'avez point de reproche à me faire.

S O Z A M E.

Pardonne à ma tendreſſe un reſte de frayeur,
Triſte & commun effet de l'âge & du malheur ;
Mais qu'il parte aujourd'hui ; que jamais ſa préſence
Ne profane un aſyle ouvert à l'innocence.

OBÉÏDE.

C'eſt ce que je prétens , Seigneur ; & plût aux Dieux
Que ſon fatal aſpect n'eût point bleſſé mes yeux !

SOZAME.

Rien ne troublera plus ton bonheur qui s'apprête ,
Et je vais de ce pas en préparer la fête.

SCENE IV.

OBÉÏDE, SULMA.

SULMA.

Uelle fête cruelle ! ainſi dans ce ſéjour
Vos beaux jours enterrés ſont perdus ſans retour ?

OBÉÏDE.

Ah dieux !

SULMA.

Votre pays , la cour qui vous vit naître ,
Un Prince généreux.... qui vous plaiſait peut - être ,
Vous les abandonnez ſans crainte & ſans pitié ?

OBÉÏDE.

Mon deſtin l'a voulu.... j'ai tout ſacrifié.

SULMA.

Haïriez - vous toûjours la cour & la patrie ?

OBÉÏDE.

Malheureuſe !... jamais je ne l'ai tant chérie.

SULMA.

Ouvrez - moi votre cœur , je le mérite.

OBÉÏDE.

Hélas !

Tu n'y découvrirais que d'horribles combats.
Il craindrait trop ta vuë & ta plainte importune.
Il eſt des maux , Sulma , que nous fait la fortune ;
Il en eſt de plus grands dont le poiſon cruel
Préparé par nos mains porte un coup plus mortel.
Mais lorſque dans l'exil à mon âge on raſſemble ,
Après un ſort ſi beau , tant de malheurs enſemble ,
Lorſque tous leurs aſſauts viennent ſe réunir ,
Un cœur , un faible cœur les peut-il ſoutenir ?

S U L M A.

Ecbatane .... un grand Prince.....

O B É Ï D E.

Ah ! fatal Athamare !
Quel démon t'a conduit dans ce ſéjour barbare ?
Que t'a fait Obéïde ? & pourquoi découvrir
Ce trait longtems caché qui me faiſait mourir ?
Pourquoi renouvellant ma honte & ton injure ,
De tes funeſtes mains déchirer ma bleſſure ?

S U L M A.

Madame , c'en eſt trop , c'eſt trop vous immoler
A ces préjugés vains qui viennent vous troubler ,
A d'inhumaines loix d'une horde étrangère ,
Dont un père exilé chargea votre miſère.
Hélas ! contre les Rois ſon trop juſte couroux
Ne ſera donc jamais retombé que ſur vous !
Quand vous le conſolez , faut-il qu'il vous opprime ?
Soyez ſa protectrice , & non pas ſa victime.
Athamare eſt vaillant ; & de braves ſoldats
Ont juſqu'en ces déſerts accompagné ſes pas.
Athamare , après tout , n'eſt-il pas votre maître ?

O B É Ï D E.

Non.

S U L M A.

C'eft en fes Etats que le ciel vous fit naître.
N'a-t-il donc pas le droit de brifer un lien,
L'opprobre de la Perfe , & le votre & le fien ?
M'en croirez-vous ? partez , marchez fous fa conduite.
Si vous avez d'un père accompagné la fuite ,
Il eft tems à la fin qu'il vous fuive à fon tour ;
Qu'il renonce à l'orgueil de dédaigner fa cour ;
Que fa douleur farouche , à vous perdre obftinée ,
Ceffe enfin de lutter contre fa deftinée.

O B É Ï D E.

Non , ce parti ferait injufte & dangereux ,
Il coûterait du fang ; le fuccès eft douteux ;
Mon père expirerait de douleur & de rage....
Enfin l'hymen eft fait : ... je fuis dans l'efclavage.
L'habitude à fouffrir pourra fortifier
Mon courage éperdu qui craignait de plier.

S U L M A.

Vous pleurez cependant , & votre œil qui s'égare ,
Parcourt avec horreur cette enceinte barbare ,
Ces chaumes , ces déferts , où des pompes des Rois
Je vous vis defcenduë aux plus humbles emplois ;
Où d'un vain repentir le trait infupportable
Déchire de vos jours le tiffu miférable.....
Que vous reftera-t-il ? hélas !

O B É Ï D E.

Le defefpoir.

S U L M A.

Dans cet état affreux que faire ?

X iij

O B É ï D E.

Mon devoir.
L'honneur de le remplir, le fecret témoignage
Que la vertu fe rend, qui foutient le courage,
Qui feul en eft le prix, & que j'ai dans mon cœur,
Me tiendra lieu de tout, & même du bonheur.

Fin du troifiéme aĉle.

ACTE IV.

S C E N E P R E M I E R E.

A T H A M A R E , H I R C A N.

A T H A M A R E.

P Enses-tu qu'Indatire osera me parler ?

H I R C A N.

Il l'osera, Seigneur.

A T H A M A R E.

Qu'il vienne : . . . . il doit trembler.

H I R C A N.

Les Scythes, croyez-moi, connaissent peu la crainte.
Mais d'un tel desespoir votre ame est-elle atteinte,
Que vous avilissiez l'honneur de votre rang,
Le sang du grand Cyrus mêlé dans votre sang,
Et d'un trône si saint le droit inviolable,
Jusqu'à vous compromettre avec un misérable,
Qu'on verrait, si le sort l'envoyait parmi nous,
A vos premiers suivans ne parler qu'à genoux ?
Mais qui sur ses foyers peut avec insolence
Braver impunément un Prince & sa puissance.

A T H A M A R E.

Je m'abaisse, il est vrai ; mais je veux tout tenter.
Je descendrais plus bas pour la mieux mériter.
Ma honte est de la perdre ; & ma gloire éternelle
Serait de m'avilir pour m'élever vers elle.

Penfes-tu qu'Indatire en fa groffiéreté
Ait fenti comme moi le prix de fa beauté ?
Un Scythe aveuglément fuit l'inftinct qui le guide ;
Ainfi qu'une autre femme il époufe Obéïde.
L'amour, la jaloufie & fes emportemens
N'ont point dans ces climats apporté leurs tourmens.
De ces vils citoyens l'infenfible rudeffe,
En connaiffant l'hymen, ignore la tendreffe.
Tous ces groffiers humains font indignes d'aimer.

HIRCAN.

L'univers vous dément ; le ciel fait animer
Des mêmes paffions tous les êtres du monde.
Si du même limon la nature féconde,
Sur un modèle égal ayant fait les humains,
Varie à l'infini les traits de fes deffeins,
Le fond de l'homme refte, il eft partout le même.
Perfan, Scythe, Indien, tout défend ce qu'il aime.

ATHAMARE.

Je le défendrai donc : je faurai le garder.

HIRCAN.

Vous hazardez beaucoup.

ATHAMARE.

                        Et que puis-je hazarder ?
Ma vie ? elle n'eft rien fans l'objet qu'on m'arrache :
Mon nom ? quoiqu'il arrive il reftera fans tache :
Mes amis ? ils ont trop de courage & d'honneur
Pour ne pas immoler fous le glaive vengeur
Ces agreftes guerriers dont l'audace indifcrète
Pourrait inquiéter leur marche & leur retraite.

HIRCAN.

Ils mourront à vos pieds, & vous n'en doutez pas.

ATHA-

ATHAMARE.

Ils vaincront avec moi :.... Qui tourne ici fes pas ?

HIRCAN.

Seigneur, je le connais, c'eft lui, c'eft Indatire.

ATHAMARE.

Allez, que loin de moi ma garde fe retire,
Qu'aucun n'ofe approcher fans mes ordres exprès,
Mais qu'on foit prêt à tout.

S C E N E I I.

ATHAMARE, INDATIRE.

ATHAMARE.

Habitant des forêts,
Sais-tu bien devant qui ton fort te fait paraître ?

INDATIRE.

On prétend qu'une ville en toi révère un maître ;
Qu'on l'appelle Ecbatane, & que du mont Taurus
On voit fes hauts remparts élevés par Cyrus.
On dit (mais j'en crois peu la vaine renommée)
Que tu peux dans la plaine affembler une armée,
Une troupe auffi forte, un camp auffi nombreux
De guerriers foudoyés, & d'efclaves pompeux,
Que nous avons ici de citoyens paifibles.

ATHAMARE.

Il eft vrai, j'ai fous moi des troupes invincibles.
Le dernier des Perfans de ma folde honoré,
Eft plus riche & plus grand, & plus confidéré,
Que tu ne faurais l'être aux lieux de ta naiffance,

Tom. VI. & du Théâtre le quatriéme.　　　Y

Où le ciel vous fit tous égaux par l'indigence.
INDATIRE.
Qui borne fes defirs eft toûjours riche affez.
ATHAMARE.
Ton cœur ne connaît point les vœux intéreffés ;
Mais la gloire, Indatire ?
INDATIRE.
     Elle a pour moi des charmes.
ATHAMARE.
Elle habite à ma cour à l'abri de mes armes ;
On ne la trouve point dans le fond des déferts ;
Tu l'obtiens près de moi, tu l'as fi tu me fers ;
Elle eft fous mes drapeaux ; viens avec moi t'y rendre.
INDATIRE.
A fervir fous un maître on me verrait defcendre !
ATHAMARE.
Va, l'honneur de fervir un maître généreux,
Qui met un digne prix aux exploits belliqueux,
Vaut mieux que de ramper dans une République,
Ingrate en tous les tems, & fouvent tyrannique.
Tu peux prétendre à tout en marchant fous ma loi.
J'ai, parmi mes guerriers, des Scythes comme toi.
INDATIRE.
Tu n'en as point. Appren que ces indignes Scythes,
Voifins de ton pays, font loin de nos limites.
Si l'air de tes climats a pu les infeéter,
Dans nos heureux cantons il n'a pû fe porter.
Ces Scythes malheureux ont connu l'avarice ;
La fureur d'acquérir corrompit leur juftice ;
Ils n'ont fu que fervir ; leurs infidelles mains
Ont abandonné l'art qui nourrit les humains,

Pour l'art qui les détruit , l'art affreux de la guerre.
Ils ont vendu leur fang aux maîtres de la terre.
Meilleurs citoyens qu'eux , & plus braves guerriers ,
Nous volons aux combats , mais c'eft pour nos foyers.
Nous favons tous mourir , mais c'eft pour la patrie.
Nul ne vend parmi nous fon honneur ou fa vie.
Nous ferons , fi tu veux , tes dignes alliés ;
Mais on n'a point d'amis alors qu'ils font payés.
Apprends à mieux juger de ce peuple équitable ,
Egal à toi fans doute , & non moins refpectable.

ATHAMARE.

Elève ta patrie , & cherche à la vanter ;
C'eft le recours du faible , on peut le fupporter.
Ma fierté que permet la grandeur fouveraine ,
Ne daigne pas ici lutter contre la tienne....
Te crois-tu jufte au moins ?

INDATIRE.

Oui , je puis m'en flatter.

ATHAMARE.

Ren-moi donc le tréfor que tu viens de m'ôter.

INDATIRE.

A toi !

ATHAMARE.

Rends à fon maître une de fes fujettes ,
Qu'un indigne deftin traîna dans ces retraites ,
Un bien dont nul mortel ne pourra me priver,
Et que fans injuftice on ne peut m'enlever.
Ren fur l'heure Obéide.

INDATIRE.

A ta fuperbe audace ,
A tes difcours altiers , à cet air de menace ,

Y ij

Je veux bien oppofer la modération,
Que l'univers eftime en notre nation.

    Obéïde, dis-tu, de toi feul doit dépendre ;
Elle était ta fujette ! ofes-tu bien prétendre
Que des droits des mortels on ne jouïffe pas,
Dès qu'on a le malheur de naître en tes Etats ?
Le ciel en le créant forma-t-il l'homme efclave ?
La nature qui parle, & que ta fierté brave,
Aura-t-elle à la glébe attaché les humains,
Comme les vils troupeaux mugiffants fous nos mains ?
Que l'homme foit efclave aux champs de la Médie,
Qu'il rampe, j'y confens ; il eft libre en Scythie.
Au moment qu'Obéïde honora de fes pas
Le tranquille horizon qui borde nos Etats,
La liberté, la paix, qui font notre appanage,
L'heureufe égalité, les biens du premier âge,
Ces biens que des Perfans aux mortels ont ravis,
Ces biens perdus ailleurs, & par nous recueillis,
De la belle Obéïde ont été le partage.

          A T H A M A R E.

Il en eft un plus grand, celui que mon courage
A l'univers entier oferait difputer,
Que tout autre qu'un Roi ne faurait mériter,
Dont tu n'auras jamais qu'une imparfaite idée,
Et dont avec fureur mon ame eft poffédée,
Son amour ; c'eft le bien qui doit m'appartenir.
A moi feul était dû l'honneur de la fervir.
Oui, je defcends enfin jufqu'à daigner te dire
Que de ce cœur altier je lui foumis l'empire,
Avant que les deftins euffent pû t'accorder
L'heureufe liberté d'ofer la regarder.

Ce tréfor eft à moi, barbare, il faut le rendre.

INDATIRE.

Imprudent étranger, ce que je viens d'entendre,
Excite ma pitié plutôt que mon couroux.
Sa libre volonté m'a choifi pour époux ;
Ma probité lui plut : elle l'a préférée
Aux recherches, aux vœux de toute ma contrée ;
Et tu viens de la tienne ici redemander
Un cœur indépendant qu'on vient de m'accorder !
O toi qui te crois grand, qui l'es par l'arrogance,
Sors d'un afyle faint, de paix & d'innocence,
Fui ; ceffe de troubler, fi loin de tes Etats,
Des mortels tes égaux qui ne t'offenfent pas.
Tu n'es pas Prince ici.

ATHAMARE.

Ce facré caraƀtère
M'accompagne en tous lieux fans m'être néceffaire.
Si j'avais dit un mot, ardens à me fervir,
Mes foldats à mes pieds auraient fû te punir.
Je defcends jufqu'à toi ; ma dignité t'outrage,
Je la dépofe ici, je n'ai que mon courage ;
C'eft affez, je fuis homme, & ce fer me fuffit
Pour remettre en mes mains le bien qu'on me ravit.
Cède Obéïde, ou meurs, ou m'arrache la vie.

INDATIRE.

Quoi ! nous t'avons en paix reçu dans ma patrie ;
Ton accueil nous flattait : notre fimplicité
N'écoutait que les droits de l'hofpitalité ;
Et tu veux me forcer dans la même journée,
De fouiller par ta mort un fi faint hymenée !

Y iij

ATHAMARE.

Meurs, te dis-je, ou me tuë :... On vient, retire-toi,
Et fi tu n'es un lâche....

INDATIRE.
Ah ! c'en eft trop....

ATHAMARE.

Sui-moi,

Je te fais cet honneur.

(*Il fort.*)

SCENE III.

INDATIRE, HERMODAN, SOZAME, un Scythe.

HERMODAN *à Indatire qui eft près de fortir.*

Vien, ma main paternelle
Te remettra, mon fils, ton époufe fidelle.
Vien, le feftin t'attend.

INDATIRE.
Bientôt je vous fuivrai,
Allez.... O cher objet ! je te mériterai.

(*Il fort.*)

SCENE IV.

HERMODAN, SOZAME, un Scythe.

SOZAME.

Pourquoi ne pas nous fuivre ? il diffère !...

H E R M O D A N.

Ah ! Sozame ,
Cher ami , dans quel trouble il a jetté mon ame !
As-tu vû fur fon front des fignes de fureur ?

S O Z A M E.

Quel en ferait l'objet ?

H E R M O D A N.

Peut-être que mon cœur
Conçoit d'un vain danger la crainte imaginaire ;
Mais fon trouble était grand. Sozame , je fuis père.
Si mes yeux par les ans ne font point affaiblis ,
J'ai cru voir ce Perfan qui menaçait mon fils.

S O Z A M E.

Tu me fais friffonner : ... avançons ; Athamare
Eft capable de tout.

H E R M O D A N.

La faibleffe s'empare
De mes efprits glacés ; & mes fens éperdus
Trahiffent mon courage , & ne me fervent plus....
(*Il s'affied en tremblant fur le banc de gazon.*)
Mon fils ne revient point : ... j'entens un bruit horrible.
(*Au Scythe qui eft auprès de lui.*)
Je fuccombe.... Va , cours , en ce moment terrible ,
Cours , affemble au drapeau nos braves combattans.

L E S C Y T H E.

Raffure-toi , j'y vole , ils font prêts en tout tems.

S O Z A M E *à Hermodan.*

Ranime ta vertu , diffipe tes allarmes.

H E R M O D A N *fe relevant à peine.*

Oui , j'ai pû me tromper. Oui , je renais.

SCENE V.

HERMODAN, SOZAME, ATHAMARE *l'épée à la main*, HIRCAN, Suite.

ATHAMARE.

Aux armes !
Aux armes, compagnons, fuivez-moi, paraiffez.
Où la trouver ?

HERMODAN *effrayé & chancelant.*
Barbare....

SOZAME.
Arrête.

ATHAMARE *à fes Gardes.*
Obéiffez,
De fa retraite indigne enlevez Obéïde,
Courez, dis-je, volez : que ma garde intrépide,
(Si quelque audacieux tentait de vains efforts)
Se faffe un chemin prompt dans la foule des morts.
C'eft toi qui l'as voulu, Sozame inexorable.

SOZAME.
J'ai fait ce que j'ai dû.

HERMODAN.
Va, raviffeur coupable,
Infidèle Perfan, mon fils faura venger
Le déteftable affront dont tu viens nous charger.
Dans ce deffein, Sozame, il nous quittait fans doute.

ATHAMARE.
Indatire ? ton fils ?

HERMO-

HERMODAN.

Oui , lui - même.

ATHAMARE.

Il m'en coûte

D'affliger ta vieilleffe & de percer ton cœur ;
Ton fils eût mérité de fervir ma valeur.

HERMODAN.

Que dis - tu ?

ATHAMARE *à fes foldats.*

Qu'on épargne à ce malheureux père
Le fpeétacle d'un fils mourant dans la pouffière ;
Fermez - lui ce paffage.

HERMODAN.

Achève tes fureurs ,

Achève.... N'ofes - tu ? Quoi ! tu gémis !... je meurs.
Mon fils eft mort , ami ! ...

(*Il tombe fur le banc de gazon.*)

ATHAMARE.

Toi , père d'Obéïde ,

Auteur de tous mes maux , dont l'âpreté rigide ,
Dont le cœur inflexible à ce coup m'a forcé ,
Que je chéris encor quand tu m'as offenfé ,
Il faut dans ce moment la conduire & me fuivre.

SOZAME.

Moi ! ma fille !

ATHAMARE.

En ces lieux il t'eft honteux de vivre.
Atten mon ordre ici.

(*A fes foldats.*)

Vous , marchez avec moi.

SCENE VI.

SOZAME, HERMODAN.

SOZAME *fe courbant vers Hermodan.*

TOus mes malheurs , ami , font retombés fur toi....
Efpère en la vengeance .... il revient .... il foupire ....
Hermodan !

HERMODAN *fe relevant avec peine.*

Mon ami , fais au moins que j'expire
Sur le corps étendu de mon fils expirant !
Que je te doive , ami , cette grace en mourant.
S'il refte quelque force à ta main languiffante ,
Soutien d'un malheureux la marche chancelante ;
Vien , lorfque de mon fils j'aurai fermé les yeux ,
Dans un même fépulcre enferme - nous tous deux.

SOZAME.

Trois amis y feront ; ma douleur te le jure.
Mais déja l'on s'avance , on venge notre injure ,
Nous ne mourrons pas feuls.

HERMODAN.

Je l'efpère ; j'entens
Les tambours , nos clairons , les cris des combattans.
Nos Scythes font armés. ... Dieux , puniffez les crimes !
Dieux ! combattez pour nous , & prenez vos victimes !
Ayez pitié d'un père.

***

S C E N E V I I.

SOZAME, HERMODAN, OBÉIDE.

S o z a m e.

O Ma fille , eft - ce vous ?

H e r m o d a ₂n.

Chère Obéïde .... hélas !

O b é ï d e.

Je tombe à vos genoux.
Dans l'horreur du combat avec peine échappée
A la pointe des dards , au tranchant de l'épée ,
Aux fanguinaires mains de mes fiers raviffeurs ,
Je viens de ces momens augmenter les horreurs.

(*A Hermodan.*)

Ton fils vient d'expirer, j'en fuis la caufe unique.
De mes calamités l'artifan tyrannique
Nous a tous immolés à fes tranfports jaloux ;
Mon malheureux amant a tué mon époux ,
Sous vos yeux , fous les miens , & dans la place même
Où , pour le trifte objet qu'il outrage & qu'il aime ,
Pour d'indignes appas toûjours perfécutés ,
Des flots de fang humain coulent de tous côtés.
On s'acharne , on combat fur le corps d'Indatire ,
On fe difpute encor fes membres qu'on déchire.
Les Scythes , les Perfans l'un par l'autre égorgés ,
Sont vainqueurs & vaincus , & tous meurent vengés.

(*A tous deux.*)

Où voulez - vous aller , & fans force & fans armes ?

Z ij

On aurait peu d'égards à votre âge , à vos larmes.
J'ignore du combat quel fera le deftin ;
Mais je mets fans trembler mon fort en votre main.
Si le Scythe fur moi veut affouvir fa rage ,
Il le peut , je l'attens , je demeure en ôtage.

HERMODAN.

Ah ! j'ai perdu mon fils , tu me reftes du moins.
Tu me tiens lieu de tout.

SOZAME.

Ce jour veut d'autres foins.
Armons - nous , de notre âge oublions la faibleffe.
Si les fens épuifés manquent à la vieilleffe ,
Le courage demeure , & c'eft dans un combat
Qu'un vieillard comme moi doit tomber en foldat.

HERMODAN.

On nous apporte encor de fatales nouvelles.

SCENE VIII.

SOZAME, HERMODAN, OBÉIDE,
le Scythe qui a déja paru.

LE SCYTHE.

ENfin nous l'emportons.

HERMODAN.

Déités immortelles !
Mon fils ferait vengé ! n'eft - ce point une erreur ?

LE SCYTHE.

Le ciel nous rend juftice , & le Scythe eft vainqueur.
Tout l'art que les Perfans ont mis dans le carnage ,

Leur grand art de la guerre enfin cède au courage ;
Nous avons manqué d'ordre , & non pas de vertu.
Sur nos frères mourans nous avons combattu.
La moitié des Perfans à la mort eft livrée.
L'autre qui fe retire, eft partout entourée
Dans la fombre épaiffeur de ces profonds taillis ,
Où bientôt , fans retour , ils feront affaillis.

HERMODAN.

De mon malheureux fils le meurtrier barbare
Serait - il échappé ?

LE SCYTHE.

Qui ? ce fier Athamare ?
Sur nos Scythes mourans qu'a fait tomber fa main ,
Epuifé , fans fecours , enveloppé foudain ,
Il eft couvert de fang , il eft chargé de chaines.

OBÉIDE.

Lui !

SOZAME.

Je l'avais prévu.... Puiffances fouveraines ,
Princes audacieux , quel exemple pour vous !

HERMODAN.

De ce cruel enfin nous ferons vengés tous.
Nos loix , nos juftes loix feront exécutées.

OBÉIDE.

Ciel !... Quelles font ces loix ?

HERMODAN.

Les Dieux les ont diftées.

SOZAME (*à part.*)

O comble de douleur & de nouveaux ennuis !

OBÉIDE.

Mais enfin , les Perfans ne font pas tous détruits.

Z iij

On verrait Ecbatane en fecourant fon maître,
Du poids de fa grandeur vous accabler peut-être.
HERMODAN.
Ne crain rien.... Toi jeune homme, & vous braves guerriers,
Préparez votre autel entouré de lauriers.

OBÉÏDE.
Mon père !....

HERMODAN.
Il faut hâter ce jufte facrifice.
Mânes de mon cher fils ! que ton ombre en jouïffe !
Et toi qui fus l'objet de fes chaftes amours,
Qui fus ma fille chère & le feras toûjours,
Qui de ta piété filiale & fincère
N'as jamais altéré le facré caractère,
C'eft à toi de remplir ce qu'une auftère loi
Attend de mon pays & demande de toi.

(*Il fort.*)

OBÉÏDE.
Qu'a-t-il dit ? que veut-on de cette infortunée ?
Ah ! mon père., en quels lieux m'avez-vous amenée ?
SOZAME.
Pourrai-je t'expliquer ce myftère odieux ?
OBÉÏDE.
Je n'ofe le prévoir :.... je détourne les yeux.
SOZAME.
Je frémis comme toi, je ne puis m'en défendre.
OBÉÏDE.
Ah ! laiffez-moi mourir, Seigneur, fans vous entendre !

Fin du quatriéme acte.

ACTE V.

S C E N E   P R E M I E R E.

OBÉIDE , SOZAME , HERMODAN , troupe
de Scythes armés de javelots. (*On apporte un autel couvert d'un crêpe & entouré de lauriers. Un Scythe met un
glaive fur l'autel.*)

OBÉIDE (*entre Sozame & Hermodan.*)

Vous vous taifez tous deux : craignez - vous de me dire
Ce qu'à mes fens glacés votre loi doit prefcrire ?
Quel eft cet appareil terrible & folemnel ?

SOZAME.

Ma fille.... il faut parler.... voici le même autel
Que le foleil naiffant vit dans cette journée ,
Orné de fleurs par moi pour ton faint hymenée ,
Et voit d'un crêpe affreux couvert à fon couchant.

HERMODAN.

As - tu chéri mon fils ?

OBÉIDE.

Un vertueux penchant ,
Mon amitié pour toi , mon refpeçt pour Sozame ,
Et mon devoir fur - tout , fouverain de mon ame ,
M'ont rendu cher ton fils : ... mon fort fuivait fon fort ;
J'honore fa mémoire , & j'ai pleuré fa mort.

HERMODAN.

L'inviolable loi qui régit ma patrie ,

Veut que de fon époux une femme chérie,
Ait le fuprême honneur de lui facrifier,
En préfence des Dieux, le fang du meurtrier;
Que l'autel de l'hymen foit l'autel des vengeances;
Que du glaive facré qui punit les offenfes,
Elle arme fa main pure, & traverfe le cœur,
Le cœur du criminel qui ravit fon bonheur.

OBÉÏDE.

Moi vous venger?.. fur qui!.. de quel fang!.. ah mon père!

HERMODAN.

Le ciel t'a réfervé ce fanglant miniftère.

UN SCYTHE.

C'eft ta gloire & la notre.

SOZAME.

Il me faut révérer
Les loix que vos ayeux ont voulu confacrer;
Mais le danger les fuit: les Perfans font à craindre;
Vous allumez la guerre, & ne pourrez l'éteindre.

LE SCYTHE.

Ces Perfans que du moins nous croyons égaler,
Par ce terrible exemple apprendront à trembler.

HERMODAN.

Ma fille, il n'eft plus tems de garder le filence;
Le fang d'un époux crie; & ton délai l'offenfe.

OBÉÏDE.

Je dois donc vous parler.... Peuple, écoutez ma voix,
Je pourrais alléguer, fans offenfer vos loix,
Que je nâquis en Perfe, & que ces loix févères
Sont faites pour vous feuls, & me font étrangères.
Qu'Athamare eft trop grand pour être un affaffin;
Et que fi mon époux eft tombé fous fa main,

Son

Son rival oppofa fans aucun avantage
Le glaive feul au glaive , & l'audace au courage ;
Que de deux combattans d'une égale valeur
L'un tue & l'autre expire avec le même honneur.
Peuples qui connaiffez le prix de la vaillance ,
Vous aimez la juftice ainfi que la vengeance ;
Commandez , mais jugez : voyez fi c'eft à moi
D'immoler un guerrier qui dut être mon Roi.

LE SCYTHE.

Si tu n'ofes frapper , fi ta main trop timide
Héfite à nous donner le fang de l'homicide ,
Tu connais ton devoir, nos mœurs & notre loi.
Tremble.

OBÉÏDE.

Et fi je demeure incapable d'effroi ,
Si votre loi m'indigne , & fi je vous refufe ?

HERMODAN.

L'hymen t'a fait ma fille , & tu n'as point d'excufe ;
Il n'en mourra pas moins , tu vivras fans honneur.

LE SCYTHE.

Du plus cruel fupplice il fubira l'horreur.

HERMODAN.

Mon fils attend de toi cette grande victime.

LE SCYTHE.

Crain d'ofer rejetter un droit fi légitime.

OBÉÏDE (*après quelques pas & un long filence.*)
Je l'accepte.

SOZAME.

Ah ! grands Dieux !

LE SCYTHE.

Devant les Immortels

Tom. VI. *& du Théâtre le quatriéme.*   Aa

En fais-tu le ferment ?

O B É ï D E.

Je le jure, cruels :

Je le jure, Hermodan. Tu demandes vengeance,
Sois-en fûr, tu l'auras : ... mais que de ma préfence
On ait foin de tenir le captif écarté,
Jufqu'au moment fatal par mon ordre arrêté.
Qu'on me laiffe en ces lieux m'expliquer à mon père ;
Et vous verrez après ce qui vous refte à faire.

L E S c Y T H E (*après avoir regardé tous fes compagnons.*)

Nous y confentons tous.

H E R M O D A N.

La veuve de mon fils

Se déclare foumife aux loix de mon pays ;
Et ma douleur profonde eft un peu foulagée,
Si par fes nobles mains cette mort eft vengée.
Amis, retirons-nous.

O B É ï D E.

A ces autels fanglans

Je vous rappellerai quand il en fera tems.

S C E N E I I.

S O Z A M E, O B É I D E.

O B É ï D E.

EH bien, qu'ordonnez-vous ?

S O Z A M E.

Il fut un tems peut-être

Où le plaifir affreux de me venger d'un maître

Dans le cœur d'Athamare aurait conduit ta main ;
De fon monarque ingrat, j'aurais percé le fein ;
Il le méritait trop. Ma vengeance laffée
Contre les malheureux ne peut être exercée ;
Tous mes reffentimens font changés en regrets.

OBÉÏDE.

Avez-vous bien connu mes fentimens fecrets ?
Dans le fond de mon cœur avez-vous daigné lire ?

SOZAME.

Mes yeux t'ont vû pleurer fur le fang d'Indatire ;
Mais je pleure fur toi dans ce moment cruel.
J'abhorre tes fermens.

OBÉÏDE.
Vous voyez cet autel,
Ce glaive dont ma main doit frapper Athamare ;
Vous favez quels tourmens un refus lui prépare.
Après ce coup terrible, ... & qu'il me faut porter,
Parlez : ... fur fon tombeau voulez-vous habiter ?

SOZAME.

J'y veux mourir.

OBÉÏDE.
Vivez, ayez-en le courage.
Les Perfans, difiez-vous, vengeront leur outrage.
Les enfans d'Ecbatane, en ces lieux déteftés,
Defcendront du Taurus à pas précipités.
Les groffiers habitans de ces climats horribles
Sont cruels, il eft vrai, mais non pas invincibles.
A ces tigres armés voulez-vous annoncer
Qu'au fond de leur repaire on pourrait les forcer ?

SOZAME.

On en parle déja ; les efprits les plus fages

Voudraient de leur patrie écarter ces orages.

O B É ï D E.

Achevez donc , Seigneur , de les perſuader :
Qu'ils méritent le ſang qu'ils oſent demander :
Et tandis que ce ſang de l'offrande immolée
Baignera ſous vos yeux leur féroce aſſemblée ,
Que tous nos citoyens ſoient mis en liberté ,
Et repaſſent les monts ſur la foi d'un traité.

S O Z A M E.

Je l'obtiendrai , ma fille , & j'oſe t'en répondre.
Mais ce traité ſanglant ne ſert qu'à nous confondre.
De quoi t'auront ſervi ta prière & mes ſoins ?
Athamare à l'autel en périra - t - il moins ?
Les Perſans ne viendront que pour venger ſa cendre ,
Ce ſang de tant de Rois que ta main va répandre ,
Ce ſang que j'ai haï , mais que j'ai révéré ,
Qui coupable envers nous n'en eſt pas moins ſacré.

O B É ï D E.

Il l'eſt :... mais je ſuis Scythe,... & le fus pour vous plaire.
Le climat quelquefois change le caractère.

S O Z A M E.

Ma fille !

O B É ï D E.

C'eſt aſſez , Seigneur , j'ai tout prévu.
J'ai peſé mes deſtins , & tout eſt réſolu.
Une invincible loi me tient ſous ſon empire.
La victime eſt promiſe au père d'Indatire ;
Je tiendrai ma parole : ... allez , il vous attend ;
Qu'il me garde la ſienne , ... il ſera trop content.

S O Z A M E.

Tu me glaces d'horreur.

O BÉÏDE.

Allez , je la partage.
Seigneur , le tems eſt cher , achevez votre ouvrage.
Laiſſez - moi m'affermir : mais ſurtout obtenez
Un traité néceſſaire à ces infortunés.
Vous prétendez qu'au moins ce peuple impitoyable
Sait garder une foi toûjours inviolable.
Je vous en crois :... le reſte eſt dans la main des Dieux.

S O Z A M E.

Ils ne préſagent rien qui ne ſoit odieux :
Tout eſt horrible ici. Ma faible voix encore
Tentera d'écarter ce que mon cœur abhorre.
Mais après tant de maux , mon courage eſt vaincu.
Quoi qu'il puiſſe arriver , ton père a trop vécu.

S C E N E I I I.

O B É I D E *ſeule.*

AH ! c'eſt trop étouffer la fureur qui m'agite.
Tant de ménagement me déchire & m'irrite ;
Mon malheur vint toûjours de me trop captiver
Sous d'inhumaines loix que j'aurais dû braver.
Je mis un trop haut prix à l'eſtime , au reproche ;
Je fus eſclave aſſez :... ma liberté s'approche.

SCENE IV.

OBÉIDE, SULMA.

OBÉIDE.

ENfin je te revois.

SULMA.

Grands Dieux ! que j'ai tremblé ,
Lorfque difparaiffant à mon œil défolé ,
Vous avez traverfé cette foule fanglante !
Vous affrontiez la mort de tous côtés préfente ;
Des flots de fang humain roulaient entre nous deux.
Quel jour ! quel hyménée ! & quel fort rigoureux !

OBÉIDE.

Tu verras un fpectacle encor plus effroyable.

SULMA.

Ciel ! on m'aurait dit vrai ! ... quoi ! votre main coupable
Immolerait l'amant que vous avez aimé ,
Pour fatisfaire un peuple à fa perte animé !

OBÉIDE.

Moi ! Complaire à ce peuple , aux monftres de Scythie ,
A ces brutes humains paîtris de barbarie ,
A ces ames de fer , & dont la dureté
Paffa longtems chez nous pour noble fermeté ,
Dont on chérit de loin l'égalité paifible ,
Et chez qui je ne vois qu'un orgueil inflexible ,
Une atrocité morne , & qui fans s'émouvoir ,
Croit dans le fang humain fe baigner par devoir ! ...
J'ai fui pour ces ingrats la cour la plus augufte ,

Un peuple doux , poli , quelquefois trop injufte ,
Mais généreux , fenfible , & fi prompt à fortir
De fes iniquités par un beau repentir !
Qui ? moi ! complaire au Scythe ! ... O nations ! ô terre !
O Rois qu'il outragea , Dieux maîtres du tonnerre !
Dieux , témoins de l'horreur où l'on m'ofe entraîner !
Uniffez-vous à moi , mais pour l'exterminer.
Puiffe leur liberté , préparant leur ruine ,
Allumant la difcorde & la guerre inteftine ,
Acharnant les époux , les pères , les enfans ,
L'un fur l'autre entaffés , l'un par l'autre expirans ,
Sous des monceaux de morts avec eux difparaître !
Que le refte en tremblant rugiffe aux pieds d'un maître !
Que rampant dans la poudre au bord de leur cercueil ,
Pour être mieux punis ils gardent leur orgueil !
Et qu'en mordant le frein du plus lâche efclavage ,
Ils vivent dans l'opprobre , & meurent dans la rage !
Où vais-je m'emporter ! vains regrets ! vains éclats !
Les imprécations ne nous fécourent pas.
C'eft moi qui fuis efclave , & qui fuis affervie
Aux plus durs des tyrans abhorrés dans l'Afie.

SULMA.

Vous n'êtes point réduite à la néceffité
De fervir d'inftrument à leur férocité.

OBÉÏDE.

Si j'avais refufé ce miniftère horrible ,
Athamare expirait d'une mort plus terrible.

SULMA.

Mais cet amour fecret qui vous parle pour lui ?

OBÉÏDE.

Il m'a parlé toûjours ; & s'il faut aujourd'hui

Expofer à tes yeux l'effroyable étenduë,
La hauteur de l'abîme où je fuis defcenduë,
J'adorais Athamare avant de le revoir.
Il ne vient que pour moi plein d'amour & d'efpoir ;
Pour prix d'un feul regard il m'offre un diadême ;
Il met tout à mes pieds : & tandis que moi - même
J'aurais voulu , Sulma , mettre le monde aux fiens ,
Quand l'excès de fes feux n'égale pas les miens ,
Lorfque je l'idolâtre , il faudra qu'Obéïde
Plonge au fein d'Athamare un couteau parricide !

S u l m a.

C'eft un crime fi grand , que ces Scythes cruels ,
Qui du fang des humains arrofent les autels ,
S'ils connaiffaient l'amour qui vous a confumée ,
Eux - même arrêteraient la main qu'ils ont armée.

O b é ï d e.

Non , ils la conduiraient dans ce cœur adoré ,
Ils l'y tiendraient fanglante , & du glaive facré
Ils tourneraient l'acier enfoncé dans fes veines.

S u l m a.

Se peut - il ! ...

O b é ï d e.

      Telles font leurs ames inhumaines ;
Tel eft l'homme fauvage à lui - même laiffé ;
Il eft fimple , il eft bon , s'il n'eft point offenfé :
Sa vengeance eft fans borne.

S u l m a.

           Et ce malheureux père
Qui creufa fous vos pas ce gouffre de mifère ,
Au père d'Indatire uni par l'amitié ,
Confulté des vieillards , avec eux fi lié ,

Peut-

Peut-il bien feulement fupporter qu'on propofe
L'horrible extrémité dont lui-même eft la caufe ?

O B É Ï D E.

Il fait beaucoup pour moi. J'ofe même efpérer,
Des douleurs dont j'ai vû fon cœur fe déchirer,
Que fes pleurs obtiendront de ce Sénat agrefte
Des adouciffemens à leur arrêt funefte.

S U L M A.

Ah ! vous rendez la vie à mes fens effrayés.
Je vous haïrais trop fi vous obéïffiez.
Le ciel ne verra point ce fanglant facrifice.

O B É Ï D E.

Sulma ! . . .

S U L M A.

Vous frémiffez.

O B É Ï D E.

Il faut qu'il s'accompliffe.

S C E N E V.

OBÉIDE, SULMA, SOZAME, HERMODAN,
Scythes armés, *rangés au fond en demi-cercle, près de*
l'autel.

S O Z A M E.

MA fille, hélas, du moins nos Perfans affiégés,
Des piéges de la mort feront tous dégagés.

H E R M O D A N.

Des mânes de mon fils la victime attenduë
Suffit à ma vengeance autant qu'elle m'eft duë.

(*à Obéïde.*)

De ce peuple, croi-moi, l'inflexible équité

Tom. V I. & *du Théâtre le quatriéme.* B b

Sait joindre la clémence à la févérité.

UN SCYTHE.

Et la loi des fermens eft une loi fuprême,
Auffi chère à nos cœurs que la vengeance même.

OBÉIDE.

C'eft affez ; je vous crois. Vous avez donc juré
Que de tous les Perfans le fang fera facré,
Si - tôt que cette main remplira vos vengeances.

HERMODAN.

Tous feront épargnés. Les céleftes puiffances
N'ont jamais vû de Scythe ofer trahir fa foi.

OBÉIDE.

Qu'Athamare à préfent paraiffe devant moi.

(*On amène Athamare enchaîné : Obéïde fe place entre lui
& Hermodan.*)

HERMODAN.

Qu'on le traîne à l'autel.

SULMA.

Ah ! Dieux !

ATHAMARE.

Chère Obéïde !

Pren ce fer, ne crain rien : que ton bras homicide
Frappe un cœur à toi feule en tout tems réfervé :
On y verra ton nom, c'eft - là qu'il eft gravé.
De tous mes compagnons tu conferves la vie ;
Tu me donnes la mort ; c'eft toute mon envie.
Graces aux immortels tous mes vœux font remplis ;
Je meurs pour Obéïde, & meurs pour mon pays.
Raffure cette main qui tremble à mon approche ;
Ne crain en m'immolant que le jufte reproche
Que les Scythes feraient à ta timidité,

S'ils voyaient ce que j'aime agir fans fermeté,
Si ta main, fi tes yeux, fi ton cœur qui s'égare,
S'effrayaient un moment en frappant Athamare.

SOZAME.

Ah, ma fille!...

SULMA.

Ah! Madame!...

OBÉIDE.

O Scythes inhumains!
Connaiffez dans quel fang vous enfoncez mes mains.
Athamare eft mon Prince; il eft plus,... je l'adore,
Je l'aimai feul au monde,... & ce moment encore
Porte au plus grand excès dans ce cœur enyvré
L'amour, le tendre amour dont il fut dévoré.

ATHAMARE.

Je meurs heureux.

OBÉIDE.

L'hymen, cet hymen que j'abjure
Dans un fang criminel doit laver fon injure....
(Levant le glaive entre elle & Athamare.)
Vous jurez d'épargner tous mes concitoyens :...
Il l'eft ;... fauvez fes jours,... l'amour finit les miens.
(Elle fe frappe.)
Vi, mon cher Athamare, en mourant je l'ordonne.
(Elle tombe à mi - corps fur l'autel.)

HERMODAN.

Obéide!

SOZAME.

O mon fang!

ATHAMARE.

La force m'abandonne,

Bb ij

Mais il m'en reſte aſſez pour me rejoindre à toi,
Chère Obéide !

(*il veut ſaiſir le fer.*)

LE SCYTHE.

Arrête, & reſpecte la loi.
Ce fer ferait ſouillé par des mains étrangères.

(*Athamare tombe ſur l'autel.*)

HERMODAN.

Dieux ! vîtes-vous jamais deux plus malheureux pères ?

ATHAMARE.

Dieux ! de tous mes tourmens tranchez l'horrible cours.

SOZAME.

Tu dois vivre, Athamare, & j'ai payé tes jours.
Auteur infortuné des maux de ma famille,
Enſeveli du moins le père avec la fille.
Va, règne, malheureux !

HERMODAN.

Soumettons-nous au ſort :

Soumettons-nous au ciel arbitre de la mort....
Nous ſommes trop vengés par un tel ſacrifice.
Scythes, que la pitié ſuccède à la juſtice.

Fin du cinquiéme & dernier acte.

AVIS AU LECTEUR.

L'Auteur est obligé d'avertir que la plûpart de ses tragédies imprimées tant dans les Provinces du Royaume,
que dans les pays Etrangers, ne font point du tout confor-
mes à l'original.

. Dans la tragédie d'*Oreste*, la pièce finit par ces deux vers
de *Pilade* :

> Que l'amitié triomphe en tous tems, en tous lieux,
>
> Des malheurs des mortels & des *crimes* des Dieux.

Ce blasphême est d'autant plus ridicule dans la bouche de
Pilade, que c'est un personnage religieux qui a toujours recommandé à son ami *Oreste* d'obéir aveuglément aux ordres
de la Divinité. Dans toutes les autres éditions on lit : *Et du
couroux des Dieux.*

On ne conçoit pas comment, dans la même tragédie,
l'éditeur a pu imprimer (pag. 237.)

> Je la mets dans vos fers, elle va vous servir.
>
> C'est m'acquitter vers vous bien moins que la punir.
>
> Vous laissez cette cendre à mon juste couroux, &c.

Qui jamais a pu imaginer de mettre ainsi quatre rimes
masculines de suite, & de violer si grossièrement les premières règles de la poësie Française ? Il y a plus encore. Le
sens est perverti. Il y a six vers nécessaires d'oubliés. Il se
peut qu'un comédien, pour avoir plutôt fait, ait écourté &
gâté son rôle. Un libraire ignorant achète une mauvaise co-
pie du souffleur de la comédie ; &, au lieu de suivre l'édition
de Genève, qui est fidèle, il imprime un ouvrage entièrement
méconnaissable.

B b iij

La même sottise se trouve dans la tragédie de *Brutus*, page 282.

> Je plains tant de vertus , tant d'amoru & de charmes.
> Un cœur tel que le sien méritait d'être à vous.
> Abominables loix que la cruelle impose !

Peut-on préfenter aux lecteurs un pareil galimathias, & voler ainfi leur argent? Il y a ici trois vers d'oubliés. Telle eft la négligence de quelques libraires. Ils n'ont ni affez d'intelligence pour comprendre ce qu'ils impriment , ni affez d'honnêteté pour payer un correcteur d'imprimerie. Pourvu qu'ils vendent leur marchandife , ils font contens. Mais bientôt leur mauvaife conduite eft découverte, & leurs miférables éditions décriées reftent dans leurs boutiques pour leur ruine.

Tancrède eft imprimé beaucoup plus infidèlement. L'auteur eft obligé de déclarer qu'il y a dans cette pièce beaucoup de vers qu'il n'a jamais ni faits, ni pu faire, comme ceux-ci par exemple :

> Voyant tomber leur chef , les Maures *furieux*
> L'ont accablé de traits, dans *leur rage cruelle.*

* L'*Orphelin de la Chine* n'eft pas moins défiguré. On ne trouve point , dans ces éditions furtives , ces vers que dit *Gengis-Kan* :

> Gardez de mutiler tous ces grands monumens,
> Ces prodiges des arts confacrés par les tems :
> Refpectez-les ; ils font le prix de mon courage.
> Qu'on ceffe de livrer aux flammes, au pillage ,
> Ces archives des loix , ce long amas d'écrits,
> Tous ces fruits du génie , objets de vos mépris.
> Si l'erreur les dicta, cette erreur m'eft utile ;
> Elle occupe ce peuple , & le rend plus docile.

---

* Ceci a déja été remarqué dans l'Avertiffement qui eft à la tête du premier volume du Théâtre.

Ce difcours eft très-convenable dans la bouche d'un Prince fage, qui parle à des Tartares ennemis des loix & de la fcience. Voici ce que l'éditeur a mis à la place :

> Ceffez de mutiler tous ces grands monumens
> Echappés aux *fureurs des flammes , du pillage.*

Toute la fin de la Tragédie de *Zulime* eft ridiculement altérée. Une fille qui a trahi , outragé , attaqué fon père , qui fent tous fes crimes , & qui s'en punit , à qui fon père pardonne , & qui s'écrie dans fon défefpoir, *J'en fuis indigne ,* doit faire un grand effet ! On a tronqué & altéré cette fin, & on finit la pièce par une phrafe qui n'eft pas même achevée. Les vers impertinens qu'on a mis dans *Olimpie,* font dignes d'une telle édition. En voici un qui me tombe fous la main.

> Ne vien point, malheur ux, par différens efforts.

En un mot, l'auteur doit, pour l'honneur de l'art, encore plus que pour fa propre juftification, précautionner le lecteur contre toutes ces éditions, qui ne font qu'un tiffu de fautes & de falfifications. Il n'eft pas permis de s'emparer des ouvrages d'un homme, de fon vivant, pour les rendre ridicules. On a pris à tâche de gâter les expreffions, de fubftituer des liaifons à des fcènes plus impertinemment tronquées. Cette manœuvre a été pouffée à un tel excès, que les comédiens de Province eux-mêmes, révoltés contre la licence & le mauvais goût qui défiguraient la tragédie d'*Olimpie,* n'ont jamais voulu la jouer comme on l'a repréfentée à Paris.

Ce n'eft pas affez d'être parvenu à corrompre prefque tous les ouvrages qu'un homme a compofés pendant plus de cinquante années : tantôt on publie fous fon nom de prétendues *lettres fecrettes ;* tantôt ce font des lettres à fes *amis du Parnaffe ,* qu'on fabrique en Hollande ou dans Avignon ; & puis c'eft fon *porte f uille retrouvé ,* que perfonne ne voudrait ramaffer. *Granger* le libraire met fon nom hardiment à un tome de Mélanges ; un ex-jéfuite lui attribue des livres ridicules, & écrit contre ces livres un libelle beaucoup plus ridicule

encore; & tout cela fe vend à des provinciaux & à des étrangers, qui croient acheter ce qu'il y a de plus intéreffant dans
la littérature Françaife. Il eft vrai que toutes ces impertinen-
ces tombent & meurent, comme des infectes éphémères. Mais
ces infectes fe reproduifent toutes les années. Rien n'eft plus
aifé à faire qu'un mauvais livre, fi ce n'eft une mauvaife critique. La baffe littérature inonde une partie de l'Europe. Le
goût fe corrompt tous les jours. Il en eft à-peu-près de l'art
d'écrire, comme de celui de la déclamation. Il y a plus de
fix-cents comédiens Français répandus dans l'Europe, & à
peine deux ou trois qui aient reçu de la nature les dons néceffaires, & qui aient pû approfondir leur art. Combien
avons-nous d'écrivains qui à peine favent leur langue, &
qui commencent par dire leur avis fur les arts qu'ils n'ont
jamais pratiqués, fur l'agriculture fans avoir poffédé un champ,
fur le miniftère fans être jamais entrés dans le bureau d'un
commis, fur l'art de gouverner fans avoir pû feulement gouverner leur fervante! Combien s'érigent en critiques, qui
n'ont jamais pû produire d'eux-mêmes un ouvrage fupportable, qui parlent de poëfie, & qui ne favent pas feulement
la mefure d'un vers! Combien enfin deviennent calomniateurs
de profeffion, pour avoir du pain, & vendent des injures à
tant la feuille!

L'IN-

L'INDISCRET,

COMÉDIE.

Repréſentée pour la première fois au mois d'Août 1725.

A MADAME LA MARQUISE
DE PRIE.

VOus, qui poſſédez la beauté,
Sans être vaine ni coquette,
Et l'extrême vivacité,
Sans être jamais indiſcrette :
Vous, à qui donnèrent les Dieux
Tant de lumières naturelles,
Un eſprit juſte, gracieux,
Solide dans le ſérieux,
Et charmant dans les bagatelles ;
Souffrez, qu'on préſente à vos yeux
L'avanture d'un téméraire,
Qui perd ce qu'il aime le mieux,
Pour s'être vanté de trop plaire.

Si l'héroïne de la pièce,
DE PRIE, eût eu votre beauté,
On excuſerait la faibleſſe
Qu'il eut de s'être un peu vanté.
Quel amant ne ſerait tenté
De parler de telle maîtreſſe,
Par un excès de vanité,
Ou par un excès de tendreſſe ?

ACTEURS.

EUPHEMIE.

DAMIS.

HORTENSE.

TRASIMON.

CLITANDRE.

NÉRINE.

PASQUIN.

Plusieurs laquais de Damis.

L'INDISCRET,

COMÉDIE.

SCENE PREMIERE.

EUPHEMIE, DAMIS.

EUPHEMIE.

N'Attendez pas , mon fils , qu'avec un ton févère
Je déploye à vos yeux l'autorité de mère.
Toûjours prête à me rendre à vos juftes raifons ,
Je vous donne un confeil, & non pas des leçons.
C'eft mon cœur qui vous parle , & mon expérience
Fait que ce cœur pour vous fe trouble par avance.
Depuis deux mois au plus vous êtes à la cour ;
Vous ne connaiffez pas ce dangereux féjour.
Sur un nouveau venu le courtifan perfide
Avec malignité jette un regard avide,
Pénètre fes défauts , & dès le premier jour,
Sans pitié le condamne , & même fans retour.
Craignez de ces meffieurs la malice profonde.
Le premier pas, mon fils , que l'on fait dans le monde ,
Eft celui dont dépend le refte de nos jours.
Ridicule une fois , on vous le croit toûjours.
L'impreffion demeure. En vain croiffant en âge ,
On change de conduite , on prend un air plus fage.

On fouffre encor longtems de ce vieux préjugé :
On eft fufpeét encor , lorfqu'on eft corrigé ;
Et j'ai vû quelquefois payer dans la vieilleffe
Le tribut des défauts qu'on eut dans la jeuneffe.
Connaiffez donc le monde , & fongez qu'aujourd'hui
Il faut que vous viviez pour vous moins que pour lui.

D A M I S.

Je ne fais où peut tendre un fi long préambule.

E U P H E M I E.

Je vois qu'il vous paraît injufte & ridicule.
Vous méprifez des foins pour vous bien importans ;
Vous m'en croirez un jour , il n'en fera plus tems.
Vous êtes indifcret. Ma trop longue indulgence
Pardonna ce défaut au feu de votre enfance ;
Dans un âge plus mûr il caufe ma frayeur.
Vous avez des talens, de l'efprit & du cœur ;
Mais croyez qu'en ce lieu tout rempli d'injuftices
Il n'eft point de vertu qui rachète les vices ;
Qu'on cite nos défauts en toute occafion ,
Que le pire de tous eft l'indifcrétion ;
Et qu'à la cour , mon fils , l'art le plus néceffaire
N'eft pas de bien parler , mais de favoir fe taire.
Ce n'eft pas en ce lieu , que la fociété
Permet ces entretiens remplis de liberté.
Le plus fouvent ici l'on parle fans rien dire ;
Et les plus ennuyeux favent s'y mieux conduire.
Je connais cette cour ; on peut fort la blâmer ;
Mais lorfqu'on y demeure , il faut s'y conformer.
Pour les femmes furtout , plein d'un égard extrême,
Parlez-en rarement , encor moins de vous-même.
Paraiffez ignorer ce qu'on fait , ce qu'on dit ;

Cachez vos fentimens , & même votre efprit :
Surtout de vos fecrets foyez toûjours le maître :
Qui dit celui d'autrui doit paffer pour un traître ;
Qui dit le fien , mon fils , paffe ici pour un fot ;
Qu'avez-vous à répondre à cela ?

DAMIS.

Pas le mot.

Je fuis de votre avis : je hais le caractère
De quiconque n'a pas le pouvoir de fe taire ;
Ce n'eft pas là mon vice ; & loin d'être entiché
Du défaut qui par vous m'eft ici reproché ,
Je vous avoüe enfin , madame , en confidence ,
Qu'avec vous trop longtems j'ai gardé le filence ,
Sur un fait dont pourtant j'aurais dû vous parler ;
Mais fouvent dans la vie il faut diffimuler.
Je fuis amant aimé d'une veuve adorable ,
Jeune , charmante , riche , auffi fage qu'aimable ;
C'eft Hortenfe. A ce nom , jugez de mon bonheur ,
Jugez , s'il était fû , de la vive douleur
De tous nos courtifans qui foupirent pour elle.
Nous leur cachons à tous notre ardeur mutuelle.
L'amour depuis deux jours a ferré ce lien ,
Depuis deux jours entiers : & vous n'en favez rien.

EUPHEMIE.

Mais j'étais à Paris depuis deux jours.

DAMIS.

Madame ,

On n'a jamais brûlé d'une fi belle flamme.
Plus l'aveu vous en plaît , plus mon cœur eft content ,
Et mon bonheur s'augmente en vous le racontant.

EUPHEMIE.

Je fuis sûre , Damis , que cette confidence
Vient de votre amitié , non de votre imprudence.

DAMIS.

En doutez-vous ?

EUPHEMIE.

Eh ! eh ! ... mais enfin , entre nous ,
Songez au vrai bonheur , qui vient s'offrir à vous :
Hortenfe a des appas ; mais de plus cette Hortenfe
Eft le meilleur parti , qui foit pour vous en France.

DAMIS.

Je le fais.

EUPHEMIE.

D'elle feule elle reçoit des loix ,
Et le don de fa main dépendra de fon choix.

DAMIS.

Et tant mieux.

EUPHEMIE.

Vous faurez flatter fon caractère ,
Ménager fon efprit.

DAMIS.

Je fais mieux ; je fais plaire.

EUPHEMIE.

C'eft bien dit ; mais , Damis , elle fuit les éclats ,
Et les airs trop bruyans ne l'accommodent pas.
Elle peut , comme une autre , avoir quelque faibleffe ;
Mais jufques dans fes goûts elle a de la fageffe ,
Craint furtout de fe voir en fpectacle à la cour ,
Et d'être le fujet de l'hiftoire du jour.
Le fecret , le myftère eft tout ce qui la flatte.

DAMIS.

Il faudra bien pourtant qu'enfin la chofe éclatte.

EUPHE-

EUPHEMIE.

Mais près d'elle, en un mot, quel fort vous a produit ?
Nul jeune homme jamais n'eft chez elle introduit.
Elle fuit avec foin, en perfonne prudente,
De nos jeunes feigneurs la cohuë éclatante.

DAMIS.

Ma foi chez elle encor je ne fuis point reçu ;
Je l'ai longtems lorgnée, & grace au ciel, j'ai plu.
D'abord elle rendit mes billets fans les lire ;
Bientôt elle les lut, & daigne enfin m'écrire.
Depuis près de deux jours je goûte un doux efpoir,
Et je dois, en un mot, l'entretenir ce foir.

EUPHEMIE.

Eh bien, je veux auffi l'aller trouver moi-même.
La mère d'un amant qui nous plaît, qui nous aime,
Eft toûjours, que je crois, reçûe avec plaifir.
De vous adroitement je veux l'entretenir,
Et difpofer fon cœur à preffer l'hyménée,
Qui fera le bonheur de votre deftinée.
Obtenez au plutôt & fa main & fa foi ;
Je vous y fervirai ; mais n'en parlez qu'à moi.

DAMIS.

Non, il n'eft point ailleurs, Madame, je vous jure,
Une mère plus tendre, une amitié plus pure.
A vous plaire à jamais je borne tous mes vœux.

EUPHEMIE.

Soyez heureux, mon fils, c'eft tout ce que je veux.

S C E N E II.

D A M I S *seul.*

MA mère n'a point tort ; je sais bien, qu'en ce monde
Il faut, pour réussir, une adresse profonde.
Hors dix ou douze amis, à qui je puis parler,
Avec toute la cour je vais dissimuler.
Çà, pour mieux essayer cette prudence extrême,
De nos secrets ici ne parlons qu'à nous-même.
Examinons un peu sans témoins, sans jaloux,
Tout ce que la fortune a prodigué pour nous.
Je hais la vanité ; mais ce n'est point un vice
De savoir se connaître, & se rendre justice.
On n'est pas sans esprit, on plaît, on a, je croi,
Aux petits cabinets l'air de l'ami du Roi.
Il faut bien s'avouer que l'on est fait à peindre ;
On danse, on chante, on boit, on sait parler & feindre.
Colonel à treize ans, je pense avec raison,
Que l'on peut à trente ans m'honorer d'un bâton.
Heureux en ce moment, heureux en espérance,
Je garderai Julie, & vais avoir Hortense.
Possesseur une fois de toutes ses beautés,
Je lui ferai par jour vingt infidélités ;
Mais sans troubler en rien la douceur du ménage ;
Sans être soupçonné, sans paraître volage ;
Et mangeant en six mois la moitié de son bien,
J'aurai toute la cour sans qu'on en sache rien.

S C E N E   I I I.

D A M I S , T R A S I M O N.

D A M I S.

EH ! bon jour , Commandeur.

T R A S I M O N.

Aye ! ouf ! on m'eftropie....

D A M I S.

Embraffons - nous encor , Commandeur , je te prie.

T R A S I M O N.

Souffrez....

D A M I S.

Que je t'étouffe une troifiéme fois.

T R A S I M O N.

Mais quoi ?

D A M I S.

Déride un peu ce renfrogné minois.
Réjouï - toi, je fuis le plus heureux des hommes.

T R A S I M O N.

Je venais pour vous dire...

D A M I S.

Oh ! parbleu tu m'affommes ,
Avec ce front glacé que tu portes ici.

T R A S I M O N.

Mais je ne prétens pas vous réjouïr auffi.
Vous avez fur les bras une fàcheufe affaire.

D A M I S.

Eh ! eh ! pas fi fàcheufe.

Dd ij

TRASIMON.

Erminie & Valère
Contre vous en ces lieux déclament hautement :
Vous avez parlé d'eux un peu légérement ;
Et même depuis peu le vieux feigneur Horace
M'a prié...

DAMIS.

Voilà bien de quoi je m'embarraffe.
Horace eft un vieux fou, plutôt qu'un vieux feigneur,
Tout chamarré d'orgueil, paîtri d'un faux honneur,
Affez bas à la cour, important à la ville,
Et non moins ignorant qu'il veut paraître habile.
Pour Madame Erminie, on fait affez comment
Je l'ai prife & quittée un peu trop brufquement.
Qu'elle eft aigre Erminie, & qu'elle eft tracaffière !
Pour fon petit amant, mon cher ami Valère,
Tu le connais un peu ; parle ; as-tu jamais vû.
Un efprit plus guindé, plus gauche, plus tortu ?...
A propos, on m'a dit hier en confidence,
Que fon grand frère aîné, cet homme d'importance,
Eft reçu chez Clarice avec quelque faveur,
Que la groffe Comteffe en crêve de douleur.
Et toi, vieux Commandeur, comment va la tendreffe ?

TRASIMON.

Vous favez que le fexe affez peu m'intéreffe.

DAMIS.

Je ne fuis pas de même ; & le fexe, ma foi,
A la ville, à la cour, me donne affez d'emploi.
Ecoute, il faut ici que mon cœur te confie
Un fecret dont dépend le bonheur de ma vie.

T R A S I M O N.

Puis-je vous y fervir ?

D A M I S.

Toi ? point du tout.

T R A S I M O N.

Eh bien ,

Damis , s'il eft ainfi , ne m'en dites donc rien.

D A M I S.

Le droit de l'amitié...

T R A S I M O N.

C'eft cette amitié même

Qui me fait éviter , avec un foin extrême ,

Le fardeau d'un fecret au hazard confié ,

Qu'on me dit par faibleffe , & non par amitié ,

Dont tout autre que moi ferait dépofitaire ,

Qui de mille foupçons eft la fource ordinaire ,

Et qui peut nous combler de honte & de dépit ,

Moi d'en avoir trop fû , vous d'en avoir trop dit.

D A M I S.

Malgré toi , Commandeur , quoi que tu puiffes dire ,

Pour te faire plaifir , je veux du moins te lire

Le billet qu'aujourd'hui ...

T R A S I M O N.

Par quel empreffement...

D A M I S.

Ah ! tu le trouveras écrit bien tendrement.

T R A S I M O N.

Puifque vous le voulez enfin...

D A M I S.

C'eft l'amour même ,

Ma foi , qui l'a dicté. Tu verras comme on m'aime,

La main, qui me l'écrit, le rend d'un prix... vois-tu...
Mais d'un prix... eh! morbleu, je crois l'avoir perdu.
Je ne le trouve point... Holà, la Fleur, la Brie!

S C E N E IV.

DAMIS, TRASIMON, plusieurs laquais.

UN LAQUAIS.

Monseigneur?

DAMIS.

Remontez vîte à la galerie;
Retournez chez tous ceux que j'ai vûs ce matin:
Allez chez ce vieux Duc... ha! je le trouve enfin.
Ces marauds l'ont mis là par pure étourderie.

A ses gens.

Laissez-nous. Commandeur, écoute, je te prie.

S C E N E V.

DAMIS, TRASIMON, CLITANDRE, PASQUIN.

CLITANDRE *à Pasquin tenant un billet à la main.*

Oui, tout le long du jour demeure en ce jardin:
Observe tout, voi tout, redi-moi tout, Pasquin,
Ren-moi compte, en un mot, de tous les pas d'Hortense.
Ah! je saurai...

S C E N E   VI.

D A M I S , T R A S I M O N , C L I T A N D R E.

DAMIS.

Voici le Marquis qui s'avance.
Bon jour , Marquis.

CLITANDRE *un billet à la main.*

Bon jour.

DAMIS.

Qu'as - tu donc aujourd'hui ?
Sur ton front à longs traits qui diable a peint l'ennui ?
Tout le monde m'aborde avec un air fi morne ,
Que je crois...

CLITANDRE *bas.*

Ma douleur , hélas ! n'a point de borne.

DAMIS.

Que marmotes - tu là ?

CLITANDRE *bas.*

Que je fuis malheureux !

DAMIS.

Ça , pour vous égayer , pour vous plaire à tous deux ,
Le Marquis entendra le billet de ma belle.

CLITANDRE *bas , en regardant le billet qu'il a entre les mains.*
Quel congé ! quelle lettre ! Hortenfe... Ah la cruelle !

DAMIS *à Clitandre.*
C'eſt un billet à faire expirer un jaloux.

CLITANDRE.
Si vous êtes aimé , que votre fort eſt doux !

DAMIS.

Il le faut avouer , les femmes de la ville ,
Ma foi , ne favent point écrire de ce ftyle.

Il lit.

» Enfin je cède aux feux dont mon cœur eſt épris ;
» Je voulais le cacher ; mais j'aime à vous le dire.

» Eh ! pourquoi ne vous point écrire
» Ce que cent fois mes yeux vous ont fans doute appris ?

» Oui , mon cher Damis , je vous aime,
» D'autant plus que mon cœur peu propre à s'enflammer,
» Craignant votre jeuneſſe , & ſe craignant lui-même ,
» A fait ce qu'il a pû pour ne vous point aimer.
» Puiſſai-je , après l'aveu d'une telle faibleſſe ,

» Ne me la jamais reprocher !
» Plus je vous montre ma tendreſſe ,
» Et plus à tous les yeux vous devez la cacher.

TRASIMON.

Vous prenez très-grand foin d'obéir à la Dame ,
Sans doute , & vous brûlez d'une difcrette flamme.

CLITANDRE.

Heureux , qui d'une femme adorant les appas ,
Reçoit de tels billets , & ne les montre pas !

DAMIS.

Vous trouvez donc la lettre ?...

TRASIMON.
Un peu forte.

CLITANDRE.
Adorable.

DAMIS.

Celle qui me l'écrit eſt cent fois plus aimable.

Que

Que vous feriez charmés , fi vous faviez fon nom !
Mais dans ce monde il faut de la difcrétion.

T R A S I M O N.

Oh ! nous n'exigeons point de telle confidence.

C L I T A N D R E.

Damis , nous nous aimons ; mais c'eſt avec prudence.

T R A S I M O N.

Loin de vouloir ici vous forcer de parler....

D A M I S.

Non , je vous aime trop pour rien diffimuler.
Je vois que vous penſez , & la cour le publie ,
Que je n'ai d'autre affaire ici qu'avec Julie.

C L I T A N D R E.

On le dit d'après vous , mais nous n'en croyons rien.

D A M I S.

Oh ! croi... juſqu'à préſent la choſe allait fort bien :
Nous nous étions aimés , quittés , repris encore ;
On en parle partout.

T R A S I M O N.

Non , tout cela s'ignore.

D A M I S.

Tu crois qu'à cet oiſon je ſuis fort attaché ,
Mais par ma foi j'en ſuis très - faiblement touché.

T R A S I M O N.

Ou fort , ou faiblement , il ne m'importe guère.

D A M I S.

La Julie eſt aimable , il eſt vrai , mais légère.
L'autre eſt ce qu'il me faut ; & c'eſt ſolidement
Que je l'aime.

C L I T A N D R E.

Enfin donc cet objet ſi charmant...

DAMIS.

Vous m'y forcez : allons, il faut bien vous l'apprendre.
Regarde ce portrait, mon cher ami Clitandre.
Ça, di-moi, fi jamais tu vis de tes deux yeux
Rien de plus adorable & de plus gracieux ?
C'eſt Macé qui l'a peint, c'eſt tout dire, & je penſe
Que tu reconnaîtras....

CLITANDRE.
Juſte ciel ! c'eſt Hortenſe.

DAMIS.
Pourquoi t'en étonner ?

TRASIMON.
Vous oubliez, Monſieur,
Qu'Hortenſe eſt ma couſine, & chérit ſon honneur :
Et qu'un pareil aveu...

DAMIS.
Vous nous la donnez bonne.
J'ai ſix couſines, moi, que je vous abandonne ;
Et je vous les verrais lorgner, tromper, quitter,
Imprimer leurs billets, ſans m'en inquiéter.
Il nous ferait beau voir, dans nos humeurs chagrines,
Prendre avec ſoin ſur nous l'honneur de nos couſines.
Nous aurions trop à faire à la cour ; & ma foi,
C'eſt aſſez que chacun réponde ici pour ſoi.

TRASIMON.
Mais Hortenſe, Monſieur...

DAMIS.
Eh bien, oui, je l'adore ;
Elle n'aime que moi, je vous le dis encore ;
Et je l'épouſerai pour vous faire enrager.

C L I T A N D R E *à part.*

Ah ! plus cruellement pouvait - on m'outrager ?

D A M I S.

Nos nôces , croyez - moi , ne feront point fecrettes ;
Et vous n'en ferez pas , tout coufin que vous êtes.

T R A S I M O N.

Adieu , Monfieur Damis , on peut vous faire voir ,
Que fur une coufine on a quelque pouvoir.

S C E N E V I I.

D A M I S , C L I T A N D R E.

D A M I S.

QUe je hais ce cenfeur , & fon air pédantefque ,
Et tous ces faux éclats de vertu romanefque !
Qu'il eft fec ! qu'il eft brut ! & qu'il eft ennuyeux !
Mais tu vois ce portrait d'un œil bien curieux.

C L I T A N D R E *à part.*

Comme ici de moi - même il faut que je fois maître !
Qu'il faut diffimuler !

D A M I S.

Tu remarques peut - être ,
Qu'au coin de cette boëte il manque un des brillans :
Mais tu fais que la chaffe hier dura longtems ;
A tout moment on tombe , on fe heurte , on s'accroche :
J'avais quatre portraits balotés dans ma poche ;
Celui - ci par malheur fut un peu maltraité ;
La boëte s'eft rompuë , un brillant a fauté.
Parbleu , puifque demain tu t'en vas à la ville ,
Paffe chez la Frénaye ; il eft cher , mais habile :

Ee ij

Choiſi comme pour toi l'un de ſes diamans.
Je lui dois, entre nous, plus de vingt mille francs.
Adieu ; ne montre au moins ce portrait à perſonne.

CLITANDRE *à part.*

Où ſuis-je ?

DAMIS.

Adieu, Marquis, à toi je m'abandonne.
Sois diſcret.

CLITANDRE *à part.*

Se peut-il ?...

DAMIS *revenant.*

J'aime un ami prudent ;
Va, de tous mes ſecrets tu feras confident.
Eh ! peut-on poſſéder ce que le cœur déſire,
Etre heureux, & n'avoir perſonne à qui le dire ?
Peut-on garder pour ſoi, comme un dépôt ſacré,
L'inſipide plaiſir d'un amour ignoré ?
C'eſt n'avoir point d'amis qu'être ſans confiance ;
C'eſt n'être point heureux que de l'être en ſilence.
Tu n'as vû qu'un portrait, & qu'un ſeul billet doux.

CLITANDRE.

Eh bien ?

DAMIS.

L'on m'a donné, mon cher, un rendez-vous.

CLITANDRE *à part.*

Ah ! je frémis.

DAMIS.

Ce ſoir, pendant le bal qu'on donne,
Je dois, ſans être vû, ni ſuivi de perſonne,
Entretenir Hortenſe, ici, dans ce jardin.

CLITANDRE.

Voici le dernier coup. Ah ! je ſuccombe enfin.

D A M I S.

Là , n'es - tu pas charmé de ma bonne fortune ?

C L I T A N D R E.

Hortenſe doit vous voir ?

D A M I S.

Oui , mon cher , ſur la brune :
Mais le ſoleil qui baiſſe amène ces momens ,
Ces momens fortunés déſirés ſi longtems.
Adieu. Je vais chez toi rajuſter ma parure ,
De deux livres de poudre orner ma chevelure ,
De cent parfums exquis mêler la douce odeur :
Puis paré , triomphant , tout plein de mon bonheur ,
Je reviendrai ſoudain finir notre avanture.
Toi , rode près d'ici , Marquis , je t'en conjure.
Pour te faire un peu part de ces plaiſirs ſi doux ,
Je te donne le ſoin d'écarter les jaloux,

S C E N E   V I I I.

C L I T A N D R E *ſeul.*

A I - je aſſez retenu mon trouble & ma colère ?
Hélas ! après un an de mon amour ſincère ,
Hortenſe en ma faveur enfin s'attendriſſait ;
Las de me réſiſter , ſon cœur s'amolliſſait.
Damis en un moment la voit , l'aime , & fait plaire.
Ce que n'ont pû deux ans , un moment l'a ſû faire.
On le prévient ! On donne à ce jeune éventé
Ce portrait que ma flamme avait tant mérité.
Il reçoit une lettre… Ah ! celle qui l'envoye ,
Par un pareil billet m'eût fait mourir de joye :

Et pour combler l'affront dont je fuis outragé,
Ce matin par écrit j'ai reçu mon congé.
De cet écervelé la voilà donc coiffée !
Elle veut à mes yeux lui fervir de trophée.
Hortenfe, ah ! que mon cœur vous connaiffait bien mal !

SCENE IX.

CLITANDRE, PASQUIN.

CLITANDRE.

ENfin, mon cher Pafquin, j'ai trouvé mon rival.

PASQUIN.

Hélas ! Monfieur, tant pis.

CLITANDRE.

C'eft Damis que l'on aime ;
Oui, c'eft cet étourdi.

PASQUIN.

Qui vous l'a dit ?

CLITANDRE.

Lui-même.

L'indifcret, à mes yeux de trop d'orgueil enflé,
Vient fe vanter à moi du bien qu'il m'a volé.
Voi ce portrait, Pafquin. C'eft par vanité pure
Qu'il confie à mes mains cette aimable peinture.
C'eft pour mieux triompher. Hortenfe ! eh ! qui l'eût cru,
Que jamais près de vous Damis m'aurait perdu ?

PASQUIN.

Damis eft bien joli.

CLITANDRE *prenant Pafquin à la gorge.*

Comment ? tu prétens, traître,

Qu'un jeune fat...

PASQUIN.

Aye , ouf ! il eſt vrai que peut-être...
Eh ! ne m'étranglez pas. Il n'a que du caquet...
Mais ſon air... entre nous , c'eſt un vrai freluquet.

CLITANDRE.

Tout freluquet qu'il eſt , c'eſt lui qu'on me préfère.
Il faut montrer ici ton adreſſe ordinaire.
Paſquin , pendant le bal que l'on donne ce ſoir ,
Hortenſe & mon rival doivent ici ſe voir.
Conſole-moi , ſers-moi , rompons cette partie.

PASQUIN.

Mais , Monſieur...

CLITANDRE.

Ton eſprit eſt rempli d'induſtrie.
Tout eſt à toi. Voilà de l'or à pleines mains.
D'un rival imprudent dérangeons les deſſeins.
Tandis qu'il va parer ſa petite perſonne ,
Tâchons de lui voler les momens qu'on lui donne.
Puiſqu'il eſt indiſcret , il en faut profiter ;
De ces lieux en un mot il le faut écarter.

PASQUIN.

Croyez-vous me charger d'une facile affaire ?
J'arrêterais , Monſieur , le cours d'une rivière ,
Un cerf dans une plaine , un oiſeau dans les airs ,
Un poëte entêté , qui récite ſes vers ,
Une plaideuſe en feu , qui crie à l'injuſtice ,
Un Manceau tonſuré qui court un bénéfice ,
La tempête , le vent , le tonnerre & ſes coups ,
Plutôt qu'un petit-maître allant en rendez-vous.

CLITANDRE.
Veux - tu m'abandonner à ma douleur extrême ?

PASQUIN.
Attendez. Il me vient en tête un ſtratagême.
Hortenſe ni Damis ne m'ont jamais vû ?

CLITANDRE.
Non.

PASQUIN.
Vous avez en vos mains un ſien portrait ?

CLITANDRE.
Oui.

PASQUIN.
Bon.
Vous avez un billet , que vous écrit la belle ?

CLITANDRE.
Hélas ! il eſt trop vrai.

PASQUIN.
Cette lettre cruelle
Eſt un ordre bien net de ne lui parler plus ?

CLITANDRE.
Eh̜ ! oui , je le ſais bien.

PASQUIN.
La lettre eſt ſans deſſus ?

CLITANDRE.
Eh ! oui , bourreau.

PASQUIN.
Prêtez vite & portrait & lettre :
Donnez.

CLITANDRE.
En d'autres mains , qui , moi , j'irais remettre
Un portrait confié ?...

PAS-

PASQUIN.
Voilà bien des façons :
Le fcrupule eft plaifant. Donnez-moi ces chiffons.

CLITANDRE.
Mais...

PASQUIN.
Mais repofez-vous de tout fur ma prudence.

CLITANDRE.
Tu veux...

PASQUIN.
Eh ! dénichez. Voici Madame Hortenfe.

SCENE X.

HORTENSE, NÉRINE.

HORTENSE.

NÉrine , j'en conviens , Clitandre eft vertueux ;
Je connais la conftance & l'ardeur de fes feux ;
Il eft fage, difcret, honnête homme, fincère ;
Je le dois eftimer ; mais Damis fait me plaire.
Je fens trop, aux tranfports de mon cœur combattu,
Que l'amour n'eft jamais le prix de la vertu.
C'eft par les agrémens que l'on touche une femme ;
Et pour une de nous que l'amour prend par l'ame,
Nérine, il en eft cent qu'il féduit par les yeux.
J'en rougis. Mais Damis ne vient point en ces lieux !

NÉRINE.
Quelle vivacité ! quoi ! cette humeur fi fière ?

HORTENSE.
Non , je ne devais pas arriver la première.
Tom. VI. & du Théâtre le quatriéme.   **Ff**

NÉRINE.

Au premier rendez - vous vous avez du dépit.

HORTENSE.

Damis trop fortement occupe mon esprit.
Sa mère, ce jour même, a sû, par sa visite,
De son fils dans mon cœur augmenter le mérite.
Je vois bien qu'elle veut avancer le moment,
Où je dois pour époux accepter mon amant :
Mais je veux en secret lui parler à lui - même,
Sonder ses sentimens.

NÉRINE.

Doutez - vous qu'il vous aime ?

HORTENSE.

Il m'aime, je le crois, je le sais. Mais je veux
Mille fois de sa bouche entendre ses aveux,
Voir s'il est en effet si digne de me plaire,
Connaître son esprit, son cœur, son caractère ;
Ne point céder, Nérine, à ma prévention,
Et juger, si je puis, de lui sans passion.

SCENE XI.

HORTENSE, NÉRINE, PASQUIN.

PASQUIN.

Madame, en grand secret, Monsieur Damis mon maître...

HORTENSE.

Quoi ! ne viendrait - il pas ?

PASQUIN.

Non.

N é r i n e.

Ah ! le petit traître !

H o r t e n s e.

Il ne viendra point ?

P a s q u i n.

Non ; mais , par bon procédé ,
Il vous rend ce portrait dont il eft excédé.

H o r t e n s e.

Mon portrait !

P a s q u i n.

Reprenez vite la mignature.

H o r t e n s e.

Je doute fi je veille.

P a s q u i n.

Allons , je vous conjure ,
Dépêchez - moi , j'ai hâte ; & de fa part ce foir
J'ai deux portraits à rendre , & deux à recevoir.
Jufqu'au revoir. Adieu.

H o r t e n s e.

Ciel ! quelle perfidie !
J'en mourrai de douleur.

P a s q u i n.

De plus , il vous fupplie
De finir la lorgnade , & chercher aujourd'hui ,
Avec vos airs pincés , d'autres dupes que lui.

SCENE XII.

HORTENSE, NÉRINE, DAMIS, PASQUIN.

DAMIS *dans le fond du théâtre.*
JE verrai dans ce lieu la beauté qui m'engage.

PASQUIN.
C'eſt Damis. Je ſuis pris. Ne perdons point courage.
(*Il court à Damis , & le tire à part.*)
Vous voyez , Monſeigneur , un des griſons ſecrets,
Qui d'Hortenſe partout va portant les poulets.
J'ai certain billet doux de ſa part à vous rendre.

HORTENSE.
Quel changement ! quel prix de l'amour le plus tendre !

DAMIS.
Liſons.

Il lit.

Hom... hom... » Vous méritez de me charmer.
» Je ſens à vos vertus ce que je dois d'eſtime ;
» Mais je ne ſaurais vous aimer.
Eſt - il un trait plus noir & plus abominable ?
Je ne me croyais pas à ce point eſtimable.
Je veux que tout ceci ſoit public à la cour ,
Et j'en informerai le monde dès ce jour.
La choſe aſſurément vaut bien qu'on la publie.

HORTENSE à *l'autre bout du théâtre.*
A - t - il pû juſques - là pouſſer ſon infamie ?

DAMIS.
Tenez ; c'eſt là le cas qu'on fait de tes écrits.

(*Il déchire le billet.*)

P A S Q U I N *allant à Hortenfe.*

Je fuis honteux pour vous d'un fi cruel mépris.
Madame , vous voyez de quel air il déchire
Les billets qu'à l'ingrat vous daignâtes écrire.

H O R T E N S E.

Il me rend mon portrait ! Ah ! périffe à jamais
Ce malheureux crayon de mes faibles attraits !

(*Elle jette fon portrait.*)

P A S Q U I N *revenant à Damis.*

Vous voyez : devant vous l'ingrate met en piéces
Votre portrait , Monfieur.

D A M I S.

     Il eft quelques maîtreffes
Par qui l'original eft un peu mieux reçu.

H O R T E N S E.

Nérine , quel amour mon cœur avait conçu !
 à Pafquin.
Pren ma bourfe. Di-moi, pour qui je fuis trahie ,
A quel heureux objet Damis me facrifie.

P A S Q U I N.

A cinq ou fix beautés , dont il fe dit l'amant,
Qu'il fert toutes bien mal , qu'il trompe également :
Mais furtout à la jeune , à la belle Julie.

D A M I S *s'étant avancé vers Pafquin.*

Pren ma bague , & di-moi , mais fans friponnerie ,
A quel impertinent , à quel fat de la cour,
Ta maîtreffe aujourd'hui prodigue fon amour.

P A S Q U I N.

Vous méritez , ma foi , d'avoir la préférence ;
Mais un certain abbé lorgne de près Hortenfe :
Et chez elle , de nuit , par le mur du jardin ,

Je fais entrer par fois Trafimon fon coufin.

D A M I S.

Parbleu, j'en fuis ravi. J'en apprens là de belles,
Et je veux en chanfons mettre un peu ces nouvelles.

H O R T E N S E.

C'eft le comble, Nérine, au malheur de mes feux,
De voir que tout ceci va faire un bruit affreux.
Allons, loin de l'ingrat je vais cacher mes larmes.

D A M I S.

Allons, je vais au bal montrer un peu mes charmes.

P A S Q U I N *à Hortenfe.*

Vous n'avez rien, Madame, à défirer de moi ?

　A Damis.

Vous n'avez nul befoin de mon petit emploi ?
Le ciel vous tienne en paix.

───────────────────────────

S C E N E   XIII.

H O R T E N S E, D A M I S, N É R I N E.

H O R T E N S E *revenant.*

D'Où vient que je demeure ?

D A M I S.

Je devrais être au bal, & danfer à cette heure.

H O R T E N S E.

Il rêve. Hélas ! d'Hortenfe il n'eft point occupé.

D A M I S.

Elle me lorgne encor, ou je fuis fort trompé.
Il faut que je m'approche.

HORTENSE.

Il faut que je le fuye.

DAMIS.

Fuir , & me regarder ! ah ! quelle perfidie !
Arrêtez. A ce point pouvez-vous me trahir ?

HORTENSE.

Laiſſez-moi m'efforcer , cruel , à vous haïr.

DAMIS.

Ah ! l'effort n'eſt pas grand , graces à vos caprices.

HORTENSE.

Je le veux , je le dois , grace à vos injuſtices.

DAMIS.

Ainſi , du rendez-vous prompts à nous en aller ,
Nous n'étions donc venus que pour nous quereller ?

HORTENSE.

Que ce diſcours , ô ciel ! eſt plein de perfidie ,
Alors que l'on m'outrage , & qu'on aime Julie !

DAMIS.

Mais l'indigne billet que de vous j'ai reçu ?

HORTENSE.

Mais mon portrait enfin que vous m'avez rendu ?

DAMIS.

Moi , je vous ai rendu votre portrait , cruelle ?

HORTENSE.

Moi , j'aurais pû jamais vous écrire , infidelle ,
Un billet , un ſeul mot , qui ne fût point d'amour ?

DAMIS.

Je conſens de quitter le Roi , toute la cour ,
La faveur où je ſuis , les poſtes que j'eſpère ,
N'être jamais de rien , ceſſer partout de plaire ,
S'il eſt vrai qu'aujourd'hui je vous ai renvoyé

Ce portrait à mes mains par l'amour confié.

H O R T E N S E.

Je fais plus. Je confens de n'être point aimée
De l'amant dont mon ame eft malgré moi charmée,
S'il a reçu de moi ce billet prétendu.
Mais voilà le portrait , ingrat , qui m'eft rendu ;
Ce prix trop méprifé d'une amitié trop tendre ,
Le voilà : pouvez - vous ? . . .

D A M I S.

Ah ! j'apperçois Clitandre.

S C E N E XIV.

H O R T E N S E , D A M I S , C L I T A N D R E , N É R I N E , P A S Q U I N.

D A M I S.

Vien çà , Marquis , vien çà. Pourquoi fuis - tu d'ici ?
Madame , il peut d'un mot débrouiller tout ceci.

H O R T E N S E.

Quoi ? Clitandre faurait ? . . .

D A M I S.

Ne craignez rien , Madame ,
C'eft un ami prudent , à qui j'ouvre mon ame :
Il eft mon confident , qu'il foit le votre auffi.
Il faut . . .

H O R T E N S E.

Sortons , Nérine : ô ciel ! quel étourdi !

SCENE.

S C E N E XV.

D A M I S, C L I T A N D R E, P A S Q U I N.

D A M I S.

AH ! Marquis, je reffens la douleur la plus vive.
Il faut que je te parle... il faut que je la fuive.
Atten - moi.

A Hortenfe.

Demeurez. Ah ! je fuivrai vos pas.

S C E N E XVI.

C L I T A N D R E, P A S Q U I N.

C L I T A N D R E.

JE fuis, je l'avoûrai, dans un grand embarras.
Je les croyais tous deux brouillés fur ta parole.

P A S Q U I N.

Je le croyais auffi. J'ai bien joué mon rôle ;
Ils fe devraient haïr tous deux affurément ;
Mais pour fe pardonner il ne faut qu'un moment.

C L I T A N D R E.

Voyons un peu tous deux le chemin qu'ils vont prendre.

P A S Q U I N.

Vers fon appartement Hortenfe va fe rendre.

C L I T A N D R E.

Damis marche après elle ; Hortenfe au moins le fuit.

Tom. VI. & du Théâtre le quatriéme. Gg

PASQUIN.

Elle fuit faiblement, & fon amant la fuit.

CLITANDRE.

Damis en vain lui parle : on détourne la tête.

PASQUIN.

Il eft vrai ; mais Damis de tems en tems l'arrête.

CLITANDRE.

Il fe met à genoux, il reçoit des mépris.

PASQUIN.

Ah ! vous êtes perdu, l'on regarde Damis.

CLITANDRE.

Hortenfe entre chez elle enfin, & le renvoye.
Je fens des mouvemens de chagrin & de joye,
D'efpérance & de crainte, & ne puis deviner
Où cette intrigue - ci poura fe terminer.

SCENE XVII.

CLITANDRE, DAMIS, PASQUIN.

DAMIS.

AH ! Marquis, cher Marquis, parle ; d'où vient qu'Hortenfe
M'ordonne en grand fecret d'éviter fa préfence ?
D'où vient que fon portrait, que je fie à ta foi,
Se trouve entre fes mains ? Parle, répon, di-moi.

CLITANDRE.

Vous m'embarraffez fort.

DAMIS à *Pafquin*.

Et vous, Monfieur le traître,
Vous le valet d'Hortenfe, ou qui prétendez l'être,
Il faut que vous mouriez en ce lieu de ma main.

PASQUIN *à Clitandre.*

Monſieur , protégez - nous.

CLITANDRE *à Damis.*

Eh ! Monſieur...

DAMIS.

C'eſt en vain...

CLITANDRE.

Epargnez ce valet , c'eſt moi qui vous en prie.

DAMIS.

Quel ſi grand intérêt peux - tu prendre à ſa vie ?

CLITANDRE.

Je vous en prie encor , & férieuſement.

DAMIS.

Par amitié pour toi , je diffère un moment.
Ça , maraud , appren - moi la noirceur effroyable...

PASQUIN.

Ah ! Monſieur , cette affaire eſt embrouillée en diable :
Mais je vous apprendrai de furprenans fecrets ,
Si vous me promettez de n'en parler jamais.

DAMIS.

Non , je ne promets rien , & je veux tout apprendre.

PASQUIN.

Monſieur , Hortenſe arrive , & pourrait nous entendre.

A Clitandre.

Ah , Monſieur , que dirai - je ? Hélas ! je fuis à bout.
Allons tous trois au bal , & je vous dirai tout.

S C E N E XVIII.

HORTENSE *un masque à la main & en domino,*
TRASIMON, NÉRINE.

TRASIMON.

Oui, croyez, ma cousine, & faites votre compte,
Que ce jeune éventé nous couvrira de honte.
Comment ? montrer partout, & lettres & portrait ?
En public ? à moi-même ? Après un pareil trait,
Je prétens de ma main lui brûler la cervelle.

HORTENSE *à Nérine.*

Est-il vrai que Julie à ses yeux soit si belle,
Qu'il en soit amoureux ?

TRASIMON.

Il importe fort peu :
Mais qu'il vous deshonore, il m'importe morbleu ;
Et je fais l'intérêt qu'un parent doit y prendre.

HORTENSE *à Nérine.*

Crois-tu que pour Julie il ait eu le cœur tendre ?
Qu'en penses-tu ? di-moi.

NÉRINE.

Mais l'on peut aujourd'hui
Aisément, si l'on veut, savoir cela de lui.

HORTENSE.

Son indiscrétion, Nérine, fut extrême ;
Je devrais le haïr ; peut-être que je l'aime.
Tout-à-l'heure, en pleurant, il jurait devant toi,
Qu'il m'aimerait toûjours, & sans parler de moi :
Qu'il voulait m'adorer, & qu'il saurait se taire.

T R A S I M O N.

Il vous a promis là bien plus qu'il ne peut faire.

H O R T E N S E.

Pour la dernière fois je le veux éprouver.
Nérine, il eſt au bal ; il faut l'aller trouver.
Déguiſe - toi : di - lui , qu'avec impatience
Julie ici l'attend dans l'ombre & le ſilence.
L'artifice eſt permis ſous ce maſque trompeur ,
Qui du moins de mon front cachera la rougeur ;
Je paraîtrai Julie aux yeux de l'infidelle ;
Je ſaurai ce qu'il penſe , & de moi - même , & d'elle :
C'eſt de cet entretien que dépendra mon choix.

A Traſimon.

Ne vous écartez point. Reſtez près de ce bois.
Tâchez auprès de vous de retenir Clitandre.
L'un & l'autre en ces lieux daignez un peu m'attendre ;
Je vous appellerai quand il en ſera tems.

S C E N E XIX.

H O R T E N S E *ſeule en domino , & ſon maſque à
la main.*

IL faut fixer enfin mes vœux trop inconſtans.
Sachons , ſous cet habit à ſes yeux traveſtie,
Sous ce maſque , & ſurtout ſous le nom de Julie ,
Si l'indiſcrétion de ce jeune éventé
Fut un excès d'amour , ou bien de vanité ;
Si je dois le haïr , ou lui donner ſa grace.
Mais déja je le vois.

SCENE XX.

HORTENSE *en domino & masquée*, DAMIS.

D A M I S *sans voir Hortense.*

C'Eſt donc ici la place,
Où toutes les beautés donnent leur rendez-vous ?
Ma foi, je ſuis aſſez à la mode, entre nous.
Oui, la mode fait tout, décide tout en France ;
Elle règle les rangs, l'honneur, la bienſéance,
Le mérite, l'eſprit, les plaiſirs.

H O R T E N S E *à part.*
L'étourdi !

D A M I S.
Ah ! ſi pour mon bonheur on peut ſavoir ceci,
Je veux qu'avant deux ans la cour n'ait point de belle,
A qui l'amour pour moi ne tourne la cervelle.
Il ne s'agit ici que de bien débuter.
Bientôt Eglé, Doris... Mais qui les peut compter ?
Quels plaiſirs ! quelle file !

H O R T E N S E *à part.*
Ah ! la tête légère !

D A M I S.
Ah ! Julie, eſt-ce vous ? vous qui m'êtes ſi chère !
Je vous connais malgré ce maſque trop jaloux,
Et mon cœur amoureux m'avertit que c'eſt vous.
Otez, Julie, ôtez ce maſque impitoyable :
Non, ne me cachez point ce viſage adorable,
Ce front, ces doux regards, cet aimable ſouris,

Qui de mon tendre amour font la caufe, & le prix.
Vous êtes en ces lieux la feule que j'adore.

HORTENSE.

Non, de vous mon humeur n'eft pas connuë encore.
Je ne voudrais jamais accepter votre foi,
Si vous aviez un cœur qui n'eût aimé que moi.
Je veux que mon amant foit bien plus à la mode,
Que de fes rendez-vous le nombre l'incommode,
Que par trente grifons tous fes pas foient comptés,
Que mon amour vainqueur l'arrache à cent beautés,
Qu'il me faffe furtout de brillans facrifices;
Sans cela, je ne puis accepter fes fervices.
Un amant moins couru ne me faurait flatter.

DAMIS.

Oh! j'ai fur ce pied-là de quoi vous contenter.
J'ai fait en peu de tems d'affez belles conquêtes:
Je pourrais me vanter de fortunes honnêtes;
Et nous fommes courus de plus d'une beauté,
Qui pourraient de tout autre enfler la vanité.
Nous en citerons bien qui font les difficiles,
Et qui font avec nous paffablement faciles.

HORTENSE.

Mais encor?

DAMIS.

Eh!... ma foi, vous n'avez qu'à parler,
Et je fuis prêt, Julie, à vous tout immoler.
Voulez-vous qu'à jamais mon cœur vous facrifie
La petite Ifabelle, & la vive Erminie,
Clarice, Eglé, Doris?...

HORTENSE.

Quelle offrande eft-ce-là?

On m'offre tous les jours ces facrifices-là.
Ces Dames entre nous font trop fouvent quittées.
Nommez-moi des beautés, qui foient plus refpectées
Et dont je puiffe au moins triompher fans rougir.
Ah ! fi vous aviez pû forcer à vous chérir
Quelque femme à l'amour jufqu'alors infenfible,
Aux manéges de cour toûjours inacceffible,
De qui la bienféance accompagnât les pas,
Qui fage en fa conduite évitât les éclats,
Enfin qui pour vous feul eût eu quelque faibleffe!

       D A M I S *s'affeyant auprès d'Hortenfe.*

Ecoutez. Entre nous, j'ai certaine maîtreffe,
A qui ce portrait-là reffemble trait pour trait :
Mais vous m'accuferiez d'être trop indifcret.

         H O R T E N S E.

Point, point.

         D A M I S.

     Si je n'avais quelque peu de prudence,
Si je voulais parler, je nommerais Hortenfe.
Pourquoi donc à ce nom vous éloigner de moi ?
Je n'aime point Hortenfe alors que je vous voi ;
Elle n'eft près de vous ni touchante, ni belle ;
De plus, certain Abbé fréquente trop chez elle ;
Et de nuit, entre nous, Trafimon fon coufin
Paffe un peu trop fouvent par le mur du jardin.

         H O R T E N S E.

A l'indifcrétion joindre la calomnie !
Contraignons-nous encor. Ecoutez, je vous prie ;
Comment avec Hortenfe êtes-vous, s'il vous plaît ?

         D A M I S.

Du dernier bien : je dis la chofe comme elle eft.

                               H O R-

H O R T E N S E *à part.*

Peut-on plus loin pouffer l'audace & l'impofture ?

D A M I S.

Non, je ne vous mens point, c'eft la vérité pure.

H O R T E N S E *à part.*

Le traître !

D A M I S.

Eh ! fur cela quel eft votre fouci ?
Pour parler d'elle enfin fommes-nous donc ici ?
Daignez, daignez plutôt....

H O R T E N S E.

Non, je ne faurais croire,
Qu'elle vous ait cédé cette entière victoire.

D A M I S.

Je vous dis que j'en ai la preuve par écrit.

H O R T E N S E.

Je n'en crois rien du tout.

D A M I S.

Vous m'outrez de dépit.

H O R T E N S E.

Je veux voir par mes yeux.

D A M I S.

C'eft trop me faire injure.

Il lui donne la lettre.

Tenez donc : vous pouvez connaître l'écriture.

H O R T E N S E *fe démafquant.*

Oui, je la connais, traître, & je connais ton cœur.
J'ai réparé ma faute, enfin ; & mon bonheur
M'a rendu pour jamais le portrait & la lettre,
Qu'à ces indignes mains j'avais ofé commettre.
Il eft tems ; Trafimon, Clitandre, montrez-vous.

Tom. VI. & du Théâtre le quatriéme. H h

SCENE DERNIERE.

HORTENSE, DAMIS, TRASIMON, CLITANDRE.

HORTENSE *à Clitandre.*

SI je ne vous fuis point un objet de couroux,
Si vous m'aimez encor, à vos loix affervie,
Je vous offre ma main, ma fortune & ma vie.

CLITANDRE.

Ah! Madame, à vos pieds un malheureux amant
Devrait mourir de joie & de faififfement.

TRASIMON *à Damis.*

Je vous l'avais bien dit, que je la rendrais fage.
C'eft moi feul, Mons Damis, qui fais ce mariage.
Adieu, poffédez mieux l'art de diffimuler.

DAMIS.

Jufte ciel! déformais à qui peut-on parler?

FIN.

L'ENFANT

PRODIGUE,

COMÉDIE.

Repréſentée pour la première fois le 10. Octobre 1736.

PREFACE

de l'Editeur de l'édition de 1738.

IL eſt aſſez étrange que l'on n'ait pas ſongé plus tôt à imprimer cette comédie, qui fut jouée il y a près de deux
ans, & qui eut environ trente repréſentations. L'auteur ne
s'étant point déclaré, on l'a miſe juſqu'ici ſur le compte de
diverſes perſonnes très-eſtimées ; mais elle eſt véritablement
de Mr. de *Voltaire*, quoique le ſtyle de la *Henriade* & d'*Alzire* ſoit ſi différent de celui-ci, qu'il ne permet guères d'y
reconnaître la même main.

C'eſt ce qui fait que nous donnons, ſous ſon nom, cette
piéce au public, comme la première comédie qui ſoit écrite
en vers de cinq pieds. Peut-être cette nouveauté engage-
ra-t-elle quelqu'un à ſe ſervir de cette meſure. Elle produira
ſur le théâtre Français de la variété ; & qui donne des plaiſirs nouveaux, doit toûjours être bien reçu.

Si la comédie doit être la repréſentation des mœurs, cette
piéce ſemble être aſſez de ce caractère. On y voit un mélange de ſérieux & de plaiſanterie, de comique & de touchant. C'eſt ainſi que la vie des hommes eſt bigarrée ; ſouvent même une ſeule avanture produit tous ces contraſtes.
Rien n'eſt ſi commun qu'une maiſon dans laquelle un père
gronde, une fille occupée de ſa paſſion pleure ; le fils ſe
moque des deux : & quelques parens prennent différemment
part à la ſcène. On raille très ſouvent dans une chambre de
ce qui attendrit dans la chambre voiſine ; & la même perſonne a quelquefois ri & pleuré de la même choſe dans le
même quart-d'heure.

Une Dame très reſpectable étant un jour au chevet d'une
de ſes filles qui était en danger de mort, entourée de toute
ſa famille, s'écriait en fondant en larmes : *Mon* DIEU, *ren-
dez-la-moi, & prenez tous mes autres enfans !* Un homme,

Hh iij

qui avait époufé une de fes filles , s'approcha d'elle , & la
tirant par la manche : *Madame* , dit - il , *les gendres en font-
ils ?* Le fang froid & le comique avec lequel il prononça
ces paroles , fit un tel effet fur cette Dame affligée , qu'elle
fortit en éclatant de rire ; tout le monde la fuivit en riant ,
& la malade ayant fû de quoi il était queftion , fe mit à rire
plus fort que les autres.

Nous n'inférons pas de là que toute comédie doive avoir
des fcènes de bouffonnerie & des fcènes attendriffantes. Il y
a beaucoup de très bonnes piéces où il ne règne que de la
gayeté : d'autres toutes férieufes : d'autres mélangées : d'autres
où l'attendriffement va jufques aux larmes. Il ne faut donner
l'exclufion à aucun genre : & fi l'on me demandait , quel genre
eft le meilleur , je répondrais : *Celui qui eft le mieux traité.*

Il ferait peut - être à propos & conforme au goût de ce
fiécle *raifonneur* , d'examiner ici quelle eft cette forte de plaifanterie qui nous fait rire à la comédie.

La caufe du rire eft une de ces chofes plus fenties que
connuës. L'admirable *Molière* , *Regnard* qui le vaut quelquefois , & les auteurs de tant de jolies petites piéces , fe font
contentés d'exciter en nous ce plaifir , fans nous en rendre
jamais raifon , & fans dire leur fecret.

J'ai cru remarquer aux fpectacles , qu'il ne s'élève prefque
jamais de ces éclats de rire univerfels qu'à l'occafion d'une
méprife. *Mercure* pris pour *Sofie* , le chevalier *Menechme* pris
pour fon frère , *Crifpin* faifant fon teftament fous le nom du
bon homme *Géronte* , *Valère* parlant à *Harpagon* des beaux
yeux de fa fille , tandis qu'*Harpagon* n'entend que les beaux yeux
de fa caffette ; *Pourceaugnac* , à qui on tâte le pouls , parce
qu'on le veut faire paffer pour fou ; en un mot , les méprifes,
les équivoques de pareille efpèce excitent un rire général.
Arlequin ne fait guères rire que quand il fe méprend ; &
voilà pourquoi le titre de *Balourd* lui était fi bien approprié.

Il y a bien d'autres genres de comique. Il y a des plai-
fanteries qui caufent une autre forte de plaifir ; mais je n'ai
jamais vû ce qui s'appelle rire de tout fon cœur , foit aux
fpectacles , foit dans la fociété , que dans des cas approchans
de ceux dont je viens de parler.

Il y a des caractères ridicules, dont la repréſentation plaît, ſans cauſer ce rire immodéré de joie : *Triſſotin* & *Vadius*, par exemple, ſemblent être de ce genre ; le *Joueur*, le *Grondeur*, qui font un plaiſir inexprimable, ne permettent guères le rire éclatant.

Il y a d'autres ridicules mêlés de vice, dont on eſt charmé de voir la peinture, & qui ne cauſent qu'un plaiſir ſérieux. Un malhonnête homme ne fera jamais rire, parce que dans le rire il entre toûjours de la gayeté, incompatible avec le mépris & l'indignation. Il eſt vrai qu'on rit au *Tartuffe* ; mais ce n'eſt pas de ſon hypocriſie, c'eſt de la mépriſe du bon homme qui le croit un ſaint ; & l'hypocriſie une fois reconnue, on ne rit plus, on ſent d'autres impreſſions.

On pourrait aiſément remonter aux ſources de nos autres ſentimens, à ce qui excite la gayeté, la curioſité, l'intérêt, l'émotion, les larmes. Ce ſerait ſurtout aux auteurs dramatiques à nous développer tous ces reſſorts, puiſque ce ſont eux qui les font jouer. Mais ils ſont plus occupés de remuer les paſſions que de les examiner ; ils ſont perſuadés, qu'un ſentiment vaut mieux qu'une définition ; & je ſuis trop de leur avis pour mettre un traité de philoſophie au-devant d'une piéce de théâtre.

Je me bornerai ſimplement à inſiſter encor un peu ſur la néceſſité où nous ſommes d'avoir des choſes nouvelles. Si l'on avait toûjours mis ſur le théâtre tragique la grandeur Romaine, à la fin on s'en ferait rebuté. Si les héros ne parlaient jamais que tendreſſe, on ferait affadi :

O imitatores ſervum pecus !

Les ouvrages que nous avons depuis les *Corneilles*, les *Molières*, les *Racines*, les *Quinaults*, les *Lullis*, les *le Bruns*, me paraiſſent tous avoir quelque choſe de neuf & d'original qui les a ſauvés du naufrage. Encor une fois tous les genres ſont bons, hors le genre ennuyeux.

Ainſi il ne faut jamais dire, Si cette muſique n'a pas réuſſi, ſi ce tableau ne plait pas, ſi cette piéce eſt tombée, c'eſt que cela était d'une eſpèce nouvelle. Il faut dire, C'eſt que cela ne vaut rien dans ſon eſpèce.

E U P H E M O N père.

E U P H E M O N fils.

F I E R E N F A T , Préfident de Cognac , fecond fils d'Euphémon.

R O N D O N , bourgeois de Cognac.

L I S E , fille de Rondon.

LA BARONNE DE CROUPILLAC.

M A R T H E , fuivante de Life.

J A S M I N , valet d'Euphémon fils.

La fcène eft à Cognac.

L'ENFANT PRODIGUE,

COMÉDIE.

ACTE PREMIER.

SCENE PREMIERE.

EUPHEMON, RONDON.

RONDON.

MOn triſte ami, mon cher & vieux voiſin,
Que de bon cœur j'oublirai ton chagrin !
Que je rirai ! Quel plaiſir ! Que ma fille
Va ranimer ta dolente famille !
Mais, Mons ton fils, le ſieur de Fierenfat ;
Me ſemble avoir un procédé bien plat.

EUPHEMON.

Quoi donc !

RONDON.

Tout fier de ſa magiſtrature ,
Il fait l'amour avec poids & meſure.
Adoleſcent, qui s'érige en barbon ,
Jeune écolier , qui vous parle en Caton ,
Eſt , à mon ſens, un animal bernable,
Et j'aime mieux l'air fou que l'air capable ;

Tom. VI. & du Théâtre le quatriéme.   I i

Il est trop fat.

E U P H E M O N.
Et vous êtes auffi
Un peu trop brufque.

R O N D O N.
Ah ! je fuis fait ainfi.
J'aime le vrai, je me plais à l'entendre ;
J'aime à le dire, à gourmander mon gendre,
A bien matter cette fatuité,
Et l'air pédant dont il eft encrouté.
Vous avez fait, beau-père, en père fage,
Quand fon aîné, ce joueur, ce volage,
Ce débauché, ce fou partit d'ici,
De donner tout à ce fot cadet-ci ;
De mettre en lui toute votre efpérance,
Et d'acheter pour lui la préfidence
De cette ville. Oui, c'eft un trait prudent.
Mais dès qu'il fut Monfieur le Préfident,
Il fut, ma foi, gonflé d'impertinence :
Sa gravité marche & parle en cadence ;
Il dit qu'il a bien plus d'efprit que moi,
Qui, comme on fait, en ai bien plus que toi.
Il eft....

E U P H E M O N.
Eh mais : quelle humeur vous emporte ?
Faut-il toûjours....

R O N D O N.
Va, va, laiffe, qu'importe ?
Tous ces défauts, vois-tu, font comme rien,
Lorfque d'ailleurs on amaffe un gros bien.
Il eft avare ; & tout avare eft fage.

Oh ! c'eſt un vice excellent en ménage,
Un très-bon vice. Allons, dès aujourd'hui
Il eſt mon gendre, & ma Liſe eſt à lui.
Il reſte donc, notre triſte beau-père,
A faire ici donation entière
De tous vos biens, contracts, acquis, conquis,
Préſens, futurs, à monſieur votre fils,
En réſervant ſur votre vieille tête
D'un uſufruit l'entretien fort honnête ;
Le tout en bref arrêté, cimenté,
Pour que ce fils, bien coſſu, bien doté,
Joigne à nos biens une vaſte opulence :
Sans quoi ſoudain ma Liſe à d'autres penſe.

EUPHEMON.

Je l'ai promis, & j'y ſatisferai ;
Oui, Fierenfat aura le bien que j'ai.
Je veux couler au ſein de la retraite
La triſte fin de ma vie inquiète ;
Mais je voudrais qu'un fils ſi bien doté
Eût pour mes biens un peu moins d'âpreté.
J'ai vû d'un fils la débauche inſenſée,
Je vois dans l'autre une ame intéreſſée.

RONDON.

Tant mieux, tant mieux.

EUPHEMON.

                    Cher ami, je ſuis né
Pour n'être rien qu'un père infortuné.

RONDON.

Voilà-t-il pas de vos Jérémiades,
De vos regrets, de vos complaintes fades ?
Voulez-vous pas que ce maître étourdi,

Ce bel aîné, dans le vice enhardi,
Venant gâter les douceurs que j'apprête,
Dans cet hymen paraiffe en trouble-fête ?

E U P H E M O N.

Non.

R O N D O N.

Voulez-vous qu'il vienne, fans façon,
Mettre en jurant le feu dans la maifon ?

E U P H E M O N.

Non.

R O N D O N.

Qu'il vous batte, & qu'il m'enlève Life ?
Life autrefois à cet aîné promife ?
Ma Life qui....

E U P H E M O N.

Que cet objet charmant
Soit préfervé d'un pareil garnement !

R O N D O N.

Qu'il rentre ici pour dépouiller fon père ?
Pour fuccéder ?

E U P H E M O N.

Non... tout eft à fon frère.

R O N D O N.

Ah ! fans cela point de Life pour lui.

E U P H E M O N.

Il aura Life & mes biens aujourd'hui ;
Et fon aîné n'aura pour tout partage
Que le couroux d'un père qu'il outrage :
Il le mérite : il fut dénaturé.

R O N D O N.

Ah ! vous l'aviez trop longtems enduré.

L'autre du moins agit avec prudence ;
Mais cet aîné ! quels traits d'extravagance !
Le libertin , mon Dieu , que c'était-là !
Te fouvient-il , vieux beau-père , ah , ah , ah ,
Qu'il te vola , ce tour eft bagatelle ,
Chevaux , habits , linge , meubles , vaiffelle ,
Pour équiper la petite Jourdain ,
Qui le quitta le lendemain matin ?
J'en ai bien ri , je l'avouë.

E U P H E M O N.

        Ah ! quels charmes
Trouvez-vous donc à rappeller mes larmes ?

R O N D O N.

Et fur un as mettant vingt rouleaux d'or ?
Eh , eh !

E U P H E M O N.

   Ceffez.

R O N D O N.

      Te fouvient-il encor ,
Quand l'étourdi dut en face d'églife
Se fiancer à ma petite Life ?
Dans quel endroit on le trouva caché ?
Comment , pour qui ? ... Pefte , quel débauché !

E U P H E M O N.

Epargnez-moi ces indignes hiftoires ,
De fa conduite impreffions trop noires ;
Ne fuis-je pas affez infortuné ?
Je fuis forti des lieux où je fuis né ,
Pour m'épargner , pour ôter de ma vuë
Ce qui rappelle un malheur qui me tuë :
Votre commerce ici vous a conduit ;

Mon amitié, ma douleur vous y fuit.
Ménagez-les : vous prodiguez fans ceffe
La vérité ; mais la vérité bleffe.

R O N D O N.

Je me tairai, foit : j'y confens ; d'accord.
Pardon ; mais diable ! auffi vous aviez tort,
En connaiffant le fougueux caractère
De votre fils, d'en faire un moufquetaire.

E U P H E M O N.

Encor !

R O N D O N.

Pardon ; mais vous deviez....

E U P H E M O N.

Je dois
Oublier tout pour notre nouveau choix,
Pour mon cadet & pour fon mariage ;
Çà penfez-vous que ce cadet fi fage
De votre fille ait pu toucher le cœur ?

R O N D O N.

Affurément. Ma fille a de l'honneur,
Elle obéit à mon pouvoir fuprême.
Et quand je dis : Allons, je veux qu'on aime,
Son cœur docile, & que j'ai fû tourner,
Tout auffi-tôt aime fans raifonner.
A mon plaifir j'ai paîtri fa jeune ame.

E U P H E M O N.

Je doute un peu pourtant qu'elle s'enflamme
Par vos leçons ; & je me trompe fort,
Si de vos foins votre fille eft d'accord.
Pour mon aîné j'obtins le facrifice

Des vœux naiffans de fon ame novice.
Je fais quels font ces premiers traits d'amour.
Le cœur eft tendre ; il faigne plus d'un jour.

RONDON.

Vous radotez.

EUPHEMON.

Quoi que vous puiffiez dire,
Cet étourdi pouvait très bien féduire.

RONDON.

Lui ! point du tout ; ce n'était qu'un vaurien.
Pauvre bon-homme ! allez, ne craignez rien :
Car à ma fille, après ce beau ménage,
J'ai défendu de l'aimer davantage.
Ayez le cœur fur cela réjoüi ;
Quand j'ai dit non, perfonne ne dit oui.
Voyez plutôt.

SCENE II.

EUPHEMON, RONDON, LISE, MARTHE.

RONDON.

A Pprochez, venez, Life.
Ce jour pour vous eft un grand jour de crife.
Que je te donne un mari jeune ou vieux,
Ou laid ou beau, trifte ou gai, riche ou gueux,
Ne fens-tu pas des défirs de lui plaire,
Du goût pour lui, de l'amour ?

LISE.

Non, mon père.

RONDON.

Comment, coquine ?

EUPHEMON.

Ah, ah, notre féal,
Votre pouvoir va, ce femble, un peu mal ;
Qu'eft devenu ce defpotique empire ?

RONDON.

Comment, après tout ce que j'ai pû dire
Tu n'aurais pas un peu de paffion
Pour ton futur époux ?

LISE.

Mon père, non.

RONDON.

Ne fais-tu pas que le devoir t'oblige
A lui donner tout ton cœur ?

LISE.

Non, vous dis-je.
Je fais, mon père, à quoi ce nœud facré
Oblige un cœur de vertu pénétré.
Je fais qu'il faut, aimable en fa fageffe,
De fon époux mériter la tendreffe,
Et réparer du moins par la bonté,
Ce que le fort nous refufe en beauté :
Etre au-dehors difcrète, raifonnable,
Dans fa maifon, douce, égale, agréable.
Quant à l'amour, c'eft tout un autre point ;
Les fentimens ne fe commandent point.
N'ordonnez rien, l'amour fuit l'efclavage.
De mon époux le refte eft le partage :
Mais pour mon cœur, il le doit mériter.
Ce cœur au moins difficile à domter,

Ne

Ne put aimer ni par ordre d'un père,
Ni par raifon, ni par devant notaire.

E U P H E M O N.

C'eft à mon gré raifonner fenfément.
J'approuve fort ce jufte fentiment.
C'eft à mon fils à tâcher de fe rendre
Digne d'un cœur auffi noble que tendre.

R O N D O N.

Vous tairez - vous, radoteur complaifant,
Flatteur barbon, vrai corrupteur d'enfant ?
Jamais fans vous ma fille bien apprife,
N'eût devant moi lâché cette fottife.

(*à Life.*)

Ecoute, toi : je te baille un mari,
Tant foit peu fat, & par trop rencheri ;
Mais c'eft à moi de corriger mon gendre ;
Toi, tel qu'il eft, c'eft à toi de le prendre,
De vous aimer, fi vous pouvez, tous deux,
Et d'obéïr à tout ce que je veux.
C'eft là ton lot ; & toi, notre beau - père,
Allons figner chez notre gros notaire,
Qui vous allonge, en cent mots fuperflus,
Ce qu'on dirait en quatre tout au plus.
Allons hâter fon bavard griffonnage ;
Lavons la tête à ce large vifage ;
Puis je reviens, après cet entretien,
Gronder ton fils, ma fille, & toi.

E U P H E M O N.

Fort bien.

SCENE III.

LISE, MARTHE.

MARTHE.

MOn Dieu ! qu'il joint à tous ſes airs groteſques
Des ſentimens & des travers burleſques !

LISE.

Je ſuis ſa fille , & de plus ſon humeur
N'altère point la bonté de ſon cœur ;
Et ſous les plis d'un front atrabilaire ,
Sous cet air bruſque , il a l'ame d'un père ;
Quelquefois même , au milieu de ſes cris ,
Tout en grondant il cède à mes avis.
Il eſt bien vrai , qu'en blâmant la perſonne ,
Et les défauts du mari qu'il me donne ,
En me montrant d'une telle union
Tous les dangers , il a grande raiſon ;
Mais lorſqu'enſuite il ordonne que j'aime ,
Dieu ! que je ſens que ſon tort eſt extrême !

MARTHE.

Comment aimer un Monſieur Fierenfat ?
J'épouſerais plutôt un vieux ſoldat ,
Qui jure, boit, bat ſa femme , & qui l'aime ,
Qu'un fat en robe , enyvré de lui-même ,
Qui d'un ton grave , & d'un air de pédant ,
Semble juger ſa femme en lui parlant ;
Qui comme un paon dans lui-même ſe mire ,
Sous ſon rabat ſe rengorge & s'admire ;

Et plus avare encor que fuffifant,
Vous fait l'amour en comptant fon argent.

L I S E.

Ah ! ton pinceau l'a peint d'après nature.
Mais qu'y ferai - je ? il faut bien que j'endure
L'état forcé de cet hymen prochain.
On ne fait pas comme on veut fon deftin :
Et mes parens , ma fortune , mon âge ,
Tout de l'hymen me prefcrit l'efclavage.
Ce Fierenfat eft , malgré mes dégoûts ,
Le feul qui puiffe être ici mon époux ;
Il eft le fils de l'ami de mon père ,
C'eft un parti devenu néceffaire.
Hélas ! quel cœur , libre dans fes foupirs ,
Peut fe donner au gré de fes défirs ?
Il faut céder : le tems , la patience ,
Sur mon époux vaincront ma répugnance ;
Et je pourai , foumife à mes liens ,
A fes défauts me prêter comme aux miens.

M A R T H E.

C'eft bien parler , belle & difcrète Life ;
Mais votre cœur tant foit peu fe déguife.
Si j'ofais ... mais vous m'avez ordonné
De ne parler jamais de cet aîné.

L I S E.

Quoi ?

M A R T H E.

D'Euphémon , qui , malgré tous fes vices ,
De votre cœur eut les tendres prémices ,
Qui vous aimait.

Kk ij

LISE.

Il ne m'aima jamais.
Ne parlons plus de ce nom que je hais.

MARTHE *en s'en allant.*

N'en parlons plus.

LISE *la retenant.*

Il eſt vrai : ſa jeuneſſe
Pour quelque tems a ſurpris ma tendreſſe ;
Etait - il fait pour un cœur vertueux ?

MARTHE *en s'en allant.*

C'était un fou , ma foi , très dangereux.

LISE *la retenant.*

De corrupteurs ſa jeuneſſe entourée ,
Dans les excès ſe plongeait égarée.
Le malheureux ! il cherchait tour à tour
Tous les plaiſirs , il ignorait l'amour.

MARTHE.

Mais autrefois vous m'avez paru croire ,
Qu'à vous aimer il avait mis ſa gloire ,
Que dans vos fers il était engagé.

LISE.

S'il eût aimé , je l'aurais corrigé.
Un amour vrai , ſans feinte & ſans caprice ,
Eſt en effet le plus grand frein du vice.
Dans ſes liens qui ſait ſe retenir
Eſt honnête homme , ou va le devenir ;
Mais Euphémon dédaigna ſa maîtreſſe ;
Pour la débauche il quitta la tendreſſe.
Ses faux amis , indigens ſcélérats ,
Qui dans le piége avaient conduit ſes pas ,
Ayant mangé tout le bien de ſa mère ,

Ont fous fon nom volé fon trifte père.
Pour comble enfin , ces féduéteurs cruels
L'ont entraîné loin des bras paternels ,
Loin de mes yeux , qui noyés dans les larmes ,
Pleuraient encor fes vices & fes charmes.
Je ne prens plus nul intérêt à lui.

M A R T H E.

Son frère enfin , lui fuccède aujourd'hui :
Il aura Life : & certes c'eft dommage ;
Car l'autre avait un bien joli vifage ,
De blonds cheveux , la jambe faite au tour ,
Danfait , chantait , était né pour l'amour.

L I S E.

Ah ! que dis - tu ?

M A R T H E.

Même dans ces mêlanges
D'égaremens , de fottifes étranges ,
On découvrait aifément dans fon cœur
Sous fes défauts un certain fonds d'honneur.

L I S E.

Il était né pour le bien , je l'avoue.

M A R T H E.

Ne croyez pas que ma bouche le loue ;
Mais il n'était , me femble , point flatteur ,
Point médifant , point efcroc , point menteur.

L I S E.

Oui ; mais...

M A R T H E.

Fuyons , car c'eft Monfieur fon frère.

L I S E.

Il faut refter , c'eft un mal néceffaire.

K k iij

SCENE IV.

LISE, MARTHE, le Préſident FIERENFAT.

FIERENFAT.

JE l'avoûrai, cette donation
Doit augmenter la ſatisfaction
Que vous avez d'un ſi beau mariage.
Surcroit de biens eſt l'ame d'un ménage ;
Fortune, honneurs, & dignités, je croi,
Abondamment ſe trouvent avec moi ;
Et vous aurez dans Cognac, à la ronde,
L'honneur du pas ſur les gens du beau monde.
C'eſt un plaiſir bien flatteur que cela ;
Vous entendrez murmurer, *la voilà*.
En vérité, quand j'examine au large
Mon rang, mon bien, tous les droits de ma charge,
Les agrémens que dans le monde j'ai,
Les droits d'aîneſſe où je ſuis ſubrogé,
Je vous en fais mon compliment, Madame.

MARTHE.

Moi, je la plains : c'eſt une choſe infâme,
Que vous mêliez dans tous vos entretiens
Vos qualités, votre rang & vos biens.
Etre à la fois & Midas & Narciſſe,
Enflé d'orgueil & pincé d'avarice ;
Lorgner ſans ceſſe avec un œil content,
Et ſa perſonne & ſon argent comptant ;
Etre en rabat un petit-maître avare,
C'eſt un excès de ridicule rare :

Un jeune fat paſſe encor ; mais , ma foi ,
Un jeune avare eſt un monſtre pour moi.

F I E R E N F A T.

Ce n'eſt pas vous probablement , ma mie ,
A qui mon père aujourd'hui me marie ,
C'eſt à Madame. Ainſi donc , s'il vous plaît ,
Prenez à nous un peu moins d'intérêt.

(*A Liſe.*)

Le ſilence eſt votre fait.... Vous , Madame ,
Qui dans une heure ou deux ſerez ma femme ,
Avant la nuit vous aurez la bonté
De me chaſſer ce gendarme effronté ,
Qui ſous le nom d'une fille ſuivante ,
Donne carrière à ſa langue impudente.
Je ne ſuis pas un Préſident pour rien ;
Et nous pourrions l'enfermer pour ſon bien.

M A R T H E *à Liſe.*

Défendez-moi , parlez-lui , parlez ferme :
Je ſuis à vous , empêchez qu'on m'enferme ;
Il pourrait bien vous enfermer auſſi.

L I S E.

J'augure mal déja de tout ceci.

M A R T H E.

Parlez-lui donc ; laiſſez ces vains murmures.

L I S E.

Que puis-je , hélas ! lui dire ?

M A R T H E.

Des injures.

L I S E.

Non , des raiſons valent mieux.

MARTHE.

Croyez-moi ,
Point de raisons , c'est le plus sûr.

SCENE V.

RONDON , Acteurs précédens.

RONDON.

MA foi ,
Il nous arrive une plaisante affaire.

FIERENFAT.

Eh quoi , Monsieur ?

RONDON.

Ecoute. A ton vieux père
J'allais porter notre papier timbré ,
Quand nous l'avons ici près rencontré ,
Entretenant au pied de cette roche ,
Un voyageur qui descendait du coche.

LISE.

Un voyageur jeune ?...

RONDON.

Nenni vraiment ,
Un béquillard , un vieux ridé sans dent.
Nos deux barbons d'abord avec franchise ,
L'un contre l'autre ont mis leur barbe grise :
Leurs dos voûtés s'élevaient , s'abaissaient
Aux longs élans des soupirs qu'ils poussaient :

Et

Et fur leur nez leur prunelle éraillée
Verfait les pleurs dont elle était mouillée :
Puis Euphémon, d'un air tout rechigné,
Dans fon logis foudain s'eft rencogné :
Il dit qu'il fent une douleur infigne,
Qu'il faut au moins qu'il pleure avant qu'il figne,
Et qu'à perfonne il ne prétend parler.

F I E R E N F A T.

Ah ! je prétens moi l'aller confoler.
Vous favez tous comme je le gouverne ;
Et d'affez près la chofe nous concerne :
Je le connais, & dès qu'il me verra
Contrat en main, d'abord il fignera.
Le tems eft cher, mon nouveau droit d'aînefle
Eft un objet.

L I S E.

Non, Monfieur, rien ne preffe.

R O N D O N.

Si fait, tout preffe, & c'eft ta faute auffi,
Que tout cela.

L I S E.

Comment ? à moi ! ma faute ?

R O N D O N.

Oui.
Les contretems, qui troublent les familles,
Viennent toûjours par la faute des filles.

L I S E.

Qu'ai-je donc fait qui vous fâche fi fort ?

R O N D O N.

Vous avez fait, que vous avez tous tort.

Tom. VI. & du Théâtre le quatriéme. LI

Je veux un peu voir nos deux trouble-fêtes ,
A la raiſon ranger leurs lourdes têtes ;
Et je prétens vous marier tantôt ,
Malgré leurs dents , malgré vous , s'il le faut.

Fin du premier acte.

ACTE II.

SCENE PREMIERE.

LISE, MARTHE.

MARTHE.

Vous frémiffez en voyant de plus près
Tout ce fracas, ces nôces, ces apprêts.

LISE.

Ah ! plus mon cœur s'étudie & s'effaye,
Plus de ce joug la pefanteur m'effraye :
A mon avis, l'hymen & fes liens
Sont les plus grands, ou des maux, ou des biens.
Point de milieu, l'état du mariage
Eft des humains le plus cher avantage,
Quand le rapport des efprits & des cœurs,
Des fentimens, des goûts & des humeurs,
Serre ces nœuds tiffus par la nature,
Que l'amour forme & que l'honneur épure.
Dieux ! quel plaifir d'aimer publiquement,
Et de porter le nom de fon amant !
Votre maifon, vos gens, votre livrée,
Tout vous retrace une image adorée :
Et vos enfans, ces gages précieux,
Nés de l'amour, en font de nouveaux nœuds.
Un tel hymen, une union fi chère,
Si l'on en voit, c'eft le ciel fur la terre.

Ll ij

Mais triſtement vendre par un contrat
Sa liberté, ſon nom & ſon état,
Aux volontés d'un maître deſpotique,
Dont on devient le premier domeſtique :
Se quereller, ou s'éviter le jour,
Sans joie à table, & la nuit ſans amour :
Trembler toûjours d'avoir une faibleſſe,
Y ſuccomber, ou combattre ſans ceſſe :
Tromper ſon maître, ou vivre ſans eſpoir
Dans les langueurs d'un importun devoir :
Gémir, ſécher dans ſa douleur profonde :
Un tel hymen eſt l'enfer de ce monde.

MARTHE.

En vérité les filles, comme on dit,
Ont un démon qui leur forme l'eſprit :
Que de lumière en une ame ſi neuve !
La plus experte & la plus fine veuve,
Qui ſagement ſe conſole à Paris,
D'avoir porté le deuil de trois maris,
N'en eût pas dit ſur ce point davantage.
Mais vos dégoûts ſur ce beau mariage
Auraient beſoin d'un éclairciſſement.
L'hymen déplaît avec le Préſident :
Vous plairait - il avec Monſieur ſon frère ?
Débrouillez - moi, de grace, ce myſtère ;
L'aîné fait - il bien du tort au cadet ?
Haïſſez - vous ? aimez - vous ? parlez net.

LISE.

Je n'en ſais rien, je ne peux & je n'oſe
De mes dégoûts bien démêler la cauſe.
Comment chercher la triſte vérité

Au fond d'un cœur, hélas ! trop agité ?
Il faut au moins, pour fe mirer dans l'onde,
Laiffer calmer la tempête qui gronde,
Et que l'orage & les vents en repos,
Ne rident plus la furface des eaux.

MARTHE.

Comparaifon n'eft pas raifon, Madame.
On lit très bien dans le fond de fon ame :
On y voit clair. Et fi les paffions
Portent en nous tant d'agitations,
Fille de bien fait toûjours dans fa tête,
D'où vient le vent qui caufe la tempête.
On fait...

LISE.

Et moi, je ne veux rien favoir :
Mon œil fe ferme, & je ne veux rien voir :
Je ne veux point chercher fi j'aime encore
Un malheureux qu'il faut bien que j'abhorre.
Je ne veux point accroître mes dégoûts
Du vain regret d'un plus aimable époux.
Que loin de moi cet Euphémon, ce traître,
Vive content, foit heureux, s'il peut l'être :
Qu'il ne foit pas au moins deshérité ;
Je n'aurai pas l'affreufe dureté,
Dans ce contrat, où je me détermine,
D'être fa fœur pour hâter fa ruïne.
Voilà mon cœur, c'eft trop le pénétrer ;
Aller plus loin, ferait le déchirer.

S C E N E II.

LISE, MARTHE, un laquais.

LE LAQUAIS.

LA-bas, Madame, il eſt une Baronne
De Croupillac.

LISE.

Sa viſite m'étonne.

LE LAQUAIS.

Qui d'Angoulême arrive juſtement,
Et veut ici vous faire compliment.

LISE.

Hélas ! ſur quoi ?

MARTHE.

Sur votre hymen, ſans doute.

LISE.

Ah ! c'eſt encor tout ce que je redoute.
Suis-je en état d'entendre ces propos,
Ces complimens, protocolle des ſots,
Où l'on ſe gêne, où le bon ſens expire
Dans le travail de parler ſans rien dire ?
Que ce fardeau me pèſe & me déplaît !

S C E N E III.

LISE, Mad. CROUPILLAC, MARTHE.

MARTHE.

VOilà la Dame.

LISE.

Oh ! je vois trop qui c'eft.

MARTHE.

On dit qu'elle eft affez grande époufeufe,
Un peu plaideufe, & beaucoup radoteufe.

LISE.

Des fiéges donc. Madame, pardon fi...

Mad. CROUPILLAC.

Ah, Madame !

LISE.

Eh, Madame !

Mad. CROUPILLAC.

Il faut auffi...

LISE.

S'affeoir, Madame.

Mad. CROUPILLAC affife.

En vérité, Madame,
Je fuis confufe ; & dans le fond de l'ame,
Je voudrais bien...

LISE.

Madame ?

Mad. CROUPILLAC.

Je voudrais

Vous enlaidir, vous ôter vos attraits.
Je pleure, hélas ! vous voyant fi jolie.

LISE.

Confolez - vous, Madame.

Mad. CROUPILLAC.

O ! non, ma mie,

Je ne faurais : je vois que vous aurez
Tous les maris que vous demanderez.

J'en avais un , du moins en efpérance ,
Un feul , hélas ! c'eft bien peu , quand j'y penfe ,
Et j'avais eu grand' peine à le trouver ;
Vous me l'ôtez , vous allez m'en priver.
Il eft un tems , ah ! que ce tems vient vite ,
Où l'on perd tout quand un amant nous quitte ,
Où l'on eft feule ; & certe il n'eft pas bien ,
D'enlever tout à qui n'a prefque rien.

LISE.

Excufez - moi , fi je fuis interdite
De vos difcours & de votre vifite.
Quel accident afflige vos efprits ?
Qui perdez - vous ? & qui vous ai - je pris ?

Mad. CROUPILLAC.

Ma chère enfant , il eft force bégueules
Au teint ridé , qui penfent qu'elles feules ,
Avec du fard & quelques fauffes dents ,
Fixent l'amour , les plaifirs & le tems.
Pour mon malheur , hélas ! je fuis plus fage ;
Je vois trop bien que tout paffe , & j'enrage.

LISE.

J'en fuis fâchée , & tout eft ainfi fait ;
Mais je ne peux vous rajeunir.

Mad. CROUPILLAC.
Si fait :
J'efpère encor , & ce ferait peut - être
Me rajeunir que me rendre mon traître.

LISE.

Mais de quel traître ici me parlez - vous ?

Mad. CROUPILLAC.

D'un Préfident , d'un ingrat , d'un époux ,

Que

Que je pourfuis , pour qui je perds haleine ,
Et fûrement qui n'en vaut pas la peine.

L I S E.

Eh bien , Madame ?

Mad. C R O U P I L L A C.

     Eh bien , dans mon printems
Je ne parlais jamais aux Préſidens :
Je haïſſais leur perſonne & leur ſtyle ;
Mais avec l'âge on eſt moins difficile.

L I S E.

Enfin , Madame ?

Mad. C R O U P I L L A C.

     Enfin il faut ſavoir,
Que vous m'avez réduite au deſeſpoir.

L I S E.

Comment ? en quoi ?

Mad. C R O U P I L L A C.

     J'étais dans Angoulême ,
Veuve , & pouvant diſpoſer de moi - même :
Dans Angoulême en ce tems Fierenfat
Etudiait , apprentif magiſtrat ;
Il me lorgnait , il ſe mit dans la tête
Pour ma perſonne un amour malhonnête ,
Bien malhonnête , hélas ! bien outrageant ;
Car il faiſait l'amour à mon argent.
Je fis écrire au bon homme de père :
On s'entremit , on pouſſa loin l'affaire ;
Car en mon nom ſouvent on lui parla ;
Il répondit , qu'il verrait tout cela.
Vous voyez bien que la choſe était ſûre.

L I S E.

Oh oui.

Mad. C R O U P I L L A C.

Pour moi, j'étais prête à conclure.
De Fierenfat alors le frère aîné
A votre lit fut, dit-on, deſtiné.

L I S E.

Quel ſouvenir !

Mad. C R O U P I L L A C.

C'était un fou, ma chère,
Qui jouïſſait de l'honneur de vous plaire.

L I S E.

Ah !

Mad. C R O U P I L L A C.

Ce fou-là s'étant fort dérangé,
Et de ſon père ayant pris ſon congé,
Errant, proſcrit, peut-être mort, que ſais-je ?
(Vous vous troublez !) mon héros de collége,
Mon préſident, ſachant que votre bien
Eſt, tout compté, plus ample que le mien,
Mépriſe enfin ma fortune & mes larmes ;
De votre dot il convoite les charmes ;
Entre vos bras il eſt ce ſoir admis.
Mais penſez-vous qu'il vous ſoit bien permis
D'aller ainſi courant de frère en frère,
Vous emparer d'une famille entière ?
Pour moi, déja, par proteſtation,
J'arrête ici la célébration ;
J'y mangerai mon château, mon douaire ;
Et le procès ſera fait de manière,
Que vous, ſon père, & les enfans que j'ai,
Nous ſerons morts avant qu'il ſoit jugé.

LISE.

En vérité je fuis toute honteufe ,
Que mon hymen vous rende malheureufe ;
Je fuis peu digne , hélas ! de ce couroux.
Sans être heureux on fait donc des jaloux !
Ceffez , Madame , avec un œil d'envie
De regarder mon état & ma vie ;
On nous pourrait aifément accorder ;
Pour un mari je ne veux point plaider.

Mad. CROUPILLAC.

Quoi ! point plaider ?

LISE.

Non : je vous l'abandonne.

Mad. CROUPILLAC.

Vous êtes donc fans goût pour fa perfonne ?
Vous n'aimez point ?

LISE.

Je trouve peu d'attraits
Dans l'hyménée , & nul dans les procès.

S C E N E IV.

Mad. CROUPILLAC , LISE , RONDON.

RONDON.

OH , oh , ma fille , on nous fait des affaires ,
Qui font dreffer les cheveux aux beaux-pères !
On m'a parlé de proteftation.
Eh vertu-bleu ! qu'on en parle à Rondon ;
Je chafferai bien loin ces créatures.

Mad. CROUPILLAC.

Faut-il encor effuyer des injures ?
Monfieur Rondon, de grace écoutez-moi.

RONDON.

Que vous plaît-il ?

Mad. CROUPILLAC.

Votre gendre eft fans foi ;
C'eft un fripon d'efpéce toute neuve ,
Galant, avare, écornifleur de veuve ;
C'eft de l'argent qu'il aime.

RONDON.

Il a raifon.

Mad. CROUPILLAC.

Il m'a cent fois promis dans ma maifon
Un pur amour, d'éternelles tendreffes.

RONDON.

Eft-ce qu'on tient de femblables promeffes ?

Mad. CROUPILLAC.

Il m'a quittée, hélas ! fi durement.

RONDON.

J'en aurais fait de bon cœur tout autant.

Mad. CROUPILLAC.

Je vais parler comme il faut à fon père.

RONDON.

Ah ! parlez-lui plutôt qu'à moi.

Mad. CROUPILLAC.

L'affaire
Eft effroyable, & le beau fexe entier
En ma faveur ira partout crier.

RONDON.

Il criera moins que vous.

Mad. C R O U P I L L A C.

Ah ! vos perſonnes
Sauront un peu ce qu'on doit aux Baronnes.

R O N D O N.

On doit en rire.

Mad. C R O U P I L L A C.

Il me faut un époux ;
Et je prendrai lui , ſon vieux père , ou vous.

R O N D O N.

Qui , moi ?

Mad. C R O U P I L L A C.

Vous - même.

R O N D O N.

Oh ! je vous en déſie.

Mad. C R O U P I L L A C.

Nous plaiderons.

R O N D O N.

Mais voyez la folie.

S C E N E   V.

R O N D O N , F I E R E N F A T , L I S E.

R O N D O N à *Liſe.*

JE voudrais bien ſavoir auſſi pourquoi
Vous recevez ces viſites chez moi ?
Vous m'attirez toûjours des algarades.

(à *Fierenfat.*)

Et vous , Monſieur , le Roi des pédans fades ,
Quel ſot démon vous force à courtiſer
Une Baronne , afin de l'abuſer ?

Mm iij

C'eſt bien à vous, avec ce plat viſage,
De vous donner les airs d'être volage !
Il vous ſied bien, grave & triſte indolent,
De vous mêler du métier de galant !
C'était le fait de votre fou de frère ;
Mais vous, mais vous !

FIERENFAT.

Détrompez-vous, beau-père,
Je n'ai jamais requis cette union ;
Je ne promis que ſous condition,
Me réſervant toûjours au fond de l'ame,
Le droit de prendre une plus riche femme.
De mon aîné l'exhérédation,
Ét tous les biens en ma poſſeſſion,
A votre fille enfin m'ont fait prétendre ;
Argent comptant fait & beau-père & gendre.

RONDON.

Il a raiſon, ma foi j'en ſuis d'accord.

LISE.

Avoir ainſi raiſon, c'eſt un grand tort.

RONDON.

L'argent fait tout. Va, c'eſt choſe très-ſûre.
Hâtons-nous donc ſur ce pied de conclure.
D'écus tournois ſoixante peſans ſacs
Finiront tout, malgré les Croupillacs.
Qu'Euphémon tarde, & qu'il me deſeſpère !
Signons toûjours avant lui.

LISE.

Non, mon père ;
Je fais auſſi mes proteſtations,
Et je me donne à des conditions.

R O N D O N.

Conditions ! toi ? quelle impertinence !
Tu dis , tu dis ?...

L I S E.

Je dis ce que je pense.
Peut - on goûter le bonheur odieux
De se nourrir des pleurs d'un malheureux ?
  A Fierenfat.
Et vous , Monsieur , dans votre sort prospère,
Oubliez - vous que vous avez un frère ?

F I E R E N F A T.

Mon frère ? moi , je ne l'ai jamais vû ;
Et du logis il était disparu ,
Lorsque j'étais encor dans notre école ,
Le nez collé sur Cujas & Bartole.
J'ai sû depuis ses beaux déportemens ;
Et si jamais il reparaît céans ,
Consolez - vous , nous savons les affaires ,
Nous l'enverrons en douceur aux galères.

L I S E.

C'est un projet fraternel & chrétien ;
En attendant vous confisquez son bien :
C'est votre avis ; mais moi , je vous déclare ,
Que je déteste un tel projet.

R O N D O N.

Tarare.
Va , mon enfant ; le contract est dressé ;
Sur tout cela le notaire a passé.

F I E R E N F A T.

Nos pères l'ont ordonné de la sorte ;
En droit écrit leur volonté l'emporte.

Lifez Cujas , chapitre cinq, fix , fept :
» Tout libertin de débauches infect,
» Qui renonçant à l'aile paternelle ,
» Fuit la maifon , ou bien qui pille icelle ,
» *Ipfo facto* de tout dépoffédé ,
» Comme un bâtard il eft exhérédé.

LISE.

Je ne connais le droit ni la coutume ;
Je n'ai point lû Cujas ; mais je préfume ,
Que ce font tous des mal - honnêtes gens ,
Vrais ennemis du cœur & du bon - fens ,
Si dans leur code ils ordonnent qu'un frère
Laiffe périr fon frère de mifère ;
Et la nature & l'honneur ont leurs droits ,
Qui valent mieux que Cujas & vos loix.

RONDON.

Ah ! laiffez là vos loix & votre code ,
Et votre honneur , & faites à ma mode ;
De cet aîné que t'embarraffes - tu ?
Il faut du bien.

LISE.

Il faut de la vertu.

Qu'il foit puni ; mais au moins qu'on lui laiffe
Un peu de bien , refte d'un droit d'aîneffe.
Je vous le dis , ma main , ni mes faveurs ,
Ne feront point le prix de fes malheurs.
Corrigez donc l'article que j'abhorre ,
Dans ce contrat , qui tous nous deshonore :
Si l'intérêt ainfi l'a pû dreffer ,
C'eft un opprobre , il le faut effacer.

FIEREN-

F I E R E N F A T.

Ah , qu'une femme entend mal les affaires !

R O N D O N.

Quoi ! tu voudrais corriger deux notaires ?
Faire changer un contrat ?

L I S E.

Pourquoi non ?

R O N D O N.

Tu ne feras jamais bonne maiſon :
Tu perdras tout.

L I S E.

Je n'ai pas grand uſage ,
Juſqu'à préſent , du monde & du ménage :
Mais l'intérêt , mon cœur vous le maintient ,
Perd des maiſons, autant qu'il en ſoutient.
Si j'en fais une , au moins cet édifice
Sera d'abord fondé ſur la juſtice.

R O N D O N.

Elle eſt têtuë : & pour la contenter ,
Allons , mon gendre , il faut s'exécuter.
Ça , donne un peu.

F I E R E N F A T.

Oui , je donne à mon frère...
Je donne... allons...

R O N D O N.

Ne lui donne donc guère.

SCENE VI.

EUPHEMON, RONDON, LISE, FIERENFAT.

RONDON.

AH ! le voici le bon-homme Euphémon.
Vien, vien, j'ai mis ma fille à la raison.
On n'attend plus rien que ta fignature.
Preffe-moi donc cette tardive allure.
Dégourdi-toi, prens un ton réjoui,
Un air de nôce, un front épanoui ;
Car dans neuf mois, je veux, ne te déplaife,
Que deux enfans... je ne me fens pas d'aife.
Allons, ri donc, chaffons tous les ennuis ;
Signons, fignons.

EUPHEMON.

Non, Monfieur, je ne puis.

FIERENFAT.

Vous ne pouvez ?

RONDON.

En voici bien d'une autre.

FIERENFAT.

Quelle raifon ?

RONDON.

Quelle rage eft la votre ?
Quoi ? tout le monde eft-il devenu fou ?
Chacun dit, non : comment ? pourquoi ? par où ?

EUPHEMON.

Ah ! ce ferait outrager la nature,
Que de figner dans cette conjonĉture.

R o n d o n.

Serait-ce point la Dame Croupillac,
Qui fourdement fait ce maudit micmac ?

E u p h e m o n.

Non, cette femme eft folle, & dans fa tête
Elle veut rompre un hymen que j'apprête.
Mais ce n'eft pas de fes cris impuiffans
Que font venus les ennuis que je fens.

R o n d o n.

Eh bien, quoi donc ? ce béquillard du coche
Dérange tout, & notre affaire accroche ?

E u p h e m o n.

Ce qu'il a dit doit retarder du moins
L'heureux hymen, objet de tant de foins.

L i s e.

Qu'a-t-il donc dit, Monfieur ?

F i e r e n f a t.

Quelle nouvelle
A-t-il appris ?

E u p h e m o n.

Une, hélas ! trop cruelle.
Devers Bourdeaux cet homme a vû mon fils,
Dans les prifons, fans fecours, fans habits,
Mourant de faim ; la honte & la trifteffe
Vers le tombeau conduifaient fa jeuneffe ;
La maladie & l'excès du malheur
De fon printems avaient féché la fleur ;
Et dans fon fang la fiévre enracinée
Précipitait fa dernière journée.
Quand il le vit, il était expirant ;
Sans doute, hélas ! il eft mort à préfent.

Nn ij

RONDON.

Voilà , ma foi , fa penfion payée.

LISE.

Il ferait mort !

RONDON.

N'en fois point effrayée ;
Va , que t'importe ?

FIERENFAT.

Ah ! Monfieur , la pâleur
De fon vifage efface la couleur.

RONDON.

Elle eft , ma foi , fenfible : ah ! la friponne !
Puifqu'il eft mort , allons , je te pardonne.

FIERENFAT.

Mais après tout , mon père , voulez-vous ? . . . .

EUPHEMON.

Ne craignez rien , vous ferez fon époux.
C'eft mon bonheur ; mais il ferait atroce ,
Qu'un jour de deuil devint un jour de noce.
Puis-je , mon fils , mêler à ce feftin
Le contretems de mon jufte chagrin ?
Et fur vos fronts parés de fleurs nouvelles
Laiffer couler mes larmes paternelles ?
Donnez , mon fils , ce jour à nos foupirs ,
Et différez l'heure de vos plaifirs ;
Par une joie indifcrète , infenfée ,
L'honnêteté ferait trop offenfée.

LISE.

Ah , oui , Monfieur , j'approuve vos douleurs ;
Il m'eft plus doux de partager vos pleurs ,
Que de former les nœuds du mariage.

FIERENFAT.

Eh ! mais, mon père....

RONDON.

Eh, vous n'êtes pas fage.
Quoi différer un hymen projetté,
Pour un ingrat cent fois deshérité,
Maudit de vous, de fa famille entière !

EUPHEMON.

Dans ces momens un père eft toûjours père.
Ses attentats, & toutes fes erreurs,
Furent toûjours le fujet de mes pleurs ;
Et ce qui pèfe à mon ame attendrie,
C'eft qu'il eft mort fans réparer fa vie.

RONDON.

Réparons-la, donnons-nous aujourd'hui
Des petits-fils qui vaillent mieux que lui ;
Signons, danfons, allons : que de faibleffe !

EUPHEMON.

Mais....

RONDON.

Mais, morbleu, ce procédé me bleffe :
De regretter même le plus grand bien,
C'eft fort mal fait : douleur n'eft bonne à rien ;
Mais regretter le fardeau qu'on vous ôte,
C'eft une énorme & ridicule faute.
Ce fils aîné, ce fils votre fléau,
Vous mit trois fois fur le bord du tombeau.
Pauvre cher homme ! allez, fa phrénéfie
Eût tôt ou tard abrégé votre vie.
Soyez tranquille : & fuivez mes avis ;
C'eft un grand gain que de perdre un tel fils.

'Nn iij

EUPHEMON.

Oui ; mais ce gain coûte plus qu'on ne pense ;
Je pleure , hélas ! sa mort & sa naissance.

RONDON *à Fierenfat.*

Va : sui ton père , & sois expéditif ;
Pren ce contrat , le mort saisit le vif :
Il n'est plus tems qu'avec moi l'on barguigne ;
Pren - lui la main , qu'il paraphe & qu'il signe.

à Lise.

Et toi , ma fille , attendons à ce soir.
Tout ira bien.

LISE.

Je suis au desespoir.

Fin du second acte.

A C T E   I I I.

S C E N E   P R E M I E R E.

E U P H E M O N fils , J A S M I N.

J A S M I N.

OUi , mon ami , tu fus jadis mon maître ;
Je t'ai fervi deux ans fans te connaître :
Ainfi que moi , réduit à l'hôpital ,
Ta pauvreté m'a rendu ton égal.
Non , tu n'es plus ce Monfieur d'Entremonde ,
Ce Chevalier fi pimpant dans le monde ,
Fêté , couru , de femmes entouré ,
Nonchalamment de plaifirs enyvré.
Tout eft au diable. Etein dans ta mémoire
Ces vains regrets des beaux jours de ta gloire :
Sur du fumier l'orgueil eft un abus ;
Le fouvenir d'un bonheur qui n'eft plus ,
Eft à nos maux un poids infupportable.
Toûjours Jafmin , j'en fuis moins miférable.
Né pour fouffrir , je fais fouffrir gaîment ;
Manquer de tout , voilà mon élément :
Ton vieux chapeau , tes guenilles de bure ,
Dont tu rougis , c'était là ma parure.
Tu dois avoir , ma foi , bien du chagrin ,
De n'avoir pas été toûjours Jafmin.

EUPHEMON fils.

Que la misère entraîne d'infamie !
Faut-il encor qu'un valet m'humilie ?
Quelle accablante & terrible leçon !
Je sens encor, je sens qu'il a raison.
Il me console au moins à sa manière :
Il m'accompagne, & son ame grossière,
Sensible & tendre en sa rusticité,
N'a point pour moi perdu l'humanité.
Né mon égal, (puisqu'enfin il est homme)
Il me soutient sous le poids qui m'assomme ;
Il suit gaiment mon sort infortuné,
Et mes amis m'ont tous abandonné.

JASMIN.

Toi, des amis ! hélas ! mon pauvre maître,
Appren-moi donc, de grace, à les connaître ;
Comment sont faits les gens qu'on nomme amis ?

EUPHEMON fils.

Tu les as vûs chez moi toûjours admis,
M'importunant souvent de leurs visites,
A mes soupers délicats parasites,
Vantant mes goûts d'un esprit complaisant,
Et sur le tout empruntant mon argent ;
De leur bon cœur m'étourdissant la tête,
Et me louant, moi présent.

JASMIN.
                    Pauvre bête !
Pauvre innocent ! tu ne les voyais pas
Te chansonner au sortir d'un repas,
Sifler, berner ta bénigne imprudence.

EUPHE-

EUPHEMON fils.

Ah ! je le crois , car dans ma décadence ,
Lorfqu'à Bourdeaux je me vis arrêté ,
Aucun de ceux , à qui j'ai tout prêté ,
Ne me vint voir , nul ne m'offrit fa bourfe.
Puis au fortir , malade & fans reffource ,
Lorfqu'à l'un d'eux , que j'avais tant aimé ,
J'allais m'offrir mourant , inanimé ,
Sous ces haillons , dépouilles délabrées ,
De l'indigence exécrables livrées ;
Quand je lui vins demander un fecours ,
D'où dépendaient mes miférables jours ,
Il détourna fon œil confus & traître ,
Puis il feignit de ne me pas connaître ,
Et me chaffa comme un pauvre importun.

JASMIN.

Aucun n'ofa te confoler ?

EUPHEMON fils.
Aucun.

JASMIN.

Ah , les amis ! les amis , quels infâmes !

EUPHEMON fils.

Les hommes font tous de fer.

JASMIN.

Et les femmes ?

EUPHEMON fils.

J'en attendais , hélas ! plus de douceur ;
J'en ai cent fois effuyé plus d'horreur.
Celle furtout qui m'aimant fans myftère ,
Semblait placer fon orgueil à me plaire ,
Dans fon logis meublé de mes préfens ,

Tom. VI. & du Théâtre le quatriéme. O o

De mes bienfaits acheta des amans ;
Et de mon vin régalait leur cohuë,
Lorſque de faim j'expirais dans ſa ruë.
Enfin , Jaſmin , ſans ce pauvre vieillard ,
Qui dans Bourdeaux me trouva par hazard ,
Qui m'avait vû , dit-il , dans mon enfance ,
Une mort promte eût fini ma ſouffrance.
Mais en quel lieu ſommes-nous , cher Jaſmin ?

JASMIN.

Près de Cognac , ſi je fais mon chemin ;
Et l'on m'a dit que mon vieux premier maître ,
Monſieur Rondon , loge en ces lieux peut-être.

EUPHEMON fils.

Rondon le père de... quel nom dis-tu ?

JASMIN.

Le nom d'un homme aſſez bruſque & bourru.
Je fus jadis page dans ſa cuiſine :
Mais dominé d'une humeur libertine ,
Je voyageai : je fus depuis coureur ,
Laquais , commis , fantaſſin , déſerteur ;
Puis dans Bourdeaux je te pris pour mon maître.
De moi Rondon ſe ſouviendra peut-être ,
Et nous pourrions dans notre adverſité....

EUPHEMON fils.

Et depuis quand , di-moi , l'as-tu quitté ?

JASMIN.

Depuis quinze ans. C'était un caractère ,
Moitié plaiſant , moitié triſte & colère ,
Au fond bon diable : il avait un enfant ,
Un vrai bijou , fille unique vraiment ,
Oeil bleu , nez court , teint frais , bouche vermeille ,

Et des raifons ! c'était une merveille :
Cela pouvait bien avoir de mon tems,
A bien compter, entre fix à fept ans ;
Et cette fleur avec l'âge embellie,
Eft en état, ma foi, d'être cueillie.

EUPHEMON fils.

Ah malheureux !

JASMIN.

Mais j'ai beau te parler ;
Ce que je dis ne te peut confoler.
Je vois toûjours à travers ta vifière,
Tomber des pleurs qui bordent ta paupière.

EUPHEMON fils.

Quel coup du fort, ou quel ordre des cieux,
A pû guider ma mifère en ces lieux ?
Hélas !

JASMIN.

Ton œil contemple ces demeures.
Tu reftes là tout penfif, & tu pleures.

EUPHEMON fils.

J'en ai fujet.

JASMIN.

Mais connais - tu Rondon ?
Serais - tu pas parent de la maifon ?

EUPHEMON fils.

Ah ! laiffe - moi.

JASMIN *en l'embraffant.*

Par charité, mon maître,
Mon cher ami, di - moi qui tu peux être.

EUPHEMON fils *en pleurant.*

Je fuis... je fuis un malheureux mortel,

Oo ij

Je fuis un fou, je fuis un criminel,
Qu'on doit haïr, que le ciel doit pourfuivre,
Et qui devrait être mort.

JASMIN.

    Songe à vivre ;
Mourir de faim eft par trop rigoureux :
Tien, nous avons quatre mains à nous deux,
Servons - nous - en, fans complainte importune.
Vois - tu d'ici ces gens, dont la fortune
Eft dans leurs bras, qui la bêche à la main,
Le dos courbé retournent ce jardin ?
Enrôlons - nous parmi cette canaille ;
Vien avec eux, imite - les, travaille,
Gagne ta vie.

EUPHEMON fils.

    Hélas ! dans leurs travaux,
Ces vils humains, moins hommes qu'animaux,
Goûtent des biens, dont toûjours mes caprices
M'avaient privé dans mes fauffes délices ;
Ils ont au moins, fans trouble, fans remords,
La paix de l'ame & la fanté du corps.

SCENE II.

Mad. CROUPILLAC, EUPHEMON fils, JASMIN.

  Mad. CROUPILLAC *dans l'enfoncement.*
Que vois - je ici ? Serais - je aveugle ou borgne ?
C'eft lui, ma foi ; plus j'avife & je lorgne
Cet homme - là, plus je dis que c'eft lui.

   Elle le confidère.

Mais ce n'eſt plus le même homme aujourd'hui ,
Ce cavalier brillant dans Angoulême ,
Jouant gros jeu , couſu d'or ,... c'eſt lui-même.

Elle approche d'Euphémon.

Mais l'autre était riche , heureux , beau , bien fait ,
Et celui-ci me ſemble pauvre & laid.
La maladie altère un beau viſage ;
La pauvreté change encor davantage.

J A S M I N.

Mais pourquoi donc ce ſpeſtre féminin
Nous pourſuit-il de ſon regard malin ?

E U P H E M O N fils.

Je la connais , hélas ! ou je me trompe ;
Elle m'a vû dans l'éclat , dans la pompe.
Il eſt affreux d'être ainſi dépouillé ,
Aux mêmes yeux auxquels on a brillé.
Sortons.

Mad. C R O U P I L L A C *s'avançant vers Euphémon fils.*

Mon fils , quelle étrange avanture
T'a donc réduit en ſi piêtre poſture ?

E U P H E M O N fils.

Ma faute.

Mad. C R O U P I L L A C.

Hélas ! comme te voilà mis !

J A S M I N.

C'eſt pour avoir eu d'excellens amis :
C'eſt pour avoir été volé , Madame.

Mad. C R O U P I L L A C.

Volé ? par qui ? comment ?

J A S M I N.

Par bonté d'ame.

Oo iij

Nos voleurs font de très honnêtes gens,
Gens du beau monde, aimables fainéans,
Buveurs, joueurs, & conteurs agréables,
Des gens d'efprit, des femmes adorables.

Mad. C R O U P I L L A C.

J'entens, j'entens, vous avez tout mangé.
Mais vous ferez cent fois plus affligé,
Quand vous faurez les exceffives pertes,
Qu'en fait d'hymen j'ai depuis peu fouffertes.

E U P H E M O N fils.

Adieu, Madame.

Mad. C R O U P I L L A C *l'arrêtant.*

Adieu ! non, tu fauras
Mon accident ; parbleu ! tu me plaindras.

E U P H E M O N fils.

Soit, je vous plains, adieu.

Mad. C R O U P I L L A C.

Non, je te jure
Que tu fauras toute mon avanture.
Un Fierenfat, robin de fon métier,
Vint avec moi connaiffance lier,

Elle court après lui.

Dans Angoulême, au tems où vous battites
Quatre huiffiers, & la fuite vous prites.
Ce Fierenfat habite en ce canton,
Avec fon père, un feigneur Euphémon.

E U P H E M O N fils *revenant.*

Euphémon !

Mad. C R O U P I L L A C.

Oui.

E U P H E M O N fils.

Ciel , Madame , de grace ,
Cet Euphémon , cet honneur de fa race ,
Que fes vertus ont rendu fi fameux ,
Serait ....

Mad. C R O U P I L L A C.

Et oui.

E U P H E M O N fils.

Quoi ! dans ces mêmes lieux ?

Mad. C R O U P I L L A C.

Oui.

E U P H E M O N fils.

Puis - je au moins favoir ... comme il fe porte ?

Mad. C R O U P I L L A C.

Fort bien , je crois ... que diable vous importe ?

E U P H E M O N fils.

Et que dit - on ?

Mad. C R O U P I L L A C.

De qui ?

E U P H E M O N fils.

D'un fils aîné ,
Qu'il eut jadis ?

Mad. C R O U P I L L A C.

Ah ! c'eft un fils mal né ,
Un garnement , une tête légère ,
Un fou fieffé , le fléau de fon père ,
Depuis longtems de débauches perdu ,
Et qui peut - être eft à préfent pendu.

E U P H E M O N fils.

En vérité .... je fuis confus dans l'ame ,
De vous avoir interrompu , Madame.

Mad. C R O U P I L L A C.
Pourſuivons donc. Fierenfat , ſon cadet ,
Chez moi l'amour hautement me faiſait ;
Il me devait avoir par mariage.

E U P H E M O N fils.
Eh bien ! a-t-il ce bonheur en partage ?
Eſt-il à vous ?

Mad. C R O U P I L L A C.
Non , ce fat engraiſſé
De tout le lot de ſon frère inſenſé ,
Devenu riche , & voulant l'être encore ,
Rompt aujourd'hui cet hymen qui l'honore.
Il veut ſaiſir la fille d'un Rondon ,
D'un plat bourgeois , le coq de ce canton.

E U P H E M O N fils.
Que dites-vous ? Quoi , Madame , il l'épouſe ?

Mad. C R O U P I L L A C.
Vous m'en voyez terriblement jalouſe.

E U P H E M O N fils.
Ce jeune objet aimable ... dont Jaſmin
M'a tantôt fait un portrait ſi divin ,
Se donnerait.....

J A S M I N.
Quelle rage eſt la votre !
Autant lui vaut ce mari-là qu'un autre.
Quel diable d'homme ! il s'afflige de tout.

E U P H E M O N fils *à part.*
Ce coup á mis ma patience à bout.
  à Mad. Croupillac.
Ne doutez point que mon cœur ne partage
Amérement un ſi ſenſible outrage.

Si

Si j'étais cru , cette Life aujourd'hui
Affurément ne ferait pas pour lui.

Mad. C R O U P I L L A C.

Oh ! tu le prens du ton qu'il le faut prendre ;
Tu plains mon fort ; un gueux eft toûjours tendre.
Tu paraiffais bien moins compatiffant ,
Quand tu roulais fur l'or & fur l'argent.
Ecoute ; on peut s'entr'aider dans la vie.

J A S M I N.

Aidez - nous donc , Madame , je vous prie.

Mad. C R O U P I L L A C.

Je veux ici te faire agir pour moi.

E U P H E M O N fils.

Moi vous fervir ! Hélas , Madame , en quoi ?

Mad. C R O U P I L L A C.

En tout. Il faut prendre en main mon injure :
Un autre habit , quelque peu de parure ,
Te pourraient rendre encor affez joli :
Ton efprit eft infinuant , poli ;
Tu connais l'art d'empaumer une fille :
Introdui - toi , mon cher , dans la famille ;
Fai le flatteur auprès de Fierenfat ;
Vante fon bien , fon efprit , fon rabat :
Sois en faveur ; & lorfque je protefte
Contre fon vol , toi , mon cher , fai le refte.
Je veux gagner du tems en proteftant.

E U P H E M O N *voyant fon père.*

Que vois - je ! ô ciel !

Il s'enfuit.

Mad. C R O U P I L L A C.

Cet homme eft fou vraiment ;

Tom. VI. *& du Théâtre le quatriéme.*   P p

Pourquoi s'enfuir ?

JASMIN.

C'eſt qu'il vous craint ſans doute.

Mad. CROUPILLAC.

Poltron ! demeure , arrête , écoute , écoute.

SCENE III.

EUPHEMON père , JASMIN.

EUPHEMON.

JE l'avoûrai , cet aſpect imprévu ,
D'un malheureux avec peine entrevu ,
Porte à mon cœur je ne ſais quelle atteinte ,
Qui me remplit d'amertume & de crainte.
Il a l'air noble , & même certains traits
Qui m'ont touché ; las ! je ne vois jamais
De malheureux à-peu-près de cet âge ,
Que de mon fils la douloureuſe image
Ne vienne alors , par un retour cruel ,
Perſécuter ce cœur trop paternel.
Mon fils eſt mort , ou vit dans la miſère ,
Dans la débauche , & fait honte à ſon père.
De tous côtés je ſuis bien malheureux ;
J'ai deux enfans , ils m'accablent tous deux :
L'un par ſa perte , & par ſa vie infâme ,
Fait mon ſupplice , & déchire mon ame ;
L'autre en abuſe ; il ſent trop que ſur lui
De mes vieux ans j'ai fondé tout l'appui.
Pour moi la vie eſt un poids qui m'accable.

Appercevant Jasmin qui le saluë.
Que me veux-tu, l'ami ?

JASMIN.

Seigneur aimable,
Reconnaissez, digne & noble Euphémon,
Certain Jasmin élevé chez Rondon.

EUPHEMON.

Ah, ah ! c'est toi ! le tems change un visage,
Et mon front chauve en sent le long outrage.
Quand tu partis, tu me vis encor frais :
Mais l'âge avance, & le terme est bien près.
Tu reviens donc enfin dans ta patrie ?

JASMIN.

Oui, je suis las de tourmenter ma vie,
De vivre errant & damné comme un juif ;
Le bonheur semble un être fugitif.
Le diable enfin, qui toûjours me promène,
Me fit partir, le diable me ramène.

EUPHEMON.

Je t'aiderai : sois sage, si tu peux.
Mais quel était cet autre malheureux,
Qui te parlait dans cette promenade,
Qui s'est enfui ?

JASMIN.

Mais ... c'est mon camarade,
Un pauvre hère, affamé comme moi,
Qui n'ayant rien, cherche aussi de l'emploi.

EUPHEMON.

On peut tous deux vous occuper peut-être.
A-t-il des mœurs ? est-il sage ?

Pp ij

JASMIN.

Il doit l'être :
Je lui connais d'affez bons fentimens :
Il a de plus de fort jolis talens ;
Il fait écrire , il fait l'arithmétique ,
Deffine un peu , fait un peu de mufique ;
Ce drôle - là fut très bien élevé.

EUPHEMON.

S'il eft ainfi , fon pofte eft tout trouvé.
Jafmin , mon fils deviendra votre maître ;
Il fe marie , & dès ce foir peut - être ;
Avec fon bien fon train doit augmenter.
Un de fes gens qui vient de le quitter ,
Vous laiffe encor une place vacante ;
Tous deux ce foir il faut qu'on vous préfente ;
Vous le verrez chez Rondon mon voifin.
J'en parlerai. J'y vais , adieu , Jafmin :
En attendant , tien , voici de quoi boire.

SCENE IV.

JASMIN *feul.*

AH ! l'honnête - homme ! ô ciel , pourrait - on croire ,
Qu'il foit encor , en ce fiécle félon ,
Un cœur fi droit , un mortel auffi bon ?
Cet air , ce port , cette ame bienfaifante ,
Du bon vieux tems eft l'image parlante.

S C E N E V.

E U P H E M O N fils *revenant*, **J A S M I N.**

J A S M I N *en l'embraffant.*

JE t'ai trouvé déja condition,
Et nous ferons laquais chez Euphémon.

E U P H E M O N fils.

Ah !

J A S M I N.

S'il te plaît, quel excès de furprife !
Pourquoi ces yeux de gens qu'on exorcife,
Et ces fanglots coup fur coup redoublés,
Preffant tes mots au paffage étranglés ?

E U P H E M O N fils.

Ah ! je ne puis contenir ma tendreffe ;
Je cède au trouble, au remords qui me preffe.

J A S M I N.

Qu'a - t - elle dit qui t'ait tant agité ?

E U P H E M O N fils.

Elle m'a dit... Je n'ai rien écouté.

J A S M I N.

Qu'avez - vous donc ?

E U P H E M O N fils.

Mon cœur ne peut fe taire :
Cet Euphémon...

J A S M I N.

Eh bien !

E U P H E M O N fils.

Ah !... c'eft mon père.

Pp iij

JASMIN.

Qui lui , Monfieur ?

E U P H E M O N fils.

Oui , je fuis cet aîné,
Ce criminel , & cet infortuné ,
Qui défola fa famille éperduë.
Ah ! que mon cœur palpitait à fa vuë !
Qu'il lui portait fes vœux humiliés !
Que j'étais prêt de tomber à fes pieds !

JASMIN.

Qui vous , fon fils ? Ah ! pardonnez , de grace ,
Ma familière & ridicule audace.
Pardon , Monfieur.

E U P H E M O N fils.

Va , mon cœur oppreffé
Peut - il favoir fi tu m'as offenfé ?

JASMIN.

Vous êtes fils d'un homme qu'on admire,
D'un homme unique ; & s'il faut tout vous dire,
D'Euphémon fils la réputation
Ne flaire pas à beaucoup près fi bon.

E U P H E M O N fils.

Et c'eft auffi ce qui me defefpère.
Mais répon - moi : que te difait mon père ?

JASMIN.

Moi , je difais que nous étions tous deux
Prêts à fervir , bien élevés , très gueux :
Et lui , plaignant nos deftins fympathiques ,
Nous recevait tous deux pour domeftiques.
Il doit ce foir vous placer chez ce fils ,
Ce Préfident à Life tant promis ,

Ce Préfident votre fortuné frère ,
De qui Rondon doit être le beau - père.

E U P H E M O N fils.

Eh bien , il faut développer mon cœur :
Voi tous mes maux , connai leur profondeur.
S'être attiré , par un tiffu de crimes ,
D'un père aimé les fureurs légitimes ,
Etre maudit , être deshérité ,
Sentir l'horreur de la mendicité ;
A mon cadet voir paffer ma fortune ,
Etre expofé , dans ma honte importune ,
A le fervir , quand il m'a tout ôté :
Voilà mon fort , je l'ai bien mérité.
Mais croirais - tu qu'au fein de la fouffrance ,
Mort aux plaifirs , & mort à l'efpérance ,
Haï du monde , & méprifé de tous ,
N'attendant rien , j'ofe être encor jaloux ?

J A S M I N.

Jaloux ! de qui ?

E U P H E M O N fils.
De mon frère , de Life.

J A S M I N.

Vous fentiriez un peu de convoitife
Pour votre fœur ? Mais vraiment c'eft un trait
Digne de vous , ce péché vous manquait.

E U P H E M O N fils.

Tu ne fais pas qu'au fortir de l'enfance ,
(Car chez Rondon tu n'étais plus , je penfe)
Par nos parens l'un à l'autre promis ,
Nos cœurs étaient à leurs ordres foumis ;
Tout nous liait , la conformité d'âge ,

Celle des goûts , les jeux , le voisinage.
Plantés exprès , deux jeunes arbrisseaux
Croissent ainsi pour unir leurs rameaux.
Le tems , l'amour , qui hâtait sa jeunesse ,
La fit plus belle , augmenta sa tendresse :
Tout l'univers alors m'eût envié ;
Mais jeune , aveugle , à des méchans lié ,
Qui de mon cœur corrompaient l'innocence ,
Yvre de tout dans mon extravagance ,
Je me faisais un lâche point d'honneur ,
De mépriser , d'insulter son ardeur.
Le croirais - tu ? je l'accablai d'outrages.
Quels tems , hélas ! Les violens orages
Des passions qui troublaient mon destin ,
A mes parens m'arrachèrent enfin.
Tu sais depuis quel fut mon sort funeste.
J'ai tout perdu ; mon amour seul me reste.
Le ciel , ce ciel , qui doit nous désunir ,
Me laisse un cœur , & c'est pour me punir.

JASMIN.

S'il est ainsi , si dans votre misère ,
Vous la r'aimez , n'ayant pas mieux à faire ,
De Croupillac le conseil était bon ,
De vous fourrer , s'il se peut , chez Rondon.
Le sort maudit épuisa votre bourse ,
L'amour pourrait vous servir de ressource.

EUPHEMON fils.

Moi , l'oser voir ! moi , m'offrir à ses yeux ,
Après mon crime , en cet état hideux !
Il me faut fuir un père , une maîtresse ;
J'ai de tous deux outragé la tendresse ;

Et

Et je ne fais , ô regrets fuperflus !
Lequel des deux doit me haïr le plus.

S C E N E   VI.

E UPHEMON fils , FIERENFAT , JASMIN.

JASMIN.

Voilà , je crois , ce Préfident fi fage.

EUPHEMON fils.

Lui ? je n'avais jamais vû fon vifage.
Quoi ! c'eft donc lui , mon frère , mon rival ?

FIERENFAT.

En vérité , cela ne va pas mal ;
J'ai tant preffé , tant fermoné mon père ,
Que malgré lui nous finiffons l'affaire.
En voyant Jafmin.
Où font ces gens , qui voulaient me fervir ?

JASMIN.

C'eft nous , Monfieur , nous venions nous offrir
Très - humblement.

FIERENFAT.

Qui de vous deux fait lire ?

JASMIN.

C'eft lui , Monfieur.

FIERENFAT.

Il fait fans doute écrire ?

JASMIN.

Oh oui , Monfieur , déchiffrer , calculer.

FIERENFAT.
Mais il devrait favoir auffi parler.

JASMIN.
Il eft timide, & fort de maladie.

FIERENFAT.
Il a pourtant la mine affez hardie ;
Il me parait qu'il fent affez fon bien.
Combien veux-tu gagner de gages ?

EUPHEMON fils.
Rien.

JASMIN.
Oh, nous avons, Monfieur, l'ame héroïque.

FIERENFAT.
A ce prix-là, vien, fois mon domeftique ;
C'eft un marché que je veux accepter ;
Viens, à ma femme il faut te préfenter.

EUPHEMON fils.
A votre femme ?

FIERENFAT.
Oui, oui, je me marie.

EUPHEMON fils.
Quand ?

FIERENFAT.
Dès ce foir.

EUPHEMON fils.
Ciel !... Monfieur, je vous prie,
De cet objet vous êtes donc charmé ?

FIERENFAT.
Oui.

EUPHEMON fils.
Monfieur !

FIERENFAT.

Hem !

EUPHEMON fils.

En feriez - vous aimé ?

FIERENFAT.

Oui. Vous femblez bien curieux, mon drole !

EUPHEMON fils.

Que je voudrais lui couper la parole,
Et le punir de fon trop de bonheur !

FIERENFAT.

Qu'eft - ce qu'il dit ?

JASMIN.

Il dit, que de grand cœur
Il voudrait bien vous reffembler & plaire.

FIERENFAT.

Eh, je le crois, mon homme eft téméraire.
Ça, qu'on me fuive, & qu'on foit diligent,
Sobre, frugal, foigneux, adroit, prudent,
Refpectueux ; allons, la Fleur, la Brie,
Venez, faquins.

EUPHEMON fils.

Il me prend une envie,
C'eft d'affubler fa face de palais
A poing fermé de deux larges fouflets.

JASMIN.

Vous n'êtes pas trop corrigé, mon maître.

EUPHEMON fils.

Ah ! foyons fage, il eft bien tems de l'être.
Le fruit au moins que je dois recueillir
De tant d'erreurs, eft de favoir fouffrir.

Fin du troifiéme acte.

Qq ij

ACTE IV.

SCENE PREMIERE.

Mad. CROUPILLAC, EUPHEMON fils, JASMIN.

Mad. CROUPILLAC.

J'Ai, mon très cher, par prévoyance extrême,
Fait arriver deux huiffiers d'Angoulême.
Et toi, t'es-tu fervi de ton efprit ?
As-tu bien fait tout ce que je t'ai dit ?
Pouras-tu bien d'un air de prud'hommie,
Dans la maifon femer la zizanie ?
As-tu flatté le bon homme Euphémon ?
Parle : as-tu vû la future ?

EUPHEMON fils.
Hélas ! non.

Mad. CROUPILLAC.
Comment ?

EUPHEMON fils.
Croyez que je me meurs d'envie
D'être à fes pieds.

Mad. CROUPILLAC.
Allons donc, je t'en prie,
Attaque-la pour me plaire, & ren-moi
Ce traître ingrat, qui féduifit ma foi.
Je vais pour toi procéder en juftice,
Et tu feras l'amour pour mon fervice.

Repren cet air impofant & vainqueur,
Si fûr de foi, fi puiffant fur un cœur,
Qui triomphait fi-tôt de la fageffe.
Pour être heureux, repren ta hardieffe.

E U P H E M O N fils.

Je l'ai perduë.

Mad. C R O U P I L L A C.

Eh ! quoi ! quel embarras !

E U P H E M O N fils.

J'étais hardi, lorfque je n'aimais pas.

J A S M I N.

D'autres raifons l'intimident peut-être ;
Ce Fierenfat eft, ma foi, notre maître ;
Pour fes valets il nous retient tous deux.

Mad. C R O U P I L L A C.

C'eft fort bien fait, vous êtes trop heureux ;
De fa maîtreffe être le domeftique,
Eft un bonheur, un deftin prefque unique.
Profitez-en.

J A S M I N.

Je vois certains attraits
S'acheminer pour prendre ici le frais ;
De chez Rondon, me femble, elle eft fortie.

Mad. C R O U P I L L A C.

Eh, fois donc vîte amoureux, je t'en prie ;
Voici le tems, ofe un peu lui parler.
Quoi ! je te vois foupirer & trembler !
Tu l'aimes donc ? ah ! mon cher, ah de grace !

E U P H E M O N fils.

Si vous faviez, hélas ! ce qui fe paffe

Qq iij

Dans mon efprit interdit & confus,
Ce tremblement ne vous furprendrait plus.

JASMIN *en voyant Life.*
L'aimable enfant ! comme elle eft embellie !

EUPHEMON fils.
C'eft elle, ô dieux ! je meurs de jaloufie,
De defefpoir, de remords & d'amour.

Mad. CROUPILLAC.
Adieu, je vais te fervir à mon tour.

EUPHEMON fils.
Si vous pouvez, faites que l'on diffère
Ce trifte hymen.

Mad. CROUPILLAC.
C'eft ce que je vais faire.

EUPHEMON fils.
Je tremble : hélas !

JASMIN.
Il faut tâcher du moins
Que vous puiffiez lui parler fans témoins.
Retirons - nous.

EUPHEMON fils.
Oh ! je te fuis : j'ignore
Ce que j'ai fait, ce qu'il faut faire encore :
Je n'oferai jamais m'y préfenter.

S C E N E   II.

LISE, MARTHE, JASMIN *dans l'enfoncement,*
& EUPHEMON *plus reculé.*

L I S E.

J'Ai beau me fuir, me chercher, m'éviter,
Rentrer, fortir, goûter la folitude,
Et de mon cœur faire en fecret l'étude ;
Plus j'y regarde, hélas ! & plus je voi
Que le bonheur n'était pas fait pour moi.
Si quelque chofe un moment me confole,
C'eft Croupillac, c'eft cette vieille folle,
A mon hymen mettant empêchement.
Mais ce qui vient redoubler mon tourment,
C'eft qu'en effet Fierenfat & mon père
En font plus vifs à preffer ma mifère ;
Ils ont gagné le bon homme Euphémon.

M A R T H E.

En vérité, ce vieillard eft trop bon.
Ce Fierenfat eft par trop tyrannique,
Il le gouverne.

L I S E.

Il aime un fils unique ;
Je lui pardonne ; accablé du premier,
Au moins fur l'autre il cherche à s'appuyer.

M A R T H E.

Mais après tout, malgré ce qu'on publie,
Il n'eft pas fûr que l'autre foit fans vie.

L I S E.

Hélas ! il faut (quel funefte tourment !)
Le pleurer mort, ou le haïr vivant.

M A R T H E.

De fon danger cependant la nouvelle
Dans votre cœur mettait quelque étincelle.

L I S E.

Ah ! fans l'aimer on peut plaindre fon fort.

M A R T H E.

Mais n'être plus aimé, c'eft être mort.
Vous allez donc être enfin à fon frère.

L I S E.

Ma chère enfant, ce mot me defefpère.
Pour Fierenfat tu connais ma froideur ;
L'averfion s'eft changée en horreur ;
C'eft un breuvage affreux, plein d'amertume,
Que dans l'excès du mal qui me confume,
Je me réfous de prendre malgré moi,
Et que ma main rejette avec effroi.

J A S M I N *tirant Marthe par la robe.*

Puis-je en fecret, ô gentille merveille,
Vous dire ici quatre mots à l'oreille ?

M A R T H E *à Jafmin.*

Très volontiers.

L I S E *à part.*

O fort ! pourquoi faut-il
Que de mes jours tu refpectes le fil,
Lorfqu'un ingrat, un amant fi coupable,
Rendit ma vie, hélas ! fi miférable.

M A R T H E *venant à Life.*

C'eft un des gens de votre Préfident ;

Il eſt à lui, dit-il, nouvellement;
Il voudrait bien vous parler.

LISE.

Qu'il attende.

MARTHE *à Jaſmin.*

Mon cher ami, Madame vous commande
D'attendre un peu.

LISE.

Quoi! toûjours m'excéder!
Et même abſent en tous lieux m'obſéder!
De mon hymen que je ſuis déja laſſe!

JASMIN *à Marthe.*

Ma belle enfant, obtien-nous cette grace.

MARTHE *revenant.*

Abſolument il prétend vous parler.

LISE.

Ah! je vois bien qu'il faut nous en aller.

MARTHE.

Ce quelqu'un-là veut vous voir tout-à-l'heure;
Il faut, dit-il, qu'il vous parle, ou qu'il meure.

LISE.

Rentrons donc vîte, & courons me cacher.

SCENE III.

LISE, MARTHE, EUPHEMON fils *s'appuyant*
ſur JASMIN.

EUPHEMON fils.

LA voix me manque, & je ne peux marcher;
Mes faibles yeux ſont couverts d'un nuage.

Tom. VI. & du Théâtre le quatriéme. Rr

JASMIN.

Donnez la main : venons fur fon paffage.

EUPHEMON fils.

Un froid mortel a paffé dans mon cœur.

(*à Life.*)

Souffrirez - vous ? . . .

LISE *fans le regarder.*

Que voulez - vous , Monfieur ?

EUPHEMON fils *fe jettant à genoux.*

Ce que je veux ? la mort que je mérite.

LISE.

Que vois - je ? ô ciel !

MARTHE.

Quelle étrange vifite !

C'eſt Euphémon ! Grand Dieu ! qu'il eſt changé !

EUPHEMON fils.

Oui , je le fuis , votre cœur eſt vengé ;

Oui , vous devez en tout me méconnaître :

Je ne fuis plus ce furieux , ce traître ,

Si déteſté , fi craint dans ce féjour ,

Qui fit rougir la nature & l'amour.

Jeune , égaré , j'avais tous les caprices ;

De mes amis j'avais pris tous les vices ;

Et le plus grand , qui ne peut s'effacer ,

Le plus affreux fut de vous offenfer.

J'ai reconnu , j'en jure par vous - même ,

Par la vertu que j'ai fui , mais que j'aime ,

J'ai reconnu ma déteſtable erreur ;

Le vice était étranger dans mon cœur.

Ce cœur n'a plus les taches criminelles ,

Dont il couvrit fes clartés naturelles ;

Mon feu pour vous , ce feu faint & facré ,
Y refte feul , il a tout épuré.
C'eft cet amour , c'eft lui qui me ramène ,
Non pour brifer votre nouvelle chaine ,
Non pour ofer traverfer vos deftins ;
Un malheureux n'a pas de tels deffeins.
Mais quand les maux où mon efprit fuccombe ,
Dans mes beaux jours avaient creufé ma tombe ,
A peine encor échappé du trépas ,
Je fuis venu , l'amour guidait mes pas.
Oui , je vous cherche à mon heure dernière.
Heureux cent fois , en quittant la lumière ,
Si deftiné pour être votre époux ,
Je meurs au moins fans être haï de vous !

L I S E.

Je fuis à peine en mon fens revenuë.
C'eft vous ? ô ciel ! vous qui cherchez ma vuë !
Dans quel état ! quel jour !... Ah malheureux !
Que vous avez fait de tort à tous deux !

E U P H E M O N fils.

Oui , je le fais : mes excès , que j'abhorre ,
En vous voyant , femblent plus grands encore ;
Ils font affreux , & vous les connaiffez ;
J'en fuis puni , mais point encor affez.

L I S E.

Eft - il bien vrai , malheureux que vous êtes !
Qu'enfin domtant vos fougues indifcrètes ,
Dans votre cœur , en effet combattu ,
Tant d'infortune ait produit la vertu ?

E U P H E M O N fils.

Qu'importe , hélas ! que la vertu m'éclaire ?

Rr ij

Ah ! j'ai trop tard apperçu fa lumière ;
Trop vainement mon cœur en eft épris ;
De la vertu je perds en vous le prix.

L I S E.

Mais répondez , Euphémon , puis - je croire
Que vous ayez gagné cette victoire ?
Confultez - vous , ne trompez point mes vœux ;
Seriez - vous bien & fage & vertueux ?

E U P H E M O N fils.

Oui , je le fuis ; car mon cœur vous adore.

L I S E.

Vous , Euphémon ! vous m'aimeriez encore ?

E U P H E M O N fils.

Si je vous aime ? hélas ! je n'ai vécu
Que par l'amour , qui feul m'a foutenu.
J'ai tout fouffert , tout jufqu'à l'infamie.
Ma main cent fois allait trancher ma vie ;
Je refpectai les maux qui m'accablaient ;
J'aimai mes jours , ils vous apparrenaient.
Oui , je vous dois mes fentimens , mon être ,
Ces jours nouveaux qui me luiront peut-être.
De ma raifon je vous dois le retour ,
Si j'en conferve avec autant d'amour.
Ne cachez point à mes yeux pleins de larmes ,
Ce front ferein , brillant de nouveaux charmes :
Regardez - moi ; tout changé que je fuis ,
Voyez l'effet de mes cruels ennuis.
De longs remords , une horrible trifteffe ,
Sur mon vifage ont flétri la jeuneffe.
Je fus peut-être autrefois moins affreux ;
Mais voyez - moi , c'eft tout ce que je veux.

L I S E.

Si je vous vois conftant & raifonnable,
C'en eft affez, je vous vois trop aimable.

E U P H E M O N fils.

Que dites-vous ? Jufte ciel ! vous pleurez ?

L I S E à *Marthe.*

Ah ! foutien-moi, mes fens font égarés.
Moi, je ferais l'époufe de fon frère ? . . .
N'avez-vous point vû déja votre père ?

E U P H E M O N fils.

Mon front rougit, il ne s'eft point montré
A ce vieillard que j'ai deshonoré.
Haï de lui, profcrit fans efpérance,
J'ofe l'aimer, mais je fuis fa préfence.

L I S E.

Eh, quel eft donc votre projet enfin ?

E U P H E M O N fils.

Si de mes jours Dieu recule la fin,
Si votre fort vous attache à mon frère,
Je vais chercher le trépas à la guerre ;
Changeant de nom, auffi-bien que d'état,
Avec honneur je fervirai foldat.
Peut-être un jour le bonheur de mes armes
Fera ma gloire, & m'obtiendra vos larmes.
Par ce métier l'honneur n'eft point bleffé ;
Rofe & Fabert ont ainfi commencé.

L I S E.

Ce defefpoir eft d'une ame bien haute,
Il eft d'un cœur au-deffus de fa faute ;
Ces fentimens me touchent encor plus
Que vos pleurs même à mes pieds répandus.

R r iij

Non , Euphémon , fi de moi je difpofe ,
Si je peux fuir l'hymen qu'on me propofe ,
De votre fort fi je peux prendre foin ,
Pour le changer vous n'irez pas fi loin.

E u p h e m o n fils.

O ciel ! mes maux ont attendri votre ame !

L i s e.

Ils me touchaient : votre remords m'enflamme.

E u p h e m o n fils.

Quoi ! vos beaux yeux fi longtems couroucés ,
Avec amour fur les miens font baiffés !
Vous rallumez ces feux fi légitimes ,
Ces feux facrés qu'avaient éteint mes crimes.
Ah ! fi mon frère , aux tréfors attaché ,
Garde mon bien à mon père arraché ,
S'il engloutit à jamais l'héritage ,
Dont la nature avait fait mon partage ;
Qu'il porte envie à ma félicité ;
Je vous fuis cher , il eft deshérité.
Ah , je mourrai de l'excès de ma joye.

M a r t h e.

Ma foi , c'eft lui qu'ici le diable envoye.

L i s e.

Contraignez donc ces foupirs enflammés.
Diffimulez.

E u p h e m o n fils.

Pourquoi , fi vous m'aimez ?

L i s e.

Ah ! redoutez mes parens , votre père ;
Nous ne pouvons cacher à votre frère ,
Que vous avez embraffé mes genoux ;

Laiffez-le au moins ignorer que c'eft vous.
MARTHE.
Je ris déja de fa grave colère.

SCENE IV.

LISE, EUPHEMON fils, MARTHE, JASMIN,
FIERENFAT *dans le fond, pendant qu'Euphémon lui
tourne le dos.*

FIERENFAT.

OU quelque diable a troublé ma vifière,
Ou fi mon œil eft toûjours clair & net,
Je fuis … j'ai vû … je le fuis … j'ai mon fait.
En avançant vers Euphémon.
Ah ! c'eft donc toi, traître, impudent, fauffaire.
EUPHEMON *en colère.*
Je ….
JASMIN *fe mettant entr'eux.*
C'eft, Monfieur, une importante affaire,
Qui fe traitait, & que vous dérangez ;
Ce font deux cœurs en peu de tems changés ;
C'eft du refpeĉt, de la reconnaiffance,
De la vertu … Je m'y perds quand j'y penfe.
FIERENFAT.
De la vertu ? Quoi ! lui baifer la main !
De la vertu ? fcélérat !
EUPHEMON fils.
                    Ah ! Jafmin,
Que fi j'ofais …
FIERENFAT.
Non, tout ceci m'affomme :

Si c'eût été du moins un gentilhomme !
Mais un valet, un gueux contre lequel,
En intentant un procès criminel,
C'eſt de l'argent que je perdrai peut-être.

LISE à *Euphémon.*

Contraignez-vous, ſi vous m'aimez.

FIERENFAT.

Ah ! traître,

Je te ferai pendre ici, ſur ma foi.
(*A Marthe.*)
Tu ris, coquine ?

MARTHE.

Oui, Monſieur.

FIERENFAT.

Et pourquoi ?

De quoi ris-tu ?

MARTHE.

Mais, Monſieur, de la choſe...

FIERENFAT.

Tu ne ſais pas à quoi ceci t'expoſe,
Ma bonne amie, & ce qu'au nom du Roi
On fait par fois aux filles comme toi.

MARTHE.

Pardonnez-moi, je le fais à merveilles.

FIERENFAT à *Liſe.*

Et vous ſemblez vous boucher les oreilles,
Vous, infidèle, avec votre air ſucré,
Qui m'avez fait ce tour prématuré ;
De votre cœur l'inconſtance eſt précoce.
Un jour d'hymen ! une heure avant la noce !
Voilà, ma foi, de votre probité !

LISE.

L I S E.

Calmez , Monſieur , votre eſprit irrité :
Il ne faut pas ſur la ſimple apparence
Légérement condamner l'innocence.

F I E R E N F A T.

Quelle innocence !

L I S E.

Oui , quand vous connaîtrez
Mes ſentimens , vous les eſtimerez.

F I E R E N F A T.

Plaiſant chemin pour avoir de l'eſtime !

E U P H E M O N fils.

Oh ! c'en eſt trop.

L I S E à *Euphémon.*

Quel couroux vous anime ?
Eh , réprimez . . .

E U P H E M O N fils.

Non , je ne peux ſouffrir
Que d'un reproche il oſe vous couvrir.

F I E R E N F A T.

Savez - vous bien que l'on perd ſon douaire ,
Son bien , ſa dot , quand . . .

E U P H E M O N *en colère , & mettant la main ſur la garde*
de ſon épée.

Savez - vous vous taire ?

L I S E.

Et ! modérez . . .

E U P H E M O N fils.

Monſieur le Préſident ,
Prenez un air un peu moins impoſant ,
Moins fier , moins haut , moins juge ; car Madame

Tom. VI. *& du Théâtre le quatriéme.* S s

N'a pas l'honneur d'être encor votre femme ;
Elle n'eſt point votre maîtreſſe auſſi.
Eh ! pourquoi donc gronder de tout ceci ?
Vos droits ſont nuls ; il faut avoir ſû plaire,
Pour obtenir le droit d'être en colère.
De tels appas n'étaient pas faits pour vous ;
Il vous ſied mal d'oſer être jaloux.
Madame eſt bonne , & fait grace à mon zèle :
Imitez - la , ſoyez auſſi bon qu'elle.

FIERENFAT *en poſture de ſe battre.*

Je n'y puis plus tenir. A moi , mes gens.

EUPHEMON fils.

Comment ?

FIERENFAT.

Allez me chercher des ſergens.

LISE *à Euphémon fils.*

Retirez - vous.

FIERENFAT.

Je te ferai connaître
Ce que l'on doit de reſpect à ſon maître ,
A mon état , à ma robe.

EUPHEMON fils.

Obſervez
Ce qu'à Madame ici vous en devez ;
Et quant à moi , quoi qu'il puiſſe en paraître ,
C'eſt vous , Monſieur , qui m'en devez peut - être.

FIERENFAT.

Moi ... moi ?

EUPHEMON fils.

Vous ... vous.

FIERENFAT.

Ce drôle eſt bien oſé.

C'eſt quelque amant en valet déguiſé.
Qui donc es - tu ? répon - moi.

E U P H E M O N fils.

Je l'ignore ;

Ma deſtinée eſt incertaine encore ;
Mon ſort , mon rang , mon état , mon bonheur ,
Mon être enfin , tout dépend de ſon cœur ,
De ſes regards , de ſa bonté propice.

F I E R E N F A T.

Il dépendra bientôt de la juſtice ,
Je t'en répons ; va , va , je cours hâter
Tous mes records , & vite inſtrumenter.
Allez , perfide , & craignez ma colère ;
J'aménerai vos parens , votre père ;
Votre innocence en ſon jour paraîtra ,
Et comme il faut on vous eſtimera.

S C E N E V.

L I S E , E U P H E M O N fils , M A R T H E.

L I S E.

EH , cachez - vous , de grace , rentrons vite ;
De tout ceci je crains pour nous la ſuite.
Si votre père apprenait que c'eſt vous ,
Rien ne pourrait appaiſer ſon couroux ;
Il penſerait qu'une fureur nouvelle ,
Pour l'inſulter en ces lieux vous rappelle ,
Que vous venez entre nos deux maiſons
Porter le trouble & les diviſions ;

Ss ij

Et l'on pourrait, pour ce nouvel esclandre,
Vous enfermer, hélas ! sans vous entendre.

MARTHE.

Laissez - moi donc le soin de le cacher.
Soyez - en sûr, on aura beau chercher.

LISE.

Allez, croyez qu'il est très nécessaire
Que j'adoucisse en secret votre père.
De la nature il faut que le retour
Soit, s'il se peut, l'ouvrage de l'amour.
Cachez - vous bien...

(*à Marthe.*)

Pren soin qu'il ne paraisse.
Eh ! va donc vite.

SCENE VI.

RONDON, LISE.

RONDON.

EH bien ! ma Lise, qu'est - ce ?
Je te cherchais, & ton époux aussi.

LISE.

Il ne l'est pas, que je crois, Dieu merci !

RONDON.

Où vas - tu donc ?

LISE.

Monsieur, la bienséance
M'oblige encor d'éviter sa présence.

(*Elle sort.*)

R O N D O N.

Ce Préfident eft donc bien dangereux !
Je voudrais être *incognito* près d'eux,
Là ... voir un peu quelle plaifante mine
Font deux amans qu'à l'hymen on deftine.

S C E N E   V I I.

F I E R E N F A T, R O N D O N, Sergens.

F I E R E N F A T.

AH ! les fripons , ils font fins & fubtils ;
Où les trouver ? où font - ils ? où font - ils ?
Où cachent - ils ma honte & leur fredaine ?

R O N D O N.

Ta gravité me femble hors d'haleine.
Que prétens - tu ? que cherches - tu ? qu'as - tu ?
Que t'a - t - on fait ?

F I E R E N F A T.

J'ai , qu'on m'a fait cocu.

R O N D O N.

Cocu ! tudieu ! pren garde , arrête , obferve.

F I E R E N F A T.

Oui , oui , ma femme. Allez , Dieu me préferve
De lui donner le nom que je lui dois !
Je fuis cocu , malgré toutes les loix.

R O N D O N.

Mon gendre !

F I E R E N F A T.

Hélas ! il eft trop vrai , beau - père.

Ss iij

RONDON.

Eh quoi ! la chofe ...

FIERENFAT.

Oh ! la chofe eft fort claire.

RONDON.

Vous me pouffez.

FIERENFAT.

C'eft moi qu'on pouffe à bout.

RONDON.

Si je croyais....

FIERENFAT.

Vous pouvez croire tout.

RONDON.

Mais plus j'entens , moins je comprens , mon gendre.

FIERENFAT.

Mon fait pourtant eft facile à comprendre.

RONDON.

S'il était vrai , devant tous mes voifins
J'étranglerais ma Life de mes mains.

FIERENFAT.

Etranglez donc , car la chofe eft prouvée.

RONDON.

Mais en effet ici je l'ai trouvée ,
La voix éteinte & le regard baiffé :
Elle avait l'air timide , embarraffé.
Mon gendre , allons , furprenons la pendarde ;
Voyons le cas , car l'honneur me poignarde.
Tu-dieu , l'honneur ! Oh voyez-vous ? Rondon,
En fait d'honneur , n'entend jamais raifon.

Fin du quatriéme acte.

A C T E V.

S C E N E P R E M I E R E.

L I S E , M A R T H E.

L I S E.

AH ! je me fauve à peine entre tes bras.
Que de dangers ! quel horrible embarras !
Faut-il qu'une ame aufsi tendre, aufsi pure,
D'un tel foupçon fouffre un moment l'injure ?
Cher Euphémon, cher & funefte amant,
Es-tu donc né pour faire mon tourment ?
A ton départ tu m'arrachas la vie,
Et ton retour m'expofe à l'infamie.
(*à Marthe.*)
Pren garde au moins, car on cherche partout.

M A R T H E.

J'ai mis, je crois, tous mes chercheurs à bout.
Nous braverons le greffe & l'écritoire ;
Certains recoins, chez moi, dans mon armoire,
Pour mon ufage en fecret pratiqués,
Par ces furets ne font point remarqués.
Là, votre amant fe tapit, fe dérobe
Aux yeux hagards des noirs pédans en robe ;
Je les ai tous fait courir comme il faut,
Et de ces chiens la meute eft en défaut.

SCENE II.

LISE, MARTHE, JASMIN.

LISE.

EH bien, Jafmin, qu'a-t-on fait ?

JASMIN.

Avec gloire
J'ai foutenu mon interrogatoire ;
Tel qu'un fripon, blanchi dans le métier,
J'ai répondu fans jamais m'effrayer.
L'un vous traînait fa voix de pédagogue,
L'autre braillait d'un ton cas, d'un air rogue,
Tandis qu'un autre, avec un ton fluté,
Difait, Mon fils, fachons la vérité.
Moi toûjours ferme, & toûjours laconique,
Je rembarrais la troupe fcholaftique.

LISE.

On ne fait rien ?

JASMIN.

Non rien ; mais dès demain
On faura tout ; car tout fe fait enfin.

LISE.

Ah ! que du moins Fierenfat en colère
N'ait pas le tems de prévenir fon père :
Je tremble encor, & tout accroit ma peur ;
Je crains pour lui, je crains pour mon honneur.
Dans mon amour j'ai mis mes efpérances ;
Il m'aidera....

MAR-

M A R T H E.

Moi, je fuis dans des tranfes,
Que tout ceci ne foit cruel pour vous ;
Car nous avons deux pères contre nous,
Un Préfident, les bégueules, les prudes.
Si vous faviez quel airs hautains & rudes,
Quel ton févère, & quel fourcil froncé,
De leur vertu le fafte rehauffé
Prend contre vous, avec quelle infolence
Leur aereté pourfuit votre innocence ;
Leurs cris, leur zèle & leur fainte fureur,
Vous feraient rire, ou vous feraient horreur.

J A S M I N.

J'ai voyagé, j'ai vû du tintamarre ;
Je n'ai jamais vû femblable bagarre ;
Tout le logis eft fans - deffus - deffous.
Ah ! que les gens font fots, méchans & fous !
On vous accufe, on augmente, on murmure ;
En cent façons on conte l'avanture.
Les violons font déja renvoyés,
Tout interdits, fans boire, & point payés.
Pour le feftin fix tables bien dreffées,
Dans ce tumulte ont été renverfées.
Le peuple accourt, le laquais boit & rit,
Et Rondon jure, & Fierenfat écrit.

L I S E.

Et d'Euphémon le père refpeétable,
Que fait-il donc dans ce trouble effroyable ?

M A R T H E.

Madame, on voit fur fon front éperdu
Cette douleur qui fied à la vertu ;

Tom. VI. & du Théâtre le quatriéme. Tt

Il lève au ciel les yeux ; il ne peut croire
Que vous ayez d'une tache si noire
Souillé l'honneur de vos jours innocens ;
Par des raisons il combat vos parens.
Enfin surpris des preuves qu'on lui donne,
Il en gémit, & dit que sur personne
Il ne faudra s'assurer désormais,
Si cette tache a flétri vos attraits.

L I S E.

Que ce vieillard m'inspire de tendresse !

M A R T H E.

Voici Rondon, vieillard d'une autre espèce.
Fuyons, Madame.

L I S E.

    Ah ! gardons-nous-en bien ;
Mon cœur est pur, il ne doit craindre rien.

J A S M I N.

Moi, je crains donc.

S C E N E   I I I.

L I S E, M A R T H E, R O N D O N.

R O N D O N.

    Matoise, mijaurée !
Fille pressée, ame dénaturée !
Ah ! Lise, Lise, allons, je veux savoir
Tous les entours de ce procédé noir.
Çà, depuis quand connais-tu le corsaire ?

Son nom, fon rang ; comment t'a-t-il pû plaire ?
De fes méfaits je veux favoir le fil.
D'où nous vient-il ? En quel endroit eft-il ?
Répon, répon : tu ris de ma colère,
Tu ne meurs pas de honte ?

L I S E.

Non, mon père.

R O N D O N.

Encor des *non ?* toûjours ce chien de ton ;
Et toujours *non*, quand on parle à Rondon !
La négative eft pour moi trop fufpecte ;
Quand on a tort il faut qu'on me refpecte,
Que l'on me craigne, & qu'on fache obéir.

L I S E.

Oui, je fuis prête à vous tout découvrir.

R O N D O N.

Ah ! c'eft parler cela ; quand je menace,
On eft petit....

L I S E.

Je ne veux qu'une grace,
C'eft qu'Euphémon daignât auparavant
Seul en ce lieu me parler un moment.

R O N D O N.

Euphémon ? bon ! eh, que poura-t-il faire ?
C'eft à moi feul qu'il faut parler.

L I S E.

Mon père,
J'ai des fecrets qu'il faut lui confier ;
Pour votre honneur daignez me l'envoyer ;
Daignez...c'eft tout ce que je puis vous dire.

RONDON.

A ſa demande encor faut-il ſouſcrire ;
A ce bon homme elle veut s'expliquer ;
On peut fort bien ſouffrir, ſans rien riſquer,
Qu'en confidence elle lui parle ſeule ;
Puis ſur le champ je cloitre ma bégueule.

S C E N E IV.

L I S E, M A R T H E.

L I S E.

Digne Euphémon, pourrais-je te toucher ?
Mon cœur de moi ſemble ſe détacher.
J'attens ici mon trépas ou ma vie.

(*A Marthe.*)
Ecoute un peu.   (*Elle lui parle à l'oreille.*)

M A R T H E.
Vous ſerez obéie.

S C E N E V.

E U P H E M O N père, L I S E.

L I S E.

Un ſiége.... Hélas !... Monſieur, aſſeyez-vous,
Et permettez que je parle à genoux.

E U P H E M O N *l'empêchant de ſe mettre à genoux.*
Vous m'outragez.

L I S E.

Non, mon cœur vous révère,
Je vous regarde à jamais comme un père.

E U P H E M O N père.

Qui vous, ma fille !

L I S E.

Oui, j'ofe me flatter
Que c'eft un nom que j'ai fû mériter.

E U P H E M O N père.

Après l'éclat & la trifte avanture,
Qui de nos nœuds a caufé la rupture !

L I S E.

Soyez mon juge, & lifez dans mon cœur ;
Mon juge enfin fera mon protecteur.
Ecoutez-moi, vous allez reconnaître
Mes fentimens, & les votres peut-être.

Elle prend un fiége à côté de lui.

Si votre cœur avait été lié,
Par la plus tendre & plus pure amitié,
A quelque objet, de qui l'aimable enfance
Donna d'abord la plus belle efpérance,
Et qui brilla dans fon heureux printems,
Croiffant en grace, en mérite, en talens ;
Si quelque tems fa jeuneffe abufée,
Des vains plaifirs fuivant la pente aifée,
Au feu de l'âge avait facrifié
Tous fes devoirs, & même l'amitié.

E U P H E M O N père.

Eh bien ?

L I S E.

Monfieur, fi fon expérience

T t iij

Eût reconnu la triste jouïssance
De ces faux biens , objets de ses transports ,
Nés de l'erreur , & suivis des remords ;
Honteux enfin de sa folle conduite ,
Si sa raison , par le malheur instruite ,
De ses vertus rallumant le flambeau ,
Le ramenait avec un cœur nouveau ;
Ou que plutôt , honnête homme & fidelle ,
Il eût repris sa forme naturelle ;
Pourriez-vous bien lui fermer aujourd'hui
L'accès d'un cœur qui fut ouvert pour lui ?

E U P H E M O N père.

De ce portrait que voulez-vous conclure ?
Et quel raport a-t-il à mon injure ?
Le malheureux , qu'à vos pieds on a vû ,
Est un jeune homme en ces lieux inconnu ;
Et cette veuve , ici , dit elle-même ,
Qu'elle l'a vû six mois dans Angoulême ;
Un autre dit que c'est un effronté ,
D'amours obscurs follement entêté ;
Et j'avoûrai , que ce portrait redouble
L'étonnement & l'horreur qui me trouble.

L I S E.

Hélas ! Monsieur , quand vous aurez appris
Tout ce qu'il est , vous serez plus surpris.
De grace un mot : Votre ame est noble & belle ;
La cruauté n'est pas faite pour elle.
N'est-il pas vrai qu'Euphémon votre fils
Fut longtems cher à vos yeux attendris ?

E U P H E M O N père.

Oui , je l'avoûë , & ses lâches offenses

Ont d'autant mieux mérité mes vengeances :
J'ai plaint sa mort, j'avais plaint ses malheurs ;
Mais la nature, au milieu de mes pleurs,
Aurait laissé ma raison saine & pure
De ses excès punir sur lui l'injure.

LISE.

Vous ! vous pourriez à jamais le punir,
Sentir toûjours le malheur de haïr,
Et repousser encor avec outrage
Ce fils changé, devenu votre image,
Qui de ses pleurs arroserait vos pieds ?
Le pourriez-vous ?

EUPHEMON père.

Hélas ! vous oubliez,
Qu'il ne faut point, par de nouveaux supplices,
De ma blessure ouvrir les cicatrices.
Mon fils est mort, ou mon fils loin d'ici
Est dans le crime à jamais endurci.
De la vertu s'il eût repris la trace,
Viendrait-il pas me demander sa grace ?

LISE.

La demander ! sans doute il y viendra ;
Vous l'entendrez ; il vous attendrira.

EUPHEMON père.

Que dites-vous ?

LISE.

Oui, si la mort trop promte
N'a pas fini sa douleur & sa honte,
Peut-être ici vous le verrez mourir
A vos genoux d'excès de repentir.

E U P H E M O N père.

Vous fentez trop quel eft mon trouble extrême.
Mon fils vivrait !

L I S E.

S'il refpire , il vous aime.

E U P H E M O N père.

Ah ! s'il m'aimait ! mais quelle vaine erreur !
Comment ? de qui l'apprendre ?

L I S E.

De fon cœur.

E U P H E M O N père.

Mais , fauriez-vous ?...

L I S E.

Sur tout ce qui le touche
La vérité vous parle par ma bouche.

E U P H E M O N père.

Non , non , c'eft trop me tenir en fufpens ;
Ayez pitié du déclin de mes ans :
J'efpère encor , & je fuis plein d'allarmes.
J'aimais mon fils , jugez-en par mes larmes.
Ah ! s'il vivait , s'il était vertueux !
Expliquez-vous ; parlez-moi.

L I S E.

Je le veux.

Il en eft tems , il faut vous fatisfaire.

(*Elle fait quelques pas , & s'addreffe à Euphémon fils ,*
qui eft dans la couliffe.)

Venez enfin.

SCENE

S C E N E VI.

EUPHEMON père, **EUPHEMON** fils, **LISE**.

E U P H E M O N père.

QUe vois-je ? ô ciel !

E U P H E M O N fils.

Mon père,

Connaissez-moi, décidez de mon sort.
J'attens d'un mot, ou la vie, ou la mort.

E U P H E M O N père.

Ah ! qui t'amène en cette conjonfture ?

E U P H E M O N fils.

Le repentir, l'amour & la nature.

L I S E *se mettant aussi à genoux.*

A vos genoux vous voyez vos enfans.
Oui, nous avons les mêmes sentimens,
Le même cœur...

E U P H E M O N fils *en montrant Lise.*

Hélas ! son indulgence

De mes fureurs a pardonné l'offense ;
Suivez, suivez, pour cet infortuné,
L'exemple heureux que l'amour a donné.
Je n'espérais, dans ma douleur mortelle,
Que d'expirer aimé de vous & d'elle :
Et si je vis, ah ! c'est pour mériter
Ces sentimens dont j'ose me flatter.
D'un malheureux vous détournez la vuë !
De quels transports votre ame est-elle émuë ?
Est-ce la haine ? Et ce fils condamné...

Tom. VI. *& du Théâtre le quatrième.*   V v

EUPHEMON père, *se levant & l'embrassant.*
C'est la tendresse, & tout est pardonné,
Si la vertu règne enfin dans ton ame :
Je suis ton père.

LISE.
Et j'ose être sa femme.
J'étais à lui : permettez qu'à vos pieds
Nos premiers nœuds soient enfin renoués.
Non, ce n'est pas votre bien qu'il demande ;
D'un cœur plus pur il vous porte l'offrande ;
Il ne veut rien ; & s'il est vertueux,
Tout ce que j'ai suffira pour nous deux.

SCENE VII.

Les acteurs précédens, RONDON, Mad. CROUPILLAC,
FIERENFAT, recors, suite.

FIERENFAT.
AH le voici qui parle encor à Lise.
Prenons notre homme hardiment par surprise.
Montrons un cœur au-dessus du commun.

RONDON.
Soyons hardis, nous sommes six contre un.

LISE à *Rondon.*
Ouvrez les yeux, & connaissez qui j'aime.

RONDON.
C'est lui.

FIERENFAT.
Qui donc ?

LISE.
Votre frère.

COMEDIE.

EUPHEMON père.
Lui-même.

FIERENFAT.

Vous vous moquez, ce fripon ? mon frère ?

LISE.

Oui.

Mad. CROUPILLAC.

J'en ai le cœur tout-à-fait réjoui.

RONDON.

Quel changement ! quoi ? c'est donc là mon drôle ?

FIERENFAT.

Oh, oh ! je joue un fort singulier rôle :
Tudieu quel frère !

EUPHEMON père.

Oui, je l'avais perdu ;
Le repentir, le ciel me l'a rendu.

Mad. CROUPILLAC.

Bien à propos pour moi.

FIERENFAT.

La vilaine ame !
Il ne revient que pour m'ôter ma femme !

EUPHEMON fils à Fierenfat.

Il faut enfin que vous me connaissiez ;
C'est vous, Monsieur, qui me la ravissiez.
Dans d'autre tems j'avais eu sa tendresse.
L'emportement d'une folle jeunesse
M'ôta ce bien, dont on doit être épris,
Et dont j'avais trop mal connu le prix.
J'ai retrouvé, dans ce jour salutaire,
Ma probité, ma maîtresse, mon père.
M'envîrez-vous l'inopiné retour

Vv ij

Des droits du fang, & des droits de l'amour ?
Gardez mes biens, je vous les abandonne,
Vous les aimez... moi j'aime fa perfonne ;
Chacun de nous aura fon vrai bonheur,
Vous dans mes biens, moi, Monfieur, dans fon cœur.

E U P H E M O N père.

Non, fa bonté fi defintéreffée
Ne fera pas fi mal récompenfée :
Non, Euphémon, ton père ne veut pas
T'offrir fans bien, fans dot, à fes appas.

R O N D O N.

Oh ! bon cela.

Mad. C R O U P I L L A C.

Je fuis émerveillée,
Toute ébaudie, & toute confolée.
Ce gentilhomme eft venu tout exprès,
En vérité, pour venger mes attraits.

A Euphémon fils.

Vite, époufez : le ciel vous favorife :
Car tout exprès pour vous il a fait Life ;
Et je pourrais, par ce bel accident,
Si l'on voulait, ravoir mon préfident.

L I S E *à Rondon.*

De tout mon cœur. Et vous, fouffrez, mon père,
Souffrez qu'une ame & fidèle & fincère,
Qui ne pouvait fe donner qu'une fois,
Soit ramenée à fes premières loix.

R O N D O N.

Si fa cervelle eft enfin moins volage....

L I S E.

Oh ! j'en répons.

R O N D O N.
S'il t'aime, s'il eſt ſage....

L I S E.

N'en doutez pas.

R O N D O N.
Si ſurtout Euphémon
D'une ample dot lui fait un large don,
J'en ſuis d'accord.

F I E R E N F A T.
Je gagne en cette affaire
Beaucoup, ſans doute, en trouvant un mien frère :
Mais cependant je perds en moins de rien,
Mes fraix de nôce, une femme & du bien.

Mad. C R O U P I L L A C.
Eh ! fi vilain ! quel cœur ſordide & chiche !
Faut-il toûjours courtiſer la plus riche ?
N'ai-je donc pas en contrats, en châteaux,
Aſſez pour vivre, & plus que tu ne vaux ?
Ne ſuis-je pas en date la première ?
N'as-tu pas fait, dans l'ardeur de me plaire,
De longs ſermens, tous couchés par écrit,
Des madrigaux, des chanſons ſans eſprit ?
Entre les mains j'ai toutes tes promeſſes ;
Nous plaiderons ; je montrerai les piéces.
Le parlement doit en ſemblable cas
Rendre un arrêt contre tous les ingrats.

R O N D O N.
Ma foi, l'ami, crain ſa juſte colère ;
Epouſe-la, croi-moi, pour t'en défaire.

E U P H E M O N père *à Mad. Croupillac.*
Je ſuis confus du vif empreſſement

V v iij

Dont vous flattez mon fils le Préfident ;
Votre procès lui devrait plaire encore :
C'eft un dépit dont la caufe l'honore.
Mais permettez que mes foins réunis
Soient pour l'objet qui m'a rendu mon fils.
Vous , mes enfans , dans ces momens profpères ,
Soyez unis , embraffez - vous en frères.
Vous , mon ami , rendons graces aux cieux ,
Dont les bontés ont tout fait pour le mieux.
Non , il ne faut , & mon cœur le confeffe ,
Defefpérer jamais de la jeuneffe.

Fin du cinquiéme & dernier acte.

NANINE,

OU

L'HOMME SANS PRÉJUGÉ,

COMÉDIE

EN TROIS ACTES,

En vers de dix syllabes.

P R E F A C E.

CEtte bagatelle fut repréſentée à Paris dans l'été de 1749. parmi la foule des ſpeĉtacles qu'on donne à Paris tous les ans.

Dans cette autre foule beaucoup plus nombreuſe de brochures dont on eſt inondé , il en parut une dans ce tems - là qui mérite d'être diſtinguée. C'eſt une diſſertation ingénieuſe & approfondie d'un académicien de la Rochelle, ſur cette queſtion , qui ſemble partager depuis quelques années la littérature ; ſavoir , s'il eſt permis de faire des comédies attendriſſantes ? Il paraît ſe déclarer fortement contre ce genre , dont la petite comédie de *Nanine* tient beaucoup en quelques endroits. Il condamne avec raiſon tout ce qui aurait l'air d'une tragédie bourgeoiſe. En effet, que ſerait - ce qu'une intrigue tragique entre des hommes du commun ? Ce ſerait ſeulement avilir le cothurne ; ce ſerait manquer à la fois l'objet de la tragédie & de la comédie ; ce ſerait une eſpèce bâtarde , un monſtre né de l'impuiſſance de faire une comédie & une tragédie véritable.

Cet académicien judicieux blâme ſurtout les intrigues ro- maneſques & forcées , dans ce genre de comédie où l'on veut attendrir les ſpeĉtateurs , & qu'on appelle par déri- ſion *Comédie larmoyante*. Mais dans quel genre les intrigues romaneſques & forcées peuvent - elles être admiſes ? Ne ſont - elles pas toûjours un vice eſſentiel dans quelque ou- vrage que ce puiſſe être ? Il conclut enfin en diſant , que ſi dans une comédie l'attendriſſement peut aller quelquefois juſqu'aux larmes , il n'appartient qu'à la paſſion de l'amour de les faire répandre. Il n'entend pas ſans doute l'amour tel qu'il eſt repréſenté dans les bonnes tragédies , l'amour fu- rieux , barbare , funeſte , ſuivi de crimes & de remords ; il entend l'amour naïf & tendre , qui ſeul eſt du reſſort de la comédie.

Cette réflexion en fait naître une autre , qu'on ſoumet au juge-

jugement des gens de lettres. C'eft que dans notre nation la tragédie a commencé par s'approprier le langage de la comédie. Si on y prend garde, l'amour dans beaucoup d'ouvrages, dont la terreur & la pitié devraient être l'ame, eft traité comme il doit l'être en effet dans le genre comique. La galanterie, les déclarations d'amour, la coquetterie, la naïveté, la familiarité, tout cela ne fe trouve que trop chez nos héros & nos héroïnes de Rome & de la Grèce dont nos théâtres retentiffent. De forte qu'en effet l'amour naïf & attendriffant dans une comédie, n'eft point un larcin fait à *Melpomène*, mais c'eft au contraire *Melpomène* qui depuis longtems a pris chez nous les brodequins de *Thalie*.

Qu'on jette les yeux fur les premières tragédies, qui eurent de fi prodigieux fuccès vers le tems du Cardinal *de Richelieu*; la *Sophonisbe* de *Mairet*, la *Mariane*, l'*Amour tyrannique*, *Alcionée*; on verra que l'amour y parle toujours fur un ton auffi familier, & quelquefois auffi bas, que l'héroïfme s'y exprime avec une emphafe ridicule. C'eft peut-être la raifon pour laquelle notre nation n'eut en ce tems-là aucune comédie fupportable. C'eft qu'en effet le théâtre tragique avait envahi tous les droits de l'autre. Il eft même vraifemblable que cette raifon détermina *Molière* à donner rarement aux amans qu'il met fur la fcène, une paffion vive & touchante; il fentait que la tragédie l'avait prévenu.

Depuis la *Sophonisbe* de *Mairet*, qui fut la première pièce dans laquelle on trouva quelque régularité, on avait commencé à regarder les déclarations d'amour des héros, les réponfes artificieufes & coquettes des Princeffes, les peintures galantes de l'amour, comme des chofes effentielles au théâtre tragique. Il eft refté des écrits de ce tems-là, dans lefquels on cite avec de grands éloges ces vers que dit *Maffiniffa* après la bataille de Cirthe :

> J'aime plus de moitié quand je me fens aimé,
> Et ma flamme s'accroit par un cœur enflammé ;
> Comme par une vague une vague s'irrite,
> Un foupir amoureux par un autre s'excite.

Quand les chaînes d'hymen étreignent deux esprits ,
Un plaisir doit se rendre aussi - tôt qu'il est pris.

Cette habitude de parler ainsi d'amour , influa sur les meilleurs esprits ; & ceux même dont le génie mâle & sublime était fait pour rendre en tout à la tragédie son ancienne dignité , se laissèrent entraîner à la contagion.

On vit dans les meilleures piéces ,

Un malheureux visage ,
Qui d'un Chevalier Romain captiva le courage.

Le héros dit à sa maîtresse :

Adieu , trop vertueux objet , & trop charmant.

L'héroïne lui répond :

Adieu , trop malheureux & trop parfait amant.

Cléopatre dit qu'une Princesse

aimant sa renommée
En avouant qu'elle aime , est sure d'être aimée.

Que *César*

Trace des soupirs , & d'un stile plaintif ,
Dans son champ de victoire il se dit son captif.

Elle ajoute , qu'il ne tient qu'à elle d'avoir des rigueurs , & de rendre *César* malheureux. Sur quoi sa confidente lui répond :

J'oserais bien jurer que vos charmans appas
Se vantent d'un pouvoir dont ils n'useront pas.

Dans toutes les piéces du même auteur qui suivent *la Mort de Pompée* , on est obligé d'avouer que l'amour est toûjours traité de ce ton familier. Mais fans prendre la peine inutile de rapporter des exemples de ces défauts trop vifibles, examinons feulement les meilleurs vers que l'auteur de *Cinna* ait fait débiter fur le théâtre, comme maximes de galanterie.

> Il eft des nœuds fecrets, il eft des fympathies,
> Dont par le doux rapport les ames afforties,
> S'attachent l'une à l'autre, & fe laiffent piquer
> Par ce je ne fais quoi qu'on ne peut expliquer.

De bonne foi croirait-on que ces vers du haut comique fuffent dans la bouche d'une Princeffe des Parthes, qui va demander à fon amant la tête de fa mère ? Eft-ce dans un jour fi terrible qu'on parle *d'un je ne fais quoi, dont par le doux rapport les ames font afforties ?* *Sophocle* aurait-il débité de tels madrigaux ? Et toutes ces petites fentences amoureufes ne font-elles pas uniquement du reffort de la comédie ?

Le grand homme, qui a porté à un fi haut point la véritable éloquence dans les vers, qui a fait parler à l'amour un langage fi touchant à la fois & fi noble, a mis cependant dans fes tragédies plus d'une fcène, que *Boileau* trouvait plus propre de la haute comédie de *Térence* que du rival & du vainqueur d'*Euripide*.

On pourrait citer plus de trois cent vers dans ce goût ; ce n'eft pas que la fimplicité qui a fes charmes, la naiveté qui quelquefois même tient du fublime, ne foient néceffaires, pour fervir ou de préparation, ou de liaifon & de paffage au pathétique. Mais fi ces traits naïfs & fimples appartiennent même au tragique, à plus forte raifon appartiennent-ils au grand comique ; c'eft dans ce point, où la tragédie s'abaiffe, & où la comédie s'élève, que ces deux arts fe rencontrent & fe touchent. C'eft-là feulement que leurs bornes fe confondent. Et s'il eft permis à *Orefte* & à *Hermione* de fe dire :

> Ah! ne fouhaitez pas le deftin de Pyrrhus ;
> Je vous haïrais trop... vous m'en aimeriez plus.
> Ah! que vous me verriez d'un regard moins contraire !
> Vous me voulez aimer, & je ne peux vous plaire.

X x ij

Vous m'aimeriez, Madame, en me voulant haïr....

Car enfin il vous hait, son ame ailleurs éprise,

N'a plus... Qui vous l'a dit, Seigneur, qu'il me méprise ?

Jugez-vous que ma vuë inspire des mépris ?

Si ces héros, dis-je, se sont exprimés avec cette familiarité, à combien plus forte raison le *Misantrope* est-il bien reçu à dire à sa maîtresse avec véhémence :

Rougissez bien plutôt, vous en avez raison,

Et j'ai de sûrs témoins de votre trahison ...

Ce n'était pas en vain que s'allarmait ma flamme ;

Mais ne présumez pas que sans être vengé,

Je succombe à l'affront de me voir outragé....

C'est une trahison, c'est une perfidie,

Qui ne saurait trouver de trops grands châtimens.

Oui, je peux tout permettre à mes ressentimens.

Redoutez tout, Madame, après un tel outrage.

Je ne suis plus à moi, je suis tout à la rage.

Percé du coup mortel dont vous m'assassinez,

Mes sens, par la raison ne sont plus gouvernés.

Certainement si toute la piéce du *Misantrope* était dans ce goût, ce ne serait plus une comédie. Si *Oreste* & *Hermione* s'exprimaient toûjours comme on vient de le voir, ce ne serait plus une tragédie. Mais après que ces deux genres si différens se sont ainsi rapprochés, ils rentrent chacun dans leur véritable carrière. L'un reprend le ton plaisant, & l'autre le ton sublime.

La comédie encor une fois peut donc se passionner, s'emporter, attendrir, pourvu qu'ensuite elle fasse rire les honnêtes gens. Si elle manquait de comique, si elle n'était que larmoyante, c'est alors qu'elle serait un genre très-vicieux, & très-désagréable.

On avoue, qu'il est rare de faire passer les spectateurs insensiblement de l'attendrissement au rire. Mais ce passage, tout difficile qu'il est de le saisir dans une comédie, n'en est pas moins naturel aux hommes. On a déja remarqué ailleurs, que rien n'est plus ordinaire que des avantures qui affligent l'ame,

& dont certaines circonſtances inſpirent enſuite une gaïeté paſ-
ſagère. C'eſt ainſi malheureuſement que le genre humain eſt
fait. *Homère* repréſente même les Dieux rians de la mauvaiſe
grace de *Vulcain*, dans le tems qu'ils décident du deſtin du
monde.

   Hector ſourit de la peur de ſon fils *Aſtyanax*, tandis qu'*An-
dromaque* répand des larmes. On voit ſouvent juſques dans
l'horreur des batailles, des incendies, de tous les déſaſtres
qui nous affligent, qu'une naïveté, un bon mot, excitent le
rire juſques dans le ſein de la déſolation & de la pitié. On
défendit à un régiment, dans la bataille de Spire, de faire
quartier ; un officier Allemand demande la vie à l'un des nô-
tres, qui lui répond : *Monſieur, demandeʒ-moi toute autre choſe, mais pour la vie il n'y a pas moyen.* Cette naïveté paſſe
auſſi-tôt de bouche en bouche, & on rit au milieu du carnage. A combien plus forte raiſon le rire peut-il ſuccéder dans
la comédie à des ſentimens touchans ? Ne s'attendrit-on pas
avec *Alcmène ?* Ne rit-on pas avec *Soſie ?* Quel miſérable
& vain travail, de diſputer contre l'expérience ! Si ceux qui
diſputent ainſi, ne ſe payaient pas de raiſon, & aimaient mieux
des vers, on leur citerait ceux-ci.

    L'amour règne par le délire,
    Sur ce ridicule univers.
    Tantôt aux eſprits de travers
    Il fait rimer de mauvais vers ;
    Tantôt il renverſe un Empire.
    L'œil en feu, le fer à la main,
    Il frémit dans la tragédie ;
    Non moins touchant & plus humain,
    Il anime la comédie ;
    Il affadit dans l'élégie ;
    Et dans un madrigal badin,
    Il ſe joue aux pieds de Sylvie.
    Tous les genres de poëſie,
    De Virgile juſqu'à Chaulieu,
    Sont auſſi ſoumis à ce Dieu,
    Que tous les états de la vie.

          Xx iij

A C T E U R S.

LE COMTE D'OLBAN, Seigneur retiré à la campagne.

LA BARONNE DE L'ORME, parente du Comte, femme
impérieuse , aigre , difficile à vivre.

LA MARQUISE D'OLBAN , mère du Comte.

N A N I N E , fille élevée à la maison du Comte.

PHILIPPE HOMBERT , paysan du voisinage.

B L A I S E , jardinier.

GERMON,
$\left. \right\}$ domestiques.
M A R I N ,

La scène est dans le château du Comte d'Olban.

N A N I N E,

O U

LE PRÉJUGÉ VAINCU,

C O M É D I E.

ACTE PREMIER.

S C E N E   P R E M I E R E.

LE COMTE D'OLBAN, LA BARONNE DE L'ORME.

LA BARONNE.

IL faut parler , il faut , Monfieur le Comte ,
Vous expliquer nettement fur mon compte.
Ni vous ni moi n'avons un cœur tout neuf ;
Vous êtes libre , & depuis deux ans veuf.
Devers ce tems j'eus cet honneur moi-même :
Et nos procès , dont l'embarras extrême
Etait fi trifte , & fi peu fait pour nous ,
Sont enterrés , ainfi que mon époux.

LE COMTE.

Oui , tout procès m'eft fort infupportable.

LA BARONNE.

Ne fuis-je pas comme eux fort haïffable ?

LE COMTE.

Qui vous , Madame ?

LA BARONNE.

Oui , moi. Depuis deux ans ,
Libres tous deux , comme tous deux parens ,
Pour terminer nous habitons enfemble ;
Le fang , le goût , l'intérêt nous raffemble.

LE COMTE.

Ah l'intérêt ! parlez mieux.

LA BARONNE.

Non , Monfieur ,
Je parle bien , & c'eft avec douleur ;
Et je fais trop que votre ame inconftante
Ne me voit plus que comme une parente.

LE COMTE.

Je n'ai pas l'air d'un volage , je croi.

LA BARONNE.

Vous avez l'air de me manquer de foi.

LE COMTE *à part.*

Ah !

LA BARONNE.

Vous favez que cette longue guerre ,
Que mon mari vous faifait pour ma terre ,
A dû finir en confondant nos droits
Dans un hymen dicté par notre choix :
Votre promeffe à ma foi vous engage :
Vous différez , & qui diffère outrage.

LE COMTE.

J'attens ma mère.

L A

LA BARONNE.

Elle radote ; bon !

LE COMTE.

Je la refpecte , & je l'aime.

LA BARONNE.

     Et moi , non.

Mais pour me faire un affront qui m'étonne ,

Affûrément vous n'attendez perfonne ,

Perfide , ingrat !

LE COMTE.

   D'où vient ce grand couroux ?

Qui vous a donc dit tout cela ?

LA BARONNE.

      Qui ? vous ;

Vous , votre ton , votre air d'indifférence ,

Votre conduite , en un mot , qui m'offenfe ,

Qui me foulève , & qui choque mes yeux.

Ayez moins tort , ou défendez vous mieux.

Ne vois - je pas l'indignité , la honte ,

L'excès , l'affront du goût qui vous furmonte ?

Quoi ! pour l'objet le plus vil , le plus bas ,

Vous me trompez !

LE COMTE.

   Non , je ne trompe pas ;

Diffimuler n'eft pas mon caractère.

J'étais à vous , vous aviez fû me plaire ,

Et j'efpérais avec vous retrouver

Ce que le ciel a voulu m'enlever ;

Goûter en paix , dans cet heureux afyle ,

Les nouveaux fruits d'un nœud doux & tranquile ;

Mais vous cherchez à détruire vos loix.

Je vous l'ai dit , l'amour a deux carquois :
L'un eſt rempli de ces traits tout de flamme ,
Dont la douceur porte la paix dans l'ame ,
Qui rend plus purs nos goûts , nos ſentimens ,
Nos ſoins plus vifs , nos plaiſirs plus touchans :
L'autre n'eſt plein que de fléches cruelles ,
Qui répandant les ſoupçons , les querelles ,
Rebutent l'ame , y portent la tiédeur ,
Font ſuccéder les dégoûts à l'ardeur.
Voilà les traits que vous prenez vous-même
Contre nous deux ; & vous voulez qu'on aime !

　　　　　　L A B A R O N N E.

Oui , j'aurai tort. Quand vous vous détachez ,
C'eſt donc à moi que vous le reprochez.
Je dois ſouffrir vos belles incartades ,
Vos procédés , vos comparaiſons fades.
Qu'ai-je donc fait pour perdre votre cœur ?
Que me peut-on reprocher ?

　　　　　　　L E C O M T E.
　　　　　　　　　　　　Votre humeur.

N'en doutez pas ; oui , la beauté , Madame ,
Ne plait qu'aux yeux : la douceur charme l'ame.

　　　　　　L A B A R O N N E.

Mais êtes-vous ſans humeur , vous ?

　　　　　　　L E C O M T E.
　　　　　　　　　　　　　　Moi ? non ;

J'en ai ſans doute ; & pour cette raiſon ,
Je veux , Madame , une femme indulgente ,
Dont la beauté douce & compatiſſante ,
A mes défauts facile à ſe plier ,
Daigne avec moi me réconcilier ,

Me corriger , fans prendre un ton cauftique ,
Me gouverner , fans être tyrannique ,
Et dans mon cœur pénétrer pas à pas ,
Comme un jour doux dans des yeux délicats.
Qui fent le joug le porte avec murmure ;
L'amour tyran eft un Dieu que j'abjure.
Je veux aimer , & ne veux point fervir ;
C'eft votre orgueil qui peut feul m'avilir.
J'ai des défauts , mais le ciel fit les femmes ,
Pour corriger le levain de nos ames ,
Pour adoucir nos chagrins , nos humeurs ,
Pour nous calmer , pour nous rendre meilleurs.
C'eft là leur lot : & pour moi je préfère
Laideur affable à beauté rude & fière.

LA BARONNE.

C'eft fort bien dit , traître , vous prétendez ,
Quand vous m'outrez , m'infultez , m'excédez ,
Que je pardonne , en lâche complaifante ,
De vos amours la honte extravagante ?
Et qu'à mes yeux un faux air de hauteur
Excufe en vous les baffeffes du cœur ?

LE COMTE.

Comment , Madame ?

LA BARONNE.

Oui , la jeune Nanine
Fait tout mon tort. Un enfant vous domine ,
Une fervante , une fille des champs ,
Que j'élevai par mes foins imprudens ,
Que par pitié votre facile mère
Daigne tirer du fein de la mifère.
Vous rougiffez.

Yy ij

LE COMTE.

Moi ! je lui veux du bien.

LA BARONNE.

Non , vous l'aimez ; j'en fuis très fûre.

LE COMTE.

Eh bien !

Si je l'aimais , apprenez donc , Madame,

Que hautement je publîrais ma flamme.

LA BARONNE.

Vous en êtes capable.

LE COMTE.

Affurément.

LA BARONNE.

Vous oferiez trahir impudemment

De votre rang toute la bienféance ,

Humilier ainfi votre naiffance ,

Et dans la honte , où vos fens font plongés ,

Braver l'honneur !

LE COMTE.

Dites les préjugés.

Je ne prens point , quoi qu'on en puiffe croire,

La vanité pour l'honneur & la gloire.

L'éclat vous plait ; vous mettez la grandeur

Dans des blafons : je la veux dans le cœur.

L'homme de bien , modefte avec courage ,

Et la beauté fpirituelle , fage ,

Sans bien , fans nom , fans tous ces titres vains ,

Sont à mes yeux les premiers des humains.

LA BARONNE.

Il faut au moins être bon gentilhomme.

Un vil favant , un obfcur honnête homme ,

Serait chez vous , pour un peu de vertu ,
Comme un Seigneur avec honneur reçu ?

LE COMTE.

Le vertueux aurait la préférence.

LA BARONNE.

Peut - on fouffrir cette humble extravagance ?
Ne doit - on rien , s'il vous plait , à fon rang ?

LE COMTE.

Etre honnête homme , eft ce qu'on doit.

LA BARONNE.

Mon fang

Exigerait un plus haut caractère.

LE COMTE.

Il eft très haut ; il brave le vulgaire.

LA BARONNE.

Vous dégradez ainfi la qualité !

LE COMTE.

Non ; mais j'honore ainfi l'humanité.

LA BARONNE.

Vous êtes fou : quoi , le public , l'ufage !

LE COMTE.

L'ufage eft fait pour le mépris du fage ;
Je me conforme à fes ordres gênans,
Pour mes habits , non pour mes fentimens.
Il faut être homme , & d'une ame fenfée
Avoir à foi fes goûts & fa penfée.
Irai - je en fot aux autres m'informer
Qui je dois fuir , chercher , louer , blâmer ?
Quoi ! de mon être il faudra qu'on décide ?
J'ai ma raifon ; c'eft ma mode & mon guide.
Le finge eft né pour être imitateur ,

Yy iij

Et l'homme doit agir d'après fon cœur.
LA BARONNE.
Voilà parler en homme libre , en fage.
Allez , aimez des filles de village ,
Cœur noble & grand ; foyez l'heureux rival
Du magifter & du greffier fifcal ;
Soutenez bien l'honneur de votre race.
LE COMTE.
Ah jufte ciel ! que faut-il que je faffe ?

S C E N E   I I.

LE COMTE, LA BARONNE, BLAISE.

LE COMTE.

Que veux-tu , toi ?
BLAISE.
C'eft votre jardinier ,
Qui vient , Monfieur , humblement fupplier
Votre grandeur.
LE COMTE.
Ma grandeur ! Eh bien , Blaife
Que te faut-il ?
BLAISE.
Mais , c'eft , ne vous déplaife,
Que je voudrais me marier...
LE COMTE.
D'accord ,
Très volontiers. Ce projet me plait fort.
Je t'aiderai , j'aime qu'on fe marie.
Et la future , eft-elle un peu jolie ?

BLAISE.

Ah , oui , ma foi , c'eſt un morceau friand.

LA BARONNE.

Et Blaiſe en eſt aimé ?

BLAISE.

Certainement.

LE COMTE.

Et nous nommons cette beauté divine ?

BLAISE.

Mais , c'eſt...

LE COMTE.

Eh bien ?..

BLAISE.

C'eſt la belle Nanine.

LE COMTE.

Nanine ?

LA BARONNE.

Ah ! bon ! Je ne m'oppoſe point
A de pareils amours.

LE COMTE *à part.*

Ciel ! à quel point
On m'avilit ! Non, je ne le puis être.

BLAISE.

Ce parti-là doit bien plaire à mon maître.

LE COMTE.

Tu dis qu'on t'aime , impudent !

BLAISE.

Ah ! pardon.

LE COMTE.

T'a-t-elle dit qu'elle t'aimât ?

BLAISE.

> Mais... Non ,

Pas tout-à-fait ; elle m'a fait entendre ,
Tant feulement , qu'elle a pour nous du tendre.
D'un ton fi bon , fi doux , fi familier ,
Elle m'a dit cent fois , Cher jardinier ,
Cher ami Blaife , aide-moi donc à faire
Un beau bouquet de fleurs , qui puiffe plaire
A Monfeigneur , à ce maître charmant ;
Et puis d'un air fi touché , fi touchant ,
Elle faifait ce bouquet ; & fa vuë
Etait troublée , elle était toute émuë ,
Toute rêveufe , avec un certain air ,
Un air , là , qui ... pefte l'on y voit clair.

LE COMTE.

Blaife , va-t'en... Quoi , j'aurais fû lui plaire ?

BLAISE.

Ça , n'allez pas traînaffer notre affaire.

LE COMTE.

Hem !...

BLAISE.

> Vous verrez comme ce terrein-là

Entre mes mains bientôt profitera.
Répondez donc , pourquoi ne me rien dire ?

LE COMTE.

Ah ! mon cœur eft trop plein. Je me retire,...
Adieu , Madame.

SCENE

S C E N E III.

LA BARONNE, BLAISE.

LA BARONNE.

IL l'aime comme un fou :
J'en fuis certaine. Et comment donc ? par où ?
Par quels attraits, par quelle heureufe adreffe,
A - t - elle pû me ravir fa tendreffe ?
Nanine ! ô ciel ! quel choix ! quelle fureur !
Nanine ! non. J'en mourrai de douleur.

BLAISE (*revenant.*)

Ah ! vous parlez de Nanine.

LA BARONNE.

Infolente !

BLAISE.

Eft-il pas vrai que Nanine eft charmante ?

LA BARONNE.

Non.

BLAISE.

Eh fi fait : parlez un peu pour nous ;
Protégez Blaife.

LA BARONNE.

Ah quels horribles coups !

BLAISE.

J'ai des écus. Pierre Blaife mon père
M'a bien laiffé trois bons journaux de terre ;
Tout eft pour elle, écus comptans, journaux,

Tom. VI. *& du Théâtre le quatriéme.*   Zz

Tout mon avoir , & tout ce que je vaux ,
Mon corps , mon cœur , tout moi-même , tout Blaife.

LA BARONNE.

Autant que toi , croi que j'en ferais aife ,
Mon pauvre enfant , fi je peux te fervir ;
Tous deux ce foir je voudrais vous unir ;
Je lui paîrai fa dot.

BLAISE.

Digne Baronne ,
Que j'aimerai votre chère perfonne !
Que de plaifirs ! eft-il poffible ?

LA BARONNE.
Hélas !

Je crains , ami , de ne réuffir pas.

BLAISE.

Ah par pitié , réuffiffez , Madame.

LA BARONNE.

Va. Plût au ciel qu'elle devînt ta femme !
Atten mon ordre.

BLAISE.

Eh ! puis-je attendre ?

LA BARONNE.
Va.

BLAISE.

Adieu. J'aurai ma foi cet enfant-là.

S C E N E I V.

LA BARONNE *seule.*

Vit - on jamais une telle avanture ?
Peut - on fentir une plus vive injure ?
Plus lâchement fe voir facrifier ?
Le Comte Olban rival d'un jardinier !
(*à un laquais.*)
Hola , quelqu'un. Qu'on appelle Nanine.
C'eft mon malheur qu'il faut que j'examine.
Où pourrait - elle avoir pris l'art flatteur ,
L'art de féduire & de garder un cœur ,
L'art d'allumer un feu vif & qui dure ?
Où ? dans fes yeux , dans la fimple nature.
Je crois pourtant que cet indigne amour
N'a point encor ofé fe mettre au jour.
J'ai vû qu'Olban fe refpecte avec elle ;
Ah ! c'eft encor une douleur nouvelle !
J'efpérerais , s'il fe refpectait moins.
D'un amour vrai le traître a tous les foins.
Ah la voici : je me fens au fupplice.
Que la nature eft pleine d'injuftice !
A qui va - t - elle accorder la beauté ?
C'eft un affront fait à la qualité.
Approchez - vous , venez , Mademoifelle.

S C E N E V.

LA BARONNE, NANINE.

NANINE.

Madame.

LA BARONNE.

Mais ! eft - elle donc fi belle ?
Ces grands yeux noirs ne difent rien du tout ;
Mais s'ils ont dit, j'aime.... ah je fuis à bout.
Poffédons - nous. Venez.

NANINE.

Je viens me rendre
A mon devoir.

LA BARONNE.

Vous vous faites attendre
Un peu de tems ; avancez - vous. Comment !
Comme elle eft mife ! & quel ajuftement !
Il n'eft pas fait pour une créature
De votre efpèce.

NANINE.

Il eft vrai. Je vous jure,
Par mon refpeƈt, qu'en fecret j'ai rougi
Plus d'une fois d'être vêtue ainfi ;
Mais c'eft l'effet de vos bontés premières,
De ces bontés qui me font toûjours chères.
De tant de foins vous daigniez m'honorer !
Vous vous plaifiez vous - même à me parer.
Songez combien vous m'aviez protégée ;
Sous cet habit je ne fuis point changée.

Voudriez - vous , Madame , humilier
Un cœur foumis , qui ne peut s'oublier ?
L A B A R O N N E.
Approchez - moi ce fauteuil.... Ah j'enrage...
D'où venez - vous ?
N A N I N E.
Je lifais.
L A B A R O N N E.
Quel ouvrage ?
N A N I N E.
Un livre Anglais , dont on m'a fait préfent.
L A B A R O N N E.
Sur quel fujet ?
N A N I N E.
Il eft intéreffant :
L'auteur prétend que les hommes font frères ,
Nés tous égaux ; mais ce font des chimères ;
Je ne puis croire à cette égalité.
L A B A R O N N E.
Elle y croira. Quel fonds de vanité !
Que l'on m'apporte ici mon écritoire ....
N A N I N E.
J'y vais.
L A B A R O N N E.
Reftez. Que l'on me donne à boire.
N A N I N E.
Quoi ?
L A B A R O N N E.
Rien. Prenez mon éventail... Sortez.
Allez chercher mes gants ... Laiffez... Reftez.
Avancez - vous ... Gardez - vous , je vous prie ,
D'imaginer que vous foyez jolie.
Zz iij

N A N I N E.

Vous me l'avez fi fouvent répété,
Que fi j'avais ce fonds de vanité,
Si l'amour propre avait gâté mon ame,
Je vous devrais ma guérifon, Madame.

L A B A R O N N E.

Où trouve-t-elle ainfi ce qu'elle dit ?
Que je la hais ! quoi, belle, & de l'efprit !
    (*avec dépit.*)
Ecoutez-moi. J'eus bien de la tendreffe
Pour votre enfance.

N A N I N E.

            Oui. Puiffe ma jeuneffe
Etre honorée encor de vos bontés !

L A B A R O N N E.

Eh bien, voyez fi vous les méritez.
Je prétens, moi, ce jour, cette heure même,
Vous établir ; jugez fi je vous aime.

N A N I N E.

Moi ?

L A B A R O N N E.

    Je vous donne une dot. Votre époux
Eft fort bien fait, & très digne de vous ;
C'eft un parti de tout point fort fortable ;
C'eft le feul même aujourd'hui convenable :
Et vouz devez bien m'en remercier :
C'eft, en un mot, Blaife le jardinier.

N A N I N E.

Blaife, Madame ?

L A B A R O N N E.

        Oui. D'où vient ce fourire ?

Héfitez - vous un moment d'y foufcrire ?
Mes offres font un ordre , entendez - vous ?
Obéiffez , ou craignez mon couroux.

NANINE.

Mais . . .

LA BARONNE.

Apprenez qu'un *mais* eft une offenfe.
Il vous fied bien d'avoir l'impertinence
De refufer un mari de ma main !
Ce cœur fi fimple eft devenu bien vain ;
Mais votre audace eft trop prématurée ;
Votre triomphe eft de peu de durée.
Vous abufez du caprice d'un jour ,
Et vous verrez quel en eft le retour.
Petite ingrate , objet de ma colère ,
Vous avez donc l'infolence de plaire ?
Vous m'entendez ; je vous ferai rentrer
Dans le néant dont j'ai fû vous tirer.
Tu pleureras ton orgueil , ta folie.
Je te ferai renfermer pour ta vie
Dans un couvent.

NANINE.

J'embraffe vos genoux ;
Renfermez - moi , mon fort fera trop doux.
Oui , des faveurs que vous vouliez me faire ,
Cette rigueur eft pour moi la plus chère.
Enfermez - moi dans un cloître à jamais ;
J'y bénirai mon maître & vos bienfaits ;
J'y calmerai des allarmes mortelles ,
Des maux plus grands , des craintes plus cruelles ,
Des fentimens plus dangereux pour moi ,

Que ce couroux qui me glace d'effroi.
Madame, au nom de ce couroux extrême,
Délivrez-moi, s'il fe peut, de moi-même ;
Dès cet inftant je fuis prête à partir.

LA BARONNE.

Eft-il poffible ? & que viens-je d'ouïr ?
Eft-il bien vrai ? me trompez-vous, Nanine ?

NANINE.

Non. Faites-moi cette faveur divine :
Mon cœur en a trop befoin.

LA BARONNE (*avec un emportement de tendreffe.*)

Lève-toi ;
Que je t'embraffe. O jour heureux pour moi !
Ma chère amie ! eh bien je vais fur l'heure
Préparer tout pour ta belle demeure.
Ah quel plaifir que de vivre en couvent !

NANINE.

C'eft pour le moins un abri confolant.

LA BARONNE.

Non : c'eft, ma fille, un féjour délectable.

NANINE.

Le croyez-vous ?

LA BARONNE.

Le monde eft haïffable,
Jaloux.

NANINE.

Oh oui.

LA BARONNE.

Fou, méchant, vain, trompeur,
Changeant, ingrat ; tout cela fait horreur.

NANINE.

N A N I N E.

Oui ; j'entrevois qu'il me ferait funefte ,
Qu'il faut le fuir...

L A B A R O N N E.

La chofe eft manifefte ;
Un bon couvent eft un port affûré.
Monfieur le Comte , ah ! je vous préviendrai.

N A N I N E.

Que dites-vous de Monfeigneur ?

L A B A R O N N E.

Je t'aime
A la fureur ; & dès ce moment même ,
Je voudrais bien te faire le plaifir
De t'enfermer pour ne jamais fortir.
Mais il eft tard , hélas ! il faut attendre
Le point du jour. Ecoute ; il faut te rendre
Vers le minuit dans mon appartement.
Nous partirons d'ici fecrétement
Pour ton couvent , à cinq heures fonnantes :
Sois prête au moins.

S C E N E V I.

N A N I N E *feule.*

QUelles douleurs cuifantes !
Quel embarras ! quel tourment ! quel deffein !
Quels fentimens combattent dans mon fein !
Hélas ! je fuis le plus aimable maître !
En le fuyant je l'offenfe peut-être :

Tom. VI. *& du Théâtre le quatriéme.*　　　A a a

Mais en reſtant , l'excès de ſes bontés ,
M'attirerait trop de calamités ,
Dans ſa maiſon mettrait un trouble horrible.
Madame croit qu'il eſt pour moi ſenſible ,
Que juſqu'à moi ce cœur peut s'abaiſſer ;
Je le redoute , & n'oſe le penſer.
De quel couroux Madame eſt animée !
Quoi , l'on me hait , & je crains d'être aimée !
Mais moi , mais moi ! je me crains encor plus ;
Mon cœur troublé de lui - même eſt confus.
Que devenir ? De mon état tirée ,
Pour mon malheur je ſuis trop éclairée.
C'eſt un danger , c'eſt peut-être un grand tort ,
D'avoir une ame au-deſſus de ſon ſort.
Il faut partir ; j'en mourrai , mais n'importe.

S C E N E   V I I.

LE COMTE , NANINE , un laquais.

LE COMTE.

Hola , quelqu'un , qu'on reſte à cette porte.
Des ſiéges , vite.
Il fait la révérence à Nanine , qui lui en fait une profonde.
                    Aſſeyons - nous ici.

N A N I N E.

Qui , moi , Monſieur ?

LE COMTE.

                    Oui , je le veux ainſi ;
Et je vous rens ce que votre conduite ,

Votre beauté , votre vertu mérite.
Un diamant trouvé dans un défert,
Eft-il moins beau , moins précieux , moins cher ?
Quoi ! vos beaux yeux femblent mouillés de larmes.
Ah ! je le vois. Jaloufe de vos charmes ,
Notre Baronne aura , par fes aigreurs ,
Par fon couroux , fait répandre vos pleurs.

N A N I N E.

Non , Monfieur , non ; fa bonté refpeƈable
Jamais pour moi ne fut fi favorable ;
Et j'avoûrai qu'ici tout m'attendrit.

L E C O M T E.

Vous me charmez ; je craignais fon dépit.

N A N I N F.

Hélas ! pourquoi ?

L E C O M T E.

Jeune & belle Nanine ,
La jaloufie en tous les cœurs domine.
L'homme eft jaloux , dès qu'il peut s'enflammer ;
La femme l'eft même avant que d'aimer.
Un jeune objet , beau , doux , difcret , fincère ,
A tout fon fexe eft bien fûr de déplaire.
L'homme eft plus jufte , & d'un fexe jaloux
Nous vous vengeons autant qu'il eft en nous.
Croyez furtout que je vous rens juftice ;
J'aime ce cœur , qui n'a point d'artifice ;
J'admire encor à quel point vous avez
Dévelopé vos talens cultivés.
De votre efprit la naïve juftefie
Me rend furpris autant qu'il m'intéreffe.

Aaa ij

NANINE.

J'en ai bien peu : mais quoi ! je vous ai vû ,
Et je vous ai tous les jours entendu ;
Vous avez trop relevé ma naiſſance ;
Je vous dois trop ; c'eſt par vous que je penſe.

LE COMTE.

Ah ! croyez-moi , l'eſprit ne s'apprend pas.

NANINE.

Je penſe trop pour un état ſi bas ;
Au dernier rang les deſtins m'ont compriſe.

LE COMTE.

Dans le premier vos vertus vous ont miſe.
Naïvement dites-moi quel effet
Ce livre Anglais ſur votre eſprit a fait ?

NANINE.

Il ne m'a point du tout perſuadée :
Plus que jamais , Monſieur , j'ai dans l'idée ,
Qu'il eſt des cœurs ſi grands , ſi généreux ,
Que tout le reſte eſt bien vil auprès d'eux.

LE COMTE.

Vous en êtes la preuve.... Ah ça , Nanine ,
Permettez-moi qu'ici l'on vous deſtine
Un ſort , un rang , moins indigne de vous.

NANINE.

Hélas , mon ſort était trop haut , trop doux.

LE COMTE.

Non. Déſormais ſoyez de la famille ;
Ma mère arrive , elle vous voit en fille ;
Et mon eſtime , & ſa tendre amitié ,
Doivent ici vous mettre ſur un pié
Fort éloigné de cette indigne gêne.

Où vous tenait une femme hautaine.

N A N I N E.

Elle n'a fait , hélas ! que m'avertir
De mes devoirs . . . Qu'ils font durs à remplir !

L E C O M T E.

Quoi ? quel devoir ? Ah ! le votre eſt de plaire ;
Il eſt rempli ; le notre ne l'eſt guère.
Il vous falait plus d'aiſance & d'éclat.
Vous n'êtes pas encor dans votre état.

N A N I N E.

J'en ſuis ſortie , & c'eſt ce qui m'accable ;
C'eſt un malheur peut - être irréparable.

(ſe levant.)

Ah , Monſeigneur ! ah , mon maître ! écartez
De mon eſprit toutes ces vanités.
De vos bienfaits confuſe , pénétrée ,
Laiſſez - moi vivre à jamais ignorée.
Le ciel me fit pour un état obſcur ;
L'humilité n'a pour moi rien de dur.
Ah , laiſſez - moi ma retraite profonde.
Et que ferais - je , & que verrais - je au monde ,
Après avoir admiré vos vertus ?

L E C O M T E.

Non , c'en eſt trop , je n'y réſiſte plus.
Qui ? vous , obſcure ! vous !

N A N I N E.

       Quoi que je faſſe ,
Puis - je de vous obtenir une grace ?

L E C O M T E.

Qu'ordonnez - vous ? parlez.

NANINE.
Depuis un tems
Votre bonté me comble de préfens.

LE COMTE.
Eh bien ! pardon. J'en agis comme un père,
Un père tendre à qui fa fille eft chère.
Je n'ai point l'art d'embellir un préfent ;
Et je fuis jufte , & ne fuis point galant.
De la fortune il faut venger l'injure ;
Elle vous traita mal ; mais la nature ,
En récompenfe , a voulu vous doter
De tous fes biens ; j'aurais dû l'imiter.

NANINE.
Vous en avez trop fait ; mais je me flatte
Qu'il m'eft permis , fans que je fois ingrate ,
De difpofer de ces dons précieux ,
Que votre main rend fi chers à mes yeux.

LE COMTE.
Vous m'outragez.

SCENE VIII.

LE COMTE, NANINE, GERMON.

GERMON.

MAdame vous demande ,
Madame attend.

LE COMTE.
Eh , que Madame attende.
Quoi ! l'on ne peut un moment vous parler ,

Sans qu'auffi - tôt on vienne nous troubler ?

N A N I N E.

Avec douleur, fans doute, je vous laiffe ;
Mais vous favez qu'elle fut ma maîtreffe.

L E C O M T E.

Non, non, jamais je ne veux le favoir.

N A N I N E.

Elle conferve un refte de pouvoir.

L E C O M T E.

Elle n'en garde aucun, je vous affure.
Vous gémiffez... Quoi ! votre cœur murmure !
Qu'avez - vous donc ?

N A N I N E.

Je vous quitte à regret ;
Mais il le faut... O ciel ! c'en eft donc fait.

Elle fort.

S C E N E IX.

LE COMTE, GERMON.

L E C O M T E *feul.*

ELle pleurait. D'une femme orgueilleufe,
Depuis longtems l'aigreur capricieufe
La fait gémir fous trop de dureté ;
Et de quel droit ? par quelle autorité ?
Sur ces abus ma raifon fe récrie.
Ce monde - ci n'eft qu'une loterie
De biens, de rangs, de dignités, de droits,
Brigués fans titre, & répandus fans choix.

Eh ...

GERMON.

Monſeigneur.

LE COMTE.

Demain ſur ſa toilette
Vous porterez cette ſomme complette
De trois cent louïs d'or ; n'y manquez pas ;
Puis vous irez chercher ſes gens là - bas ;
Ils attendront.

GERMON.

Madame la Baronne
Aura l'argent que Monſeigneur me donne
Sur ſa toilette.

LE COMTE.

Eh , l'eſprit lourd ! eh non !
C'eſt pour Nanine , entendez - vous ?

GERMON.

Pardon.

LE COMTE.

Allez , allez , laiſſez - moi.

Germon ſort.

Ma tendreſſe
Aſſurément n'eſt point une faibleſſe.
Je l'idolâtre , il eſt vrai , mais mon cœur
Dans ſes yeux ſeuls n'a point pris ſon ardeur.
Son caractère eſt fait pour plaire au ſage ;
Et ſa belle ame a mon premier hommage.
Mais ſon état ?... Elle eſt trop au - deſſus ;
Fût - il plus bas , je l'en aimerais plus.
Mais puis - je enfin l'épouſer ? Oui , ſans doute.
Pour être heureux qu'eſt - ce donc qu'il en coûte ?
D'un monde vain dois - je craindre l'écueil ,

Et

Et de mon goût me priver par orgueil ?
Mais la coutume... Eh bien , elle eſt cruelle ;
Et la nature eut ſes droits avant elle.
Eh quoi ! rival de Blaiſe ! pourquoi non ?
Blaiſe eſt un homme ; il l'aime , il a raiſon.
Elle fera , dans une paix profonde ,
Le bien d'un ſeul , & les deſirs du monde.
Elle doit plaire aux jardiniers , aux Rois ;
Et mon bonheur juſtifira mon choix.

Fin du premier acte.

ACTE II.

SCENE PREMIERE.

LE COMTE D'OLBAN, MARIN.

LE COMTE *seul.*

AH ! cette nuit eft une année entière.
Que le fommeil eft loin de ma paupière !
Tout dort ici ; Nanine dort en paix ;
Un doux repos raffraichit fes attraits :
Et moi je vais, je cours, je veux écrire,
Je n'écris rien ; vainement je veux lire ;
Mon œil troublé voit les mots fans les voir,
Et mon efprit ne les peut concevoir.
Dans chaque mot le feul nom de Nanine
Eft imprimé par une main divine.
Hola, quelqu'un, qu'on vienne. Quoi ! mes gens
Sont-ils pas las de dormir fi longtems ?
Germon, Marin.

MARIN *derrière le théâtre.*
J'accours.

LE COMTE.
Quelle pareffe !
Eh ! venez vite, il fait jour : le tems preffe :
Arrivez donc.

MARIN.
Eh, Monfieur, quel lutin

Vous a fans nous éveillé fi matin ?

LE COMTE.

L'amour.

MARIN.

Oh, oh ! la Baronne de l'Orme
Ne permet pas qu'en ce logis on dorme.
Qu'ordonnez - vous ?

LE COMTE.

Je veux, mon cher Marin,
Je veux avoir, au plus tard pour demain,
Six chevaux neufs, un nouvel équipage,
Femme de chambre adroite, bonne & fage ;
Valet de chambre, avec deux grands laquais,
Point libertins, qui foient jeunes, bien faits ;
Des diamans, des boucles des plus belles,
Des bijoux d'or, des étoffes nouvelles.
Pars dans l'inftant, cours en pofte à Paris ;
Crêve tous les chevaux.

MARIN.

Vous voilà pris.
J'entens, j'entens. Madame la Baronne
Eft la maîtreffe aujourd'hui qu'on nous donne ;
Vous l'époufez ?

LE COMTE.

Quel que foit mon projet,
Vole & revien.

MARIN.

Vous ferez fatisfait.

S C E N E I I.

LE COMTE, GERMON.

LE COMTE *seul.*

Quoi ! j'aurai donc cette douceur extrême,
De rendre heureux, d'honorer ce que j'aime.
Notre Baronne avec fureur criera,
Très volontiers, & tant qu'elle voudra.
Les vains difcours, le monde, la Baronne,
Rien ne m'émeut, & je ne crains perfonne.
Aux préjugés c'eft trop être foumis,
Il faut les vaincre, ils font nos ennemis ;
Et ceux qui font les efprits raifonnables,
Plus vertueux, font les feuls refpeftables.
Eh mais.... quel bruit entens-je dans ma cour ?
C'eft un caroffe. Oui... mais... au point du jour
Qui peut venir ?.... C'eft ma mère peut-être.
Germon...

GERMON *arrivant.*

Monfieur.

LE COMTE.

Voi ce que ce peut être.

GERMON.

C'eft un caroffe.

LE COMTE.

Eh qui ? par quel hazard ?

Qui vient ici ?

GERMON.

L'on ne vient point ; l'on part.

LE COMTE.

Comment, on part ?

GERMON.

Madame la Baronne

Sort tout-à-l'heure.

LE COMTE.

Oh je le lui pardonne ;

Que pour jamais puiffe-t-elle fortir !

GERMON.

Avec Nanine elle eft prête à partir.

LE COMTE.

Ciel ! que dis-tu ? Nanine ?

GERMON.

La fuivante

Le dit tout haut.

LE COMTE.

Quoi donc ?

GERMON.

Votre parente

Part avec elle ; elle va, ce matin,

Mettre Nanine à ce couvent voifin.

LE COMTE.

Courons, volons. Mais quoi ! que vai-je faire ?

Pour leur parler je fuis trop en colère ;

N'importe : allons. Quand je devrais... mais non :

On verrait trop toute ma paffion.

Qu'on ferme tout, qu'on vole, qu'on l'arrête ;

Répondez-moi d'elle fur votre tête :

Amenez-moi Nanine.

(*Germon fort.*)

Ah jufte ciel !

Bbb iij

On l'enlevait. Quel jour ! quel coup mortel !
Qu'ai-je donc fait, pourquoi, par quel caprice,
Par quelle ingrate & cruelle injuftice ?
Qu'ai-je donc fait, hélas ! que l'adorer,
Sans la contraindre, & fans me déclarer,
Sans allarmer fa timide innocence ?
Pourquoi me fuir ? je m'y perds plus j'y penfe.

S C E N E   I I I.

LE COMTE, NANINE.

LE COMTE.

BElle Nanine : eft-ce vous que je voi ?
Quoi, vous voulez vous dérober à moi ?
Ah répondez, expliquez vous de grace.
Vous avez craint, fans doute, la menace
De la Baronne ; & ces purs fentimens
Que vos vertus m'infpirent dès longtems,
Plus que jamais l'auront fans doute aigrie.
Vous n'auriez point de vous-même eu l'envie
De nous quitter, d'arracher à ces lieux
Leur feul éclat, que leur prêtaient vos yeux ?
Hier au foir, de pleurs toute trempée,
De ce deffein étiez-vous occupée ?
Répondez donc. Pourquoi me quittiez-vous ?

N A N I N E.

Vous me voyez tremblante à vos genoux.

LE COMTE *la relevant.*

Ah parlez-moi. Je tremble plus encore.

NANINE.

Madame...

LE COMTE.

Eh bien ?

NANINE.

Madame, que j'honore ,
Pour le couvent n'a point forcé mes vœux.

LE COMTE.

Ce ferait vous ? qu'entens-je ? ah malheureux !

NANINE.

Je vous l'avoue : oui, je l'ai conjurée
De mettre un frein à mon ame égarée....
Elle voulait, Monfieur, me marier.

LE COMTE.

Elle ? à qui donc ?

NANINE.

A votre jardinier.

LE COMTE.

Le digne choix !

NANINE.

Et moi toute honteufe ,
Plus qu'on ne croit peut-être malheureufe ,
Moi qui repouffe avec un vain effort
Des fentimens au-deffus de mon fort ,
Que vos bontés avaient trop élevée ,
Pour m'en punir j'en dois être privée.

LE COMTE.

Vous, vous punir ? ah Nanine ! & de quoi ?

NANINE.

D'avoir ofé foulever contre moi
Votre parente, autrefois ma maîtreffe.

Je lui déplais ; mon feul afpect la bleffe ;
Elle a raifon ; & j'ai près d'elle hélas !
Un tort bien grand... qui ne finira pas.
J'ai craint ce tort, il eft peut-être extrême.
J'ai prétendu m'arracher à moi-même,
Et déchirer dans les auftérités,
Ce cœur trop haut, trop fier de vos bontés,
Venger fur lui fa faute involontaire.
Mais ma douleur, hélas ! la plus amère,
En perdant tout, en courant m'éclipfer,
En vous fuyant, fut de vous offenfer.

LE COMTE (*fe détournant & fe promenant.*)

Quels fentimens, & quelle ame ingénue !
En ma faveur eft-elle prévenue ?
A-t-elle craint de m'aimer ? ô vertu !

NANINE.

Cent fois pardon, fi je vous ai déplû.
Mais permettez qu'au fond d'une retraite
J'aille cacher ma douleur inquiète,
M'entretenir en fecret à jamais,
De mes devoirs, de vous, de vos bienfaits.

LE COMTE.

N'en parlons plus. Ecoutez ; la Baronne
Vous favorife, & noblement vous donne
Un domeftique, un ruftre pour époux ;
Moi j'en fais un moins indigne de vous.
Il eft d'un rang fort au-deffus de Blaife,
Jeune, honnête-homme, il eft fort à fon aife ;
Je vous répons qu'il a des fentimens ;
Son caractère eft loin des mœurs du tems ;
Et je me trompe, ou pour vous j'envifage

Un

Un deftin doux , un excellent ménage.
Un tel parti flatte - t - il votre cœur ?
Vaut - il pas bien le couvent ?

NANINE.

Non , Monfieur...

Ce nouveau bien que vous daignez me faire ,
Je l'avoûrai , ne peut me fatisfaire.
Vous pénétrez mon cœur reconnaiffant ;
Daignez y lire , & voyez ce qu'il fent.
Voyez fur quoi ma retraite fe fonde.
Un jardinier , un Monarque du monde ,
Qui pour époux s'offriraient à mes vœux,
Egalement me déplairaient tous deux.

LE COMTE.

Vous décidez mon fort. Eh bien , Nanine ,
Connaiffez donc celui qu'on vous deftine.
Vous l'eftimez ; il eft fous votre loi ;
Il vous adore , & cet époux... c'eft moi.
L'étonnement , le trouble l'a faifie.
Ah parlez - moi ; difpofez de ma vie ;
Ah reprenez vos fens trop agités.

NANINE.

Qu'ai - je entendu ?

LE COMTE.

Ce que vous méritez.

NANINE.

Quoi vous m'aimez ?.. Ah gardez - vous de croire ,
Que j'ofe ufer d'une telle victoire.
Non , Monfieur , non , je ne fouffrirai pas ,
Qu'ainfi pour moi vous defcendiez fi bas.
Un tel hymen eft toûjours trop funefte ;

Tom. VI. *& du Théâtre le quatriéme.*   Ccc

Le goût fe paffe , & le repentir refte.
J'ofe à vos pieds attefter vos ayeux....
Hélas fur moi ne jettez point les yeux.
Vous avez pris pitié de mon jeune âge ;
Formé par vous , ce cœur eft votre ouvrage ;
Il en ferait indigne déformais ,
S'il acceptait le plus grand des bienfaits.
Oui , je vous dois des refus. Oui , mon ame
Doit s'immoler.

LE COMTE.

    Non , vous ferez ma femme.
Quoi ! tout-à-l'heure , ici vous m'affuriez ,
Vous l'avez dit , que vous refuferiez
Tout autre époux , fût-ce un Prince.

NANINE.

      Oui fans doute ,
Et ce n'eft pas ce refus qui me coûte.

LE COMTE.

Mais me haïffez-vous ?

NANINE.

    Aurais-je fui ?
Craindrais-je tant , fi vous étiez haï ?

LE COMTE.

Ah ! ce mot feul a fait ma deftinée.

NANINE.

Eh ! que prétendez-vous ?

LE COMTE.

    Notre hyménée.

NANINE.

Songez...

LE COMTE.

Je fonge à tout.

NANINE.

Mais prévoyez...

LE COMTE.

Tout eft prévû.

NANINE.

Si vous m'aimez, croyez...

LE COMTE.

Je crois former le bonheur de ma vie.

NANINE.

Vous oubliez...

LE COMTE.

Il n'eft rien que j'oublie.
Tout fera prêt, & tout eft ordonné.

NANINE.

Quoi, malgré moi votre amour obftiné....

LE COMTE.

Oui, malgré vous ma flamme impatiente
Va tout preffer pour cette heure charmante.
Un feul inftant je quitte vos attraits,
Pour que mes yeux n'en foient privés jamais.
Adieu, Nanine, adieu, vous que j'adore.

S C E N E   I V.

NANINE *feule.*

Ciel ! eft-ce un rêve ? & puis-je croire encore
Que je parvienne au comble du bonheur ?
Non, ce n'eft pas l'excès d'un tel honneur,

Tout grand qu'il eſt , qui me plait & me frappe :
A mes regards tant de grandeur échappe.
Mais épouſer ce mortel généreux,
Lui , cet objet de mes timides vœux,
Lui que j'avais tant craint d'aimer, que j'aime,
Lui qui m'élève au - deſſus de moi - même ;
Je l'aime trop pour pouvoir l'avilir ;
Je devrais … Non , je ne peux plus le fuir ;
Non , mon état ne ſaurait ſe comprendre.
Moi l'épouſer ? quel parti dois - je prendre ?
Le ciel poura m'éclairer aujourd'hui ;
Dans ma faibleſſe il m'envoye un appui.
Peut - être même…. Allons , il faut écrire,
Il faut … par où commencer , & que dire ?
Quelle ſurpriſe ! Ecrivons promtement,
Avant d'oſer prendre un engagement.

Elle ſe met à écrire.

SCENE V.

NANINE, BLAISE.

BLAISE.

AH ! la voici. Madame la Baronne,
En ma faveur vous a parlé , mignonne.
Ouais , elle écrit ſans me voir ſeulement.

NANINE *écrivant toûjours.*

Blaiſe , bon jour.

BLAISE.

Bon jour eſt ſec vraiment.

N A N I N E *écrivant.*

A chaque mot mon embarras redouble ;
Toute ma lettre eft pleine de mon trouble.

B L A I S E.

Le grand génie ! elle écrit tout courant ;
Qu'elle a d'efprit ! & que n'en ai-je autant !
Ça , je difais...

N A N I N E.

Eh bien ?

B L A I S E.

Elle m'impofe
Par fon maintien : devant elle je n'ofe
M'expliquer ... là ... tout comme je voudrais :
Je fuis venu cependant tout exprès.

N A N I N E.

Cher Blaife , il faut me rendre un grand fervice.

B L A I S E.

Oh ! deux plutôt.

N A N I N E.

Je te fais la juftice
De me fier à ta difcrétion ,
A ton bon cœur.

B L A I S E.

Oh ! parlez fans façon :
Car , voyez - vous , Blaife eft prêt à tout faire
Pour vous fervir ; vite , point de myftère.

N A N I N E.

Tu vas fouvent au village prochain ,
A Rémival , à droite du chemin ?

B L A I S E.

Oui.

N A N I N E.

Pourrais-tu trouver dans ce village
Philippe Hombert ?

B L A I S E.

Non. Quel eſt ce viſage ?
Philippe Hombert ? je ne connais pas ça.

N A N I N E.

Hier au ſoir je crois qu'il arriva ;
Informe-t-en. Tâche de lui remettre,
Mais ſans délai, cet argent, cette lettre.

B L A I S E.

Oh ! de l'argent !

N A N I N E.

Donne auſſi ce paquet ;
Monte à cheval, pour avoir plutôt fait :
Pars, & ſois ſûr de ma reconnaiſſance.

B L A I S E.

J'irais pour vous au fin fond de la France.
Philippe Hombert eſt un heureux manant ;
La bourſe eſt pleine : ah ! que d'argent comptant !
Eſt-ce une dette ?

N A N I N E.

Elle eſt très avérée ;
Il n'en eſt point, Blaiſe, de plus ſacrée.
Ecoute. Hombert eſt peut-être inconnu ;
Peut-être même il n'eſt pas revenu.
Mon cher ami, tu me rendras ma lettre,
Si tu ne peux en ſes mains la remettre.

B L A I S E.

Mon cher ami !

NANINE.

Je me fie à ta foi.

BLAISE.

Son cher ami !

NANINE.

Va , j'attens tout de toi.

S C E N E *VI.*

LA BARONNE, BLAISE.

BLAISE.

D'Où diable vient cet argent ? quel meſſage !
Il nous aurait aidé dans le ménage !
Allons , elle a pour nous de l'amitié ;
Et ça vaut mieux que de l'argent , morgué :
Courons , courons.
(*Il met l'argent & le paquet dans ſa poche : il rencontre*
la Baronne , & la heurte.)

LA BARONNE.

Eh , le butor !... arrête.
L'étourdi m'a penſé caſſer la tête.

BLAISE.

Pardon , Madame.

LA BARONNE.

Où vas-tu ? que tiens-tu ?
Que fait Nanine ? As-tu rien entendu ?
Monſieur le Comte eſt-il bien en colère ?
Quel billet eſt-ce-là ?

BLAISE.

C'eſt un myſtère.

Pefte !...

LA BARONNE.

Voyons.

BLAISE.

Nanine gronderait.

LA BARONNE.

Comment dis - tu ? Nanine ! Elle pourrait
Avoir écrit, te charger d'un meffage !
Donne, ou je romps foudain ton mariage :
Donne, te dis - je.

BLAISE *riant.*

Oh, oh.

LA BARONNE.

De quoi ris - tu ?

BLAISE *riant encore.*

Ah, ah.

LA BARONNE.

J'en veux favoir le contenu.

Elle décachète la lettre.

Il m'intéreffe, ou je fuis bien trompée.

BLAISE *riant encore.*

Ah, ah, ah, ah, qu'elle eft bien attrapée !
Elle n'a là qu'un chiffon de papier ;
Moi j'ai l'argent, & je m'en vai payer
Philippe Hombert : faut fervir fa maîtreffe.
Courons.

SCENE

S C E N E VII.

LA BARONNE *feule.*

Lifons. » Ma joie & ma tendreffe
» Sont fans mefure , ainfi que mon bonheur ;
» Vous arrivez , quel moment pour mon cœur !
» Quoi ! je ne puis vous voir & vous entendre !
» Entre vos bras je ne puis me jetter !
» Je vous conjure au moins de vouloir prendre
» Ces deux paquets ; daignez les accepter.
» Sachez qu'on m'offre un fort digne d'envie ,
» Et dont il eft permis de s'éblouïr ;
» Mais il n'eft rien que je ne facrifie
» Au feul mortel que mon cœur doit chérir.
Ouais. Voilà donc le ftyle de Nanine ,
Comme elle écrit , l'innocente orpheline !
Comme elle fait parler la paffion !
En vérité ce billet eft bien bon.
Tout eft parfait , je ne me fens pas d'aife.
Ah , ah , rufée , ainfi vous trompiez Blaife !
Vous m'enleviez en fecret mon amant.
Vous avez feint d'aller dans un couvent ;
Et tout l'argent que le Comte vous donne ,
C'eft pour Philippe Hombert ? Fort bien , friponne ;
J'en fuis charmée , & le perfide amour
Du Comte Olban méritait bien ce tour.
Je m'en doutais , que le cœur de Nanine
Etait plus bas que fa baffe origine.

S C E N E VIII.

LE COMTE, LA BARONNE.

LA BARONNE.

VEnez , venez , homme à grands fentimens ,
Homme au deffus des préjugés du tems ,
Sage amoureux , philofophe fenfible ,
Vous allez voir un trait affez rifible.
Vous connaiffez fans doute à Rémival ,
Monfieur Philippe Hombert votre rival ?

LE COMTE.

Ah ! quels difcours vous me tenez !

LA BARONNE.

Peut-être

Ce billet-là vous le fera connaître.
Je crois qu'Hombert eft un fort beau garçon.

LE COMTE.

Tous vos efforts ne font plus de faifon ,
Mon parti pris je fuis inébranlable.
Contentez-vous du tour abominable
Que vous vouliez me jouer ce matin.

LA BARONNE.

Ce nouveau tour eft un peu plus malin.
Tenez , lifez. Ceci pourra vous plaire ;
Vous connaîtrez les mœurs , le caractère
Du digne objet qui vous a fubjugué.

Tandis que le Comte lit.

Tout en lifant il me femble intrigué.
Il a pâli , l'affaire émeut fa bile....

Eh bien , Monſieur , que penſez - vous du ſtile ?
Il ne voit rien , ne dit rien , n'entend rien :
Oh , le pauvre homme ! il le méritait bien.

L E   C O M T E.

Ai - je bien lû ? Je demeure ſtupide.
O tour affreux , ſexe ingrat , cœur perfide !

L A   B A R O N N E.

Je le connais , il eſt né violent ;
Il eſt promt , ferme ; il va dans un moment
Prendre un parti.

S C E N E   IX.

LE COMTE, LA BARONNE, GERMON.

G E R M O N.

Voici dans l'avenuë
Madame Olban.

L A   B A R O N N E.

La vieille eſt revenuë ?

G E R M O N.

Madame votre mère , entendez - vous ?
Eſt près d'ici , Monſieur.

L A   B A R O N N E.

Dans ſon couroux
Il eſt devenu ſourd. La lettre opère.

G E R M O N *criant.*

Monſieur.

L E   C O M T E.

Plait - il ?

GERMON *haut.*

Madame votre mère ,
Monfieur.

LE COMTE.

Que fait Nanine en ce moment ?

GERMON.

Mais.... elle écrit dans fon appartement.

LE COMTE *d'un air froid & fec.*

Allez faifir fes papiers , allez prendre
Ce qu'elle écrit , vous viendrez me le rendre ;
Qu'on la renvoye à l'inftant.

GERMON.

Qui , Monfieur ?

LE COMTE.

Nanine,

GERMON.

Non , je n'aurais pas ce cœur :
Si vous faviez à quel point fa perfonne
Nous charme tous , comme elle eft noble, bonne !

LE COMTE.

Obéiffez , ou je vous chaffe.

GERMON.

Allons.

Il fort.

SCENE X.

LE COMTE, LA BARONNE.

LA BARONNE.

AH ! je refpire ; enfin nous l'emportons :
Vous devenez un homme raifonnable,

Ah ça , voyez s'il n'eſt pas véritable ,
Qu'on tient toûjours de ſon premier état ,
Et que les gens , dans un certain éclat ,
Ont un cœur noble , ainſi que leur perſonne ?
Le ſang fait tout , & la naiſſance donne
Des ſentimens à Nanine inconnus.

LE COMTE.

Je n'en crois rien ; mais ſoit , n'en parlons plus ;
Réparons tout ; le plus ſage , en ſa vie ,
A quelquefois ſes accès de folie :
Chacun s'égare , & le moins imprudent
Eſt celui-là qui plutôt ſe repent.

LA BARONNE.

Oui.

LE COMTE.

Pour jamais ceſſez de parler d'elle.

LA BARONNE.

Très volontiers.

LE COMTE.

Ce ſujet de querelle
Doit s'oublier.

LA BARONNE.

Mais , vous , de vos ſermens
Souvenez-vous.

LE COMTE.

Fort bien. Je vous entens ;
Je les tiendrai.

LA BARONNE.

Ce n'eſt qu'un promt hommage ,
Qui peut ici réparer mon outrage.
Indignement notre hymen différé
Eſt un affront.

LE COMTE.
Il fera réparé.

Madame , il faut...

LA BARONNE.
Il ne faut qu'un notaire.

LE COMTE.
Vous favez bien . . . que j'attendais ma mère.

LA BARONNE.
Elle eft ici.

S C E N E XI.

LA MARQUISE, LE COMTE, LA BARONNE.

LE COMTE à fa mère.

MAdame , j'aurais dû...

à part..   *à fa mère.*

Philippe Hombert ! . . . Vous m'avez prévenu ;
Et mon refpeét , mon zèle , ma tendreffe....

à part.

Avec cet air innocent , la traîtreffe !

LA MARQUISE.

Mais vous extravaguez , mon très cher fils.
On m'avait dit , en paffant par Paris ,
Que vous aviez la tête un peu frappée ;
Je m'apperçois qu'on ne m'a pas trompée :
Mais ce mal-là...

LE COMTE.
Ciel , que je fuis confus !

LA MARQUISE.

Prend - il fouvent ?

LE COMTE.

Il ne me prendra plus.

LA MARQUISE.

Ça , je voudrais ici vous parler feule.

faifant une petite révérence à la Baronne.

Bon jour , Madame.

LA BARONNE *à part.*

Hom ! La vieille bégueule !

Madame , il faut vous laiffer le plaifir

D'entretenir Monfieur tout à loifir.

Je me retire.   *Elle fort.*

S C E N E   X I I.

LA MARQUISE, LE COMTE.

LA MARQUISE, *parlant fort vite , & d'un ton de petite
vieille babillarde.*

EH bien , Monfieur le Comte ,

Vous faites donc à la fin votre compte

De me donner la Baronne pour bru ;

C'eft fur cela que j'ai vite accouru.

Votre Baronne eft une acariâtre ,

Impertinente , altière , opiniâtre ,

Qui n'eut jamais pour moi le moindre égard ;

Qui l'an paffé , chez la Marquife Agard ,

En plein fouper me traita de bavarde ;

D'y plus fouper déformais Dieu m'en garde.

Bavarde , moi ! Je fais d'ailleurs très bien
Qu'elle n'a pas , entre nous , tant de bien :
C'est un grand point , il faut qu'on s'en informe ;
Car on m'a dit que son château de l'Orme
A son mari n'appartient qu'à moitié ;
Qu'un vieux procès , qui n'est pas oublié ,
Lui disputait la moitié de la terre :
J'ai sû cela de feu votre grand-père :
Il disait vrai : c'était un homme , lui ;
On n'en voit plus de sa trempe aujourd'hui.
Paris est plein de ces petits bouts d'homme ,
Vains , fiers , fous , sots , dont le caquet m'assomme ;
Parlans de tout avec l'air empressé ,
Et se moquans toûjours du tems passé.
J'entens parler de nouvelle cuisine ,
De nouveaux goûts ; on crêve , on se ruïne :
Les femmes sont sans frein , & les maris
Sont des benêts. Tout va de pis en pis.

LE COMTE *relisant le billet.*

Qui l'aurait crû ? Ce trait me desespère.
Eh bien , Germon ?

SCENE XIII.

LA MARQUISE, LE COMTE, GERMON.

GERMON.

Voici votre notaire.

LE COMTE.

Oh ! qu'il attende.

GERMON.

G E R M O N.
Et voici le papier ,
Qu'elle devait , Monfieur , vous envoyer.

L E C O M T E *lifant.*
Donne . . . Fort bien. Elle m'aime , dit - elle ,
Et par refpeēt me refufe ! . . . Infidelle !
Tu ne dis pas la raifon du refus !

L A M A R Q U I S E.
Ma foi , mon fils a le cerveau perclus ;
C'eft fa Baronne ; & l'amour le domine.

L E C O M T E *à Germon.*
M'a - t - on bientôt délivré de Nanine ?

G E R M O N.
Hélas ! Monfieur , elle a déja repris
Modeftement fes champêtres habits ,
Sans dire un mot de plainte & de murmure.

L E C O M T E.
Je le crois bien.

G E R M O N.
Elle a pris cette injure
Tranquillement , lorfque nous pleurons tous.

L E C O M T E.
Tranquillement ?

L A M A R Q U I S E.
Hem ! de qui parlez - vous ?

G E R M O N.
Nanine , hélas ! Madame , que l'on chaffe ;
Tout le château pleure de fa difgrace.

L A M A R Q U I S E.
Vous la chaffez ; je n'entens point cela.
Quoi ! ma Nanine ? Allons , rappellez - la.

Tom. VI. *& du Théâtre le quatriéme.*   E e e

Qu'a - t - elle fait ma charmante orpheline ?
C'eſt moi, mon fils, qui vous donnai Nanine.
Je me ſouviens qu'à l'âge de dix ans,
Elle enchantait tout le monde céans.
Notre Baronne ici la prit pour elle ;
Et je prédis dès - lors que cette belle
Serait fort mal, & j'ai très bien prédit :
Mais j'eus toûjours chez vous peu de crédit.
Vous prétendez tout faire à votre tête :
Chaſſer Nanine eſt un trait malhonnête.

LE COMTE.

Quoi ! ſeule, à pied, ſans ſecours, ſans argent ?

GERMON.

Ah ! j'oubliais de dire qu'à l'inſtant
Un vieux bon homme à vos gens ſe préſente :
Il dit que c'eſt une affaire importante,
Qu'il ne ſaurait communiquer qu'à vous ;
Il veut, dit - il, ſe mettre à vos genoux.

LE COMTE.

Dans le chagrin où mon cœur s'abandonne,
Suis - je en état de parler à perſonne ?

LA MARQUISE.

Ah ! vous avez du chagrin, je le croi ;
Vous m'en donnez auſſi beaucoup à moi.
Chaſſer Nanine, & faire un mariage
Qui me déplaît ! non, vous n'êtes pas ſage.
Allez, trois mois ne ſeront pas paſſés,
Que vous ſerez l'un de l'autre laſſés.
Je vous prédis la pareille avanture
Qu'à mon couſin le Marquis de Marmure.
Sa femme était aigre comme verjus ;

Mais , entre nous , la votre l'eſt bien plus.
En s'époufant ils crurent qu'ils s'aimèrent ;
Deux mois après tous deux fe féparèrent ;
Madame alla vivre avec un galant ,
Fat , petit-maître , efcroc , extravagant ;
Et Monſieur prit une franche coquette ,
Une intrigante & friponne parfaite.
Des foupers fins , la petite maifon ,
Chevaux , habits , maître d'hôtel fripon ,
Bijoux nouveaux pris à crédit , notaires ,
Contrats vendus & dettes ufuraires :
Enfin , Monſieur & Madame , en deux ans ,
A l'hôpital allèrent tout d'un tems.
Je me fouviens encor d'une autre hiſtoire ,
Bien plus tragique , & difficile à croire ;
C'était.....

LE COMTE.

Ma mère , il faut aller dîner.
Venez..... O ciel ! ai-je pû foupçonner
Pareille horreur !

LA MARQUISE.

Elle eſt épouvantable :
Allons , je vais la raconter à table ;
Et vous pourez tirer un grand profit ,
En tems & lieu , de tout ce que j'ai dit.

Fin du ſecond acte.

A C T E   III.

S C E N E   P R E M I E R E.

NANINE *vétuë en payfane* , GERMON.

GERMON.

Nous pleurons tous en vous voyant fortir.

NANINE.

J'ai tardé trop , il eft tems de partir.

GERMON.

Quoi ! pour jamais , & dans cet équipage ?

NANINE.

L'obfcurité fut mon premier partage.

GERMON.

Quel changement ! Quoi du matin au foir !
Souffrir n'eft rien , c'eft tout que de déchoir.

NANINE.

Il eft des maux mille fois plus fenfibles.

GERMON.

J'admire encor des regrets fi paifibles :
Certes , mon maître eft bien mal avifé ;
Notre Baronne a fans doute abufé
De fon pouvoir , & vous fait cet outrage.
Jamais Monfieur n'aurait eu ce courage.

NANINE.

Je lui dois tout : il me chaffe aujourd'hui ;
Obéiffons, Ses bienfaits font à lui ,

Il peut ufer du droit de les reprendre.

GERMON.

A ce trait - là qui Diable eût pû s'attendre ?
En cet état qu'allez - vous devenir ?

NANINE.

Me retirer, longtems me repentir.

GERMON.

Que nous allons haïr notre Baronne !

NANINE.

Mes maux font grands, mais je les lui pardonne.

GERMON.

Mais que dirai - je au moins de votre part
A notre maître après votre départ ?

NANINE.

Vous lui direz que je le remercie,
Qu'il m'ait rendu à ma première vie ;
Et qu'à jamais fenfible à fes bontés,
Je n'oublîrai... rien... que fes cruautés.

GERMON.

Vous me fendez le cœur, & tout - à - l'heure
Je quitterais pour vous cette demeure.
J'irais partout avec vous m'établir ;
Mais Monfieur Blaife a fû nous prévenir.
Qu'il eft heureux ! avec vous il va vivre :
Chacun voudrait l'imiter & vous fuivre.

NANINE.

On eft bien loin de me fuivre... Ah ! Germon !
Je fuis chaffée ... & par qui ? ...

GERMON.

Le Démon
A mis du fien dans cette brouillerie ;

Eee iij

Nous vous perdons ... & Monfieur fe marie.
N A N I N E.

Il fe marie ! ... Ah ! partons de ce lieu ;
Il fut pour moi trop dangereux ... Adieu ...
(*Elle fort.*)

G E R M O N.

Monfieur le Comte a l'ame un peu bien dure :
Comment chaffer pareille créature !
Elle paraît une fille de bien :
Mais il ne faut pourtant jurer de rien.

S C E N E I I.

LE COMTE, GERMON.

L E C O M T E.

EH bien , Nanine eft donc enfin partie ?

G E R M O N.

Oui , c'en eft fait.

L E C O M T E.
J'en ai l'ame ravie.

G E R M O N.

Votre ame eft donc de fer.

L E C O M T E.
Dans le chemin

Philippe Hombert lui donnait-il la main ?

G E R M O N.

Qui ! quel Philippe Hombert ? Hélas , Nanine,
Sans écuyer , fort triftement chemine,
Et de ma main ne veut pas feulement.

LE COMTE.

Où donc va-t-elle ?

GERMON.

Où ? mais apparemment
Chez ses amis.

LE COMTE.

A Rémival , sans doute.

GERMON.

Oui , je crois bien qu'elle prend cette route.

LE COMTE.

Va la conduire à ce couvent voisin ,
Où la Baronne allait dès ce matin :
Mon dessein est qu'on la mette sur l'heure
Dans cette utile & décente demeure ;
Ces cent louïs la feront recevoir.
Va :... garde-toi de laisser entrevoir
Que c'est un don que je veux bien lui faire ;
Di-lui que c'est un présent de ma mère ;
Je te défens de prononcer mon nom.

GERMON.

Fort bien ; je vais vous obéir.

(*Il fait quelques pas.*)

LE COMTE.

Germon ,
A son départ , tu dis que tu l'as vuë ?

GERMON.

Eh ! oui , vous dis-je.

LE COMTE.

Elle était abattuë ?
Elle pleurait ?

GERMON.

Elle faisait bien mieux ,

Ses pleurs coulaient à peine de fes yeux :
Elle voulait ne pas pleurer.

LE COMTE.

A-t-elle

Dit quelque mot qui marque, qui décèle
Ses fentimens ? As-tu remarqué ?...

GERMON.

Quoi ?

LE COMTE.

A-t-elle enfin, Germon, parlé de moi ?

GERMON.

Oh, oui, beaucoup.

LE COMTE.

Eh bien, di-moi donc, traître,
Qu'a-t-elle dit ?

GERMON.

Que vous êtes fon maître ;
Que vous avez des vertus, des bontés ;...
Qu'elle oubliera tout,... hors vos cruautés.

LE COMTE.

Va... mais furtout garde qu'elle revienne.

(*Germon fort.*)

Germon ?

GERMON.

Monfieur.

LE COMTE.

Un mot ; qu'il te fouvienne,
Si par hazard, quand tu la conduiras,
Certain Hombert venait fuivre fes pas,
De le chaffer de la belle manière.

GERMON.

Oui poliment à grands coups d'étrivière :

Comptez

Comptez fur moi ; je fers fidélement.
Le jeune Hombert, dites-vous ?

LE COMTE.

Juftement.

GERMON.

Bon, je n'ai pas l'honneur de le connaître ;
Mais le premier que je verrai paraître,
Sera roffé de la bonne façon ;
Et puis après il me dira fon nom.

(*Il fait un pas & revient.*)

Ce jeune Hombert eft quelque amant, je gage,
Un beau garçon, le coq de fon village.
Laiffez-moi faire.

LE COMTE.

Obéï promtement.

GERMON.

Je me doutais qu'elle avait quelque amant ;
Et Blaife auffi lui tient au cœur peut-être.
On aime mieux fon égal que fon maître.

LE COMTE.

Ah ! cours, te dis-je.

S C E N E   I I I.

LE COMTE *feul.*

HÉlas, il a raifon ;
Il prononçait ma condamnation :
Et moi du coup qui m'a pénétré l'ame,
Je me punis ; la Baronne eft ma femme.

Tom. VI. & du Théâtre le quatriéme.   Fff

Il le faut bien , le fort en eſt jetté.
Je souffrirai , je l'ai bien mérité.
Ce mariage eſt au moins convenable.
Notre Baronne a l'humeur peu traitable ;
Mais , quand on veut , on fait donner la loi.
Un eſprit ferme eſt le maître chez ſoi.

S C E N E I V.

LE COMTE, LA BARONNE, LA MARQUISE.

LA MARQUISE.

OR - ça , mon fils , vous épouſez Madame ?

LE COMTE.

Eh , oui.

LA MARQUISE.

Ce ſoir elle eſt donc votre femme ?
Elle eſt ma bru ?

LA BARONNE.

Si vous le trouvez bon ,
J'aurai , je crois , votre approbation.

LA MARQUISE.

Allons , allons , il faut bien y ſouſcrire ;
Mais dès demain chez moi je me retire.

LE COMTE.

Vous retirer ! eh ! ma mère , pourquoi ?

LA MARQUISE.

J'emménerai ma Nanine avec moi.
Vous la chaſſez , & moi je la marie ;
Je fais la nôce en mon château de Brie ;

Et je la donne au jeune sénéchal,
Propre neveu du procureur fiscal,
Jean Roc Souci ; c'est lui de qui le père
Eut à Corbeil cette plaisante affaire.
De cet enfant je ne peux me passer ;
C'est un bijou que je veux enchasser.
Je vais la marier... Adieu.

LE COMTE.

Ma mère,
Ne soyez pas contre nous en colère ;
Laissez Nanine aller dans un couvent ;
Ne changez rien à notre arrangement.

LA BARONNE.

Oui, croyez-nous, Madame, une famille
Ne se doit point charger de telle fille.

LA MARQUISE.

Comment ? quoi donc ?

LA BARONNE.

Peu de chose.

LA MARQUISE.

Mais....

LA BARONNE.

Rien.

LA MARQUISE.

Rien, c'est beaucoup. J'entens, j'entens fort bien.
Aurait-elle eu quelque tendre folie ?
Cela se peut, car elle est si jolie :
Je m'y connais : on tente, on est tenté ;
Le cœur a bien de la fragilité.
Les filles sont toûjours un peu coquettes.
Le mal n'est pas si grand que vous le faites.

Fff ij

Ça, contez-moi, sans nul déguisement,
Tout ce qu'a fait notre charmante enfant.

LE COMTE.

Moi, vous conter ?

LA MARQUISE.

Vous avez bien la mine
D'avoir au fond quelque goût pour Nanine :
Et vous pourriez. ...

S C E N E V.

LE COMTE, LA MARQUISE, LA BARONNE, MARIN *en bottes*.

MARIN.

ENfin, tout est baclé,
Tout est fini.

LA MARQUISE.

Quoi ?

LA BARONNE.

Qu'est-ce ?

MARIN.

J'ai parlé
A nos marchands ; j'ai bien fait mon message ;
Et vous aurez demain tout l'équipage.

LA BARONNE.

Quel équipage ?

MARIN.

Oui, tout ce que pour vous

A commandé votre futur époux ;
Six beaux chevaux ; & vous ferez contente
De la berline ; elle eft bonne, brillante ;
Tous les panneaux par Martin font vernis.
Les diamans font beaux, très-bien choifis ;
Et vous verrez des étoffes nouvelles,
D'un goût charmant... Oh ! rien n'approche d'elles.

LA BARONNE (*au Comte.*)

Vous avez donc commandé tout cela ?

LE COMTE (*à part.*)

Oui... Mais pour qui ?

MARIN.

Le tout arrivera
Demain matin dans ce nouveau caroffe,
Et fera prêt le foir pour votre nôce.
Vive Paris pour avoir fur le champ
Tout ce qu'on veut, quand on a de l'argent.
En revenant j'ai revû le notaire,
Tout près d'ici, griffonnant votre affaire.

LA BARONNE.

Ce mariage a traîné bien longtems.

LA MARQUISE (*à part.*)

Ah ! je voudrais qu'il traînât quarante ans.

MARIN.

Dans ce falon j'ai trouvé tout-à-l'heure
Un bon vieillard, qui gémit & qui pleure :
Depuis longtems il voudrait vous parler.

LA BARONNE.

Quel importun ! qu'on le faffe en aller :

Fff iij

Il prend trop mal fon tems.

LA MARQUISE.

Pourquoi, Madame ?

Mon fils, ayez un peu de bonté d'ame ;

Et croyez-moi, c'eſt un mal des plus grands,

De rebuter ainſi les pauvres gens.

Je vous ai dit cent fois dans votre enfance,

Qu'il faut pour eux avoir de l'indulgence,

Les écouter d'un air affable, doux.

Ne ſont-ils pas hommes tout comme nous ?

On ne ſait pas à qui l'on fait injure ;

On ſe repent d'avoir eu l'ame dure.

Les orgueilleux ne proſpèrent jamais.

(*à Marin.*)

Allez chercher ce bon homme.

MARIN.

J'y vais.

(*Il fort.*)

LE COMTE.

Pardon, ma mère, il a falu vous rendre

Mes premiers ſoins, & je ſuis prêt d'entendre

Cet homme-là malgré mon embarras.

S C E N E   V I.

LE COMTE, LA MARQUISE,
LA BARONNE, le Payſan.

LA MARQUISE *au payſan.*

APprochez-vous, parlez, ne tremblez pas.

LE PAYSAN.

Ah ! Monfeigneur , écoutez - moi de grace :
Je fuis .. Je tombe à vos pieds , que j'embraffe ;
Je viens vous rendre...

LE COMTE.

Ami , relevez - vous ;
Je ne veux point qu'on me parle à genoux ;
D'un tel orgueil je fuis trop incapable.
Vous avez l'air d'être un homme eftimable.
Dans ma maifon cherchez - vous de l'emploi ?
A qui parlai - je ?

LA MARQUISE.

Allons , raffure - toi.

LE PAYSAN.

Je fuis , hélas ! le père de Nanine.

LE COMTE.

Vous ?

LA BARONNE.

Ta fille eft une grande coquine.

LE PAYSAN.

Ah ! Monfeigneur , voilà ce que j'ai craint ;
Voilà le coup dont mon cœur eft atteint :
J'ai bien penfé qu'une fomme fi forte
N'appartient pas à des gens de fa forte :
Et les petits perdent bientôt leurs mœurs ,
Et font gâtés auprès des grands feigneurs.

LA BARONNE.

Il a raifon ; mais il trompe ; & Nanine
N'eft point fa fille , elle était orpheline.

LE PAYSAN.

Il eft trop vrai : chez de pauvres parens
Je la laiffai dès fes plus jeunes ans.
Ayant perdu mon bien avec fa mère,
J'allai fervir, forcé par la mifère,
Ne voulant pas, dans mon funefte état,
Qu'elle paffât pour fille d'un foldat,
Lui défendant de me nommer fon père.

LA MARQUISE.

Pourquoi cela ? pour moi je confidère
Les bons foldats ; on a grand befoin d'eux.

LE COMTE.

Qu'a ce métier, s'il vous plait, de honteux ?

LE PAYSAN.

Il eft bien moins honoré qu'honorable.

LE COMTE.

Ce préjugé fut toûjours condamnable.
J'eftime plus un vertueux foldat,
Qui de fon fang fert fon Prince & l'Etat,
Qu'un important, que fa lâche induftrie
Engraiffe en paix du fang de la patrie.

LA MARQUISE.

Ça, vous avez vû beaucoup de combats ;
Contez - les - moi bien tous, n'y manquez pas.

LE PAYSAN.

Dans la douleur, hélas ! qui me déchire,
Permettez - moi feulement de vous dire,
Qu'on me promit cent fois de m'avancer :
Mais fans appui comment peut - on percer ?

Toûjours

Toûjours jetté dans la foule commune,
Mais diftingué, l'honneur fut ma fortune.

LA MARQUISE.
Vous êtes donc né de condition ?

LA BARONNE.
Fi, quelle idée !

LE PAYSAN, *à la Baronne.*
Hélas ! Madame, non ;
Mais je fuis né d'une honnête famille ;
Je méritais peut-être une autre fille.

LA MARQUISE.
Que vouliez-vous de mieux ?

LE COMTE.
Eh ! pourfuivez.

LA MARQUISE.
Mieux que Nanine ?

LE COMTE.
Ah ! de grace, achevez.

LE PAYSAN.
J'appris qu'ici ma fille fut nourrie,
Qu'elle y vivait bien traitée & chérie.
Heureux alors, & béniffant le ciel,
Vous, vos bontés, votre foin paternel,
Je fuis venu dans le prochain village,
Mais plein de trouble & craignant fon jeune âge,
Tremblant encor, lorfque j'ai tout perdu,
De retrouver le bien qui m'eft rendu.

Montrant la Baronne.
Je viens d'entendre au difcours de Madame,
Que j'eus raifon, elle m'a percé l'ame ;

Je vois fort bien que ces cent louïs d'or,
Des diamans, font un trop grand tréfor,
Pour les tenir par un droit légitime :
Elle ne peut les avoir eus fans crime.
Ce feul foupçon me fait frémir d'horreur,
Et j'en mourrai de honte & de douleur.
Je fuis venu foudain pour vous les rendre ;
Ils font à vous, vous devez les reprendre ;
Et fi ma fille eft criminelle, hélas !
Puniffez-moi, mais ne la perdez pas.

LA MARQUISE.

Ah, mon cher fils, je fuis toute attendrie.

LA BARONNE.

Ouais, eft-ce un fonge ? eft-ce une fourberie ?

LE COMTE.

Ah ! qu'ai-je fait ?

LE PAYSAN.

(Il tire la bourfe & le paquet.)

Tenez, Monfieur, tenez.

LE COMTE.

Moi les reprendre ! ils ont été donnés,
Elle en a fait un refpeftable ufage.
C'eft donc à vous qu'on a fait le meffage ?
Qui l'a porté ?

LE PAYSAN.

C'eft votre jardinier,
A qui Nanine ofa fe confier.

LE COMTE.

Quoi ! c'eft à vous que le préfent s'adreffe ?

LE PAYSAN.

Oui, je l'avouë.

LE COMTE.

O douleur! ô tendreſſe!
Des deux côtés quel excès de vertu!
Et votre nom? Je demeure éperdu.

LA MARQUISE.

Eh, dites donc votre nom. Quel myſtère!

LE PAYSAN.

Philippe Hombert de Gatine.

LE COMTE.

Ah! mon père!

LA BARONNE.

Que dit-il là?

LE COMTE.

Quel jour vient m'éclairer?
J'ai fait un crime, il le faut réparer.
Si vous ſaviez combien je ſuis coupable!
J'ai maltraité la vertu reſpeĉtable.

Il va lui-même à un de ſes gens.
Hola, courez.

LA BARONNE.

Et quel empreſſement?

LE COMTE.

Vite un caroſſe.

LA MARQUISE.

Oui, Madame, à l'inſtant,
Vous devriez être ſa proteĉtrice.
Quand on a fait une telle injuſtice,

Sachez de moi que l'on ne doit rougir
Que de ne pas affez fe repentir.
Monfieur mon fils a fouvent des lubies,
Que l'on prendrait pour de franches folies :
Mais dans le fond c'eft un cœur généreux ;
Il eft né bon, j'en fais ce que je veux.
Vous n'êtes pas, ma bru, fi bienfaifante :
Il s'en faut bien.

LA BARONNE.

     Que tout m'impatiente !
Qu'il a l'air fombre, embarraffé, rêveur !
Quel fentiment étrange eft dans fon cœur ?
Voyez, Monfieur, ce que vous voulez faire.

LA MARQUISE.

Oui, pour Nanine.

LA BARONNE.

    On peut la fatisfaire
Par des préfens.

LA MARQUISE.

    C'eft le moindre devoir.

LA BARONNE.

Mais moi jamais je ne veux la revoir ;
Que du château jamais elle n'approche :
Entendez-vous ?

LE COMTE.

J'entens.

LA MARQUISE.

     Quel cœur de roche !

LA BARONNE.

De mes foupçons évitez les éclats.

Vous héfitez ?

LE COMTE *après un filence.*

Non, je n'héfite pas.

LA BARONNE.

Je dois m'attendre à cette déférence ;
Vous la devez à tous les deux, je penfe.

LA MARQUISE.

Seriez-vous bien affez cruel, mon fils ?

LA BARONNE.

Quel parti prendrez-vous ?

LE COMTE.

              Il eft tout pris.
Vous connaiffez mon ame & fa franchife :
Il faut parler. Ma main vous fut promife ;
Mais nous n'avions voulu former ces nœuds,
Que pour finir un procès dangereux.
Je le termine ; & dès l'inftant je donne,
Sans nul regret, fans détour j'abandonne
Mes droits entiers, & les prétentions,
Dont il nâquit tant de divifions.
Que l'intérêt encor vous en revienne ;
Tout eft à vous, jouïffez-en fans peine.
Que la raifon faffe du moins de nous
Deux bons parens, ne pouvant être époux.
Oublions tout, que rien ne nous aigriffe :
Pour n'aimer pas, faut-il qu'on fe haïffe ?

LA BARONNE.

Je m'attendais à ton manque de foi.
Va, je renonce à tes préfens, à toi.

Traitre , je vois avec qui tu vas vivre ,
A quel mépris ta paſſion te livre.
Sers noblement ſous les plus viles loix ;
Je t'abandonne à ton indigne choix.

Elle ſort.

S C E N E V I I.

LE COMTE , LA MARQUISE , PHILIPPE HOMBERT.

LE COMTE.

NOn , il n'eſt point indigne ; non , Madame ;
Un fol amour n'aveugla point mon ame.
Cette vertu qu'il faut récompenſer ,
Doit m'attendrir , & ne peut m'abaiſſer.
Dans ce vieillard , ce qu'on nomme baſſeſſe
Fait ſon mérite ; & voilà ſa nobleſſe.
La mienne à moi , c'eſt d'en payer le prix.
C'eſt pour des cœurs par eux - même annoblis ,
Et diſtingués par ce grand caractère ,
Qu'il faut paſſer ſur la règle ordinaire :
Et leur naiſſance , avec tant de vertus ,
Dans ma maiſon n'eſt qu'un titre de plus.

LA MARQUISE.

Quoi donc ? quel titre ? & que voulez - vous dire ?

S C E N E   D E R N I E R E.

LE COMTE, LA MARQUISE, NANINE, PHILIPPE HOMBERT.

LE COMTE *à sa mère.*

Son seul aspect devrait vous en instruire.

LA MARQUISE.

Embrasse - moi cent fois, ma chère enfant.
Elle est vêtue un peu mesquinement :
Mais qu'elle est belle, & comme elle a l'air sage !

NANINE.

(courant entre les bras de Philippe Hombert, après s'être baissée devant la Marquise.)

Ah ! la nature a mon premier hommage.
Mon père !

PHILIPPE HOMBERT.

O ciel ! ô ma fille ! ah, Monsieur,
Vous réparez quarante ans de malheur.

LE COMTE.

Oui ; mais comment faut-il que je répare
L'indigne affront qu'un mérite si rare,
Dans ma maison, put de moi recevoir ?
Sous quel habit revient-elle nous voir !
Il est trop vil, mais elle le décore.
Non, il n'est rien que Nanine n'honore.
Eh bien, parlez : auriez - vous la bonté
De pardonner à tant de dureté ?

NANINE.

Que me demandez-vous ? Ah ! je m'étonne,
Que vous doutiez fi mon cœur vous pardonne.
Je n'ai pas crû que vous puffiez jamais
Avoir eu tort après tant de bienfaits.

LE COMTE.

Si vous avez oublié cet outrage,
Donnez-m'en donc le plus fûr témoignage:
Je ne veux plus commander qu'une fois,
Mais jurez-moi d'obéir à mes loix.

PHILIPPE HOMBERT.

Elle le doit, & fa reconnaiffance...

NANINE *à fon père.*

Il eft bien fûr de mon obéiffance.

LE COMTE.

J'ofe y compter. Oui, je vous avertis,
Que vos devoirs ne font pas tous remplis.
Je vous ai vûe aux genoux de ma mère,
Je vous ai vûe embraffer votre père ;
Ce qui vous refte en des momens fi doux...
C'eft... à leurs yeux... d'embraffer... votre époux.

NANINE.

Moi !

LA MARQUISE.

Quelle idée ! Eft-il bien vrai ?

PHILIPPE HOMBERT.

Ma fille !

LE COMTE *à fa mère.*

Le daignez-vous permettre ?

LA

LA MARQUISE.

               La famille
Etrangement, mon fils, clabaudera.

LE COMTE.

En la voyant elle l'approuvera.

PHILIPPE HOMBERT.

Quel coup du fort ! Non, je ne puis comprendre ;
Que jufques - là vous prétendiez defcendre.

LE COMTE.

On m'a promis d'obéïr .... je le veux.

LA MARQUISE.

Mon fils.

LE COMTE.

      Ma mère, il s'agit d'être heureux.
L'intérêt feul a fait cent mariages.
Nous avons vû les hommes les plus fages
Ne confulter que les mœurs & le bien :
Elle a les mœurs, il ne lui manque rien ;
Et je ferai par goût & par juftice,
Ce qu'on a fait cent fois par avarice.
Ma mère, enfin terminez ces combats,
Et confentez.

NANINE.

        Non, n'y confentez pas ;
Oppofez - vous à fa flamme, ... à la mienne ;
Voilà de vous ce qu'il faut que j'obtienne.
L'amour l'aveugle, il le faut éclairer.
Ah ! loin de lui, laiffez - moi l'adorer.
Voyez mon fort, voyez çe qu'eft mon père :
Puis - je jamais vous appeller ma mère ?

Tom. VI. & du Théâtre le quatriéme.   Hhh

LA MARQUISE.

Oui, tu le peux, tu le dois ; c'en eſt fait ;
Je ne tiens pas contre ce dernier trait ;
Il nous dit trop combien il faut qu'on t'aime ;
Il eſt unique auſſi-bien que toi-même.

NANINE.

J'obéïs donc à votre ordre ; à l'amour
Mon cœur ne peut réſiſter.

LA MARQUISE.

                        Que ce jour
Soit des vertus la digne récompenſe,
Mais ſans tirer jamais à conſéquence.

Fin du troiſiéme & dernier acte.

LA PRUDE,

OU

LA GARDEUSE DE CASSETTE,

COMÉDIE

EN CINQ ACTES,

En vers de dix syllabes.

AVERTISSEMENT.

CEtte comédie est un peu imitée d'une piéce Anglaise intitulée le Plain Dealer. Elle ne paraît pas faite pour le
théâtre de France. Les mœurs en sont trop hardies, quoiqu'elles
le soient bien moins que dans l'original. Il semble que les Anglais prennent trop de liberté, & que les Français n'en prennent
pas assez.

ACTEURS.

Mad. DORFISE, veuve.

Mad. BURLET, sa cousine.

COLLETTE, suivante de Dorfise.

BLANFORD, Capitaine de vaisseau.

DARMIN, son ami.

BARTOLIN, caissier.

Le Chevalier MONDOR.

ADINE, nièce de Darmin, déguisée en jeune Grec.

La scène est à Marseille.

LA PRUDE,

OU

LA GARDEUSE DE CASSETTE,

COMÉDIE.

ACTE PREMIER.

SCENE PREMIERE.

DARMIN, ADINE.

ADINE habillée en Turc.

AH ! mon cher oncle ! ah quel cruel voyage !
Que de dangers ! quel étrange équipage !
Il faut encor cacher sous un turban
Mon nom, mon cœur, mon sexe, & mon tourment.

DARMIN.

Nous arrivons : je te plains ; mais, ma nièce,
Lorsque ton père est mort Consul en Grèce,
Quand nous étions tous deux après sa mort
Privés d'amis, de biens & de support,
Que ta beauté, tes graces, ton jeune âge,
N'étaient pour toi qu'un funeste avantage ;

Pour comble enfin , quand un maudit Pacha
Si vivement de toi s'amouracha ,
Que faire alors ? ne fus - tu pas réduite
A te cacher , te mafquer , partir vite ?

ADINE.

D'autres dangers font préparés pour moi.

DARMIN.

Ne rougi point , ma nièce , calme - toi ;
Car à la hâte avec nous embarquée ,
Vêtue en homme , en jeune Turc mafquée ,
Tu ne pouvais , ma nièce , honnêtement
Te dépêtrer de cet accoutrement ,
Prendre du fexe & l'habit & la mine ,
Devant les yeux de vingt gardes - marine ,
Qui tous étaient plus dangereux pour toi ,
Qu'un vieux Pacha n'ayant ni foi , ni loi.
Mais par bonheur , tout s'arrange à merveille ,
Et nous voici débarqués dans Marfeille ,
Loin des Pachas , & près de tes parens ,
Chez des Français , tous fort honnêtes gens.

ADINE.

Ah ! Blanford eft honnête homme fans doute ;
Mais que de maux tant de vertu me coûte !
Falait - il donc avec lui revenir ?

DARMIN.

Ton défunt père à lui devait t'unir ;
Et cet hymen , dans ta plus tendre enfance ,
Fit autrefois fa plus douce efpérance.

ADINE.

Qu'il fe trompait !

D A R M I N.

Blanford à tes beaux yeux
Rendra juſtice , en te connaiſſant mieux.
Peut-il longtems ſe coiffer d'une prude ,
Qui de tromper fait ſon unique étude ?

A D I N E.

On la dit belle ; il l'aimera toûjours ;
Il eſt conſtant.

D A R M I N.

Bon ! qui l'eſt en amours ?

A D I N E.

Je crains Dorfiſe.

D A R M I N.

Elle eſt trop intrigante ;
Sa pruderïe eſt , dit-on , trop galante ;
Son cœur eſt faux , ſes propos médiſans.
Ne crain rien d'elle ; on ne trompe qu'un tems.

A D I N E.

Ce tems eſt long , ce tems me deſeſpère.
Dorfiſe trompe ! & Dorfiſe a ſû plaire !

D A R M I N.

Mais après tout , Blanford t'eſt-il ſi cher ?

A D I N E.

Oui ; dès ce jour , où deux vaiſſeaux d'Alger
Si vivement ſur les flots l'attaquèrent ,
Ah ! que pour lui tous mes ſens ſe troublèrent !
Dans mes frayeurs , un ſentiment bien doux
M'intéreſſait pour lui comme pour vous ;
Et courageuſe , en devenant ſi tendre ,
Je ſouhaitais être homme , & le défendre.
Songez-vous bien que lui ſeul me ſauva ,

Quand fur les eaux notre vaiffeau brûla ?
Ciel ! que j'aimai fes vertus , fon courage ,
Qui dans mon cœur ont gravé fon image !

D A R M I N.

Oui , je conçois qu'un cœur reconnaiffant
Pour la vertu peut avoir du panchant.
Trente ans à peine , une taille légère ,
Beaux yeux , air noble , oui , fa vertu peut plaire ;
Mais fon humeur , & fon auftérité ,
Ont-ils pû plaire à ta fimplicité ?

A D I N E.

Mon. caractère eft férieux ; & j'aime
Peut-étre en lui jufqu'à mes défauts même.

D A R M I N.

Il hait le monde.

A D I N E.

Il a , dit-on , raifon.

D A R M I N.

Il eft fouvent trop confiant , trop bon ;
Et fon humeur gâte encor fa franchife.

A D I N E.

De ces défauts le plus grand c'eft Dorfife.

D A R M I N.

Il eft trop vrai. Pourquoi donc refufer
D'ouvrir fes yeux , de les défabufer ,
Et de briller dans ton vrai caractère ?

A D I N E.

Peut-on briller lorfqu'on ne faurait plaire ?
Hélas ! du jour , que par un fort heureux ,
Deffus fon bord il nous reçut tous deux ,
J'ai bien tremblé , qu'il n'apperçût ma feinte ;

En

En arrivant je fens la même crainte.

DARMIN.

Je prétendais te découvrir à lui.

ADINE.

Gardez - vous - en. Ménagez mon ennui ;
Sacrifiée à Dorfife adorée,
Dans mon malheur , je veux être ignorée ;
Je ne veux pas, qu'il connaiffe en ce jour ,
Quelle victime il immole à l'amour.

DARMIN.

Que veux - tu donc ?

ADINE.

Je veux, dès ce foir même ,
Dans un couvent, fuir un ingrat que j'aime.

DARMIN.

Lorfque fi vite on fe met en couvent,
Tout à loifir, ma nièce, on s'en repent.
Avec le tems tout fe fera, te dis - je.
Un foin plus trifte à préfent nous afflige ;
Car dans l'inftant, où ce du Gué a) nouveau
Si noblement fit fauter fon vaiffeau ,
Je vis fauter fes biens & ma fortune ;
A tous les deux la mifère eft commune.
Et cependant à Marfeille arrivés ,
Remplis d'efpoir, d'argent comptant privés,
Il faut chercher un fecours néceffaire.
L'amour n'eft pas toûjours la feule affaire.

ADINE.

Quoi, lorfqu'on aime, on pourrait faire mieux ?

_____

a) Allufion au célèbre *du Gué - Trouin* , l'un des grands - hommes de
mer qu'ait eu la France.

Je n'en crois rien.

DARMIN.

Le tems ouvre les yeux.
L'amour, ma nièce, eſt aveugle à ton âge,
Non pas au mien. L'amour ſans héritage,
Triſte & confus, n'a pas l'art de charmer.
Il n'appartient qu'aux gens heureux d'aimer.

ADINE.

Vous penſez donc, que dans votre détreſſe,
Pour vous, mon oncle, il n'eſt plus de maîtreſſe,
Et que d'abord votre veuve Burlet,
En vous voyant vous quittera tout net ?

DARMIN.

Mon triſte état lui ſervirait d'excuſe.
Souvent, hélas ! c'eſt ainſi qu'on en uſe.
Mais d'autres ſoins je ſuis embarraſſé ;
L'argent me manque, & c'eſt le plus preſſé.

SCENE II.

BLANFORD, DARMIN, ADINE.

BLANFORD.

BOn de l'argent ! dans le ſiécle où nous ſommes,
C'eſt bien cela que l'on obtient des hommes.
Vive embraſſade, & fades complimens,
Propos joyeux, vains baiſers, faux ſermens,
J'en ai reçu de cette ville entière ;
Mais auſſi-tôt qu'on a ſû ma miſère,
D'auprès de moi la foule a diſparu ;
Voilà le monde.

DARMIN.
Il eſt très - corrompu ;
Mais vos amis vous ont cherché peut - être ?

BLANFORD.
Oui , des amis ! en as-tu pû connaître ?
J'en ai cherché ; j'ai vû force fripons ,
De tous les rangs , de toutes les façons ,
D'honnêtes gens , dont la molle indolence
Tranquillement nage dans l'opulence ,
Blâſés en tout , auſſi durs que polis ,
Toûjours hors d'eux , ou d'eux ſeuls tout remplis :
Mais des cœurs droits , des ames élevées ,
Que les deſtins n'ont jamais captivées ,
Et qui ſe font un plaiſir généreux
De rechercher un ami malheureux ,
J'en connais peu ; partout le vice abonde.
Un coffre fort eſt le Dieu de ce monde ;
Et je voudrais qu'ainſi que mon vaiſſeau ,
Le genre humain fût abîmé dans l'eau.

DARMIN.
Exceptez - nous du moins de la ſentence.

ADINE.
Le monde eſt faux , je le crois ; mais je penſe ,
Qu'il eſt encor un cœur digne de vous ,
Fier , mais ſenſible , & ferme , quoique doux :
De vos deſtins bravant l'indigne outrage ,
Vous en aimant , s'il ſe peut , davantage.
Tendre en ſes vœux , & conſtant dans ſa foi.

BLANFORD.
Le beau préſent ! où le trouver ?

Iii ij

ADINE.

Dans moi.

BLANFORD.

Dans vous ! allez , jeune homme que vous êtes ;
Suis-je en état d'entendre vos fornettes ?
Pour plaifanter , prenez mieux votre tems.
Oui , dans ce monde , & parmi les méchans ,
Je fais qu'il eft encor des ames pures ,
Qui chériront mes triftes avantures.
Je fuis heureux , dans mon fort abattu ;
Dorfife au moins fait aimer la vertu.

ADINE.

Ainfi , Monfieur , c'eft de cette Dorfife
Que pour toûjours je vois votre ame éprife ?

BLANFORD.

Affûrément.

ADINE.

Et vous avez trouvé ,
En fa conduite un mérite éprouvé ?

BLANFORD.

Oui.

DARMIN.

Feu mon frère , avant d'aller en Grèce ,
S'il m'en fouvient , vous deftinait ma nièce.

BLANFORD.

Feu votre frère a très-mal deftiné ;
J'ai mieux choifi ; je fuis déterminé
Pour la vertu , qui du monde exilée ,
Chez ma Dorfife eft ici rappellée.

ADINE.

Un tel mérite eft rare ; il me furprend ;

Mais fon bonheur me femble encor plus grand.
B L A N F O R D.
Ce jeune enfant a du bon ; & je l'aime ;
Il prend parti pour moi contre vous - même.
D A R M I N.
Pas tant, peut-être. Après tout, dites-moi,
Comment Dorfife, avec fa bonne foi,
Avec ce goût, qui pour vous feul l'attire,
Depuis un an ceffa de vous écrire ?
B L A N F O R D.
Voudriez-vous qu'on m'écrivit par l'air,
Et que la pofte allât en pleine mer ?
Avant ce tems, j'ai vingt fois reçu d'elle
De gros paquets, mais écrits d'un modelle....
D'un air fi vrai, d'un efprit fi fenfé ; ...
Rien d'affecté, d'obfcur, d'embarraffé ;
Point d'efprit faux ; la nature elle-même,
Le cœur y parle ; & voilà comme on aime.
D A R M I N *à Adine.*
Vous pâliffez.
B L A N F O R D *avec empreffement à Adine.*
Qu'avez-vous ?
A D I N E.
Moi, Monfieur ?
Un mal cruel qui me perce le cœur.
B L A N F O R D *à Darmin.*
Le cœur ! quel ton ! une fille à fon âge
Serait plus forte, aurait plus de courage.
Je l'aime fort, mais je fuis étonné,
Qu'à cet excès il foit efféminé.
Etait-il fait pour un pareil voyage ?

Iii iij

Il craint la mer , les ennemis , l'orage.
Je l'ai trouvé près d'un miroir affis ;
Il était né pour aller à Paris ,
Nous étaler fur les bancs du théâtre
Son beau minois , dont il eft idolâtre.
C'eft un Narciffe.

DARMIN.

Il en a la beauté.

BLANFORD.

Oui , mais il faut en fuir la vanité.

ADINE.

Ne craignez rien , ce n'eft pas moi que j'aime.
Je fuis plus près de me haïr moi-même ;
Je n'aime rien qui me reffemble.

BLANFORD.

Enfin

C'eft à Dorfife à régler mon deftin.
Bien convaîncu de fa haute fageffe ,
De l'époufer je lui paffai promeffe ;
Je lui laiffai mon bien même en partant ,
Joyaux , billets , contrats , argent comptant.
J'ai , grace au ciel , par ma jufte franchife ,
Confié tout à ma chère Dorfife.
J'ai confié Dorfife & fon deftin
A la vertu de Monfieur Bartolin.

DARMIN.

De Bartolin , le caiffier ?

BLANFORD.

De lui-même ,

D'un bon ami , qui me chérit , que j'aime.

D A R M I N *d'un ton ironique.*
Ah , vous avez fans doute bien choifi ;
Toujours heureux en maîtreffe , en ami ,
Point prévenu.

B L A N F O R D.

Sans doute , & leur abfence
Me fait ici fécher d'impatience.

A D I N E.
Je n'en peux plus , je fors.

B L A N F O R D.

Mais qu'avez-vous ?

A D I N E.
De fes malheurs chacun reffent les coups.
Les miens font grands ; leurs traits s'appefantiffent ;
Ils cefferont . . . fi les vôtres finiffent.

(*Elle fort.*)

B L A N F O R D.
Je ne fais . . . mais fon chagrin m'a touché.

D A R M I N.
Il eft aimable , il vous eft attaché.

B L A N F O R D.
J'ai le cœur bon ; & la moindre fortune ,
Qui me viendra , fera pour lui commune.
Dès que Dorfife , avec fa bonne foi ,
M'aura remis l'argent qu'elle a de moi ,
J'en ferai part à votre jeune Adine.
Je lui voudrais la voix moins féminine ,
Un air plus fait ; mais les foins & le tems
Forment le cœur , & l'air des jeunes gens :
Il a des mœurs , il eft modefte , fage.
J'ai remarqué toujours , dans le voyage ,

Qu'il rougiſſait aux propos indécens ,
Que ſur mon bord tenaient nos jeunes gens.
Je vous promets de lui ſervir de père.

D A R M I N.

Ce n'eſt pas là pourtant ce qu'il eſpère.
Mais , allons donc chez Dorfiſe à l'inſtant ,
Et recevez d'elle au moins votre argent.

B L A N F O R D.

Bon ! le démon , qui toûjours m'accompagne ,
La fait reſter encor à la campagne.

D A R M I N.

Et le caiſſier ?

B L A N F O R D.

Et le caiſſier auſſi.
Tous deux viendront , puiſque je ſuis ici.

D A R M I N.

Vous penſez donc , que Madame Dorfiſe
Vous eſt toûjours très - humblement ſoumiſe ?

B L A N F O R D.

Et pourquoi non ? ſi je garde ma foi ,
Elle peut bien en faire autant pour moi.
Je n'ai pas eu comme vous la folie
De courtiſer une franche étourdie.

D A R M I N.

Il ſe poura que j'en ſois mépriſé ;
Et c'eſt à quoi tout homme eſt expoſé.
Et j'avoûrai qu'en ſon humeur badine ,
Elle eſt bien loin de ſa ſage couſine.

B L A N F O R D.

Mais de ſon cœur ainſi deſemparé ,
Que ferez - vous ?

D A R M I N.

DARMIN.

Moi, rien ; je me tairai,
En attendant qu'à Marseille se rendent
Les deux beautés de qui nos cœurs dépendent.
Fort à propos je vois venir vers nous
L'ami Mondor.

BLANFORD.

Notre ami ! dites - vous ?
Lui ? notre ami ?

DARMIN.

Sa tête est fort légère ;
Mais dans le fond c'est un bon caractère.

BLANFORD.

Détrompez - vous , cher Darmin , soyez sûr
Que l'amitié veut un esprit plus mûr ;
Allez , les fous n'aiment rien.

DARMIN.

Mais le sage
Aime - t - il tant ? . . . Tirons quelque avantage
De ce fou - ci. Dans notre cas urgent,
On peut sans honte emprunter son argent.

S C E N E III.

BLANFORD, DARMIN, le Chevalier MONDOR.

Le Chevalier MONDOR.

BOn jour., très chers ; vous voilà donc en vie ?
C'est fort bien fait , j'en ai l'ame ravie.
Bon jour ! di - moi, quel est ce bel enfant,
Que j'ai vû là dans cet appartement ?

Tom. VI. & du Théâtre le quatriéme. Kkk

D'où vous vient - il ? était - il du voyage ?
Eſt - il Grec , Turc ? eſt - il ton fils , ton page ?
Qu'en faites - vous ? Où ſoupez - vous ce ſoir ?
A quels appas jettez - vous le mouchoir ?
N'allez - vous pas vîte en poſte à Verſailles ,
Faire aux commis des récits de batailles ?
Dans ce pays avez - vous un patron ?

        B L A N F O R D.
                            Hon.
    Le Chevalier M O N D O R.
  Quoi , tu n'as jamais fait ta cour ?

        B L A N F O R D.
                            Non.
J'ai fait ma cour ſur mer ; & mes ſervices
Sont mes patrons , ſont mes ſeuls artifices ;
Dans l'antichambre on ne m'a jamais vû.

        Le Chevalier M O N D O R.
Tu n'as auſſi jamais rien obtenu.

        B L A N F O R D.
Rien demandé. J'attens que l'œil du maître
Sache en ſon tems tout voir , tout reconnaître.

        Le Chevalier M O N D O R.
Va , dans ſon tems ces nobles ſentimens
A l'hôpital ménent tout droit les gens.

        D A R M I N.
Nous en ſommes fort près ; & notre gloire
N'a pas le ſou.

        Le Chevalier M O N D O R.
      Je ſuis prêt à t'en croire.

        D A R M I N.
Cher Chevalier , il te faut avouer ,

Le Chevalier M O N D O R.
En quatre mots je dois vous confier,

D A R M I N.
Que notre ami vient de faire une perte,

Le Chevalier M O N D O R.
Que j'ai mon cher, fait une découverte,

D A R M I N.
De tout le bien,

Le Chevalier M O N D O R.
D'une honnête beauté,

D A R M I N.
Que fur la mer

Le Chevalier M O N D O R.
A qui fans vanité,

D A R M I N.
Il rapportait,

Le Chevalier M O N D O R.
Après bien du myftère,

D A R M I N.
Dans fon vaiffeau.

Le Chevalier M O N D O R.
J'ai le bonheur de plaire.

D A R M I N.
C'eft un malheur.

Le Chevalier M O N D O R.
C'eft un plaifir bien vif,
De fubjuguer ce fcrupule exceffif,
Cette pudeur & fi fière & fi pure,
Ce précepteur, qui gronde la nature.
J'avais du goût pour la Dame Burlet,
Pour fa gaîté, fon air brufque & follet;

Mais c'eſt un goût plus léger qu'elle - même.

Le Chevalier MONDOR.

J'en ſuis ravi.

Le Chevalier MONDOR.

C'eſt la prude que j'aime.
Encouragé par la difficulté ,
J'ai préſenté la pomme à la fierté.

DARMIN.

La prude enfin , dont votre ame eſt épriſe ,
Cette beauté ſi fière ?

Le Chevalier MONDOR.

C'eſt Dorſiſe.

BLANFORD *en riant.*

Dorſiſe ... ah .. bon. Sais - tu bien devant qui
Tu parles là ?

Le Chevalier MONDOR.

Devant toi , mon ami.

BLANFORD.

Va , j'ai pitié de ton extravagance.
Cette beauté n'aura plus l'indulgence ,
Je t'en répons , de recevoir chez ſoi
Des Chevaliers éventés comme toi.

Le Chevalier MONDOR.

Si fait , mon cher : la femme la moins fole
Ne ſe plaint point lorſqu'un fou la cajole.

BLANFORD.

Cajolez moins , mon très cher ; apprenez ,
Qu'à ſes vertus mes jours ſont deſtinés ,
Qu'elle eſt à moi , que ſa juſte tendreſſe
De m'épouſer m'avait paſſé promeſſe ,

Qu'elle m'attend pour m'unir à fon fort.

Le Chevalier M O N D O R *en riant.*

Le beau billet qu'a là l'ami Blanford !

(*à Darmin.*)

Il a , dis-tu , befoin , dans fa détreffe ,

D'autres billets payables en efpèce.

Tien , cher Darmin.

(*Il veut lui donner un porte - feuille.*)

B L A N F O R D *l'arrêtant.*

Non , gardez - vous - en bien.

D A R M I N.

Quoi , vous voulez ? . . .

B L A N F O R D.

De lui je ne veux rien.

Quand d'emprunter on fait la grace infigne ,

C'eft à quelqu'un qu'on daigne en croire digne ;

C'eft d'un ami qu'on emprunte l'argent.

Le Chevalier M O N D O R.

Ne fuis-je pas ton ami ?

B L A N F O R D.

Non vraiment.

Plaifant ami , dont la frivole flamme ,

S'il fe pouvait , m'enléverait ma femme ;

Qui dès ce foir , avec vingt fainéans ,

Va s'égayer à table à mes dépens !

Je les connais ces beaux amis du monde.

Le Chevalier M O N D O R.

Ce monde - là , que ton rare efprit fronde ,

Croi - moi , vaut mieux que ta mauvaife humeur.

Adieu. Je vais , du meilleur de mon cœur ,

Dans le moment chez la belle Dorfife ,

Kkk iij

Aux grands éclats rire de ta fotife.

(Il veut s'en aller.)

B L A N F O R D l'arrêtant.

Que dis-tu là ? mon cher Darmin ! comment ?
Elle eft ici, Dorfife ?

Le Chevalier M o n d o r.
Affurément.

B L A N F O R D.

O jufte ciel !

Le Chevalier M o n d o r.
Eh bien ! quelle merveille ?

B L A N F O R D.

Dans fa maifon ?

Le Chevalier M o n d o r.
Oui, te dis-je, à Marfeille.

Je l'ai trouvée à l'inftant qui rentrait,
Et qui des champs avec hâte accourait.

B L A N F O R D (à part.)

Pour me revoir ! O ciel ! je te rens graçe ;
A ce feul trait tout mon malheur s'efface.
Entrons chez elle.

Le Chevalier M o n d o r.
Entrons, c'eft fort bien dit ;

Car plus on eft de fous, & plus on rit.

B L A N F O R D. (Il va à la porte.)

Heurtons.

Le Chevalier M o n d o r.
Frappons.

C O L L E T T E (en dedans de la maifon.)
Qui va là ?

B L A N F O R D.
Moi.
Le Chevalier M O N D O R.
Moi-même.

S C E N E I V.

B L A N F O R D , D A R M I N , C O L L E T T E ,
le Chevalier M O N D O R.

C O L L E T T E (*fortant de la maifon.*)
BLanford ! Darmin ! quelle furprife extrême !
Monfieur !

B L A N F O R D.
Collette !

C O L L E T T E.
Hélas ! je vous ai cru
Noyé cent fois. Soyez le bien venu.

B L A N F O R D.
Le jufte ciel , propice à ma tendreffe ,
M'a confervé pour revoir ta maîtreffe.

C O L L E T T E.
Elle fortait tout à l'inftant d'ici.

D A R M I N.
Et fa coufine ?

C O L L E T T E.
Et fa coufine auffi.

B L A N F O R D.
Eh ! mais , de grace , où donc eft-elle allée ?
Où la trouver ?

C O L L E T T E (*faifant une révérence de prude.*)
Elle eft à l'affemblée.

B L A N F O R D.

Quelle affemblée ?

C O L L E T T E.

Eh ! vous ne favez rien ?
Apprenez donc que vingt femmes de bien
Sont dans Marfeille étroitement unies ,
Pour corriger nos jeunes étourdies,
Pour réformer tout le train d'aujourd'hui ,
Mettre à fa place un noble & digne ennui ,
Et hautement , par de fages cabales ,
De leur prochain réprimer les fcandales ;
Et Dorfife eft en tête du parti.

B L A N F O R D *à Darmin.*

Mais comment donc un fi grand étourdi
Eft-il fouffert d'une beauté févère ?

D A R M I N.

Chez une prude un étourdi peut plaire.

B L A N F O R D.

De l'affemblée où va-t-elle ?

C O L L E T T E.

On ne fait ,
Faire du bien fourdement.

B L A N F O R D.

En fecret !
C'eft-là le comble. Eh ! puis-je en fa demeure ,
Pour lui parler , avoir auffi mon heure ?

Le Chevalier M O N D O R.

Va , c'eft à moi , qu'il le faut demander ;
Sans rifquer rien je peux te l'accorder.

Tu

Tu la verras tout comme à l'ordinaire.

BLANFORD.

Refpectez-la ; c'eft ce qu'il vous faut faire ;
Et gardez-vous de la défapprouver.

DARMIN.

Et fa coufine, où peut-on la trouver ?
On m'avait dit qu'elles vivaient enfemble.

COLLETTE.

Oui, mais leur goût rarement les affemble ;
Et la coufine, avec dix jeunes gens,
Et dix beautés, fe donne du bon tems ;
Et d'une table, & propre, & bien fervie,
Prefque toûjours vole à la comédie.
Enfuite on danfe, ou l'on fe met au jeu ;
Toûjours chez elle & grand' chère, & beau feu,
De longs foupers & des chanfons nouvelles,
Et des bons mots, encor plus plaifans qu'elles ;
Glaces, liqueurs, vins vieux, gris, rouges, blancs,
Amas nouveaux de boëtes, de rubans,
Magots de Saxe, & riches bagatelles,
Qu'Hébert *b*) invente à Paris pour les belles ;
Le jour, la nuit, cent plaifirs renaiffans,
Et de médire à peine a-t-on le tems.

Le Chevalier MONDOR.

Oui, notre ami, c'eft ainfi qu'il faut vivre.

DARMIN.

Mais pour la voir, où faudra-t-il la fuivre ?

COLLETTE.

Partout, Monfieur. Car du matin au foir,

b) Fameux marchand de curiofités.

Dès qu'elle fort, elle court, veut tout voir.
Il lui faudrait que le ciel par miracle
Exprès pour elle affemblât un fpeftacle,
Jeu, bal, toilette, & mufique & foupé ;
Son cœur toûjours eft de tout occupé.
Vous la verrez, & fa joyeufe troupe,
Fort tard chez elle, & vers l'heure où l'on foupe.

B L A N F O R D.

Si vous l'aimez, après ce que j'entens,
Moins qu'elle encor vous avez de bon fens.
Peut - on chérir ce bruyant affemblage
De tous les goûts, qu'eut le fexe en partage ?
Il vous fied bien dans vos triftes foupirs,
De fuivre en pleurs le char de fes plaifirs,
Et d'étaler les regrets d'une dupe,
Qu'un fol amour dans fa mifère occupe.

D A R M I N.

Je crois encor, duffai-je être en erreur,
Qu'on peut unir les plaifirs & l'honneur.
Je crois auffi, foit dit fans vous déplaire,
Que femme prude, en fa vertu févère,
Peut en public faire beaucoup de bien,
Mais en fecret fouvent ne valoir rien.

B L A N F O R D.

Eh bien ! tantôt nous viendrons l'un & l'autre,
Et vous verrez mon choix, & moi le votre.

Le Chevalier M O N D O R.

Oui, revenez, & vous verrez, ma foi,
La place prife.

B L A N F O R D.

Et par qui donc ?

Le Chevalier M O N D O R.
Par moi.

B L A N F O R D.

Par toi ?

Le Chevalier M O N D O R.

J'ai mis à profit ton abfence,
Et je n'ai pas à craindre ta préfence.
Va , tu verras .. Adieu.

S C E N E   V.

B L A N F O R D, D A R M I N.

B L A N F O R D.

ÇA penfez-vous
Que d'un tel homme on puiffe être jaloux ? .

D A R M I N.

Le ridiculé , & la bonne fortune ,
Vont bien enfemble , & la chofe eft commune.

B L A N F O R D.

Quoi ? vous penfez ? . . .

D A R M I N.

Oui , ces femmes de bien
Aiment par fois les grands difeurs de rien.
Mais permettez que j'aille un peu moi - même ,
Chercher mon fort , & favoir fi l'on m'aime.
(*Il fort.*)

B L A N F O R D *feul.*

Oui , hâtez - vous d'être congédié.
Hom ! le pauvre homme ! il me fait grand pitié.

Que je te louë , ô deftin favorable ,
Qui me fais prendre une femme eftimable !
Que dans mes maux je bénis mon retour !
Que ma raifon augmente mon amour !
Oh ! je fuirai , je l'ai mis dans ma tête ,
Le monde entier pour une femme honnête.
C'eft trop longtems courir , craindre , efpérer.
Voilà le port , où je veux demeurer.
Près d'un tel bien qu'eft-ce que tout le refte ?
Le monde eft fou , ridicule , ou funefte ;
Ai-je grand tort d'en être l'ennemi ?
Non , dans ce monde il n'eft pas un ami.
Perfonne au fond à nous ne s'intéreffe.
On eft aimé , mais c'eft de fa maîtreffe.
Tout le fecret eft de favoir choifir.
Une coquette eft un vrai monftre à fuir ;
Mais une femme , & tendre , & belle , & fage ,
De la nature eft le plus digne ouvrage.

Fin du premier acte.

ACTE II.

SCENE PREMIERE.

DORFISE, Madame BURLET, le Chevalier MONDOR.

DORFISE.

ADouciffez, Monfieur le Chevalier,
De vos difcours l'excès trop familier.
La pureté de mes chaftes oreilles
Ne peut fouffrir des libertés pareilles.

Le Chevalier MONDOR (*en riant.*)

Vous les aimez pourtant ces libertés ;
Vous me grondez ; mais vous les écoutez ;
Et vous n'avez, comme je puis comprendre,
Cheveux fi courts, que pour les mieux entendre.

DORFISE.

Encor.

Mad. BURLET.

Eh bien, je fuis de fon côté ;
Vous affectez trop de févérité.
La liberté n'eft pas toûjours licence.
On peut, je crois, entendre avec décence
De la gaîté les innocens éclats,
Ou bien fembler ne les entendre pas.
Votre vertu, toûjours un peu farouche,
Veut nous fermer & l'oreille & la bouche.

DORFISE.

Oui , l'une & l'autre ; & fermez , croyez - moi ,
Votre maifon à tous ceux que j'y voi.
Je vous l'ai dit , ils vous perdront , coufine ;
Comment fouffrir leur troupe libertine ,
Le beau Cléon , qui brillant fans efprit ,
Rit des bons mots , qu'il prétend avoir dit ?
Damon , qui fait , pour vingt beautés qu'il aime ,
Vingt madrigaux plus fades que lui-même ?
Et ce Robin parlant toûjours de lui ?
Et ce pédant portant par - tout l'ennui ?
Et mon coufin , qui . . . .

Le Chevalier M O N D O R.

　　　　　C'en eft trop , Madame ,
Chacun fon tour ; & fi votre belle ame
Parle du monde avec tant de bonté ,
J'aurai du moins autant de charité.
Je veux ici vous tracer de mon ftyle
En quatre mots un portrait de la ville ,
A commencer par . . . .

DORFISE.

　　　　Ah n'en faites rien ;
Il n'appartient qu'aux perfonnes de bien ,
De châtier , de gourmander le vice.
C'eft à mes yeux une horrible injuftice ,
Qu'un libertin fatyrife aujourd'hui
D'autres mondains , moins vicieux que lui.
Lorfque j'en veux à l'humaine nature ,
C'eft zèle , honneur , & vertu toute pure ,
Dégoût du monde. Ah Dieu ! que je le hais ,
Ce monde infame !

Mad. B U R L E T.
Il a quelques attraits.
D O R F I S E.
Pour vous , hélas ! & pour votre ruïne.
Mad. B U R L E T.
N'en a - t - il point un peu pour vous , coufine ?
Haïffez - vous ce monde ?
D O R F I S E.
Horriblement.
Le Chevalier M O N D O R.
Tous les plaifirs ?
D O R F I S E.
Epouvantablement.
Mad. B U R L E T.
Le jeu ? le bal ?
Le Chevalier M O N D O R.
La mufique ? la table ?
D O R F I S E.
Ce font , ma chère , inventions du diable.
Mad. B U R L E T.
Mais la parure & les ajuftemens ?
Vous m'avoûrez . . . . .
D O R F I S E.
Ah ! quels vains ornemens !
Si vous faviez à quel point je regrette
Tous les inftans perdus à ma toilette !
Je fuis toûjours le plaifir de me voir ;
Mon œil bleffé craint l'afpect d'un miroir.
Mad. B U R L E T.
Mais cependant , ma févère Dorfife ,
Vous me femblez bien coiffée & bien mife.

DORFISE.

Bien ?

Le Chevalier MONDOR.

Du grand bien.

DORFISE.

Avec simplicité.

Le Chevalier MONDOR.

Mais avec goût.

Mad. BURLET.

Votre sage beauté,

Quoi qu'elle en dise, est fort aise de plaire.

DORFISE.

Moi ? juste ciel !

Mad. BURLET.

Parle - moi sans mystère.

Je crois, ma foi, que ta sévérité

A quelque goût pour ce jeune éventé.

Il n'est pas mal fait.   *(en montrant Mondor.)*

Le Chevalier MONDOR.

Ah !

Mad. BURLET.

C'est un jeune homme,

Fort beau, fort riche.

Le Chevalier MONDOR.

Ah !

DORFISE.

Ce discours m'assomme.

Vous proposez l'abomination !

Un beau jeune homme est mon aversion,

Un beau jeune homme ! ah ! fi !

Le Chevalier MONDOR.

Ma foi, Madame,

Pour

Pour vous & moi j'en fuis fâché dans l'ame.
Mais ce Blanford, qui revient fans vaiffeau,
Eft-il fi riche, & fi jeune, & fi beau ?

D O R F I S E.

Il eft ici ? quoi, Blanford ?

Le Chevalier M O N D O R.

Oui, fans doute.

C O L L E T T E (*entrant avec précipitation.*)

Hélas ! je viens pour vous apprendre…

D O R F I S E (*à Collette à l'oreille.*)

Ecoute.

Mad. B U R L E T.

Comment ?

D O R F I S E (*au Chevalier Mondor.*)

Depuis qu'il prit de moi congé,

De fes défauts je l'ai crû corrigé,
Je l'ai crû mort.

Le Chevalier M O N D O R.

Il vit ; & le corfaire

Veut me couler à fond, & croit vous plaire.

D O R F I S E (*en fe retournant vers Collette.*)

Collette, hélas !

C O L L E T T E.

Hélas !

D O R F I S E.

Ah ! Chevalier,

Pourriez-vous point fur mer le renvoyer ?

Le Chevalier M O N D O R.

De tout mon cœur.

Mad. B U R L E T.

Sait - on quelque nouvelle

De ce Darmin, fon ami fi fidèlle ?
Viendra-t-il point ?

Le Chevalier M O N D O R.
Il eft venu ; Blanford

L'a raccroché dans je ne fais quel port.
Ils ont fur mer donné, je crois, bataille,
Et font ici n'ayant ni fou ni maille.
Mais avec lui Blanford a ramené
Un petit Grec plus joli, mieux tourné....

D O R F I S E.

Eh ! oui, vraiment. Je penfe tout à l'heure,
Que je l'ai vû tout près de ma demeure :
De grands yeux noirs ?

Le Chevalier M O N D O R.
Oui.

D O R F I S E.
Doux, tendres, touchans ?

Un teint de rofe ?

Le Chevalier M O N D O R.
Oui.

D O R F I S E (*en s'animant un peu plus.*)
Des cheveux, des dents,

L'air noble, fin ?

Le Chevalier M O N D O R.
C'eft une créature,

Qu'à fon plaifir façonna la nature.

D O R F I S E.

S'il a des mœurs, s'il eft fage, bien né,
Je veux par vous qu'il me foit amené...
Quoiqu'il foit jeune.

Mad. B U R L E T.

Et moi, je veux fur l'heure,
Que de Darmin l'on cherche la demeure.
Allez, la Fleur, trouvez-le, & lui portez
Trois cent louïs, que je crois bien comptés ;
(*Elle donne une bourfe à la Fleur, qui eft derrière elle.*)
Et qu'à fouper Blanford & lui fe rendent.
Depuis longtems tous nos amis l'attendent,
Et moi plus qu'eux. Je n'ai jamais connu
De naturel plus doux, plus ingénu :
J'aime furtout fa complaifance aimable,
Et fa vertu liante & fociable.

D O R F I S E.

Eh bien, Blanford n'eft pas de cette humeur ;
Il eft fi férieux !

Le Chevalier M O N D O R.

Si plein d'aigreur !

D O R F I S E.

Oui, fi jaloux...

Le Chevalier M O N D O R (*interrompant brufquement.*)
Cauftique.

D O R F I S E.

Il eft...

Le Chevalier M O N D O R.

Sans doute.

D O R F I S E.

Laiffez-moi donc parler ; il eft....

Le Chevalier M O N D O R.

J'écoute.

D O R F I S E.

Il eft enfin fort dangereux pour moi.

Mmm ij

Mad. B U R L E T.

On dit qu'il a très-bien fervi le Roi,
Qu'il s'eſt ſur mer diſtingué dans la guerre.

D O R F I S E.

Oui, mais qu'il eſt incommode ſur terre !

Le Chevalier M O N D O R.

Il eſt encor....

D O R F I S E.

Oui.

Le Chevalier M O N D O R.
Ces marins d'ailleurs
Ont preſque tous de ſi vilaines mœurs.

D O R F I S E.

Oui.

Mad. B U R L E T.
Mais on dit qu'autrefois vos promeſſes
De quelque eſpoir ont flatté ſes tendreſſes ?

D O R F I S E.

Depuis ce tems j'ai par excès d'ennui,
Quitté le monde, à commencer par lui.
Le monde & lui me rendent ſi craintive.

S C E N E I I.

D O R F I S E , Mad. B U R L E T , le Chevalier
M O N D O R , C O L L E T T E.

C O L L E T T E.

Madame !

D O R F I S E.

Eh bien !

C O L L E T T E.

Monfieur Blanford arrive.

D O R F I S E.

[Ciel ! . . . .

Mad. B U R L E T.

Darmin eft avec lui ?

C O L L E T T E.

Madame , oui.

Mad. B U R L E T.

[J'en ai le cœur tout - à - fait réjouï.

D O R F I S E.

Et moi , je fens une douleur profonde ;

Je me retire , & je veux fuir le monde.

Le Chevalier M O N D O R.

Avec moi donc ?

D O R F I S E.

Non , s'il vous plait , fans vous.

(*Elle fort.*)

S C E N E   I I I.

Mad. BURLET, BLANFORD, DARMIN,

le Chevalier MONDOR, ADINE.

D A R M I N (*à Mad. Burlet.*)

MAdame , enfin , fouffrez qu'à vos genoux. . .

Mad. B U R L E T (*courant au devant de Darmin.*)

Mon cher Darmin , venez , j'ai fait partie

D'aller au bal après la comédie ;

Nous cauferons ; mon caroffe eft là - bas.

(*à Blanford.*)

Et vous , Rigris , y viendrez - vous ?

BLANFORD.

Non pas.

Je viens ici pour chofe férieufe.

Allez , courez , troupe folle & joyeufe ;

Faites femblant d'avoir bien du plaifir ,

Fatiguez bien votre inquiet loifir.

(*Au jeune Adine.*)

Et nous , jeune homme , allons trouver Dorfife.

(*Mad. Burlet fort avec le Chevalier & Darmin , qui luì*
donnent chacun la main , & Blanford continuë.)

SCENE IV.

BLANFORD , ADINE , COLLETTE.

BLANFORD.

Voyons une ame au feul devoir foumife ,

Qui pour moi feul , par un fage retour ,

Renonce au monde , en faveur de l'amour ;

Et qui fait joindre à cette ardeur flatteufe

Une vertu modefte & fcrupuleufe.

Méritez bien de lui plaire.

ADINE.

Avec foin

De fa vertu je veux être témoin ;

En la voyant je peux beaucoup m'inftruire.

BLANFORD.

C'eft très bien dit ; je prétens vous conduire.

En vous voyant du monde abandonné,
Je trouve un fils que le fort m'a donné.
Sans vous aimer on ne peut vous connaître.
Vous êtes né trop flexible peut-être ;
Rien ne fera plus utile pour vous ,
Que de hanter un esprit sage & doux ,
Dont le commerce en votre ame affermisse
L'honnêteté , l'amour de la justice ;
Sans vous ôter certain charme flatteur ,
Que je sens bien qui manque à mon humeur.
Une beauté , qui n'a rien de frivole,
Est pour votre âge une excellente école ;
L'esprit s'y forme : on y règle son cœur ;
Sa maison est le temple de l'honneur.

A D I N E.

Eh bien ! allons avec vous dans ce temple ;
Mais je suivrai bien mal son rare exemple ,
Soyez - en sûr.

B L A N F O R D.

Et pourquoi ?

A D I N E.

J'aurais pû
Auprès de vous mieux goûter la vertu ;
Quoique la forme en soit un peu sévère,
Le fond m'en charme ; & vous m'avez sû plaire ;
Mais pour Dorfise....

B L A N F O R D (en allant à la porte de Dorfise.)

Ah ! c'est trop se flatter,
Que de vouloir tout d'un coup l'imiter ;
Mais croyez - moi , si l'honneur vous domine ,

Voyez Dorfife , & fuyez fa coufine.

(*Il veut entrer.*)

COLLETTE (*fortant de la maifon , & refermant la porte.*)

(*Il heurte.*)

On n'entre point , Monfieur.

BLANFORD.

Moi !

COLLETTE.

Non.

BLANFORD.

Comment ?

Moi refufé ?

COLLETTE.

Dans fon appartement
Pour quelque tems Madame eft en retraite.

BLANFORD.

J'admire fort cette vertu parfaite ;
Mais j'entrerai.

COLLETTE.

Mais , Monfieur , écoutez.

BLANFORD.

Sans écouter , entrons vite.

(*Il entre.*)

COLLETTE.

Arrêtez.

ADINE.

Hélas ! fuivons , & voyons quelle iffuë
Aura pour moi cette étrange entrevuë.

S C E N E V.

C O L L E T T E *seule.*

Il va la voir : il va découvrir tout.
Je meurs de peur ; ma maîtresse est à bout.
Ah ! ma maîtresse , avoir eu le courage
De stipuler ce secret mariage !
De vous donner au caissier Bartolin !
Eh ! que dira notre public malin ?
O ! que la femme est d'une étrange espèce !
Et l'homme aussi... Quel excès de faiblesse !
Madame est folle , avec son air malin ;
Elle se trompe , & trompe son prochain ,
Passe son tems , après mille méprises ,
A réparer avec art ses sotises.
Le goût l'emporte , & puis on voudrait bien
Ménager tout , & l'on ne garde rien.
Maudit retour , & maudite avanture !
Comment Blanford prendra - t - il son injure ?
Dans la maison voici donc trois maris ;
Deux sont promis , & l'autre est , je crois , pris.
Femme en tel cas ne sait auquel entendre.

SCENE VI.

DORFISE, COLLETTE.

COLLETTE.

Madame, eh bien ! quel parti faut-il prendre ?

DORFISE.

Va, ne crain rien ; on fait l'art d'éblouïr,
De différer, pour se faire chérir.
L'homme se mène aisément ; ses faibleſſes
Font notre force, & ſervent nos adreſſes.
On s'eſt tiré de pas plus dangereux.
J'ai fait finir cet entretien fâcheux.
Adroitement je fais à la campagne
Courir notre homme (& le ciel l'accompagne !)
Chez Bartolin ſon ancien confident,
Qui poura bien lui compter quelque argent.
J'aurai du tems, il ſuffit.

COLLETTE.

　　　　Ah ! le diable
Vous fit ſigner ce contrat déteſtable !
Qui vous, Madame, avoir un Bartolin !

DORFISE.

Eh ! mon enfant ! le diable eſt bien malin.
Ce gros caiſſier m'a tant perſécutée.
Le cœur ſe gagne ; on tente, on eſt tentée.
Tu fais qu'un jour on nous dit que Blanford
Ne viendrait plus.

COLLETTE.

Parce qu'il était mort.

DORFISE.

Je me voyais fans appui , fans richeffe ,
Faible furtout ; car tout vient de faibleffe.
L'étoile eft forte , & c'eft fouvent le lot
De la beauté , d'époufer un magot.
Mon cœur était à des épreuves rudes.

COLLETTE.

Il eft des tems dangereux pour les prudes.
Mais à l'amour devant facrifier ,
Vous auriez dû prendre le Chevalier ;
Il eft joli.

DORFISE.

Je voulais du myftère :
Je n'aime pas d'ailleurs fon caractère ;
Je le ménage ; il eft mon complaifant ,
Mon émiffaire , & c'eft lui qui répand ,
Par fon babil & fa folie utile ,
Les bruits qu'il faut qu'on fème par la ville.

COLLETTE.

Mais Bartolin eft fi vilain.

DORFISE.

Oui , mais...

COLLETTE.

Et fon efprit n'a guère plus d'attraits.

DORFISE.

Oui , mais....

COLLETTE.

Quoi , mais ?

DORFISE.

Le deftin , le caprice ,
Mon trifte état , quelque peu d'avarice ,

L'occasion, je ... je me réfignai,
Je devins folle ; en un mot je fignai.
Du bon Blanford je gardais la caffette.
D'un peu d'argent mon amitié difcrette
Fit quelques dons par charité pour lui.
Eh ! qui croyait que Blanford aujourd'hui,
Après deux ans gardant fa vieille flamme,
Viendrait chercher fa caffette & fa femme ?

COLLETTE.

Chacun difait ici qu'il était mort ;
Il ne l'eft point ; lui feul eft dans fon tort.

DORFISE (*reprenant l'air de prude.*)

Ah ! puifqu'il vit , je lui rendrai fans peine
Tous fes bijoux, hélas ! qu'il les reprenne.
Mais Bartolin, qui les croyait à moi,
Me les garda, les prit de bonne foi,
Les croit à lui, les conferve, les aime,
En eft jaloux autant que de moi-même.

COLLETTE.

Je le crois bien.

DORFISE.

Maris, vertu, bijoux,
J'ai dans l'efprit de vous accorder tous.

SCENE VII.

Le Chevalier MONDOR, ADINE, DORFISE.

Le Chevalier MONDOR.

CHafferons-nous ce rival plein de gloire,
Qui me méprife, & s'en fait tant accroire ?

ADINE (*arrivant dans le fond à pas lents, tandis que le Chevalier entrait brusquement.*)
Ecoutons bien.

Le Chevalier MONDOR.

Il faut me rendre heureux ;
Il faut punir son air avantageux.
Je suis à vous, avec plaisir je laisse
Au vieux Darmin sa petite maîtresse.
A le troubler on n'a que de l'ennui ;
On perd sa peine à se moquer de lui.
C'est ce Blanford, c'est sa vertu sévère,
Sa gravité, qu'il faut qu'on desespère.
Il croit qu'on doit ne lui refuser rien,
Par la raison qu'il est homme de bien.
Ces gens de bien me mettent à la gêne.
Ils vous feront périr d'ennui, ma reine.

DORFISE (*d'un air modeste & sévère, après avoir regardé Adine.*)

Vous vous moquez ! J'ai pour Monsieur Blanford
Un vrai respect, & je l'estime fort.

Le Chevalier MONDOR.
Il est de ceux qu'on estime & qu'on berne,
Est-il pas vrai ?

ADINE (*à part.*)
Que ceci me consterne !
Elle est constante, elle a de la vertu !
Tout me confond ; elle aime ; ah qui l'eût cru ?

DORFISE.
Que dit-il là ?

ADINE (*à part.*)
Quoi Dorfise est fidelle ?

Nnn iij

Et pour combler mon malheur, elle eſt belle.

DORFISE (*au Chevalier, après avoir regardé*
Adine.)

Il dit que je ſuis belle.

Le Chevalier MONDOR.

Il n'a pas tort,

Mais il commence à m'importuner fort.
Allez, l'enfant, j'ai des ſecrets à dire
A cette Dame.

ADINE.

Hélas, je me retire.

DORFISE (*au Chevalier.*)

Vous vous moquez.

(*à Adine.*)

Reſtez, reſtez ici.

(*au Chevalier.*)

Oſez-vous bien le renvoyer ainſi ?

(*à Adine.*)

Approchez-vous : peu s'en faut qu'il ne pleure :
L'aimable enfant ! je prétens qu'il demeure.
Avec Blanford il eſt chez moi venu :
Dès ce moment ſon naturel m'a plu.

Le Chevalier MONDOR.

Eh laiſſez là ſon naturel, Madame.
De ce Blanford vous haïſſez la flamme ;
Vous m'avez dit qu'il eſt brutal, jaloux.

DORFISE (*fièrement.*)

Je n'ai rien dit.

(*à Adine.*)

Ça quel âge avez-vous ?

ADINE.

J'ai dix-huit ans.

DORFISE.

Cette tendre jeuneſſe
A grand beſoin du frein de la ſageſſe.
L'exemple entraîne ; & le vice eſt charmant ;
L'occaſion s'offre ſi fréquemment !
Un ſeul coup d'œil perd de ſi belles ames !
Défiez - vous de vous - même , & des femmes ;
Prenez bien garde au ſoufle empoiſonneur ,
Qui des vertus flétrit l'aimable fleur.

Le Chevalier M O N D O R.

Que ſa fleur ſoit , ou ne ſoit pas flétrie ,
Mêlez - vous moins de ſa fleur , je vous prie ;
Et m'écoutez.

DORFISE.

Mon Dieu ! point de couroux ;
Son innocence a des charmes ſi doux !

Le Chevalier M O N D O R.

C'eſt un enfant.

DORFISE (*s'approchant d'Adine.*)

Ça , dites - moi , jeune homme ,
D'où vous venez , & comment on vous nomme ?

ADINE.

J'ai nom Adine ; en Grèce je ſuis né ;
Avec Darmin Blanford m'a ramené.

DORFISE.

Qu'il a bien fait !

Le Chevalier M O N D O R.

Quelle humeur curieuſe !
Quoi ! je vous peins mon ardeur amoureuſe ,
Et vous parlez encor à cet enfant ?
Vous m'oubliez pour lui.

D O R F I S E (*doucement.*)
Paix , imprudent.

S C E N E VIII.

D O R F I S E , le Chevalier M O N D O R, ADINE, COLLETTE.

C O L L E T T E.

Madame.

D O R F I S E.

Eh bien ?

C O L L E T T E.

Vous êtes attenduë
A l'affemblée.

D O R F I S E.

Oui , j'y ferai renduë
Dans peu de tems.

Le Chevalier M O N D O R.

Quel meffage ennuyeux !
Quand nous ferons affemblés tous les deux ,
Nous cafferons pour jamais, je vous prie ,
Ces rendez - vous de fade pruderie , .
Ces comités , ces confpirations
Contre les goûts , contre les paffions.
Il vous fied mal , jeune encor , belle , & fraîche ,
D'aller crier d'un ton de pigriêche ,
Contre les ris , les jeux & les amours ,
De blafphémer ces Dieux de vos beaux jours.
Dans des réduits peuplés de vieilles ombres ,
Que vous voyez , dans leurs cabales fombres ,

Se

Se lamenter, fans gofier & fans dents,
Dans leurs tombeaux, des plaifirs des vivans.
Je vais, je vais de ces fempiternelles
Tout de ce pas égayer les cervelles ;
Et leur donnant à toutes leur paquet,
Par cent bons mots étouffer leur caquet.

DORFISE.

Gardez-vous bien d'aller me compromettre,
Cher Chevalier, je ne puis le permettre.
N'allez point là.

Le Chevalier MONDOR.

Mais j'y cours à l'inftant,
Vous annoncer.

(Il fort.)

DORFISE.

Ah quel extravagant !

(au jeune Adine.)

Allez, mon fils, gardez-vous, à votre âge,
D'un pareil fou ; foyez difcret & fage.
Mes complimens à Blanford.... l'œil touchant !

ADINE (fe retournant.)

Quoi ?

DORFISE.

Le beau teint ! l'air ingénu, charmant !
Et vertueux !... Je veux que par la fuite
Dans mon loifir vous me rendiez vifite.

ADINE.

Je vous ferai ma cour affidûment.
Adieu, Madame.

DORFISE.

Adieu, mon bel enfant.

A D I N E.

Hélas ! j'éprouve un embarras extrême.
Le trahit-on ? je l'ignore , mais j'aime.

S C E N E I X.

D O R F I S E , C O L L E T T E.

D O R F I S E (*revenant , conduifant de l'œil Adine qui
la regarde.*)

J'Aime, dit-il ; quel mot ! Ce beau garçon
Déja pour moi fent de la paffion ?
Il parle feul , me regarde , s'arrête ;
Et je crains fort d'avoir tourné fa tête.

C O L L E T T E.

Avec tendreffe il lorgne vos appas.

D O R F I S E.

Eft-ce ma faute ? ah ! je n'y confens pas.

C O L L E T T E.

Je le crois bien ; le péril eft trop proche :
Du bon Blanford je crains pour vous l'approche ;
Je crains furtout le couroux impoli
De Bartolin.

D O R F I S E (*en foupirant.*)
Que ce Turc eft joli !

Le crois-tu Turc ? crois-tu qu'un infidelle
Ait l'air fi doux , la figure fi belle ?
Je crois pour moi qu'il fe convertira.

C O L L E T T E.

Je crois pour moi que dès qu'on apprendra

Qu'à Bartolin vous êtes mariée,
Votre vertu sera fort décriée ;
Ce petit Turc de peu vous servira ;
Terriblement Blanford éclatera.

DORFISE.

Va , ne crain rien.

COLLETTE.

J'ai dans votre prudence
Depuis longtems entière confiance :
Mais Bartolin est un brutal jaloux ;
Et c'est bien pis , Madame , il est époux.
Le cas est triste , il a peu de semblables.
Ces deux rivaux seraient fort intraitables.

DORFISE.

Je prétens bien les éviter tous deux.
J'aime la paix , c'est l'objet de mes vœux ,
C'est mon devoir ; il faut en conscience
Prévoir le mal , fuir toute violence ,
Et prévenir le mal qui surviendrait ,
Si mon état trop tôt se découvrait.
J'ai des amis , gens de bien , de mérite.

COLLETTE.

Prenez conseil d'eux.

DORFISE.

Ah oui , prenons vite.

COLLETTE.

Et bien de qui ?

DORFISE.

Mais de cet étranger ,
De ce petit.... là.... tu m'y fais songer.

Ooo ij

COLLETTE.

Lui , des confeils ? lui , Madame , à fon âge ?
Sans barbe encor ?

DORFISE.

　　　　　Il me paraît fort fage ,
Et s'il eft tel , il le faut écouter.
Les jeunes gens font bons à confulter.
Il me pourrait procurer des lumières ,
Qui donneraient du jour à mes affaires.
Et tu fens bien , qu'il faut parler d'abord
Au jeune ami du bon Monfieur Blanford.

COLLETTE.

Oui , lui parler paraît fort néceffaire.

DORFISE (*tendrement & d'un air embarraffé.*)
Et comme à table on parle mieux d'affaire ,
Conviendrait - il qu'avec difcrétion ,
Il vînt dîner avec moi ?

COLLETTE.

　　　　　Tout de bon !
Vous , qui craignez fi fort la médifance ?

DORFISE (*d'un air fier.*)
Je ne crains rien ; je fais comme je penfe :
Quand on a fait fa réputation ,
On eft tranquille à l'abri de fon nom.
Tout le parti prend en main notre caufe ,
Crie avec nous.

COLLETTE.

　　　　　Oui , mais le monde caufe.

DORFISE.

Eh bien , cédons à ce monde méchant ;

Sacrifions un dîner innocent ;
N'aiguifons point leur langue libertine.
Je ne veux plus parler au jeune Adine :
Je ne veux point le revoir.... Cependant
Que peut-on dire , après tout , d'un enfant ?
A la fageffe ajoutons l'apparence ,
Le décorum , l'exacte bienféance.
De ma coufine il faut prendre le nom ,
Et le prier de fa part....

C O L L E T T E.

Pourquoi non ?
C'eft très bien dit ; une femme mondaine
N'a rien à perdre ; on peut , fans être en peine ,
Deffous fon nom mettre dix billets doux ,
Autant d'amans , autant de rendez-vous.
Quand on la cite , on n'offenfe perfonne ;
Nul n'en rougit , & nul ne s'en étonne.
Mais par hazard , quand des Dames de bien
Font une chûte , il faut la cacher bien.

D O R F I S E.

Des chûtes ! moi ! Je n'ai dans cette affaire ,
Graces au ciel , nul reproche à me faire.
J'ai figné ; mais je ne fuis point enfin
Abfolument Madame Bartolin.
On a des droits ; & c'eft tout : & peut-être
On va bientôt fe délivrer d'un maître.
J'ai dans ma tête un deffein très prudent.
Si ce beau Turc a pour moi du penchant ,
C'en eft affez ; tout ira bien , s'il m'aime.
Je fuis encor maîtreffe de moi-même ;
Heureufement , je puis tout terminer.

Va - t - en prier ce jeune homme à dîner.
Eft - ce un grand mal que d'avoir à fa table
Avec décence un jeune homme eftimable,
Un cœur tout neuf, un air frais & vermeil,
Et qui nous peut donner un bon confeil ?

Centered: COLLETTE,

Un bon confeil ! ah rien n'eft plus louable ;
Accompliffons cette œuvre charitable.

Fin du fecond acte.

ACTE III.

SCENE PREMIERE.

DORFISE, COLLETTE.

DORFISE.

ESt - ce point lui ? Que je suis inquiette !
On frappe , il vient. Collette , hola ! Collette ;
C'est lui ; c'est lui.

COLLETTE.

Non , c'est le Chevalier ,
Que loin d'ici je viens de renvoyer ;
Cet étourdi , qui court , saute , semille ,
Sort , rentre , va , vient , rit , parle , frétille ;
Il veut dîner tête à tête avec vous ;
Je l'ai chassé d'un air entre aigre & doux.

DORFISE.

A ma cousine il faut qu'on le renvoye.
Ah ! que je hais leur insipide joye !
Que leur babil est un trouble importun !
Chassez - les - moi.

COLLETTE.

Chut , chut , j'entens quelqu'un.

DORFISE.

Ah ! c'est mon Grec.

COLLETTE.

Oui , c'est lui , ce me semble.

S C E N E I I.

D O R F I S E, A D I N E.

D O R F I S E.

ENtrez, Monfieur ! Bon jour, Monfieur ! je tremble.
Affeyez - vous. . . .

A D I N E.

Je fuis tout interdit . . .
Pardonnez - moi, Madame, on m'avait dit
Qu'une autre . . .

D O R F I S E (*tendrement.*)

Eh bien, c'eft moi, qui fuis cette autre.
Raffurez - vous ; quelle peur eft la votre ?
Avec Blanford ma coufine aujourd'hui
Dîne dehors : tenez - moi lieu de lui.

(*Elle le fait affeoir.*)

A D I N E.

Ah, qui pourrait en tenir lieu, Madame ?
Eft - il un feu comparable à fa flamme ?
Et quel mortel égalerait fon cœur,
En grandeur d'ame, en amour, en valeur ?

D O R F I S E.

Vous en parlez, mon fils, avec grand zèle ;
Votre amitié paraît vive & fidèle !
J'admire en vous un fi beau naturel.

A D I N E.

C'eft un penchant bien doux, mais bien cruel.

D O R F I S E.

Que dites - vous ? La charmante jeuneffe

Doit

Doit éprouver une honnête tendreffe.
Par de faints nœuds il faut qu'on foit lié ;
Et la vertu n'eft rien fans l'amitié.

A D I N E.

Ah ! s'il eft vrai , qu'un naturel fenfible
De la vertu foit la marque infaillible ,
J'ofe vous dire ici fans vanité ,
Que je me pique un peu de probité.

D O R F I S E.

Mon bel enfant , je me crois deftinée
A cultiver une ame fi bien née.
Plus d'une femme a cherché vainement
Un ami tendre , auffi vif que prudent ,
Qui poffédât les graces du jeune âge ,
Sans en avoir l'empreffement volage ;
Et je me trompe , à votre air tendre & doux ,
Ou tout cela paraît uni dans vous.
Par quel bonheur une telle merveille
Se trouve - t - elle aujourd'hui dans Marfeille ?

(Elle approche fon fauteuil.)

A D I N E.

J'étais en Grèce , & le brave Blanford
En ce pays me paffa fur fon bord.
Je vous l'ai dit deux fois.

D O R F I S E.

Une troifiéme
A mon oreille eft un plaifir extrême.
Mais , dites - moi , pourquoi ce front charmant ,
Et fi Français , eft coiffé d'un turban ?
Seriez - vous Turc ?

Tom. VI. *& du Théâtre le quatriéme.* Ppp

A D I N E.

La Grèce eſt ma patrie.

D O R F I S E.

Qui l'aurait crû ? la Grèce eſt en Turquie ?
Que votre accent, que ce ton Grec eſt doux !
Que je voudrais parler Grec avec vous !
Que vous avez la mine aimable & vive
D'un vrai Français, & ſa grace naïve !
Que la nature entre nous ſe méprit,
Quand par malheur un Grec elle vous fit !
Que je bénis, Monſieur, la Providence,
Qui vous a fait aborder en Provence !

A D I N E.

Hélas ! j'y ſuis, & c'eſt pour mon malheur.

D O R F I S E.

Vous malheureux !

A D I N E.

Je le ſuis par mon cœur.

D O R F I S E.

Ah ! c'eſt le cœur qui fait tout dans le monde ;
Le bien, le mal, ſur le cœur tout ſe fonde ;
Et c'eſt auſſi ce qui fait mon tourment.
Vous avez donc pris quelque engagement ?

A D I N E.

Eh ! oui, Madame. Une femme intrigante
A déſolé ma jeuneſſe imprudente :
Comme ſon teint, ſon cœur eſt plein de fard ;
Elle eſt hardie, & pourtant pleine d'art ;
Et j'ai ſenti d'autant plus ſes malices,
Que la vertu ſert de maſque à ſes vices.
Ah ! que je ſouffre, & qu'il me ſemble dur,

Qu'un cœur fi faux gouverne un cœur trop pur !

DORFISE.

Voyez la mafque ! une femme infidelle !
Puniffons - la , mon fils : ça , quelle eft - elle ?
De quel pays ? quel eft fon rang ? fon nom ?

ADINE.

Ah ! je ne puis le dire.

DORFISE.

Comment donc ?
Vous poffédez auffi l'art de vous taire !
Ah ! vous avez tous les talens de plaire.
Jeune & difcret ! je vais moi m'expliquer.
Si quelque jour , pour vous bien dépiquer
De la guenon qui fit votre conquête ,
On vous offrait une perfonne honnête ,
Riche , eftimée , & furtout poffédant
Un cœur tout neuf , mais folide & conftant ;
Tel qu'il en eft très peu dans la Turquie ,
Et moins encor , je crois , dans ma patrie ;
Que diriez - vous ? que vous en femblerait ?

ADINE.

Mais.....je dirais , que l'on me tromperait.

DORFISE.

Ah ! c'eft trop loin pouffer la défiance.
Ayez , mon fils , un peu plus d'affurance.

ADINE.

Pardonnez - moi ; mais les cœurs malheureux ,
Vous le favez , font un peu foupçonneux.

DORFISE.

Eh ! quels foupçons avez - vous , par exemple ,
Quand je vous parle , & que je vous contemple ?

ADINE.

J'ai des foupçons , que vous avez deffein
De m'éprouver.

DORFISE (*en s'écriant.*)

Ah le petit malin !
Qu'il eft rufé fous cet air d'innocence !
C'eft l'amour même au fortir de l'enfance.
Allez - vous - en. Le danger eft trop grand.
Je ne veux plus vous voir abfolument.

ADINE.

Vous me chaffez ; il faut que je vous quitte.

DORFISE.

C'eft obéïr à mon ordre un peu vite.
Là , revenez. Mon eftime eft au point ,
Que contre vous je ne me fâche point.
N'abufez pas de mon eftime extrême.

ADINE.

Vous eftimez Monfieur Blanford de même.
Eftime - t - on deux hommes à la fois ?

DORFISE.

Oh ! non , jamais ; & les aimables loix
De la raifon , de la tendreffe fage ,
Font qu'on fuccède , & non pas qu'on partage.
Vous apprendrez à vivre auprès de moi.

ADINE.

J'apprens beaucoup par tout ce que je voi.

DORFISE.

Lorfque le ciel , mon fils , forme une belle ,
Il fait d'abord un homme exprès pour elle ;
Nous le cherchons longtems avec raifon ;
On fait vingt choix avant d'en faire un bon.

On fuit une ombre ; au hazard on s'éprouve ;
Toûjours on cherche , & rarement on trouve.
L'inftinct fecret vole après le vrai bien....
(*Vivement & tendrement.*)
Quand on vous trouve , il ne faut chercher rien.

A D I N E.
Si vous faviez ce que j'ai l'honneur d'être ,
Vous changeriez d'opinion peut-être.

D O R F I S E.
Eh , point du tout.

A D I N E.
Peu digne de vos foins ,
Connu de vous , vous m'eftimeriez moins ,
Et nous ferions attrapés l'un & l'autre.

D O R F I S E.
Attrapés ! vous ! quelle idée eft la votre ?
Mon bel enfant , je prétens... Ah ! pourquoi
Venir fi-tôt m'interrompre ?... Eh , c'eft toi !

S C E N E I I I.

COLLETTE , DORFISE , ADINE.

C O L L E T T E (*avec empreffement.*)
Très importune , & très trifte de l'être ;
Mais un quidam , plus importun peut-être ,
S'en va venir ; c'eft Monfieur Bartolin.

D O R F I S E.
Le prétendu ? je l'attendais demain ;
Il m'a trompée , il revient le barbare !

Ppp iij

COLLETTE.

Le contre-tems eſt encor plus bizare.
Ce Chevalier, le roi des étourdis,
Méconnaiſſant le patron du logis,
Cauſe avec lui, plaiſante, s'évertuë,
Et le retient malgré lui dans la ruë.

DORFISE.

Tant mieux, ô ciel !

COLLETTE.

Point, Madame, tant pis ;
Car l'indiſcret, comme je vous le dis,
Ne ſachant pas quel eſt le perſonnage,
Crie hautement, lui riant au viſage,
Que nul chez vous n'entrera d'aujourd'hui,
Que tout le monde eſt exclus comme lui,
Que Bartolin n'eſt rien qu'un trouble-fête,
Et qu'à préſent, dans un doux tête-à-tête,
Madame au fond de ſon appartement,
Loin du grand monde, eſt vertueuſement.
Le Bartolin, que le dépit tranſporte,
Prétend qu'il va faire enfoncer la porte.
Le Chevalier, toûjours d'un ton railleur,
Crève de rire, & l'autre de douleur.

DORFISE.

Et moi de crainte. Ah ! Collette, que faire ?
Où nous fourrer ?

ADINE.

Quel eſt donc ce myſtère !

DORFISE.

Ce myſtère eſt que vous êtes perdu,
Que je ſuis morte. Eh ! Collette, où vas-tu ?

A D I N E.

Que deviendrai-je ?

D O R F I S E (*à Collette.*)

Ecoute , toi , demeure.

Quel tems il prend ! revenir à cetté heure !

(*à Adine.*)

Dans ce réduit cachez-vous tout le foir ;

Vous trouverez un ample manteau noir ,

Fourrez-vous-y. Mon Dieu ! c'eft lui fans doute.

A D I N E (*allant dans le cabinet.*)

Hélas ! voilà ce que l'amour me coûte !

D O R F I S E.

Ce pauvre enfant , qu'il m'aime !

C O L L E T T E.

Eh ! taifez-vous.

On vient ; hélas ! c'eft le futur époux.

S C E N E   I V.

B A R T O L I N , D O R F I S E , C O L L E T T E.

D O R F I S E (*allant au-devant de Bartolin.*)

MOn cher Monfieur , le ciel vous accompagne !...

Vous revenez bien tard de la campagne ! ...

Vous m'avez fait un fi grand déplaifir ,

Que je fuis prête à m'en évanouïr.

B A R T O L I N.

Le Chevalier difait tout au contraire.

D O R F I S E.

Tout ce qu'il dit eft faux ; je fuis fincère ;

Il faut me croire ; il m'aime à la fureur ;
Il eſt au vif piqué de ma rigueur ;
Son vain caquet m'étourdit & m'aſſomme ;
Et je ne veux jamais revoir cet homme.

BARTOLIN.

Mais cependant de bon ſens il parlait.

DORFISE.

Ne croyez rien de tout ce qu'il diſait.

BARTOLIN.

Soit, mais il faut, pour finir nos affaires,
Prendre en ce lieu les choſes néceſſaires.

DORFISE (*d'un ton careſſant.*)

Que faites-vous ? arrêtez-vous ; hola !
N'entrez donc point dans ce cabinet-là.

BARTOLIN.

Comment ? pourquoi ?

DORFISE (*après avoir rêvé.*)

Du même eſprit pouſſée,
J'ai comme vous, eu, mon cher, en penſée....
De mettre ici nos papiers en état....
J'ai fait venir notre vieil avocat....
Nous conſultions ; une grande faibleſſe
L'a pris ſoudain.

BARTOLIN.

C'eſt excès de vieilleſſe.

COLLETTE.

On va donner au bon petit vieillard
Un....

BARTOLIN.

Oui, j'entens.

DORFISE.

On l'a mis à l'écart ;

De

De mon fyrop il a pris une dofe ,
Et maintenant je penfe qu'il repofe.

B A R T O L I N.

Il ne repofe point , car je l'entens ,
Qui marche encor , & touffe là - dedans.

C O L L E T T E.

Eh bien , faut - il , lorfqu'un avocat touffe ,
L'importuner ?

B A R T O L I N.

Tout cela me courouce ;
Je veux entrer.

(*Il entre dans le cabinet.*)

D O R F I S E.

O ciel ! fai donc fi bien ,
Qu'il cherche tout fans pouvoir trouver rien.
Hélas ! qu'entens - je ? on s'écrie , il dit , tuë ;
Mon avocat eft mort , je fuis perduë.
Où fuis - je ? hélas ! de quel côté courir ?
Dans quel couvent m'aller enfevelir ?
Où me noyer ?

B A R T O L I N (*revenant , & tenant Adine par le bras.*)

Ah ! ah ! notre future ,
Vos avocats font d'aimable figure !
Dans le barreau vous choififfez très - bien.
Venez , venez , notre vieux praticien ,
D'ici fans bruit il vous faut difparaître ,
Et vous irez plaider par la fenêtre ;
Allons , & vite.

D O R F I S E.

Ecoutez - moi ; pardon ,
Mon cher mari.

Tom. VI. & du Théâtre le quatriéme. Qqq

ADINE.

Lui fon mari !

BARTOLIN (*à Adine.*)

Fripon !

Il faut d'abord commencer ma vengeance,
Par l'étriller à fes yeux d'importance.

ADINE.

Hélas ! Monfieur , je tombe à vos genoux ,
Je ne faurais mériter ce couroux.
Vous me plaindrez , fi je me fais connaître ;
Je ne fuis point ce que je peux paraître.

BARTOLIN.

Tu me parais un vaurien , mon ami ,
Fort dangereux , & tu feras puni.
Vien ça , vien ça !

ADINE.

Ciel ! au fecours , à l'aide !
De grace ! hélas !

DORFISE.

La rage le poffède.
A mon fecours , tous mes voifins !

BARTOLIN.

Tai - toi.

DORFISE , COLLETTE , ADINE.

A mon fecours !

BARTOLIN (*emmenant Adine.*)

Allons , fors de chez moi.

S C E N E V.

D ORFISE, COLLETTE.

DORFISE.

IL va tuer ce pauvre enfant, Collette !
En quel état cet accident me jette !
Il me tuera moi-même.

COLLETTE.

Le malin
Vous fit figner avec ce Bartolin.

DORFISE (*en criant.*)

Ah l'indigne homme ! ah ! comment s'en défaire ?
Va-t-en chercher, Collette, un commiffaire ;
Va l'accufer.

COLLETTE.

De quoi ?

DORFISE.

De tout.

COLLETTE.

Fort bien.
Où courez-vous ?

DORFISE.

Hélas ! je n'en fais rien.

S C E N E   VI.

Mad. BURLET, DORFISE, COLLETTE.

Mad. B U R L E T.

EH bien , qu'eſt - ce , couſine ?

D O R F I S E.

Ah ma couſine !

Mad. B U R L E T.

Il ſemblerait que l'on vous aſſaſſine ,
Ou qu'on vous vole , ou qu'on vous bat , ou que
Dans le logis vous avez mis le feu.
Mon Dieu , quels cris ! quel bruit ! quel train , ma chère !

D O R F I S E.

Couſine , hélas ! apprenez mon affaire ;
Mais gardez - moi le ſecret pour jamais.

Mad. B U R L E T (*toûjours gayement & avec vivacité.*)

Je n'ai pas l'air de garder des ſecrets ;
Je ſuis pourtant diſcrète comme une autre.
Couſine , eh bien , quelle affaire eſt la votre ?

D O R F I S E.

Mon affaire eſt terrible ; c'eſt d'abord ,
Que je ſuis . . . .

Mad. B U R L E T.

Quoi ?

D O R F I S E.
Fiancée.

Mad. B U R L E T.
A Blanford ?

Eh bien , tant mieux , c'eſt bien fait ; & j'approuve
Cet hymen - là , ſi le bonheur s'y trouve.
Je veux danſer à votre noce.

DORFISE.

Hélas !
Ce Bartolin , qui jure tant là - bas ,
Qui de ſes cris ſcandaliſe le monde ,
C'eſt le futur.

Mad. BURLET.

Eh bien , tant pis ! je fronde
Ce mariage avec cet homme - là ;
Mais s'il eſt fait , le public s'y fera.
Eſt - il mari tout - à - fait ?

DORFISE (*d'un ton modeſte.*)

Pas encore ;
C'eſt un ſecret que tout le monde ignore ;
Notre contrat eſt dreſſé dès longtems.

Mad. BURLET.

Fai - moi caſſer ce contrat.

DORFISE.

Les méchans
Vont tous parler. Je ſuis ... je ſuis outrée.
Ce maudit homme ici m'a rencontrée
Avec un jeune Turc , qui s'enfermait
En tout honneur dedans ce cabinet.

Mad. BURLET.

En tout honneur ! là , là , ta prud'hommie
S'eſt donc enfin quelque peu démentie ?

DORFISE.

Oh point du tout ! c'eſt un petit faux - pas ,
Une faibleſſe , & c'eſt la ſeule , hélas !

Qqq iij

Mad. B u r l e t.

Bon ! une faute eſt quelquefois utile ;
Ce faux - pas - là t'adoucira la bile ;
Tu feras moins févère.

D o r f i s e.

Ah ! tirez - moi ,
Sévère ou non , du gouffre où je me voi ;
Délivrez - moi des langues médifantes ,
De Bartolin , de fes mains violentes ;
Et délivrez de ces périls preſſans
Mon fage ami , qui n'a pas dix - huit ans.

(*En élevant la voix & en pleurant.*)

Ah ! voilà l'homme au contrat.

S C E N E V I I.

BARTOLIN, DORFISE, Mad. BURLET.

Mad. B u r l e t (*à Bartolin.*)

Quel vacarme !

Quoi ! pour un rien votre efprit fe gendarme ?
Faut - il ainfi fur un petit foupçon
Faire pleurer fes amis ?

B a r t o l i n.

Ah ! pardon.

Je l'avoûrai, je fuis honteux, Mefdames,
D'avoir conçu de ces foupçons infames ;
Mais l'apparence enfin dut m'allarmer.
En vérité , pouvais- je préfumer ,

Que ce jeune homme , à ma vuë abufée ,
Fût une fille en garçon déguifée ?

DORFISE (*à part.*)

En voici bien d'une autre.

Mad. BURLET.

Tout de bon ?

Madame a pris fille pour un garçon ?

BARTOLIN.

La pauvre enfant eft encor toute en larmes :
En vérité , j'ai pitié de fes charmes.
Mais pourquoi donc ne me pas avertir
De ce qu'elle eft ? pourquoi prendre plaifir
A m'éprouver , à me mettre en colère ?

DORFISE (*à part.*)

Oh ! oh ! le drôle a-t-il pû fi bien faire ,
Qu'à Bartolin il ait perfuadé
Qu'il était fille , & fe foit évadé ?
Le tour eft bon. Mon Dieu , l'enfant aimable !

(*à Bartolin.*)

Que l'amour a d'efprit ! Homme haiffable ,
Eh bien , méchant , répon , oferas-tu
Faire un affront encor à la vertu ?
La pauvre fille , avec pleine affurance ,
Me confiait fon aimable innocence ;
Madame fait avec combien d'ardeur
Je me chargeais du foin de fon honneur.
Il te faudrait une franche coquette ,
Je te l'avouë , & je te la fouhaite.
J'éclaterai , je me perds , je le fai ;
Mais mon contrat fera ma foi caffé.

BARTOLIN.

Je fais qu'il faut qu'en cas pareil on crie.

(*à Dorfife.*)

Mais criez donc un peu moins , je vous prie.

(*à Mad. Burlet.*)

Accordons - nous. . . . Et vous , par charité ,
Que tout ceci ne foit point éventé.
J'ai cent raifons pour cacher ce myſtère.

DORFISE (*à Mad. Burlet.*)

Vous me fauvez , fi vous favez vous taire ;
N'en parlez pas au bon Monſieur Blanford.

Mad. BURLET.

Moi ? volontiers.

BARTOLIN.

Vous m'obligerez fort.

S C E N E   V I I I.

DORFISE , Mad. BURLET , BARTOLIN , COLLETTE.

COLLETTE.

BLanford eſt là , qui dit , qu'il faut qu'il monte.

DORFISE.

O contre - tems , qui toûjours me démonte !

(*à Bartolin.*)

Laiſſez - moi feule , allez le recevoir.

BARTOLIN.

Mais. . . .

DORFISE.

Mais après ce que l'on vient de voir,
Après l'éclat d'une telle injuſtice ,

Il

Il vous fied bien de montrer du caprice.
Obéiffez. Faites-vous cet effort.

S C E N E IX.

D O R F I S E , Mad. B U R L E T.

Mad. B U R L E T.

EN vérité , je me réjouïs fort,
De voir qu'ainfi la chofe foit tournée.
Du prétendu la vifière eft bornée.
Je m'étonnais , ma coufine , entre nous ,
Que ta cervelle eût choifi cet époux ;
Mais ce cas-ci me furprend davantage.
Prendre pour fille un garçon ! à fon âge !
Ah ! les maris feront toûjours bernés ,
Jaloux & fots , & conduits par le nés.

D O R F I S E.

Je n'entens rien , Madame , à ce langage ;
Je n'avais pas mérité cet outrage.
Quoi , vous penfez qu'un jeune homme en effet
Se foit caché , là , dans ce cabinet ?

Mad. B U R L E T.

Affurément , je le penfe , ma chère.

D O R F I S E.

Quand mon mari vous a dit le contraire ?

Mad. B U R L E T.

Apparemment que ton mari futur
A crû la chofe , & n'a pas l'œil bien fûr ?
N'avez-vous pas ici conté vous-même,
Qu'un beau garçon.....

Tom. VI. *& du Théâtre le quatriéme.*   **R r r**

DORFISE.

L'extravagance extrême !
Qui ? moi ? jamais ; moi , je vous aurais dit…
A ce point-là j'aurais perdu l'efprit ?
Ah ! ma coufine , écoutez , prenez garde ;
Quand de léger la langue fe hazarde
A débiter des difcours médifans ,
Calomnieux , inventés , outrageans ,
On s'en repent bien fouvent dans la vie.

Mad. BURLET.

Il eft bon là ! moi je te calomnie ?

DORFISE.

Affurément , & je vous jure ici….

Mad. BURLET.

Ne jure pas.

DORFISE.

Si fait , je jure.

Mad. BURLET.

Eh fi !

Va , mon enfant , de toute cette hiftoire
Je ne croirai que ce qu'il faudra croire.
Prends un mari , deux même , fi tu veux ,
Et trompe-les , bien ou mal , tous les deux.
Fai-moi paffer des garçons pour des filles ;
Avec cela gouverne vingt familles ,
Et donne-toi pour perfonne de bien ;
Tien : tout cela ne m'embarraffe en rien.
J'admire fort ta fageffe profonde :
Tu mets ta gloire à tromper tout le monde :
Je mets la mienne à m'en bien divertir ;
Et fans tromper , je vis pour mon plaifir.

Adieu, mon cœur, ma mondaine faibleſſe
Baiſe les mains à ta haute ſageſſe.

S C E N E X.

D O R F I S E, C O L L E T T E.

D O R F I S E.

LA folle va me décrier par-tout.
Ah ! mon honneur, mon eſprit ſont à bout.
A mes dépens les libertins vont rire.
Je vois Dorfiſe un plaſtron de ſatire.
Mon nom niché dans cent couplets malins,
Aux chanſonniers va fournir des refrains.
Monſieur Blanford croira la médiſance ;
L'autre futur en va prendre vengeance.
Comment plâtrer ce ſcandale affligeant ?
En un ſeul jour deux époux, un amant !
Ah que de trouble, & que d'inquiétude !
Qu'il faut ſouffrir quand on veut être prude !
Et que ſans craindre, & ſans affeĉter rien,
Il vaudrait mieux être femme de bien !
Allons ; un jour nous tâcherons de l'être.

C O L L E T T E.

Allons ; tâchons du moins de le paraître.
C'eſt bien aſſez, quand on fait ce qu'on peut.
N'eſt pas toûjours femme de bien qui veut.

Fin du troiſiéme aĉte.

ACTE IV.

SCENE PREMIERE.

DORFISE, COLLETTE.

DORFISE.

Sans doute on a conjuré ma ruine.
Si je pouvais revoir ce jeune Adine !
Il eſt ſi doux, ſi ſage, ſi diſcret !
Il me dirait ce qu'on dit, ce qu'on fait :
On pourrait prendre avec lui des meſures,
Qui rendraient bien mes affaires plus ſûres.
Hélas que faire ?

COLLETTE.

Eh bien, il le faut voir,
Honnêtement lui parler.

DORFISE.

Vers le ſoir.
Chère Collette, ah s'il ſe pouvait faire,
Qu'un bon ſuccès couronnât ce myſtère !
Si je pouvais conſerver prudemment
Toute ma gloire, & garder mon amant !
Hélas ! qu'au moins un des deux me demeure.

COLLETTE.

Un d'eux ſuffit.

DORFISE.

Mais as-tu tout-à-l'heure
Recommandé qu'ici le Chevalier

Avec grand bruit vint en particulier ?

C O L L E T T E.

Il va venir ; il eft toûjours le même,
Et prêt à tout ; car il croit qu'il vous aime.

D O R F I S E.

Il peut m'aider ; le fage en fes deffeins
Se fert des fous , pour aller à fes fins.

S C E N E I I.

DORFISE , le Chevalier MONDOR , COLLETTE.

D O R F I S E.

Venez , venez ; j'ai deux mots à vous dire.

Le Chevalier M O N D O R.

Je fuis foumis , Madame , à votre empire ,
Votre captif , & votre Chevalier.
Faut - il pour vous batailler , ferrailler ?
Malgré votre ame à mes défirs revêche ,
Me voilà prêt , parlez , je me dépêche.

D O R F I S E.

Eft - il bien vrai , que j'ai fû vous charmer ?
Et m'aimez - vous , là , comme il faut aimer ?

Le Chevalier M O N D O R.

Oui , mais ceffez d'être fi refpectable.
La beauté plait , mais je la veux traitable.
Trop de vertu fert à faire enrager ;
Et mon plaifir c'eft de vous corriger.

D O R F I S E.

Que penfez - vous de notre jeune Adine ?

Rrr iij

Le Chevalier M O N D O R.

Moi ! rien : je fuis raffuré par fa mine.
Hercule & Mars n'ont jamais à vingt ans
Pû redouter des Adonis enfans.

D O R F I S E.

Vous me plaifez par cette confiance ;
Vous en aurez la jufte récompenfe.
Peut - être on dit, qu'en un fecret lien
Je fuis entrée : il faut n'en croire rien.
De cent amans lorgnée, & fatiguée,
Vous feul enfin, vous m'avez fubjuguée.

Le Chevalier M O N D O R.

Je m'en doutais.

D O R F I S E.

Je veux, par de faints nœuds,
Vous rendre fage, & qui plus eft, heureux.

Le Chevalier M O N D O R.

Heureux ! Allons, c'eft affez, la fageffe
Ne me va pas ; mais notre bonheur preffe.

D O R F I S E.

D'abord j'exige un fervice de vous.

Le Chevalier M O N D O R.

Fort bien, parlez tout franc à votre époux.

D O R F I S E.

Il faut ce foir, mon très cher, faire enforte,
Que la cohuë aille ailleurs qu'à ma porte ;
Que ce Blanford, fi fier, & fi chagrin,
Et ma coufine, & fon fat de Darmin,
Et leurs parens, & leur folle fequelle,
De tout le foir ne troublent ma cervelle.
Puis à minuit un notaire fera

Dans mon alcove , & notre hymen fera :
Vous y viendrez par une fauſſe porte ,
Mais point avant.

Le Chevalier M O N D O R.

Le plaiſir me tranſporte.

Du ſieur Blanford que je me moquerai !
Qu'il ſera ſot ! Que je l'atterrerai !
Que de brocards !

D O R F I S E.

Au moins ſous ma fenêtre

Avant minuit gardez - vous de paraître.
Allez - vous - en , partez , ſoyez diſcret.

Le Chevalier M O N D O R.

Ah , ſi Blanford ſavait ce grand ſecret !

D O R F I S E.

Mon Dieu ! ſortez , on pourrait nous ſurprendre.

Le Chevalier M O N D O R.

Adieu , ma femme.

D O R F I S E.

Adieu.

Le Chevalier M O N D O R.

Je vais attendre

L'heure de voir , par un charmant retour ,
La pruderie immolée à l'amour.

S C E N E   I I I.

D O R F I S E ,   C O L L E T T E.

C O L L E T T E.

A Vos deſſeins je ne puis rien comprendre.

C'eſt une énigme.

DORFISE.

Eh bien ! tu vas l'entendre.
J'ai fait promettre à ce beau Chevalier
De taire tout , il va tout publier.
C'en eſt aſſez. Sa voix me juſtifie.
Blanford croira que tout eſt calomnie ;
Il ne verra rien de la vérité ;
Ce jour au moins , je ſuis en ſureté ;
Et dès demain , ſi le ſuccès couronne
Mes bons deſſeins , je ne craindrai perſonne.

COLLETTE.

Vous m'enchantez ; mais vous m'épouvantez ;
Ces piéges - là ſont - ils bien ajuſtés ?
Craignez - vous point de vous laiſſer ſurprendre
Dans les filets que vos mains ſavent tendre ?
Prenez - y garde.

DORFISE.

Hélas ! Collette ! hélas !
Qu'un ſeul faux - pas entraîne de faux - pas !
De faute en faute on ſe fourvoye , on gliſſe ,
On ſe raccroche , on tombe au précipice ;
La tête tourne ; on ne ſait où l'on va.
Mais j'ai toûjours le jeune Adine là.
Pour l'obtenir , & pour que tout s'accorde ,
Il reſte encor à mon arc une corde.
Le Chevalier à minuit croit venir ,
Mon jeune amant le ſaura prévenir.
Il faut qu'il vienne à neuf heures , Collette ;
Entens - tu bien ?

COLLETTE.

Vous ferez fatisfaite.

DORFISE.

On le croit fille , à fon air , à fon ton ,
A fon menton doux , liffe & fans coton.
Di - lui , qu'en fille il eft bon qu'il s'habille ,
Que décemment il s'introduife en fille.

COLLETTE.

Puiffe le ciel bénir vos bons deffeins !

DORFISE.

Cet enfant - là calmerait mes chagrins ;
Mais le grand point , c'eft que l'on imagine ,
Que tout le mal vient de notre coufine ;
C'eft que Blanford foit par lui convaincu ,
Qu'Adine ici pour un autre eft venu ;
Qu'il foit toûjours dupe de l'apparence.

COLLETTE.

Oh ! qu'il eft bon à tromper ! car il penfe
Tout le mal d'elle , & de vous tout le bien.
Il croit tout voir bien clair , & ne voit rien.
J'ai confirmé que c'eft notre rieufe ,
Qui du jeune homme eft tombée amoureufe.

DORFISE.

Ah ! c'eft mentir tant foit peu ; j'en convien ;
C'eft un grand mal ; mais il produit un bien.

S C E N E I V.

B L A N F O R D , D O R F I S E.

B L A N F O R D.

O Mœurs ! ô tems ! corruption maudite !
Elle s'eft fait rendre déja vifite
Par cet enfant fimple , ingénu , charmant ;
Elle voulait en faire fon amant ;
Elle employait l'art des fubtiles trames
De ces filets , où l'amour prend les ames.
Hom ! la coquette !

D O R F I S E.

Ecoutez , après tout ;
Je ne crois pas qu'elle aît jufques au bout
Ofé poufferer cette tendre avanture ;
Je ne veux point lui faire cette injure ;
Il ne faut pas mal penfer du prochain.
Mais on était , me femble , en fort bon train.
Vous connaiffez nos coquettes de France ?

B L A N F O R D.

Tant !

D O R F I S E.

Un jeune homme , avec l'air d'innocence ,
Parait à peine ; on vous le court par-tout.

B L A N F O R D.

Oui , la vertu plait au vice fur-tout.
Mais dites-moi , comment vous pouvez faire,
Pour fupporter gens d'un tel caractère ?

D O R F I S E.

Je prens la chofe affez patiemment.
Ce n'eft pas tout.

B L A N F O R D.

Comment donc ?

D O R F I S E.

Oh ! vraiment,
Vous allez bien apprendre une autre hiftoire ;
Ces étourdis prétendent faire accroire,
Qu'en tapinois j'ai moi de mon côté
De cet enfant convoité la beauté.

B L A N F O R D.

Vous ?

D O R F I S E.

Moi ; l'on dit, que je veux le féduire.

B L A N F O R D.

J'en fuis charmé, voilà bien de quoi rire.
Qui, vous ?

D O R F I S E.

Moi-même, & que ce beau garçon...

B L A N F O R D.

Bien inventé, le tour me femble bon.

D O R F I S E.

Plus qu'on ne penfe ; on m'en donne bien d'autres.
Si vous faviez, quels malheurs font les notres !
On dit encor, que je dois me lier
En mariage au fou de Chevalier,
Cette nuit même.

B L A N F O R D.

Ah, ma chère Dorfife !
Plus contre vous la calomnie épuife

Sss ij

L'acier tranchant de fes traits empeftés,
Et plus mon cœur, épris de vos beautés,
Saura défendre une vertu fi pure.

DORFISE.

Vous vous trompez bien fort, je vous le jure.

BLANFORD.

Non, croyez-moi, je m'y connais un peu;
Et j'aurais mis ces quatre doigts au feu,
J'aurais juré, qu'aujourd'hui la coufine
Aurait lorgné nôtre petit Adine.
Pour être honnête, il faut de la raifon;
Quand on eft fou, le cœur n'eft jamais bon;
Et la vertu n'eft que le bon fens même.
Je plains Darmin, je l'eftime, je l'aime.
Mais il eft fait pour être un peu moqué;
C'eft malgré moi, qu'il s'était embarqué
Sur un vaiffeau fi frêle & fi fragile.

SCENE V.

BLANFORD, DORFISE, DARMIN, Mad. BURLET.

Mad. BURLET.

QUoi? toûjours noir, fombre, paîtri de bile,
Moralifant, grondant dans ton dépit,
Le genre humain, qui l'ignore, ou s'en rit?
Vertueux fou, fini tes foliloques.
Sui-moi: je viens d'acheter vingt breloques,
J'en ai pour toi. Vien chez le Chevalier,
Il nous attend, il doit nous fêtoyer.

J'ai demandé quelque peu de musique ,
Pour dérider ton front mélancholique.
Après cela , te prenant par la main ,
Nous danserons jusques au lendemain.
(à *Dorsise.*)
Tu danseras , Madame la sucrée.

D O R F I S E.

Modérez - vous , cervelle évaporée ;
Un tel propos ne peut me convenir ;
Et de tantôt il faut vous souvenir.

Mad. B U R L E T.

Bon ! laisse - là ton tantôt , tout s'oublie.
Point de mémoire est ma philosophie.

D O R F I S E à *Blanford.*

Vous l'entendez , vous voyez si j'ai tort.
Adieu , Monsieur , le scandale est trop fort.
Je me retire.

B L A N F O R D.

Eh , demeurez , Madame!

D O R F I S E.

Non, voyez-vous ? tout cela perce l'ame.
L'honneur...

Mad. B U R L E T.

Mon Dieu ! parle nous moins d'honneur ,
Et sois honnête.
(*Dorsise sort.*)

D A R M I N à *Mad. Burlet.*

Elle a de la douleur.
L'ami Blanford fait déja quelque chose.

Mad. B U R L E T.

Oh , comme il faut que tout le monde cause !

Darmin & moi nous n'en avons dit rien,
Nous nous taisions.

BLANFORD.

Vraiment, je le crois bien.
Oseriez-vous me faire confidence
De tels excès, de telle extravagance?

DARMIN.

Non, ce serait vous navrer de douleur.

Mad. BURLET.

Nous connaissons trop bien ta belle humeur,
Sans en vouloir épaissir les nuages,
En te bridant le nez de tes outrages.

BLANFORD.

Mourez de honte, allez, & cachez-vous.

Mad. BURLET.

Comment? pourquoi? falait-il entre nous
Venir troubler le repos de ta vie,
Couvrir tout haut Dorsife d'infamie,
Et présenter aux railleurs dangereux
De ton affront le plaisir scandaleux?
Tien; je suis vive, & franche & familière;
Mais je suis bonne, & jamais tracassière.
Je te verrais par ton ami trompé,
Et comme il faut par ta femme dupé,
Je t'entendrais chansonner par la ville,
J'aurais cent fois chanté ton vaudeville,
Que rien par moi tu n'apprendrais jamais.
J'ai deux grands buts, le plaisir & la paix.
Je fuis, je hais, presque autant que je m'aime,
Les faux rapports, & les vrais, tout de même.
Vivons pour nous; va, bien sot est celui

Qui fait fon mal des fotifes d'autrui.

B L A N F O R D.

Et ce n'eft pas d'autrui, tête légère,
Dont il s'agit, c'eft votre propre affaire ;
C'eft vous.

Mad. B U R L E T.

Moi ?

B L A N F O R D.

Vous, qui fans refpecter rien,
Avez féduit un jeune homme de bien ;
Vous, qui voulez mettre encor fur Dorfife
Cette effroyable & honteufe fotife.

Mad. B U R L E T.

Le trait eft bon ; je ne m'attendais pas,
Je te l'avouë, à de pareils éclats.
Quoi ! c'eft donc moi, qui tantôt ?...

B L A N F O R D.

Oui, vous-même.

Mad. B U R L E T.

Avec Adine ?...

B L A N F O R D.

Oui.

Mad. B U R L E T.

C'eft donc moi qui l'aime ?

B L A N F O R D.

Affurément.

Mad. B U R L E T.

Qui dans mon cabinet
L'avais caché ?

B L A N F O R D.

Certes, le fait eft net.

Mad. B U R L E T.

Fort bien ! voilà de très belles penſées ;
Je les admire ; elles ſont fort ſenſées.
Ma foi, tu joins, mon cher homme entêté,
Le ridicule avec la probité.
Il me paraît que ta triſte cervelle
De Don Quichotte a ſuivi le modelle ;
Très-honnête homme, inſtruit, brave, ſavant,
Mais dans un point toûjours extravagant.
Garde-toi bien de devenir plus ſage ;
On y perdrait, ce ferait grand dommage :
L'extravagance a ſon mérite. Adieu.
Venez, Darmin.

S C E N E VI.

B L A N F O R D, D A R M I N.

B L A N F O R D.

Non, demeurez, morbleu !
J'ai votre honneur à cœur, & j'en enrage.
Il faut quitter cette fourbe volage,
De ſes filets retirer votre foi,
La mépriſer, ou bien rompre avec moi.

D A R M I N.

Le choix eſt triſte ; & mon cœur vous confeſſe,
Qu'il aime fort ſon ami, ſa maîtreſſe.
Mais ſe peut-il que votre eſprit chagrin
Juge toûjours ſi mal du cœur humain ?
Voyez-vous pas qu'une femme hardie

Tiſſut

Tiſſut le fil de cette perfidie ,
Qu'elle vous trompe , & de ſon propre affront
Veut à vos yeux flétrir un autre front ?

BLANFORD.

Voyez-vous pas , homme à cervelle creuſe ,
Qu'une inſenſée , & fauſſe , & ſcandaleuſe ,
Vous a choiſi pour être ſon plaſtron ;
Que vous gobez comme un ſot l'hameçon ;
Qu'elle veut voir juſqu'où ſa tyrannie
Peut s'exercer ſur votre plat génie ?

DARMIN.

Tout plat qu'il eſt , daignez interroger
Le ſeul témoin par qui l'on peut juger.
J'ai fait venir ici le jeune Adine ,
Il vous dira le fait.

BLANFORD.

Bon , je devine
Que la friponne aura , par ſon caquet ,
Très-bien ſiflé ſon jeune perroquet.
Qu'il vienne un peu , qu'il vienne me ſéduire !
Je ne croirai rien de ce qu'il va dire.
Je vois de loin , je vois que vous cherchez ,
Avec le jeu de cent reſſorts cachés ,
A dénigrer , à perdre ma maîtreſſe ,
Pour me donner je ne ſais quelle niéce ,
Dont vous m'avez tant vanté les attraits ;
Mais touchez là , j'y renonce à jamais.

DARMIN.

Soit , mais je plains votre excès d'imprudence.
D'une perfide eſſuyer l'inconſtance ,
N'eſt pas ſans doute un cas bien affligeant ;

Mais c'eſt un mal de perdre ſon argent.
C'eſt là le point. Bartolin, ce brave homme,
A-t-il enfin reſtitué la ſomme ?

BLANFORD.

Que vous importe ?

DARMIN.

Ah ! pardon, je croyais
Qu'il m'importait. J'ai tort, je me trompais.
Adine vient ; pour moi je me retire ;
Par lui du moins tâchez de vous inſtruire.
Si c'eſt de lui que vous vous défiez,
Vous avez tort plus que vous ne croyez ;
C'eſt un cœur noble, & vous pourrez connaître
Qu'il n'était pas ce qu'il a pû paraître.

S C E N E V I I.

BLANFORD, ADINE.

BLANFORD.

OUais ! les voila fortement acharnés
A me vouloir conduire par le nez.
Oh que Dorſiſé eſt bien d'une autre eſpèce !
Elle ſe tait, en proie à ſa triſteſſe,
Sans affeéter un air trop empreſſé,
Trop confiant, & trop embarraſſé ;
Elle me fuit, elle eſt dans ſa retraite ;
Et c'eſt ainſi que l'innocence eſt faite.
Or ça, jeune homme, avec ſincérité,
De point en point dites la vérité ;
Vous m'êtes cher, & la belle nature

Paraît en vous incorruptible & pure.
Mes vœux ne vont qu'à vous rendre parfait ;
N'abufez point de ce penchant fecret.
Si vous m'aimez , fongez bien , je vous prie,
Qu'il s'agit là du bonheur de ma vie.

ADINE.

Oui , je vous aime , oui , oui , je vous promets
Que je ne veux vous abufer jamais.

BLANFORD.

J'en fuis charmé. Mais dites - moi , de grace,
Ce qui s'eft fait , & tout ce qui fe paffe.

ADINE.

D'abord Dorfife...

BLANFORD.

Alte - là , mon mignon,
C'eft fa coufine ; avouez - le - moi.

ADINE.

Non.

BLANFORD.

Eh bien , voyons.

ADINE.

Dorfife à fa toilette
M'a fait venir par la porte fecrette.

BLANFORD.

Mais ce n'eft pas pour Dorfife.

ADINE.

Si fait.

BLANFORD.

C'eft de la part de Madame Burlet.

ADINE.

Eh non , Monfieur , je vous dis que Dorfife

S'était pour moi de bienveillance éprife.

BLANFORD.

Petit fripon !

ADINE.

L'excès de fes bontés
Etait tout neuf à mes fens agités.
Un tel amour n'eft pas fait pour me plaire.
Je ne fentais qu'une jufte colère ;
Je m'indignais, Monfieur, avec raifon,
Et de fa flamme, & de fa trahifon ;
Et je difais, que fi j'étais comme elle,
Affurément je ferais plus fidelle.

BLANFORD.

Ah le pendard ! comme on a préparé
De fes difcours le poifon trop fucré !
Eh bien, après ?

ADINE.

Eh bien, fon éloquence
Déja prenait un peu de véhémence.
Soudain, Monfieur, elle jette un grand cri :
On heurte, on entre, & c'était fon mari.

BLANFORD.

Son mari ? bon ! quels fots contes j'écoute !
C'était ce fou de Chevalier fans doute.

ADINE.

Oh non, c'était un véritable époux ;
Car il était bien brutal, bien jaloux ;
Il menaçait d'affaffiner fa femme ;
Il la nommait fauffe, perfide, infame.
Il prétendait me tuer auffi moi,
Sans que je fuffe hélas, trop bien pourquoi.

Il m'a falu conjurer fa furie ,
A deux genoux , de me fauver la vie ;
J'en tremble encor de peur.

B L A N F O R D.

Eh le poltron !
Et ce mari , voyons quel eft fon nom ?

A D I N E.

Oh ! je l'ignore.

B L A N F O R D.

Oh , la bonne impofture !
Ça , peignez - moi , s'il fe peut , fa figure.

A D I N E.

Mais il me femble , autant que l'a permis
L'horrible effroi , qui troublait mes efprits ,
Que c'eft un homme à fort méchante mine ,
Gros , court , baffet , nés camard , large échine ,
Le dos en voute , un teint jaune & tanné ,
Un fourcil gris , un œil de vrai damné.

B L A N F O R D.

Le beau portrait ! qui puis - je y reconnaître ?
Jaune , tanné , gris , gros , court , qui peut-ce être ?
En vérité , vous vous moquez de moi.

A D I N E.

Eprouvez donc, Monfieur , ma bonne foi.
Je vous apprens que la même perfonne
Ce foir chez elle un rendez - vous me donne.

B L A N F O R D.

Un rendez-vous chez Madame Burlet ?

A D I N E.

Eh non ; jamais ne ferez-vous au fäit ?

Ttt iij

BLANFORD.

Quoi , chez Madame ?

ADINE.

Oui.

BLANFORD.

Chez elle ?

ADINE.

Oui , vous dis - je.

BLANFORD.

Que cette intrigue , & m'étonne & m'afflige !
Un rendez-vous ? Dorfife , vous , ce foir ?

ADINE.

Si vous voulez , vous y pourez me voir ,
Ce même foir fous un habit de fille ,
Qu'elle m'envoye , & duquel je m'habille.
Par l'huis fecret je dois être introduit
Chez cet objet , dont l'amour vous féduit ,
Chez cet objet fi fidèle , & fi fage.

BLANFORD.

Ceci commence à me remplir de rage ;
Et j'apperçois , d'un ou d'autre côté ,
Toute l'horreur de la déloyauté.
Ne mens-tu point ?

ADINE.

Mon ame mal connuë
Pour vous , Monfieur , fe fent trop prévenuë ,
Pour s'écarter de la fincérité.
Votre cœur noble aime la vérité ,
Je l'aime en vous , & je lui fuis fidèle.

BLANFORD.

Ah le flatteur !

A D I N E.

Doutez-vous de mon zèle ?

B L A N F O R D.

Ouf....

S C E N E   V I I I.

BLANFORD, ADINE, le Chevalier MONDOR.

Le Chevalier M O N D O R.

ALlons donc ; peux-tu faire languir
Nos conviés, & l'heure du plaifir ?
Tu n'eus jamais, dans ta mélancholie,
Plus de befoin de bonne compagnie.
Confole-toi ; tes affaires vont mal ;
Tu n'ès pas fait pour être mon rival.
Je t'ai bien dit que j'aurais la victoire ;
Je l'ai, mon cher, & fans beaucoup de gloire.

B L A N F O R D.

Que penfes-tu m'apprendre ?

Le Chevalier M O N D O R.

Oh, prefque rien :
Nous époufons ta maîtreffe.

B L A N F O R D.

Ah fort bien !
Nous le favions.

Le Chevalier M O N D O R.

Quoi, tu fais qu'un notaire....

B L A N F O R D.

Oui, je le fais. Il ne m'importe guère.
Je connais tout le complot ; fe peut-il

Qu'on en ait pû fi mal ourdir le fil ?
(*au petit Adine.*)
Ce rendez-vous, quand il ferait poffible,
Avec le votre eft tout incompatible.
Ai-je raifon ? parle, en es-tu frappé ?
Tu me trompais, ou l'on t'avait trompé.
Je te crois bon ; ton cœur fans artifice
Eft apprentif dans l'école du vice.
Un efprit fimple, un cœur neuf & trop bon,
Eft un outil dont fe fert un fripon.
N'es-tu venu, cruel, que pour me nuire ?

ADINE.

Ah ! c'en eft trop ; gardez-vous de détruire,
Par votre humeur, & votre vain couroux,
Cette pitié qui parle encor pour vous.
C'eft elle feule à préfent qui m'arrête ;
N'écoutez rien, faites à votre tête.
Dans vos chagrins noblement affermi,
Soupçonnez bien quiconque eft votre ami ;
Croyez furtout quiconque vous abufe ;
Que votre humeur & m'outrage, & m'accufe :
Mais apprenez à refpecter un cœur,
Qui n'eft pour vous ni trompé ni trompeur.

Le Chevalier MONDOR.

En tiens-tu ? là ! le dépit te fuffoque ;
Jufqu'aux enfans, chacun de toi fe moque.
Devien plus fage ; il faut tout oublier
Dans le vin Grec, où je vais te noyer.
Vien, bel enfant !

S C E N E IX.

BLANFORD, ADINE.

BLANFORD.

DEmeure encor, Adine ;
Tu m'as ému, ta douleur me chagrine.
Je fais que j'ai fouvent un peu d'humeur ;
Mais tu connais tout le fond de mon cœur.
Il eft né jufte, il n'eft que trop fenfible.
Tu vois quel eft mon embarras horrible.
Aurais-tu bien le plaifir malfaifant,
De t'égayer à croître mon tourment ?
Parle - moi vrai, mon fils, je t'en conjure.

ADINE.

Vous êtes bon, mon ame eft auffi pure.
Je n'ai jamais connu jufqu'à préfent,
Je l'avoûrai, qu'un feul déguifement ;
Mais fi mon cœur en un point fe déguife,
Je ne mens pas fur vous, & fur Dorfife ;
Je plains l'amour qui fur vos yeux diftraits
Mit dès longtems un bandeau trop épais ;
Et je fens bien que l'amour peut féduire.
Sur tout ceci tâchez de vous inftruire ;
C'eft l'amour feul qui doit tout réparer ;
Il vous aveugle, il doit vous éclairer.

(*Elle fort.*)

BLANFORD *feul.*

Que veut - il dire, & quel eft ce myftère ?

Tom. VI. *& du Théâtre le quatriéme.* Vvv

Il faut , dit - il , que l'amour feul m'éclaire ;
Il fe déguife ; il ne ment point ; ma foi ,
C'eft un complot , pour fe moquer de moi.
Le Chevalier , Darmin , & ma coufine ,
Et Bartolin , & le petit Adine ,
Dorfife enfin , & Collette , & mon cœur ,
Le monde entier redoublent mon humeur.
Monde maudit , qu'à bon droit je méprife ,
Ramas confus de fourbe & de fotife ,
S'il faut opter , fi dans ce tourbillon
Il faut choifir d'être dupe ou fripon ,
Mon choix eft fait , je bénis mon partage ;
Ciel , ren - moi dupe , & ren - moi jufte & fage.

Fin du quatriéme acte.

A C T E V.

S C E N E P R E M I E R E.

B L A N F O R D *feul.*

Que devenir ? où fera mon afyle ?
Tous les chagrins m'arrivent à la file.
Je vais fur mer , un pirate maudit
Livre combat , & mon vaiffeau périt.
Je viens fur terre , on me dit qu'une ingrate ,
Que j'adorais , eft cent fois plus pirate.
Une caffette eft mon unique efpoir ;
Un Bartolin doit la rendre ce foir.
Ce Bartolin promet , remet , diffère ;
Serait - ce encor un troifiéme corfaire ?
J'attens Adine , afin de favoir tout ;
Il ne vient point. Chacun me pouffe à bout ,
Chacun me fuit ; voilà le fruit , peut-être ,
De cette humeur dont je ne fus pas maître ,
Qui me rendait difficile en amis ,
Et confiant pour mes feuls ennemis.
S'il eft ainfi , j'ai bien tort , je l'avoue ;
Bien juftement la fortune me joue.
A quoi me fert ma trifte probité ,
Qu'à mieux fentir que j'ai tout mérité ?
Quoi , cet enfant ne vient point ?

SCENE II.

BLANFORD, Mad. BURLET *paſſant ſur le théâtre.*

B L A N F O R D *l'arrêtant.*

A H ! Madame,
Daignez calmer l'orage de mon ame ;
Un mot, de grace, un moment de loiſir.
Où courez - vous ?

Mad. B U R L E T.
Souper, me réjouïr ;
Je ſuis preſſée.

B L A N F O R D.
Ah ! j'ai dû vous déplaire ;
Mais oubliez votre juſte colère.
Pardonnez.

Mad. B U R L E T *en riant.*
Bon ! loin de me couroucer,
J'ai pardonné déja ſans y penſer.

B L A N F O R D.
Elle eſt trop bonne. Eh bien, qu'à ma triſteſſe
Votre humeur gaye un moment s'intéreſſe.

Mad. B U R L E T.
Va, j'ai gaîment pour toi de l'amitié,
Beaucoup d'eſtime, & beaucoup de pitié.

B L A N F O R D.
Vous plaindriez le deſtin qui m'outrage.

Mad. B U R L E T.
Ton deſtin, oui ; ton humeur davantage.

BLANFORD.

Vous êtes vraye, au moins ; la bonne foi,
Vous le favez, a des charmes pour moi.
Parlez, Darmin n'aurait-il qu'un faux zèle ?
Me trompe-t-il ? eſt-il ami fidèle ?

Mad. BURLET.

Tien, Darmin t'aime, & Darmin dans ſon cœur
A tes vertus, avec plus de douceur.

BLANFORD.

Et Bartolin ?

Mad. BURLET.

Tu veux que je réponde
De Bartolin, du cœur de tout le monde ;
Il eſt, je penſe, un honnête caiſſier.
Pourquoi de lui veux-tu te défier ?
C'eſt ton ami, c'eſt l'ami de Dorfiſe.

BLANFORD.

Dorfiſe ! mais parlez avec franchiſe ;
Se pourrait-il que Dorfiſe en un jour
Pour un enfant eût trahi tant d'amour ?
Et que veut dire encor en cette affaire
Ce Chevalier qui parle de notaire ?
Le bruit public eſt qu'il va l'épouſer.

Mad. BURLET.

Les bruits publics doivent ſe mépriſer.

BLANFORD.

Je ſors encor à l'inſtant de chez elle ;
Elle m'a fait ferment d'être fidelle.
Elle a pleuré... l'amour & la douleur
Sont dans ſes yeux : démentent-ils ſon cœur ?
Eſt-elle fauſſe ? & notre jeune Adine...

Vvv iij

Quoi , vous riez ?

Mad. B U R L E T.

Oui , je ris de ta mine ;
Raffure - toi. Va , pour cet enfant-là ,
Croi que jamais on ne te quittera ,
Sois - en très fûr ; la chofe eft impoffible.

B L A N F O R D.

Ah ! vous calmez mon ame trop fenfible ;
Le Chevalier n'en trouble point la paix ;
Dorfife m'aime , & je l'aime à jamais.

Mad. B U R L E T.

A jamais ! c'eft beaucoup.

B L A N F O R D.

Mais fi l'on m'aime ?
Adine eft donc d'une impudence extrême.
Il calomnie , & le petit fripon
A donc le cœur le plus gâté.

Mad. B U R L E T.

Lui ? non.
Il a le cœur charmant , & la nature
A mis dans lui la candeur la plus pure ;
Compte fur lui.

B L A N F O R D.

Quels difcours font - ce là ?
Vous vous moquez.

Mad. B U R L E T.

Je dis vrai.

B L A N F O R D.

Me voilà
Plus enfoncé dans mon incertitude ;
Vous vous jouez de mon inquiétude ;

Vous vous plaifez à déchirer mon cœur.
Dorfife ou lui m'outrage avec noirceur ;
Convenez - en. L'un des deux eft un traître.
Répondez donc.

Mad. B U R L E T en riant.

Cela pourrait bien être.

B L A N F O R D.

S'il eft ainfi , vous voyez quels éclats.

Mad. B U R L E T.

Oh ! mais auffi cela peut n'être pas ;
Je n'accufe perfonne.

B L A N F O R D.

Hom ! que j'enrage !

Mad. B U R L E T.

N'enrage point , fois moins trifte & plus fage.
Tien , veux - tu prendre un parti qui foit fûr ?

B L A N F O R D.

Oui.

Mad. B U R L E T.

Laiffe là tout ce complot obfcur ;
Point d'examen , point de tracafferie ;
Tourne avec moi tout en plaifanterie ;
Pren ton argent chez Monfieur Bartolin ,
Vis avec nous uniment , fans chagrin.
N'approfondi jamais rien dans la vie ,
Et gliffe - moi fur la fuperficie ;
Connai le monde , & fai le tolérer ;
Pour en jouïr il le faut effleurer.
Tu me traitais de cervelle légère :
Mais fouvien - toi que la folide affaire ,

La feule ici qu'on doive approfondir ,
C'eft d'être heureux , & d'avoir du plaifir.

S C E N E   I I I.

B L A N F O R D *feul.*

ÊTre heureux ! moi ! le confeil eft utile ;
Dirait - on pas que la chofe eft facile ?
Ce n'eft qu'un rien , & l'on n'a qu'à vouloir.
Ah ! fi la chofe était en mon pouvoir !
Et pourquoi non ? dans quelle gêne extrême
Je me fuis mis pour m'outrager moi - même ?
Quoi ! cet enfant , Darmin , le Chevalier ,
Par leurs difcours auront pû m'effrayer ?
Non , non , fuivons le confeil que me donne
Cette confine ; elle eft folle , mais bonne.
Elle a rendu gloire à la vérité.
Dorfife m'aime , on eft en fureté.
Je ne veux plus rien voir , ni rien entendre.
Par cet Adine on voulait me furprendre ,
Pour m'éblouïr , & pour me gouverner.
Dans ces filets je ne veux point donner.
Darmin toûjours eft coiffé de fa nièce.
Que je la hais ! mais quelle étrange efpèce. . . .
   (*Adine paraît dans le fond du théâtre.*)
Le voici donc ce malheureux enfant ,
Qui caufe ici tant de déchainement !
On le prendrait , je crois , pour une fille.
Sous ces habits que fa mine eft gentille !

          Jamais,

Jamais, ma foi, je ne m'étais douté
Qu'il pût avoir cette fleur de beauté;
Il n'a point l'air gêné dans sa parure,
Et son visage est fait pour sa coiffure.

S C E N E   I V.

B L A N F O R D, A D I N E.

A D I N E *en habit de fille.*

EH bien, Monsieur, je suis tout ajusté,
Et vous saurez bientôt la vérité.

B L A N F O R D.

Je ne veux plus rien savoir de ma vie.
C'en est assez. Laissez-moi, je vous prie.
J'ai depuis peu changé de sentiment;
Je n'aime point tout ce déguisement.
Ne vous mêlez jamais de cette affaire,
Et reprenez votre habit ordinaire.

A D I N E.

Qu'entens-je, hélas! je m'apperçois enfin
Que je ne puis changer votre destin,
Ni votre cœur; votre ame inaltérable
Ne connait point la douleur qui m'accable;
Vous en saurez les funestes effets;
Je me retire. Adieu donc pour jamais.

B L A N F O R D.

Mais quels accens! d'où viennent tes allarmes?
Il est outré. Je vois couler ses larmes.
Que prétend-il? Parlez, quel intérêt
Avez-vous donc à ce qui me déplait?

Tom. VI. *& du Théâtre le quatriéme.* Xxx

ADINE.

Mon intérêt , Monfieur , était le votre ;
Jufqu'à préfent je n'en connus point d'autre.
Je vois quel eft tout l'excès de mon tort.
Pour vous fervir je faifais un effort ;
Mais ce n'eft pas le premier.

BLANFORD.

      L'innocence
De fon maintien , fa modefte affurance,
Son ton , fa voix , fon ingénuité ,
Me font pencher prefque de fon côté.
Mais cependant , tu vois , l'heure fe paffe ,
Où ce projet plein de fourbe & d'audace
Devait , dis - tu , fous mes yeux s'accomplir.

ADINE.

Auffi j'entens une porte s'ouvrir.
Voici l'endroit , voici le moment même ,
Où vous auriez pû favoir qui vous aime.

BLANFORD.

Eft-il poffible ? eft-il vrai ? jufte Dieu !

ADINE *finement.*

Il me paraît très poffible.

BLANFORD.

     En ce lieu
Demeurez donc. Quoi tant de fourberie !
Dorfife ! non . . . . .

ADINE.

   Taifez - vous , je vous prie.
Paix , attendez , j'entens un peu de bruit ;
On vient vers nous ; j'ai peur , car il fait nuit.

BLANFORD.

N'ayez point peur.

ADINE.

Gardez donc le silence ;
Voici quelqu'un sûrement , qui s'avance.

SCENE V.

ADINE, BLANFORD d'un côté,
DORFISE de l'autre à tâtons.

(Le théâtre représente une nuit.)

DORFISE.

J'Entens , je crois , la voix de mon amant.
Qu'il est exact ! Ah ! quel enfant charmant !

ADINE.

Chut.

DORFISE.

Chut , c'est vous ?

ADINE.

Oui , c'est moi dont le zèle
Pour ce que j'aime est à jamais fidèle.
C'est moi qui veux lui prouver en ce jour,
Qu'il me devait un plus tendre retour.

DORFISE.

Ah ! je ne puis en donner un plus tendre ;
Pardonnez - moi , si je vous fais attendre ;
Mais Bartolin , que je n'attendais pas ,
Dans le logis se promène à grands pas.
Il semble encor que quelque jalousie , ·
Malgré mes soins , trouble sa fantaisie.

Xxx ij

A D I N E.

Peut - être il craint de voir ici Blanford ;
C'eſt un rival bien dangereux.

D O R F I S E.

D'accord.

Hélas ! mon fils , je me vois bien à plaindre.
Tout à la fois il me faut ici craindre
Monſieur Blanford , & mon maudit mari.
Lequel des deux eſt de moi plus haï ?
Mon cœur l'ignore ; & dans mon trouble extrême ,
Je ne ſais rien , ſinon que je vous aime.

A D I N E.

Vous haïſſez Blanford , là , tout de bon ?

D O R F I S E.

La crainte enfin produit l'averſion.

A D I N E *finement.*

Et l'autre époux ?

D O R F I S E.

A lui rien ne m'engage.

B L A N F O R D.

Que je voudrais ! . . .

A D I N E (*bas allant vers lui.*)
Paix donc !

D O R F I S E.

En femme ſage
J'ai conſulté ſur le contrat dreſſé ,
Il eſt caſſable ; ah qu'il ſera caſſé !
Qu'un autre hymen flatte mon eſpérance !

A D I N E.

Quoi m'épouſer ?

D O R F I S E.

Je veux qu'avec prudence
Secrétement nous partions tous les deux,
Pour éviter un éclat fcandaleux,
Et que bientôt, quand d'ici je m'éloigne,
Un lien fûr & bien ferré nous joigne,
Un nœud facré durable autant que doux.

A D I N E.

Durable ! allons. Mais de quoi vivrons - nous ?

D O R F I S E.

Vous me charmez par cette prévoyance ;
Ce qui me plaît en vous c'eft la prudence.
Apprenez donc que ce guerrier Blanford,
Héros en mer, en affaire un butor,
Quand de Marfeille il quitta les pénates,
Pour attaquer de Maroc les pirates,
M'a mis en main très cordialement
Son cœur, fa foi, fes bijoux, fon argent ;
Comme je fuis non moins neuve en affaire,
L'autre mari s'en fit dépofitaire.
Je vais reprendre & les bijoux & l'or ;
Nous en allons aider Monfieur Blanford :
C'eft un bon homme, il eft jufte qu'il vive ;
Partageons vite, & gardons qu'on nous fuive.

A D I N E.

Et que dira le monde ?

D O R F I S E.

Ah ! fes éclats
M'ont fait trembler lorfque je n'aimais pas.
Je l'ai trop craint, à préfent je le brave ;
C'eft de vous feul que je veux être efclave.

Xxx iij

A D I N E.

Hélas ! de moi ?

D O R F I S E.

Je m'en vais fourdement
Chercher ce coffre à tous deux important.
Attens ici , je revole fur l'heure.

S C E N E V I.

B L A N F O R D , A D I N E.

A D I N E.

QU'en dites - vous ? eh bien , là ?

B L A N F O R D.

Que je meure ,
S'il fut jamais un tour plus déloyal ,
Plus enragé , plus noir , plus infernal ;
Et cependant admirez , jeune Adine ,
Comme à jamais dans nos ames domine
Ce vif inftinct , ce cri de la vertu ,
Qui parle encor dans un cœur corrompu.

A D I N E.

Comment ?

B L A N F O R D.

Tu vois , que la perfide n'ofe
Me voler tout , & me rend quelque chofe.

A D I N E *avec un ton ironique.*

Oui , vous devez bien l'en remercier.
N'avez - vous pas encor à confier
Quelque caffette à cette honnête prude ?

BLANFORD.

Ah ! pren pitié d'une peine fi rude ;
Ne tourne point le poignard dans mon cœur.

ADINE.

Je ne voulais que le guérir , Monfieur.
Mais à vos yeux eft - elle encor jolie ?

BLANFORD.

Ah ! qu'elle eft laide après fa perfidie !

ADINE.

Si tout ceci peut pour vous profpérer ,
De fes filets fi je peux vous tirer ,
Puis - je efpérer qu'en déteftant fes vices ,
Votre vertu chérira mes fervices ?

BLANFORD.

Aimable enfant , foyez fûr que mon cœur
Croit voir fon fils & fon libérateur.
Je vous admire , & le ciel qui m'éclaire ,
Semble m'offrir mon ange tutélaire.
Ah ! de mon bien la moitié , pour le moins ,
N'eft qu'un vil prix au - deffous de vos foins.

ADINE.

Vous ne pouvez à préfent trop entendre
Quel eft le prix auquel je dois prétendre.
Mais votre cœur poura-t-il refufer
Ce que Darmin viendra vous propofer ?

BLANFORD.

Ce que j'entens femble éclairer mon ame ,
Et la percer avec des traits de flamme.
Ah ! de quel nom dois-je vous appeller ?
Quoi , votre fort ainfi s'eft pû voiler ?
Quoi , j'aurais pû toûjours vous méconnaître ?

Et vous feriez ce que vous femblez être ?

A D I N E *en riant.*

Qui que je fois , de grace , taifez - vous ;

J'entens Dorfife , elle revient à nous.

D O R F I S E *en revenant avec la caffette*

J'ai la caffette , enfin ; l'amour propice

A fecondé mon petit artifice.

Tien , mon enfant , pren vite , & détalons.

Tiens - tu bien ?

B L A N F O R D *à la place d'Adine , qui lui donne la caffe*.

Oui.

D O R F I S E.

Le tems nous preffe , allons.

S C E N E   V I I.

BLANFORD, DORFISE, ADINE, BARTOLIN
l'épée à la main , dans l'obfcurité , courant à Adine.

B A R T O L I N.

AH ! c'en eft trop , arrête , arrête , infame ;

C'eft bien affez de m'enlever ma femme ;

Mais pour l'argent !

A D I N E *à Blanford.*

Eh ! Monfieur , je me meurs.

B L A N F O R D *en fe battant d'une main , & en remettant
la caffette à Adine de l'autre.*

Tien la caffette.

S C E N E

_____

SCENE DERNIERE.

BLANFORD, DORFISE, ADINE, BARTOLIN,
DARMIN, Mad. BURLET, COLLETTE, le Che-
valier MONDOR *une serviette & une bouteille à la main,*
des flambeaux.

Mad. BURLET.

AH ! ah ! quelles clameurs !
Dieu me pardonne ! on se bat.

Le Chevalier MONDOR.

                Gare , gare ;
Voyons un peu , d'où vient ce tintamare ?

ADINE *à Blanford.*

Hélas ! Monsieur , seriez - vous point blessé ?

DORFISE *toute étonnée.*

Ah !

Mad. BURLET.

Qu'est - ce donc , qu'est - ce qui s'est passé ?

BLANFORD *à Bartolin qu'il a désarmé.*

Rien : c'est Monsieur , homme à vertu parfaite ,
Bon trésorier , grand gardeur de cassette ,
Qui me prenait , sans me manquer en rien ,
Tout doucement ma maîtresse & mon bien.
Grace aux vertus de cet enfant aimable ,
J'ai découvert ce complot détestable ;
Il a remis ma cassette en mes mains.
  (*à Bartolin.*)
Va , je te laisse à tes mauvais destins ;

Tom. VI. & du Théâtre le quatriéme.   Yyy

Pour dire plus je te laiffe à Madame.
Mes chers amis, j'ai démafqué leur ame :
Et ce coquin....

           B A R T O L I N *s'en allant.*
       Adieu.

           Le Chevalier M O N D O R.
                       Mon rendez - vous
Que devient - il ?

                B L A N F O R D.
               On fe moquait de vous.

           Le Chevalier M O N D O R *à Blanford.*
De vous auffi, m'eft avis ?

                B L A N F O R D.
                       De moi - même,
J'en fuis encor dans un dépit extrême.

           Le Chevalier M O N D O R.
On te trompait comme un fot.

                B L A N F O R D.
                       Que d'horreur !
O pruderie ! ô comble de noirceur !

           Le Chevalier M O N D O R.
Eh, laiffe là toute la pruderie,
Er femme, & tout ; vien boire, je te prie.
Je traite ainfi tous les malheurs que j'ai,
Qui boit toûjours n'eft jamais affligé.

                Mad. B U R L E T.
Je fuis fâchée, entre nous, que Dorfife
Ait pû commettre une telle fotife.
Cela poura d'abord faire jafer ;
Mais tout s'appaife, & tout doit s'appaifer.

D A R M I N.

Sortez enfin de votre inquiétude ,
Et pour jamais gardez - vous d'une prude.
Savez - vous bien , mon ami , quel enfant
Vous a rendu votre honneur , votre argent ,
Vous a tiré du fond du précipice ,
Où vous plongeait votre aveugle caprice ?

B L A N F O R D *regardant Adine.*

Mais . . . .

D A R M I N.

C'eſt ma nièce.

B L A N F O R D.

O ciel !

D A R M I N.

C'eſt cet objet ,
Qu'en vain mon zèle à vos vœux propoſait ,
Quand mon ami , trompé par l'infidelle ,
Mépriſait tout , haïſſait tout pour elle.

B L A N F O R D.

Quoi , j'outrageais , par d'indignes refus ,
Tant de beautés , de graces , de vertus !

A D I N E.

Vous n'en auriez jamais eu connaiſſance ,
Si ce hazard , mes bontés , ma conſtance ,
N'avait levé les voiles odieux ,
Dont une ingrate avait couvert vos yeux.

D A R M I N.

Vous devez tout à ſon amour extrême ,
Votre fortune , & votre raiſon même.
Répondez donc , que doit - elle eſpérer ?
Que voulez - vous , en un mot ?

Y y y ij

BLANFORD, *en se jettant à ses genoux.*

L'adorer.

Le Chevalier MONDOR.

Ce changement est doux autant qu'étrange.
Allons, l'enfant, nous gagnons tous au change.

Fin du cinquiéme & dernier acte.

TABLE

des Piéces contenues dans ce fixiéme volume.

Yyy iij